科幻中的中国历史

宝树 编

生活·讀書·新知 三联书店

Copyright © 2017 by SDX Joint Publishing Company.
All Rights Reserved.
本作品版权由生活・读书・新知三联书店所有。
未经许可,不得翻印。

图书在版编目(CIP)数据

科幻中的中国历史/宝树编. —北京:生活・读书・
新知三联书店,2017.9 (2019.3 重印)
ISBN 978 − 7 − 108 − 06050 − 1

Ⅰ. ①科… Ⅱ. ①宝… Ⅲ. ①科学幻想小说−小说集−
中国−当代 Ⅳ. ① I247.7

中国版本图书馆 CIP 数据核字(2017)第 154707 号

特邀编辑	赵庆丰
责任编辑	王 竞
装帧设计	鲁明静
责任印制	宋 家
出版发行	生活・讀書・新知 三联书店
	(北京市东城区美术馆东街 22 号 100010)
网 址	www.sdxjpc.com
经 销	新华书店
印 刷	北京隆昌伟业印刷有限公司
版 次	2017 年 9 月北京第 1 版
	2019 年 3 月北京第 2 次印刷
开 本	850 毫米 × 1092 毫米 1/32 印张 12.75
字 数	263 千字
印 数	08,001 − 12,000 册
定 价	38.00 元

(印装查询:01064002715;邮购查询:01084010542)

目录
Contents

序

当科幻遇到历史 1

鲁 迅　　理 水 13

长 铗　　昆 仑 29

飞 氘　　一览众山小 63

姜云生　　长平血 106

钱莉芳　　飞 升 124

宝 树　　三国献面记 196

张 冉　　晋阳三尺雪 253

阿 缺　　征服者 305

刘慈欣　　西　洋　331

韩　松　　一九三八年上海记忆　348

夏　笳　　永夏之梦　370

附　录

中国历史科幻小说要目　402

序 当科幻遇到历史

宝树

本书是一部中国科幻小说集,但与一般科幻作品集不同,它的重点不是对未来的展望,而是对历史的重新发现。

提到科幻小说,通常印象中总是和未来相联系,似乎科幻就是发生在未来的故事。这种观念当然有其渊源。自18世纪末第一次工业革命以降,未来不仅是过去的历史循环,而会被科技发展所改变的思想就日益深入人心,随之兴起的科幻小说往往是幻想某种科学发现或技术革新的实现,而造成社会或好或坏的巨变,未来自然是其发生的预设场所。科幻小说在无形中便成了未来的代言者。

中国的科幻先驱者也正是看中了这一点,才在救国救民之际专门抽出精力,将科幻引进到国内,并予以热情鼓吹。1903年,正在日本留学的周树人在其翻译的《月界旅行》(即凡尔纳的《从地球到月球》)的"弁言"中,说科幻小说"默揣世界将来之进步,独抒奇想,托之说部",所以"导中国人群以行进,必自科学小说始",对科幻小说的看重可以说无以复加。此后一个世纪里,中国科幻历经几起几落,但周树人所定位的"指引未来"的形象却并未动摇,甚至数次影响过历史。如20世纪70年代末,革命浪潮退去,社会伤痕累累,正是《小灵通漫游未来》(1978)等科幻小说中描绘的高科技现代化社会的愿景,点燃了中国人对美好生活的向往,成为国人下一阶段努力奋斗的方向。

如果科幻就是关于崭新未来的叙事,那么看上去和早已沉入过去的历史就脱离了关系。在中国似乎更是如此:科幻小说中的未来,无论是在科技还是社会制度层面上,都来自"先进的"西方,和传统中国社会之间存在根本的断裂。在人们的观念中,未来无论是实现共产主义、高科技现代化社会或者大宇宙时代,都必然是消泯了民族文化特殊性的普遍阶段。很长一段时间内,无论是大众的认知或者中国科幻写作者的实践,都极少涉及历史方面,即便有,往往也只是抽象的背景和无足轻重的点缀。

但这种对科幻的理解既流于表面,也无法约束写作者的实践,科幻作者和读者也早已认识到,科幻中蕴含着更广大深远的可能性。它仿佛双面的雅努斯神,既朝向未来也回望过去。与其说科幻所想象的是科技本身的发展,倒不如说是其所依托的世界观所揭示出来的诸多神奇世界,这些世界无法被限制在特定的时间维度上,而必然向无垠时空的深处延展。换言之,当人们投入一种崭新的未来时,也必然带着他们的整个历史,并且在这种冲击下,历史想象的新颖可能才得以浮现。

自然,关于历史的科幻不仅是一种可能性,而且早已以各种形式出现了,首先是在西方科幻中。譬如人们所熟悉的时间旅行题材,就往往以历史为主题,这方面脍炙人口的作品不胜枚举。早期代表作如马克·吐温的《亚瑟王宫廷的康涅狄克美国佬》(1889),讲述了一个19世纪的美国佬阴差阳错回到亚瑟王时代,帮助古人实现工业文明的荒诞故事；德·坎普（L. Sprague de Camp）的《恐黑暗降临》（1939），在该书中，主人公派德威回到了罗马帝国崩溃后的意大利，在历史的暴风雨中站稳了脚跟，不仅保存了古典文化，而且引入了现代文明，让嗣后几个世纪的黑暗时代不再来临；而较近的名作如康妮·威利斯（Connie Willis）获得星云和雨果双奖的名作《末日审判书》（1992），以时间旅行者返回欧洲黑死病时代为题材，描绘了一幅生动的中世纪画卷，其最近的续篇《大黑暗》和《大清晰》（2010），则讲述了时间旅行者被困在"二战"时期的传奇故事。

在时间旅行故事中，最重要的首先是通过时间旅行实现了现代人重返古代，去尝试改变古代，近代思想史中著名的"古今之争"以一种通俗的戏剧化方式展现出来；其次，时间旅行者所回到的往往是风起云涌的历史节点，在古今冲撞的合力中，激活了更多沉睡的可能，历史的走向也可能完全不同。

即便不通过时间旅行，或然历史（alternative history）作品也常常假设已发生的历史以某种方式发生了改变，转到一个迥异的方向。理论上，或然历史并不必然与科幻相关，但另一个历史方向如果仅仅是换了一个皇帝几个王朝，未免太缺乏想象力，有趣的内容几乎都会涉及科技的重构和社会制度的巨变。或者说，或然历史也是"未来"，是曾经在过去存在，但在我们的世界中未能实现的未来。一类非常受欢迎的或然历史题材以轴心国在"二战"取胜，德国和日本统治世界为预设，菲利普·迪克（Philip K. Dick）的《高堡奇人》（1962）是其最著名的代表作；南北战争也是或然历史的热门（因为美国作家居多），其佼佼者如图托尔多夫（Harry Turtledove）的"南方胜利"系列，通过十多部小说，从南北战争中南军获胜一直写到这条历史线中的"二战"时代；《火星》三部曲的作者金·斯坦利·罗宾森（Kim Stanley Robinson）将目光投向更深远的历史时代，所著的《米与盐的时代》（2002）是近年来值得一提的或然历史巨著，以西方世界在黑死病中灭亡，阿拉伯、印度、中国等文明按照自己的轨迹发展为前提，构思了宏大而奇诡的千年历史。

或然历史中一个特别的分支——蒸汽朋克——近年也崭露头角。这一类型以吉布森与斯特林（William Gibson & Bruce Stirling）的《差分机》（1990）为开山鼻祖，讲述了另类的蒸汽机时代。背景往往是19世纪的英法等国，科技经由另一条道路发展，以至于产生出了蒸汽驱动的计算机、机器人、巨型飞艇等不可思议的造物。维多利亚时代的风土人情，加上造型奇特的巨大机械，构成了蒸汽朋克的奇妙质感。从蒸汽朋克中，又衍生出了柴油朋克、钟表朋克等类似作品，甚至还有"石器朋克"，如琼·奥尔（Jean M. Auel）的"爱拉传奇"系列，就在严谨科学考证的基础上，构想了一个传奇浪漫的石器时代。

在中国，科幻小说同样发现了已逝去时代的迷人之处。

科幻和中国史的交融最早可以溯源到科幻先驱们那里。20世纪20年代，已经以"鲁迅"之名闻名于世的周树人在创作现实题材小说的同时，也在重新演绎历史，写下了飞扬飘逸的《故事新编》。在似曾相识又面目全非的故事中，远古中国的再现不再是诗书正史中那么庄严肃穆，也不像写实的历史小说那么追求真实感，而是充满了浓烈的幻想色彩,甚至增添了若干科幻元素,如《理水》中在天上来去的"奇肱国的飞车"。可以说,《故事新编》中的故事就发生在古今中西的大冲撞所创造出的奇异时空里。

不过中国的科幻作家有意识地将目光投向历史,认识到可以将科幻元素和历史题材相结合而创作历史科幻,还是较为晚近的事。据笔者所知,开历史科幻之先河的,是一个不太知名的作家张祖荣,他的长篇小说《东游记》(1988)今天没有多少人还记得,但却是打破樊篱的可贵尝试。该书是根据当年颇为流行的"中国僧人慧深曾到过美洲"的假说演绎而成,讲述南北朝时期的僧人慧深漂流海外,借外星人的助力抵达美洲,又返回中土的传奇故事。在故事里,祖冲之、范缜、郦道元等当时的中国科学人物纷纷出场,穿梭于古代中国和美洲社会的诸多苦难与战乱之中,作为对比的则是科技高度发达、人民生活幸福的外星世界。就此,小说在娱乐之外的寄托不言自明:只有通过一代代先贤的科学钻研和技术进步,才能让人类社会通过苦难的历史找到光明的未来。这部小说的缺陷很多,但立意颇为高远。书里的外星人、飞碟等科幻元素显然不只是猎奇的点缀或编织情节的道具,而与对历史的反思和升华息息相关,就此而言,这部小说无愧于中国历史科幻的鼻祖。

遗憾的是,《东游记》的出版时期正值中国科幻的低谷,该书也没有受到多少重视。但几年后著名科幻作家刘兴诗的短篇科幻《雾中山传奇》(1991)也转向了历史题材,并首创了异域探险式的历史时间旅行故事。刘兴诗以前也写过几篇以古人事迹为题材的小说,如《美洲来的哥伦布》《扶桑木下的脚印》等,但是讲述的还是现代人的研究，不能算是严格的历史科幻。而在这篇小说里，现代人和古人有了亲密接触：研究西南丝绸之路的考古学家曹仲安离奇失踪，"我"作为他的好友在各处寻访，没有找到他，却发现了许多古代文物上有他留下的痕迹。最后，曹仲安乘坐外星人的"仙槎"出现在世人面前，告诉人们他前往古代进行了时间旅行。

这个故事本身很难说有太深的寓意，主要意义就在于提出了通过时间旅行返回历史的概念。虽然重返历史的时间旅行小说在西方已有上百年的历史，但在此之前，中国科幻中这类作品几乎是空白。一方面，时间旅行算不上是正经的科学概念；另一方面，时间旅行意味着重新进入和改变历史的可能，这种危及历史进程和社会发展的"危险"思想也只有在历史叙事不再定于一尊，允许胡思乱想的时代才可能出现。譬如在作者笔下，曹仲安不仅出现在古代文物中，造访古代国王，甚至还有和释迦牟尼本人见面的描述！在"时间穿越"的概念早已经泛滥的今天，读者可能难以体会到这种新奇，但在当时对国内的读者仍然颇为震撼。

在20世纪90年代前中期，异域探险型的历史科幻如星星之火，终于燎原。刘兴诗后来的作品《悲歌》（1996），讲述历史学家郜方聚在时间旅行中发生意外，落入唐朝，成为一名大唐将军，在这一方面又推进了一步，几乎把捉到了穿越小说的概念。不过，同一时期香港黄易的鸿篇巨制《寻秦记》（1994—1996）尽情铺陈现代人在战国时代的种种冒险经历，更为脍炙人口，影响力也超出了科幻读者的范畴，成为今日穿越小说的直接滥觞。

在这一类故事中，历史通过时间旅行，本身就转化成了可以

序 当科幻遇到历史

被触摸、把握和占有的对象，历史自身成为新奇之物。而历史作为异域的真实质感也赋予了时间旅行故事以强大的生命力，虽然许多后来衍生的作品已经远离了科幻的范畴，但是其起源仍在于科幻与历史的碰撞。

当然，中国历史科幻绝不只是把本国的历史作为探险的异域，而也将其视为自身的故乡，寻找着与自身的血脉联系。异域探险之后，就是故乡寻根。收入本书的姜云生的《长平血》（1992）是在这方面较有特色的一篇作品。在故事中，"我"通过一部"幻觉旅行机器"前往秦赵长平之战时期，发现赵兵在被俘后为了保命的种种相互残杀、互相出卖的丑态，最后仍然难逃坑杀的命运。表面上这仍然是到历史中去探险，但"我"是以赵兵的身份陷入被秦军俘虏和杀害的历史处境中，无法再凭借现代人的知识和智谋逃脱，我根本无法外在于历史，事实上"我"的选择和历史人物完全是合一的。

更为重要的是，在这次幻觉之旅后，"我"发现了历史与当下和自我更深切的关联。目睹了这一切的女助手告诉"我"看似与之并不相关的她的祖母的经历：祖母曾因为恐惧背叛了爱人和丈夫，其怯懦卑劣竟与赵兵无异。通过"血"或血缘的联结，在历史中所发生的往事就与跨越时间的某种深邃人性联系了起来。"我"惊讶而痛苦地发现了以为和自己毫无关系的往昔恰恰是自身从未摆脱的根源。

在《长平血》中，通过时间旅行所接触到的历史不是或不仅是外在的对象，而更揭示为构成自身的内在本性（因此作者强调这并非一般时间旅行而是"幻觉旅行",有着更多的深意)。穿越时光之旅成了某种寻找精神故乡的寻根或归乡历程。当然,异域和故乡往往互为表里,即便是《寻秦记》等偏娱乐的作品,如果不是回到中国的战国,和秦始皇、吕不韦等国人熟悉的历史人物发生关系,而是去古罗马帝国、玛雅城邦之类的地方,也绝不会有这么大的影响力。

进入21世纪,历史时间旅行题材向着两个方向发展,一方面在网络文学中演变成蔚为大观的"穿越小说",不是回清朝找阿哥谈恋爱,就是去宋朝灭蒙古征服天下,与科幻渐行渐远;另一方面,具有科幻关怀的作品也仍在不断地推陈出新,发展繁荣。历史科幻与一般穿越小说的主要区别在于,在时间旅行的历史科幻中,"穿越"从未被当成理所当然、无须深究的前提,而仍然被严肃地对待。写作者们始终关注着重返未来的需求、因果性的悖论和改变历史的各种后果,也就是说,关注着历史、现实和未来之间的张力。收入本书中的宝树的《三国献面记》和张冉的《晋阳三尺雪》在这些方面做了一些有趣的探讨,前者将影响历史的蝴蝶效应作为核心的悬念构想出诸多可能;后者在古代发展科技方面更是奇想迭出,颇有"丝绸朋克"式的奇妙质感。

当代中国科幻作家并不满足于单纯通过时间旅行进入历史,而也同样关注历史中蕴含着的更多奇妙的可能性。除了时间旅行外,历史科幻大体而言尚有三种主要类型,一是"秘史",即以科幻元素来对历史做新的诠释,揭示出其中隐秘;上文提到的《东游记》可归入这一类。钱莉芳的长篇小说《天意》(2004)也是此类的重量级作品。该书以赫赫有名的历史人物韩信为主角，将上古到秦汉之际的许多历史事件都统一在外星人操纵人类、企图毁灭世界的大阴谋之下。读者感到的阅读乐趣首先是类似历史小说的、对史实及其因果关系的解释。但这些丰富的历史元素被放在宏大深远的科幻设定下重新组织起来，令其完全被陌生化，而似乎又丝丝入扣，十分可信。这种科幻与历史共同创造的奇异世界令该书成为《小灵通漫游未来》和《三体》之间最畅销的科幻小说。本书中选取了钱莉芳的中篇小说《飞升》，是关于汉武帝神秘消失的故事，庶几能传递出科幻秘史的神韵。

长铗的《昆仑》则是一篇写意的秘史，讲述了西周时代周穆王朝见西王母传说的背后故事，勾勒出一个充满神奇科技的上古世界，而这个世界最终因人对于神的挑战而终结。当人类看透了神的存在也要遵循自然规律，并非无所不能时，神的时代也就结束了。虽然不像钱莉芳笔下那样真实感十足，但更充满了神秘空灵之美。

其次是上文提到过的或然历史，或可称"别史"。在中国科幻作者中，或然历史类的写作很大一部分围绕着现代化的焦虑而展开。历史学家关于不同时期的"资本主义萌芽"说，蕴含了如果没有西方干涉，中国也将进入工业文明的推断。而这种自己发展起来的工业文明，显然比历史上发生的落后挨打之后被迫改变更吸引人，引起人们无限的遐想。中国在近代的落后是必然的吗？有没有可能打破这种宿命？本书所收录的刘慈欣的《西洋》（2001）就想象了一幅完全不同的或然历史图景：由于郑和下西洋越过了好望角，击败了欧洲军队，令欧洲成了落后的第三世界，而中国反而殖民了美洲，作威作福，恰成为现实历史的镜像。不过在镜像历史中，贫困与苦难仍然普遍存在，只不过换了对象，这或会令读者掩卷深思：历史是殊途同归的吗？对世界而言，谁取代谁，又有什么不同？

如果说秘史尚维持着真实历史的面貌，别史还可以说是可能发生的历史，另一类特殊的历史科幻则是历史经验的全然错乱和碎片，姑且命名为"错史"。譬如韩松的《一九三八年上海记忆》（2006），似乎是讲述 1938 年上海这一特定时空发生的某些故事，但仔细看来却完全不对劲。甚至第一句话便显示出这一时空早已远离了真正的历史坐标："天平路二零八弄十四号，是一间没有窗户的平房，专卖影碟，仅七八个平方米，只容得下三四位顾客同时翻检，头顶落下老酒般的昏黄灯光，把人的影子照得像是仓鼠。"稍有常识的人都知道，1938 年中国哪有影碟？

不过"一九三八年的上海"这一文化符码仍然传达了真实的历史经验，和现实历史一样，这个时空中的中国人被困在了亡国灭种的边缘，因此许多人借助神秘的时光碟回到过去，去展开另一种历史的可能性。现实或历史逐渐消解在无边宇宙中，而拯救依然遥遥无期。最后，作者用诗一般的语言写道：

> 就这样，我经行大海，又穿越天空。世界一派烟雾迷蒙。我是宇宙的一部分，但又是一个去国的中国人。四十亿年的盘区上满载我的容貌和口音。

虽然具体的历史经验全然破碎混乱，然而奇妙的是，"中国人"的国族记忆却经由这种错乱摆脱了具体时空的束缚而更为彰显。

飞氘的《一览众山小》(2009)和阿缺的《征服者》(2015)也是错史，错法完全不同而又各具佳妙。《一览众山小》看似只是重讲孔子"登泰山而小天下"的历史故事，但读下去才会发现，这个历史时空是似是而非的，是历史终结后重新演绎的无数虚拟历史之一。但（伪）孔子在这样一个伪造的历史中仍然在寻找"道"，又是对历史和自身的拯救；《征服者》可能是本书中离真实历史最远的一篇作品：成吉思汗通过地球大炮来征服宇宙。故事显然荒诞，登场的成吉思汗、丘处机等人物只是作者挥洒才思、铺陈故事所用的文化符号，但即便如此，成吉思汗作为世界征服者的桀骜和强韧仍跃然纸上，宛如在另一个宇宙中获得了新生。关于本文开头时所说的，通过未来的反照，能够让既往历史激活自身的更多可能，这篇小说或许是最好的说明。

以上的分类只是一种不成熟的尝试，自然不能够削足适履，认为我们的历史科幻一定要适应这些樊篱。不同的历史科幻都构成了对历史的解构和重构，在其中历史并非已完成的、不可改变的存在，而在自身中就蕴含着无限的可能性，超越了任何僵化的分类方式。

最后要提到夏笳的《永夏之梦》，这篇小说就很难归入某一种类型，但又分明是意味隽永的历史科幻，它讲述了穿越者夏获和永生者炎帝之间跨越五千年的爱恋纠葛，某种意义上恰如科幻与历史一次次的相遇，故特意放在压卷的位置，作为全书的总结。

本书中收录作品的排列方式是按所涉及历史时代的先后，所以读者可以方便地从大禹治水读到抗日战争，借此重温一遍国史大纲。当然，这个选本仅收录了丰富多彩的中国历史科幻创作中的一小部分。限于容量、版权、题材、形式等各种原因，有许多本当收入的佳作，编者不得不割爱，否则至少需要增加一倍的篇幅。为此笔者另编了一个《中国历史科幻小说要目》，将本文收入和更多未收入的作品统一编录，注明发表时间和出版信息，作为附录放在书末，有兴趣的读者可以按图索骥，找来参看。张峰、王瑶、李广益、付昌义、郭凯等科幻学人对此编目提供了重要帮助，在此顺致谢意。当然，因为笔者阅读范围的狭隘和时间仓促，挂一漏万，在所难免，唯冀将来有机会加以弥补。

是为序。

理 水

鲁迅

鲁迅（1881—1936），现代作家，原名周树人，浙江绍兴人。他于1903年翻译的《月界旅行》（即凡尔纳的《从地球到月球》）是国内最早引进的科幻小说之一。作为现代小说的鼻祖，鲁迅不仅以《呐喊》《彷徨》二集开现实主义小说之滥觞，也以《故事新编》融贯古今的瑰丽想象影响着嗣后的科幻、奇幻创作。《理水》出自《故事新编》之首，是对中国历史与神话交界点的"大禹治水"的戏说演绎。

一

这时候是"汤汤洪水方割，浩浩怀山襄陵"；舜爷的百姓，倒并不都挤在露出水面的山顶上，有的捆在树顶，有的坐着木排，有些木排上还搭有小小的板棚，从岸上看起来，很富于诗趣。

远地里的消息，是从木排上传过来的。大家终于知道鲧大人因为治了九整年的水，什么效验也没有，上头龙心震怒，把他充军到羽山去了，接任的好像就是他的儿子文命少爷，乳名叫作阿禹。

灾荒得久了，大学早已解散，连幼稚园也没有地方开，所以百姓们都有些混混沌沌。只在文化山上，还聚集着许多学者，他们的食粮，都是从奇肱国用飞车运来的，因此不怕缺乏，因此也能够研究学问。然而他们里面，大抵是反对禹的，或者简直不相信世界上真有这个禹。

每月一次，照例的半空中要簌簌的发响，愈响愈厉害，飞车看得清楚了，车上插一张旗，画着一个黄圆圈在发毫光。离地五尺，就挂下几只篮子来，别人可不知道里面装的是什么，只听得上下在讲话：

"古貌林！"

"好杜有图！"

"古鲁几哩……"

"O.K！"

飞车向奇肱国疾飞而去，天空中不再留下微声，学者们也静悄悄，这是大家在吃饭。独有山周围的水波，撞着石头，不住的澎湃的在发响。午觉醒来，精神百倍，于是学说也就压倒了涛声了。

"禹来治水，一定不成功，如果他是鲧的儿子的话，"一个拿拄杖的学者说。"我曾经搜集了许多王公大臣和豪富人家的家谱，很下过一番研究工夫，得到一个结论：阔人的子孙都是阔人，坏人的子孙都是坏人——这就叫作'遗传'。所以，鲧不成功，他的儿子禹一定也不会成功，因为愚人是生不出聪明人来的！"

"O.K！"一个不拿拄杖的学者说。

"不过您要想想咱们的太上皇，"别一个不拿拄杖的学者道。

"他先前虽然有些'顽'，现在可是改好了。倘是愚人，就永远不会改好……"

"O.K！"

"这这些些都是费话，"又一个学者吃吃的说，立刻把鼻尖涨得通红。"你们是受了谣言的骗的。其实并没有所谓禹，'禹'是一条虫，虫虫会治水的吗？我看鲧也没有的，'鲧'是一条鱼，鱼鱼会治水水水的吗？"他说到这里，把两脚一蹬，显得非常用劲。

"不过鲧却的确是有的，七年以前，我还亲眼看见他到昆仑山脚下去赏梅花的。"

"那么，他的名字弄错了，他大概不叫'鲧'，他的名字应该叫'人'！至于禹，那可一定是一条虫，我有许多证据，可以证明他的乌有，叫大家来公评……"

于是他勇猛的站了起来，摸出削刀，刮去了五株大松树皮，用吃剩的面包末屑和水研成浆，调了炭粉，在树身上用很小的蝌蚪文写上抹杀阿禹的考据，足足化掉了三九廿七天工夫。但是凡有要看的人，得拿出十片嫩榆叶，如果住在木排上，就改给一贝壳鲜水苔。

横竖到处都是水，猎也不能打，地也不能种，只要还活着，所有的是闲工夫，来看的人倒也很不少。松树下挨挤了三天，到处都发出叹息的声音，有的是佩服，有的是疲劳。但到第四天的正午，一个乡下人终于说话了，这时那学者正在吃炒面。

"人里面，是有叫作阿禹的，"乡下人说。"况且'禹'也不是虫，这是我们乡下人的简笔字，老爷们都写作'禺'，是大猴子……"

"人有叫作大大猴子的吗？……"学者跳起来了，连忙咽下没有嚼烂的一口面，鼻子红到发紫，吆喝道。

"有的呀，连叫阿狗阿猫的也有。"

"鸟头先生,您不要和他去辩论了,"拿拄杖的学者放下面包,拦在中间,说。"乡下人都是愚人。拿你的家谱来,"他又转向乡下人,大声道,"我一定会发现你的上代都是愚人……"

"我就从来没有过家谱……"

"呸,使我的研究不能精密,就是你们这些东西可恶!"

"不过这也用不着家谱,我的学说是不会错的。"鸟头先生更加愤愤的说。"先前,许多学者都写信来赞成我的学说,那些信我都带在这里……"

"不不,那可应该查家谱……"

"但是我竟没有家谱,"那"愚人"说。"现在又是这么的人荒马乱,交通不方便,要等您的朋友们来信赞成,当作证据,真也比螺蛳壳里做道场还难。证据就在眼前:您叫鸟头先生,莫非真的是一个鸟儿的头,并不是人吗?"

"哼!"鸟头先生气愤到连耳轮都发紫了。"你竟这样的侮辱我!说我不是人!我要和你到皋陶大人那里去法律解决!如果我真的不是人,我情愿大辟——就是杀头呀,你懂了没有?要不然,你是应该反坐的。你等着罢,不要动,等我吃完了炒面。"

"先生,"乡下人麻木而平静的回答道,"您是学者,总该知道现在已是午后,别人也要肚子饿的。可恨的是愚人的肚子却和聪明人的一样:也要饿。真是对不起得很,我要捞青苔去了,等您上了呈子之后,我再来投案罢。"于是他跳上木排,拿起网兜,捞着水草,泛泛的远开去了。看客也渐渐的走散,鸟头先生就红着耳轮和鼻尖从新吃炒面,拿拄杖的学者在摇头。

然而"禹"究竟是一条虫,还是一个人呢,却仍然是一个大疑问。

二

禹也真好像是一条虫。

大半年过去了,奇肱国的飞车已经来过八回,读过松树身上的文字的木排居民,十个里面有九个生了脚气病,治水的新官却还没有消息。直到第十回飞车来过之后,这才传来了新闻,说禹是确有这么一个人的,正是鲧的儿子,也确是简放了水利大臣,三年之前,已从冀州启节,不久就要到这里了。

大家略有一点兴奋,但又很淡漠,不大相信,因为这一类不甚可靠的传闻,是谁都听得耳朵起茧了的。

然而这一回却又像消息很可靠,十多天之后,几乎谁都说大臣的确要到了,因为有人出去捞浮草,亲眼看见过官船;他还指着头上一块乌青的疙瘩,说是为了回避得太慢一点了,吃了一下官兵的飞石:这就是大臣确已到来的证据。这人从此就很有名,也很忙碌,大家都争先恐后的来看他头上的疙瘩,几乎把木排踏沉;后来还经学者们召了他去,细心研究,决定了他的疙瘩确是真疙瘩,于是使鸟头先生也不能再执成见,只好把考据学让给别人,自己另去搜集民间的曲子了。

一大阵独木大舟的到来,是在头上打出疙瘩的大约二十多天之后,每只船上,有二十名官兵打桨,三十名官兵持矛,前后都是旗帜;刚靠山顶,绅士们和学者们已在岸上列队恭迎,过了大半天,这才从最大的船里,有两位中年的胖胖的大员出现,约略二十个穿虎皮的武士簇拥着,和迎接的人们一同到最高巅的石屋里去了。

大家在水陆两面,探头探脑的悉心打听,才明白原来那两位只是考察的专员,却并非禹自己。

大员坐在石屋的中央,吃过面包,就开始考察。

"灾情倒并不算重,粮食也还可敷衍,"一位学者们的代表,苗民言语学专家说。"面包是每月会从半空中掉下来的;鱼也不缺,虽然未免有些泥土气,可是很肥,大人。至于那些下民,他们有的是榆叶和海苔,他们'饱食终日,无所用心',——就是并不劳心,原只要吃这些就够。我们也尝过了,味道倒并不坏,特别得很……"

"况且,"别一位研究《神农本草》的学者抢着说,"榆叶里面是含有维他命W的;海苔里有碘质,可医瘰疬病,两样都极合于卫生。"

"O.K!"又一个学者说。大员们瞪了他一眼。

"饮料呢,"那《神农本草》学者接下去道,"他们要多少有多少,一万代也喝不完。可惜含一点黄土,饮用之前,应该蒸馏一下的。敝人指导过许多次了,然而他们冥顽不灵,绝对的不肯照办,于是弄出数不清的病人来……"

"就是洪水,也还不是他们弄出来的吗?"一位五绺长须,身穿酱色长袍的绅士又抢着说。"水还没来的时候,他们懒着不肯填,洪水来了的时候,他们又懒着不肯戽……"

"是之谓失其性灵,"坐在后一排,八字胡子的伏羲朝小品文学家笑道。"吾尝登帕米尔之原,天风浩然,梅花开矣,白云飞矣,金价涨矣,耗子眠矣,见一少年,口衔雪茄,面有蚩尤氏之雾……哈哈哈!没有法子……"

"O.K!"

这样的谈了小半天。大员们都十分用心的听着,临末是叫他们合拟一个公呈,最好还有一种条陈,沥述着善后的方法。

于是大员们下船去了。第二天,说是因为路上劳顿,不办公,也不见客;第三天是学者们公请在最高峰上赏偃盖古松,下半天又同往山背后钓黄鳝,一直玩到黄昏。第四天,说是因为考察劳顿了,不办公,也不见客;第五天的午后,就传见下民的代表。

下民的代表,是四天以前就在开始推举的,然而谁也不肯去,说是一向没有见过官。于是大多数就推定了头有疙瘩的那一个,以为他曾有见过官的经验。已经平复下去的疙瘩,这时忽然针刺似的痛起来了,他就哭着一口咬定:做代表,毋宁死!大家把他围起来,连日连夜的责以大义,说他不顾公益,是利己的个人主义者,将为华夏所不容;激烈点的,还至于捏起拳头,伸在他的鼻子跟前,要他负这回的水灾的责任。他渴睡得要命,心想与其逼死在木排上,还不如冒险去做公益的牺牲,便下了绝大的决心,到第四天,答应了。

大家就都称赞他,但几个勇士,却又有些妒忌。

就是这第五天的早晨,大家一早就把他拖起来,站在岸上听呼唤。果然,大员们呼唤了。他两腿立刻发抖,然而又立刻下了绝大的决心,决心之后,就又打了两个大呵欠,肿着眼眶,自己觉得好像脚不点地,浮在空中似的走到官船上去了。

奇怪得很，持矛的官兵，虎皮的武士，都没有打骂他，一直放进了中舱。舱里铺着熊皮、豹皮，还挂着几副弩箭，摆着许多瓶罐，弄得他眼花缭乱。定神一看，才看见在上面，就是自己的对面，坐着两位胖大的官员。什么相貌，他不敢看清楚。

"你是百姓的代表吗？"大员中的一个问道。

"他们叫我上来的。"他眼睛看着铺在舱底上的豹皮的艾叶一般的花纹，回答说。

"你们怎么样？"

"……"他不懂意思，没有答。

"你们过得还好么？"

"托大人的鸿福，还好……"他又想了一想，低低的说道，"敷敷衍衍……混混……"

"吃的呢？"

"有，叶子呀，水苔呀……"

"都还吃得来吗？"

"吃得来的。我们是什么都弄惯了的，吃得来的。只有些小畜生还要嚷，人心在坏下去哩，妈的，我们就揍他。"

大人们笑起来了，有一个对别一个说道："这家伙倒老实。"

这家伙一听到称赞，非常高兴，胆子也大了，滔滔的讲述道：

"我们总有法子想。比如水苔，顶好是做滑溜翡翠汤，榆叶就做一品当朝羹。剥树皮不可剥光，要留下一道，那么，明年春天树枝梢还是长叶子，有收成。如果托大人的福，钓到了黄鳝……"

然而大人好像不大爱听了，有一位也接连打了两个大呵欠，打断他的讲演道:"你们还是合具一个公呈来罢,最好是还带一个贡献善后方法的条陈。"

"我们可是谁也不会写……"他惴惴的说。

"你们不识字吗?这真叫作不求上进!没有法子,把你们吃的东西拣一份来就是!"

他又恐惧又高兴的退了出来,摸一摸疙瘩疤,立刻把大人的吩咐传给岸上,树上和排上的居民,并且大声叮嘱道:"这是送到上头去的呵!要做得干净,细致,体面呀!……"

所有居民就同时忙碌起来,洗叶子,切树皮,捞青苔,乱作一团。他自己是锯木板,来做进呈的盒子。有两片磨得特别光,连夜跑到山顶上请学者去写字,一片是做盒子盖的,求写"寿山福海",一片是给自己的木排上做扁额,以志荣幸的,求写"老实堂"。但学者却只肯写了"寿山福海"的一块。

三

当两位大员回到京都的时候,别的考察员也大抵陆续回来了,只有禹还在外。他们在家里休息了几天,水利局的同事们就在局里大排筵宴,替他们接风,份子分福禄寿三种,最少也得出五十枚大贝壳。这一天真是车水马龙,不到黄昏时候,主客就全都到齐了,院子里却已经点起庭燎来,鼎中的牛肉香,一直透到门外虎贲的鼻子跟前,大家就一齐咽口水。酒过三巡,大员们就讲了一些水乡沿途的风景,芦花似雪,泥水如金,黄鳝膏腴,青苔滑溜……

等等。微醺之后,才取出大家采集了来的民食来,都装着细巧的木匣子,盖上写着文字,有的是伏羲八卦体,有的是仓颉鬼哭体,大家就先来赏鉴这些字,争论得几乎打架之后,才决定以写着"国泰民安"的一块为第一,因为不但文字质朴难识,有上古淳厚之风,而且立言也很得体,可以宣付史馆的。

评定了中国特有的艺术之后,文化问题总算告一段落,于是来考察盒子的内容了:大家一致称赞着饼样的精巧。然而大约酒也喝得太多了,便议论纷纷:有的咬一口松皮饼,极口叹赏它的清香,说自己明天就要挂冠归隐,去享这样的清福;咬了柏叶糕的,却道质粗味苦,伤了他的舌头,要这样与下民共患难,可见为君难,为臣亦不易。有几个又扑上去,想抢下他们咬过的糕饼来,说不久就要开展览会募捐,这些都得去陈列,咬得太多是很不雅观的。

局外面也起了一阵喧嚷。一群乞丐似的大汉,面目黧黑,衣服奇旧,竟冲破了断绝交通的界线,闯到局里来了。卫兵们大喝一声,连忙左右交叉了明晃晃的戈,挡住他们的去路。

"什么?——看明白!"当头是一条瘦长的莽汉,粗手粗脚的,怔了一下,大声说。

卫兵们在昏黄中定睛一看,就恭恭敬敬的立正,举戈,放他们进去了,只拦住了气喘吁吁的从后面追来的一个身穿深蓝土布袍子,手抱孩子的妇女。

"怎么?你们不认识我了吗?"她用拳头揩着额上的汗,诧异的问。

"禹太太,我们怎会不认识您家呢?"

"那么，为什么不放我进去的？"

"禹太太，这个年头儿，不大好，从今年起，要端风俗而正人心，男女有别了。现在那一个衙门里也不放娘儿们进去，不但这里，不但您。这是上头的命令，怪不着我们的。"

禹太太呆了一会，就把双眉一扬，一面回转身，一面嚷叫道："这杀千刀的！奔什么丧！走过自家的门口，看也不进来看一下，就奔你的丧！做官做官，做官有什么好处，仔细像你的老子，做到充军，还掉在池子里变大忘八！这没良心的杀千刀！……"

这时候，局里的大厅上也早发生了扰乱。大家一望见一群莽汉们奔来，纷纷都想躲避，但看不见耀眼的兵器，就又硬着头皮，定睛去看。奔来的也临近了，头一个虽然面貌黑瘦，但从神情上，也就认识他正是禹；其余的自然是他的随员。

这一吓，把大家的酒意都吓退了，沙沙的一阵衣裳声，立刻都退在下面。禹便一径跨到席上，在上面坐下，大约是大模大样，或者生了鹤膝风罢，并不屈膝而坐，却伸开了两脚，把大脚底对着大员们，又不穿袜子，满脚底都是栗子一般的老茧。随员们就分坐在他的左右。

"大人是今天回京的？"一位大胆的属员，膝行而前了一点，恭敬的问。

"你们坐近一点来！"禹不答他的询问，只对大家说。"查的怎么样？"

大员们一面膝行而前，一面面面相觑，列坐在残筵的下面，看见咬过的松皮饼和啃光的牛骨头。非常不自在——却又不敢叫膳夫来收去。

"禀大人,"一位大员终于说。"倒还像个样子——印象甚佳。松皮水草,出产不少;饮料呢,那可丰富得很。百姓都很老实,他们是过惯了的。禀大人,他们都是以善于吃苦,驰名世界的人们。"

"卑职可是已经拟好了募捐的计划,"又一位大员说,"准备开一个奇异食品展览会,另请女隗小姐来做时装表演。只卖票,并且声明会里不再募捐,那么,来看的可以多一点。"

"这很好。"禹说着,向他弯一弯腰。

"不过第一要紧的是赶快派一批大木筏去,把学者们接上高原来。"第三位大员说,"一面派人去通知奇肱国,使他们知道我们的尊崇文化,接济也只要每月送到这边来就好。学者们有一个公呈在这里,说的倒也很有意思,他们以为文化是一国的命脉,学者是文化的灵魂,只要文化存在,华夏也就存在,别的一切,倒还在其次……"

"他们以为华夏的人口太多了,"第一位大员道,"减少一些倒也是致太平之道。况且那些不过是愚民,那喜怒哀乐,也决没有智者所玩想的那么精微。知人论事,第一要凭主观。例如莎士比亚……"

"放他妈的屁!"禹心里想,但嘴上却大声的说道:"我经过查考,知道先前的方法:'湮',确是错误了。以后应该用'导'!不知道诸位的意见怎么样?"

静得好像坟山;大员们的脸上也显出死色,许多人还觉得自己生了病,明天恐怕要请病假了。

"这是蚩尤的法子!"一个勇敢的青年官员悄悄的愤激着。

"卑职的愚见,窃以为大人是似乎应该收回成命的。"一位白须白发的大员,这时觉得天下兴亡,系在他的嘴上了,便把心一横,置死生于度外,坚决的抗议道:"湮是老大人的成法。'三年无改于父之道,可谓孝矣。'——老大人升天还不到三年。"

禹一声也不响。

"况且老大人化过多少心力呢。借了上帝的息壤,来湮洪水,虽然触了上帝的恼怒,洪水的深度可也浅了一点了。这似乎还是照例的治下去。"另一位花白须发的大员说,他是禹的母舅的干儿子。

禹一声也不响。

"我看大人还不如'干父之蛊',"一位胖大官员看得禹不作声,以为他就要折服了,便带些轻薄的大声说,不过脸上还流出着一层油汗,"照着家法,挽回家声。大人大约未必知道人们在怎么讲说老大人罢……"

"要而言之,'湮'是世界上已有定评的好法子,"白须发的老官恐怕胖子闹出岔子来,就抢着说道,"别的种种,所谓'摩登'者也,昔者蚩尤氏就坏在这一点上。"

禹微微一笑:"我知道的。有人说我的爸爸变了黄熊,也有人说他变了三足鳖,也有人说我在求名,图利。说就是了。我要说的是我查了山泽的情形,征了百姓的意见,已经看透实情,打定主意,无论如何,非'导'不可!这些同事,也都和我同意的。"

他举手向两旁一指。白须发的,花须发的,小白脸的,胖而流着油汗的,胖而不流油汗的官员们,跟着他的指头看过去,只见一排黑瘦的乞丐似的东西，不动，不言，不笑，像铁铸的一样。

四

禹爷走后，时光也过得真快，不知不觉间，京师的景况日见其繁盛了。首先是阔人们有些穿了茧绸袍，后来就看见大水果铺里卖着橘子和柚子，大绸缎店里挂着华丝葛；富翁的筵席上有了好酱油，清炖鱼翅，凉拌海参；再后来他们竟有熊皮褥子狐皮褂，那太太也戴上赤金耳环银手镯了。

只要站在大门口，也总有什么新鲜的物事看：今天来一车竹箭，明天来一批松板，有时抬过了做假山的怪石，有时提过了做鱼生的鲜鱼；有时是一大群一尺二寸长的大乌龟，都缩了头装着竹笼，载在车子上，拉向皇城那面去。

"妈妈，你瞧呀，好大的乌龟！"孩子们一看见，就嚷起来，跑上去，围住了车子。

"小鬼，快滚开！这是万岁爷的宝贝，当心杀头！"

然而关于禹爷的新闻，也和珍宝的入京一同多起来了。百姓的檐前，路旁的树下，大家都在谈他的故事；最多的是他怎样夜里化为黄熊，用嘴和爪子，一拱一拱的疏通了九河，以及怎样请了天兵天将，捉住兴风作浪的妖怪无支祁，镇在龟山的脚下。皇上舜爷的事情，可是谁也不再提起了，至多，也不过谈谈丹朱太子的没出息。

禹要回京的消息，原已传布得很久了，每天总有一群人站在

理　水

关口，看可有他的仪仗的到来。并没有。然而消息却愈传愈紧，也好像愈真。一个半阴半晴的上午，他终于在百姓们的万头攒动之间，进了冀州的帝都了。前面并没有仪仗，不过一大批乞丐似的随员。临末是一个粗手粗脚的大汉，黑脸黄须，腿弯微曲，双手捧着一片乌黑的尖顶的大石头——舜爷所赐的"玄圭"，连声说道"借光，借光，让一让，让一让"，从人丛中挤进皇宫里去了。

百姓们就在宫门外欢呼，议论，声音正好像浙水的涛声一样。

舜爷坐在龙位上，原已有了年纪，不免觉得疲劳，这时又似乎有些惊骇。禹一到，就连忙客气的站起来，行过礼，皋陶先去应酬了几句，舜才说道：

"你也讲几句好话我听呀。"

"哼，我有什么说呢？"禹简捷的回答道，"我就是想，每天孳孳！"

"什么叫作'孳孳'？"皋陶问。

"洪水滔天，"禹说，"浩浩怀山襄陵，下民都浸在水里。我走旱路坐车，走水路坐船，走泥路坐橇，走山路坐轿。到一座山，砍一通树，和益俩给大家有饭吃，有肉吃。放田水入川，放川水入海，和稷俩给大家有难得的东西吃。东西不够，就调有余，补不足。搬家。大家这才静下来了，各地方成了个样子。"

"对啦对啦，这些话可真好！"皋陶称赞道。

"唉！"禹说，"做皇帝要小心，安静。对天有良心，天才会仍旧给你好处！"

舜爷叹一口气，就托他管理国家大事，有意见当面讲，不要背后说坏话。看见禹都答应了,又叹一口气,道:"莫像丹朱的不听话,只喜欢游荡,旱地上要撑船,在家里又捣乱,弄得过不了日子,这我可真看的不顺眼!"

"我讨过老婆,四天就走,"禹回答说,"生了阿启,也不当他儿子看。所以能够治了水,分作五圈,简直有五千里,计十二州,直到海边,立了五个头领,都很好。只是有苗可不行,你得留心点!"

"我的天下,真是全仗你的功劳弄好的!"舜爷也称赞道。

于是皋陶也和舜爷一同肃然起敬,低了头;退朝之后,他就赶紧下一道特别的命令,叫百姓都要学禹的行为,倘不然,立刻就算是犯了罪。

这使商家首先起了大恐慌。但幸而禹爷自从回京以后,态度也改变一点了:吃喝不考究,但做起祭祀和法事来,是阔绰的;衣服很随便,但上朝和拜客时候的穿着,是要漂亮的。所以市面仍旧不很受影响,不多久,商人们就又说禹爷的行为真该学,皋爷的新法令也很不错;终于太平到连百兽都会跳舞,凤凰也飞来凑热闹了。

一九三五年十一月作

昆 仑

长铗

长铗，生于1984，原名刘志鹏，湖南邵阳人，毕业于武汉中国地质大学，著有短篇集《麦田里的中国王子》《星际掠食》等。长铗作品的一大特色是以数学的严谨和奇妙来打通古今中西文化，融汇现代科学的精神与古典文化的情结。长铗对中国历史尤其富有兴趣，这里所选的《昆仑》以上古《穆天子传》中周穆王西行的故事为蓝本，描绘出一个充满神奇上古科技的西周时代，而那个世界的失落竟源于人类以自己的理性对神的挑战。

昆仑悬圃，其尻安在？增城九重，其高几里？四方之门，其谁从焉？

——屈原《天问》

火星在七月的黄昏沉沉坠去，西边的天空一片彤红。我站在颠簸的马车上，视线从寥廓的苍穹垂落于背后一片广袤的大地。两条深深的辙印蜿蜒至天边，那里杜宇落单的身影渐行渐远。掐指一算，我离开楚国已经三个月了，满车向周王进贡的包茅早已失去它的嫩绿与幽香。

我的眉头微微蹙紧，今天是朔晦日，天空却是月明星稀。帝国的历法的确需要重新修订了。祖宗传下的颛顼古历沿用了三百年，累积误差已十分明显，节气与农时的舛误常常令农人不知所措。三个月前，我接到王的传诏，限我即日起程前往镐京。我的族人在接到这一旨令之时，惶恐万分，自从昭王南征楚国不还，帝国与楚世家的关系已经异常紧张。新帝位之初便发动了一场轰轰烈烈的讨伐战争，结果，北方那个气焰正炽的徐国从帝国的版图上消失了。虽然楚国在这次应召讨伐徐国的战争中起了主力军的作用，但楚人普遍悲观地认为，这个名叫姬满的新帝下一个将要动手的便是楚国。事实上这次被传召的除了世代为周王修订地理志的我们申氏家族，还有天文世家甘氏、机械匠师舒鸠氏，甚至楚国名觋巫咸、巫昌。我走出家门登上马车的时候，背后号啕一片。我的嘴角轻轻抽搐，终究没有吐出一个字。我再次检查了我携带的书箧，确认每一卷舆图纬典都安置在精确的位置上之后，便吩咐御者挥鞭起程。我下令的时候嘴角竟扬起一丝微笑。是的，我申氏历代为周王整理地理志，一百年来兢兢业业小心翼翼，未尝敢因官爵低微疏误职责，能在一个春光艳丽的下午被千里之外的周王想起也不失为门庭幸事。

当我们赶到镐京时，惊诧地发现，偌大一个镐京城内充满了南腔北调奇人异士。齐国的稷下学士[1]、燕国的羡门[2]、赵国的铸剑师、郑卫的乐师、楚国的阴阳家甚至西域的幻术师如百鸟朝凤

---

[1] 齐国在都城临淄西门外设稷下学宫，招揽天下文人学士，在那里讲学和著书立说，议论朝政。这些被网罗的人才称为稷下学士。
[2] shaman 的音译，一种信奉外来教义的方士。

般济济一堂，聚集在俪宫大殿里高谈阔论。他们的随从辎重挤爆了西京的客栈，马厩里各种高低不一毛色混杂的马匹日夜嘶鸣不绝，据说经常有客人因自己血统纯正的母马受到别马的玷污而滋事斗殴。

我们被安置在蒲胥客栈，一个月过去了，依然没有被王召见的消息。随车进贡的包茅早已被冬官长验收，传下的旨意是让我们耐心等待，整理自己的学问。不久王将举行一场声势浩大前所未有的殿内测试，在这次测试之前，帝国被传召的学者术士巫觋将被王依次召见，当庭询问一些专业职责范畴之内的事宜。

关于这次周王劳师动众的起因，众人蠡测纷纭。模糊的说法是王被一个大而空的问题所困扰。这个问题是如此博大精深，以致不得不召集帝国最有智慧的人来回答。而那个问题被提出来的机缘是好笑的，仅仅是因为两件毫不相干的梦一般荒谬的事情。

第一件是西方很远很远的某个国家有个幻术师来到镐京，此人能赴汤蹈火移山倒海，凌虚漫步有如平地，穿墙入室毫无阻隔。既能用念力改变物体的外形，又能控制人的思维。帝国饱学之士没有一个能够破得了这个人的法术，更无法解释其中的奥妙。而这个不速之客性情极其孤傲，视华夏俊杰如土鸡瓦狗，根本不屑于与众学士讨论法术的高妙。王倾尽国库为他修建了中天之台，又从郑卫选来妖艳柔媚的女子，为她们喷施香水描眉画黛，头戴金簪，耳佩珠饰，身着柔美丝绸衣，腰曳齐地白绢，身佩玉环香草，布置在楼馆之中，让她们演奏《六莹》《九韶》美乐，供他享用。可幻术师依然不甚满意，勉强下榻中天之台不久，幻术师便请王与他一起游玩。王拉着他的衣袖,腾空而起,直上云霄,竟来到绯云之巅的一座宫殿。这宫殿金碧辉煌气势恢宏,巍峨耸峙在云雨之上,却不知下面是由何物支撑。王耳闻目睹鼻嗅口尝的均非人间所有,于是断定这便是清都紫微宫,听到的是钧天广乐曲。王低头往下看,见自己的宫殿楼宇就像堆积的土块柴草一般丑陋不堪。幻术师引着王在宫殿里四处游逛,所及之处抬头不见日月,低头不见山川。光影阑珊之处,王眼花缭乱,天籁袅袅飘荡,王耳中嗡鸣一片。王全身上下五脏六腑被惊得心迷意乱失魂落魄,便请幻术师让他回去。幻术师推了他一把,王就从虚空跌落。王醒来的时候坐的还是原来的地方,身边的侍者还是老面孔,再看案前,酒菜还热气腾腾。王问自己刚才从何而来。侍者回答王一直就睡在榻上,只是小憩了一会。王来到中天之台,幻术师已杳如黄鹤,不见踪影。王从此郁郁寡欢精神恍惚。

第二件事是王从西方狩猎归来,途中有人向王推荐一个名叫偃师的工匠。与偃师一同前来觐见王的还有一个面容古怪的人,此人对王的态度甚是倨傲无礼。王正诧异间,偃师请王上前审视,竟然是一个木偶。这木偶的动作举止与真人一般无二,可以随着音乐舞蹈,节奏无不合乎桑林之舞。他还能放声高唱,美妙的韵律只怕王宫内的歌伎也要逊色三分。王的宠妃盛姬被这一稀奇事吸引,围绕着木偶左右观赏,啧叹不已,冷若冰霜的姣面上也浮出了久违的笑容。王正要重赏偃师,木偶在众目睽睽之下竟眨眼挑逗盛姬,王大怒,欲诛偃师。偃师惊恐万分,立刻把木偶拆卸开来,只见木偶的身体内部全部是一些皮革、牛筋、木头机枢、树胶、漆之类毫无生命的器物，齿轮交错，曲轴纵横，以牛筋缠绕牵引，紧紧箍在轴承上的牛筋自然释放，轴承转动，驱动咬合的齿轮旋转，动力传引至木偶的四肢五官，这才有了刚才的千变万化唯意所适。王被这一精湛的技艺深深折服，叹道：人之至巧堪与造化同功啊。于是重赏偃师，用车载回木偶，于大殿之上日夜表演以供众卿娱乐，前来朝觐的蛮夷诸族使者无不叹为观止。可是王很快又怏怏不乐起来，经常眉头紧锁神游太虚，在宫中横着走竖着走，嘴里还喃喃念叨些什么。有时手拍脑袋作恍然大悟状，有时又顿首跺足作焦躁不安状，迷了心窍一般。有一天，王在藏书阁密室里单独召见偃师，与他彻夜倾谈。丑时，侍者听到密室里传来王暴雷般的怒吼。第二天清晨，偃师出来时就像整个儿换了个人，形容枯槁，面如死灰。有许多好心人上前关切地询问些什么，偃师却一言不发。当天下午，偃师就从镐京城内消失了，谁也不知他去了什么地方。

就这两个梦一般的故事加上两个谜一般的人，害得王寝不安席、食不甘味。众人议论着猜测着揣度着，晃着脑袋。

住在东厢七号房间的稷下学士王子满从周王的行宫归来，众人立即围住他，询问王召见他所考核的内容。

什么？十字秤星？众人愕然。

"是的，王一定是疯了！可怜我满腹经纶，准备的资料汗牛充栋，王所询问的居然是秤杆前端镶嵌的十字秤星是什么含义！"王子满歪着头，嘴微翕着，目光呆滞，似仍在回味品啜那个荒谬的场景。

"你是怎么回答的？"有人问。

王子满挤出一丝苦笑："这恐怕是属于贩夫走卒的知识了。秤杆上的十字秤星乃是商道上心照不宣的一个标志,代表'福禄寿喜'四义,谁要是缺斤少两,是要折损福禄寿喜的。自古以来,秤杆就是这种制式,历经千年,这层意义倒是鲜为人知了。"他的脸上不自觉地浮上一层得意的红光。

四下鸦雀无声,各自思量这一问题的奥妙与含义。

"不对!"另一名稷下学士杨墨捏着下巴上几根枯须,徐声道:"王兄的说法似颇有理,却经不起推敲,既然买卖的双方都不知道十字秤星的含义,这折福的警告又怎能吓阻欺诈行为呢?"

屋子里顿时聒噪起来。

"诸位,诸位。"一个不急不缓的金石之音打断大家的争执,是宋国的象数大师东郭覆,"十字秤星的含义我看不甚要紧,关键在于王为何要关注这样一个常识,它与传闻中王所冥思的那个大而空的问题有何瓜葛呢?不才昨日也刚刚被王召见过,王所询问在下的却是另外一个相似的问题。在下推敲,这两者似有渊源……"

"是何问题?"众人安静下来。

"王问的是,算盘为何采用上档两珠下档五珠的制式……"

这有何不对吗?房间里充满了诧异的空气。众人心中的那团疑云与我心中是一样的:这样的问题就好比质问石头为何长成这样而不长成别样。一个司空见惯的事物值得去考究它的来历吗?如果去询问制秤匠或是制算盘匠,他们只好回答:祖师爷传下来的就是这样。但是一个电光火石的念头突然在我心中绽放:对呀,对于民间使用算盘的商人学者而言,算盘的确存在两颗多余的子,上下档各有一颗子从来都用不上,合理的设计应该是上档一子下档四子。当我意识到此点后便悄悄推门离开这沸反盈天的讨论现场，回到自己的厢房，裹上被子冥思苦想这一问题。窗外灌进一大片皎洁月光，地上如水银泻地。我辗转反侧，一闭眼，黑暗中似乎有一点幽幽的光在游走，它飘忽不定，与我若即若离，我几乎就要触及它的光辉，它却又如幽灵般晃开了。当我遽然睁开眼时，四周光华灿烂，已是旭日当空。随从毕恭毕敬地准备了洗漱盆巾站在我床前，告诉我王的使者刚才已来过了，王于午时召我觐见。

"西北之美者，有昆仑虚之璆琳琅玕焉……"王背对着我，缓缓诵读着《尔雅》里的辞章，四周一片蛙鸣鸟语，风在翠竹红叶之间沙沙游走。我没想到王召见我的地点是在他的瀁泽行宫。

"你就是申子玉？"王转过身来，那个传说中精力充沛爱好骑射的新君面容竟如此清秀脱俗，飘然出尘，只是几缕衰弱的长发在阳光下闪烁着濯濯银光，几近透明。王真的是老了吗？王即位之时已经五十岁，按理说这个年龄已不堪承载征战四方傲睨天下的雄心壮志了。

"臣正是世代奉旨修订地理志楚地申氏传人子玉。"我朗声回答。

"楚人？"王冷冷一笑，我心一紧，分明听到王鼻子里传来哼的一阵冷风。"《山海经》就是你们楚人杜撰的吧？"

我如释重负，正容道："《山海经》确是我楚先祖所编撰，文采瑰丽，叙事浪漫，多录鬼怪异兽神话传说，但地理风俗均参考前人著述及实地考稽，杜撰一词似有失偏颇。"我心中暗暗称奇，这《山海经》向来被世人视作禹臣伯益的著作，王又是如何推断是楚人的作品呢？

"实地考稽？"一丝无声无息的嘲笑挂在他微撇的嘴角，"那好，朕向你讨教一个关于《山海经》的问题。"

"臣洗耳恭听。"

《山海经》之西山经、海内东经、西经、南经、北经、海外西北经上均记载昆仑之山，那么，昆仑到底尊驾何处？"王严厉的目光似两道光剑，刺得我不敢正视。

"臣不知。"我的脑海乱成麻团，两腋冷风飕飕汗如瀑下。王所提的问题实际上是困扰堪舆界多年的疑难。有人认为海外别有昆仑，东海方丈便是昆仑的别称；有人考定昆仑在西域于阗，因为河出于阗且山产美玉，与纬书记载相符；有人认为昆仑并非山名，而是国名；还有人干脆认为昆仑无定所……古来言昆仑者，纷如聚讼。

"纬书记载：昆仑之丘，或上倍之，是谓阆风。或上倍之，是谓玄圃。或上倍之，乃维上天，是谓太帝之居。试问天下何山如此怪异，竟分上下三级结构？"

"臣不知。"我的声音细如蚊蚋，无地自容。相传昆仑一山上下分三层，面有九门，门有开启兽守之。增城之上，有天帝宫阙。这种结构谁也没有亲见，历代纬书却记载翔实，言之凿凿。对于这种记录，我们后辈亦只能一五一十参照前人著述加以整理修订，或暂付阙如，万不敢凭空臆想增饰文采，妄下评断。

我听到一声悠长的叹息，如羽毛般飘落。王远远踱去，他挺拔的身影竟有一丝摇晃，双肩颤颤巍巍，银灰色长发更凌乱了。我

昆 仑

内心隐隐萌动,那个孕育已久的假想似要脱口而出,却又艰难地吞入腹中。作为一名堪舆师,没有经过实地调查又怎敢妄下断语?那毕竟只是一个大胆却又荒唐的假想啊。

王眼角的一丝犀利的白光触疼了我通红的脸,我低头不语,心中泛出一丝苦涩的嘲笑:怎么可能呢?昆仑方八百里,高万仞,岂可……

"你有话要说?"王似乎读出我的心思。

四野的蛙鸣不知什么时候静寂了,慵懒的风也睡了,稠密的树叶一动不动。夏午的池塘里蒸腾出一层幽蓝的雾霭,池塘水一平如镜,像一整块晶莹的翡翠。咚,凝固的池水破碎了,一只青蛙在团团荷叶间游弋,荷叶在波纹的推动下终于摇出几分清凉。

"臣猜测,也许,昆仑根本就不是一座山!"我的声音在空荡荡蜿蜒蛇行的长廊里回响,洪亮却掩盖不了尾音的颤怯。

王用饱满的目光望着我,那目光里的温煦鼓舞了我,我继续说:"之所以纬书上南西北东都有昆仑的踪影,那是因为昆仑原本就是会移动的物体。"

"会移动的物体?"王闭上眼睛,深吸一口气,沉吟良久,"是什么呢?"

"比如,比如……"我支吾着,腹中千头万绪似要在一刹那喷涌出来,"比如星槎[1]。"

王猛地睁开眼,深邃的眸子里荡漾着一层奕奕的波光。

---

[1] UFO 在中国古代的称谓。

"好个南西北东！好个星槎！"王突然爆发出一阵狂肆大笑，我在他莫名其妙的大笑里忐忑不安、如芒在背。

王在亭子里来回急踱了几步，便倏地坐下。赐我在他对面坐下。侍者在王与我的杯盏里倒满了香气四溢的琼浆玉液，王与我举盏几回后，疲倦的脸上便有了几分红润。

"你愿意听朕讲一个古老的故事吗？"王的目光拉得又平又直，缥缥缈缈，御苑内的青山碧水斗折回廊在他恍惚的目光里黯淡下去……

"那是在一千多年前，古代的一个皇帝命令他的一个孙子两手托天，另一个孙子按地，奋力分离天与地之间的牵引。终于除了昆仑天梯，天地间所有的通道都被隔断了。这个雄心壮志的皇帝又令他的一个孙子分管天上诸神的事务，另一个孙子分管地上神与人的事务，于是一种新的秩序开始形成……"王用意味深长的目光望着我。

我心里说，是的，我明白。这个被称作"绝地天通"的故事也记载在《山海经》里，这个古皇帝就是颛顼，他的两个大力士孙子一个叫重，一个叫黎。传说在绝地天通的一刻，礼崩乐坏了……很明显，这只是神话，王叙述这个故事又有何企图呢？

"我常常对一些司空见惯的事物心存困惑，"王抿了口酎清凉，"当我接手这个国家，神州天下就如同一幅舆图一般舒展在我眼前。按理说，我只需继承先帝制定的法规、沿袭周礼，就可换得海晏河清、举世太平。可是我却无法回避内心的一些困惑，甚至对祖宗之法、治国之道产生怀疑，比如古历，比如易卦，比如谶纬之说。

昆仑

我试图解释这些问题时,我便意识到两种潜伏着的秩序在斗争、在蔓延,影响到帝国的每一个角落。当我明白自己是站在一个两难的历史的高处,当我明白我的一念之差将对后世、对帝国基业产生巨大影响时,我就陷入一种荒凉的境地:是孤独,是无奈。我害怕,我一觉醒来,一种新的秩序席卷这个世界,就像一千多年前的绝地天通一样,礼崩乐坏。而我,帝国的继承者,对此却束手无策。矛盾的是,我内心又在隐隐期待这个新秩序的到来,就像期待一场久违的大雨,这雨可能是一场甘霖,福祉天下;也可以是一场洪水,吞没一切……"

我呆呆地望着面前这个衰老的男人,遗忘了他的身份,他的位置。此时他在我眼里只是一个需要倾吐的独行者。他站得高,可以望见我们所不能企及的地方。他必须思索一个问题,这个问题是如此庞杂,我们无论在各自的专业范畴内钻研多深,却只能窥见这个问题的一隅。管窥蠡测,所以我们才看起来好笑。

"所以,我决心研究我所继承的这种秩序的由来,发现一切的一切都与那个子虚乌有的昆仑有关。似乎是一夜之间,黄帝从虚空继承了他的发明技艺,这才有了舟、车、机械;神农从虚空继承了他的劳耕技能,这才有了百草、稼穑;扁鹊从虚空继承了针灸医术,这才有了三百六十五个穴位的特定组合与病症的精确对应。有些病症通常需要几个甚至十几个穴位的组合针灸才有疗效,可是你知道要从这三百六十五个穴位中摸索出对症的组合针灸术,需要试验多少次吗?"

"一百次,一千次?哦不。"我意识到自己的荒谬,拼命摇头。

"一个数术家告诉我,从三百六十五个穴位里选取合适的五个穴位,需要实践四百七十七亿五千万次。"

我无从揣度这个数的大小,因为就我的工作而言,最大的数是二亿三万三千三百(里),这是天体的经长。

"这说明针灸之术不可能是远古时代的某位神医通过实践积累的方式所创造的。"

"我听说针灸术最初是写在一本叫《黄帝灵枢经九针十二原》的书上。"

"不错。"王笑笑,"不光是针灸,你若是询问机械制造工匠,他的技艺发源于何代何人,最终也会追溯到与黄帝有关的一本书上,比如《阴符经》……"

《阴符经》?这不是九天玄女下凡赠给黄帝的那本奇书吗?相传黄帝正是根据这本书上所记载的内容发明了指南车,走出蚩尤制造的迷雾,从而击败了蚩尤。

"那么,八卦易经呢?"王歪着头诘问我。

"这……"我迟疑了,众所周知易卦是文王被拘于商狱时一手创造的啊。

"你相信闭门造车吗?一个囚犯怎么能在斗室里远取近求仰观俯察呢?一个失去自由的人何以演绎大千世界的千变万化呢?"

我惊呆了,大周天下敢如此批评文王发明易卦功德的,恐怕只有他的五代孙姬满了。

"你觉得我国使用的算盘设计合理吗?"王又突发其问。

"臣以为上下两档各多出一子。"我庆幸自己昨晚刚刚琢磨过这个问题。

"可是,在一千五百年前礼崩乐坏的时代,这种算盘却是合理的设计。因为他们使用的是十六进制。"王面无表情地说。

一颗火花在我浑浑噩噩的脑海里绽放,这颗火花拭亮了一大块死寂的黑暗。是啊,上档每珠代表五,下档每珠代表一,那么每位的计数什是十五,这也是十六进制的最大基数。即使是今天,十六进制仍然在称量、占筮领域使用着,半斤八两的说法即源于此。

王不待我整理思绪,飞快地蹦出一句:"那么十字秤星呢?你了解它的含义吗?"

我摇摇头。

"《山海经》为什么采用南西北东的方位顺序,而不是民间流行的东南西北的习惯顺序呢?"

我脑袋完全懵了,心中唯有感慨:各行各业都有一门行规,我们堪舆行内的规矩正是以南西北东的顺序描述地理,这规矩谁也不知道从何年何月定下的,却一直沿用至今,谁也没觉得这有什么不妥,更不会想为什么会是这样。我痴痴地望着王,酎清凉美酒的幽香也无法唤回我的思绪。

"这一切均是源于河图洛书。"王的声音轻飘飘的。

什么?我几乎没有听清,但当我回过神来,得到的只是一头雾水。

"十字秤星实际上就是洛书图案的核十字,至于《山海经》的叙事顺序,由内而外自南到东,也是按照洛书的解读规则进行。可惜,这门学问今天已经无从考究,那种智慧实在太过精深博厚,远非吾国学士可以推敲探求。"王缓缓地直起身子，衰老的骨节发出咯吱的摩擦音。他的双臂颓然下垂，混浊的目光眺望远方，不觉间日已西斜，把他的影子拖曳得又长又淡。

"那是一门什么学问？"算盘、秤星、昆仑、黄帝，我的脑子被五花八门的念头与线索填充缠绕着，王峰回路转的思维让我如堕迷雾之中，连提出的问题都如此苍白无力。

"那，那不是人间的学问，它来自昆仑。它的力量即使是朕也无法抗拒。"王沉重地一字一顿，"我常常做梦，我的梦里充满了阳光，暖洋洋的光。我在梦里是一个光秃秃赤条条的孩子，在无边的阳光里蹒跚学步。在阳光的普照下，我能体会到一个孩子被母亲抚摸的那种幸福，苏醒后却又生出令后背泛凉的后怕，是那种孱弱无助渴望呵护的卑怯……"他的双眼沉重地闭成一线，似在进行一场千年不朽的冥思。

"你知道盛美人是怎么死的吗？"王突然抬眼问我，像是从他荒谬的梦境中突然惊醒。

盛姬？我听说过那全国传得沸沸扬扬的宫廷谋杀案。姜皇后生的十七王子突然无疾夭折，王召集帝国最有经验的仵作、智士调查此事，一无所获。倒是巫师的卜辞轻易地揭开了真相：是盛姬放蛊害死了王子，且在盛姬的寝宫里找到了不祥的蠡血。

"臣听说她是被方相士以驱鬼术正法的。"

王的嘴角隐隐抽搐："可是处死她的命令却是我下的。我坐在这么高的位置，却无法保护自己的宠妃，这是多么好笑的事啊！"

王命令处死盛姬，可又想保护她，岂非矛盾？我困惑地望着王。

王的喉结微微颤抖，鼻翼不住翕动，干枯的眼眶里突然充满了白花花的光。

"她被拖下去的时候两眼直直地望着我，在庭审她的时候她始终一言不发。其实，她只要稍稍为自己申辩一句，或是流下委屈的泪水，我也会心软，从而大赦了她。我忘不了她大而澄澈的眼睛，那似水温柔的眼神，那浣纱溪边长大的不谙世事的女子又怎么会制造阴毒的蛊呢？"

"陛下，臣听说蛊实际上就是毒药，是把许多毒虫放在封闭的器皿中，等最毒的把其他都毙吞食，再以此虫提炼剧毒物质而制成。若是中毒而死，王子的身躯上必有中毒的痕迹。"

"朕又何尝不知，可是在国人心中，蛊早已超越了毒药的概念，它可以是一个诅咒，一种无边巫术，一种夺命无声的鬼魅，你能向国人解释这一切吗？她是为朕赴死啊，朕知道……"王的声调变得艰涩，"卜辞体现的是神的意志，神要她死，她不得不死。方相士用驱鬼术震碎了她的魂魄，她的鼻孔、眼眶、耳朵都渗出了殷殷的血，常人若受此刑，都会因肝胆俱裂而面部扭曲惨不忍睹，而她的脸上却浮着一层皎洁的微笑，像一朵晶莹剔透的荷花，那么安详。她的义无反顾不是为了神，而是为了朕。她明白朕若是心有不忍而特赦了她，朕便违背了神的旨意，朕将无法持周礼绳治天下。那种秩序，牵一发而动天下，礼崩乐坏，洪水滔天，谁知道呢？她是一个瑶环瑜珥般的美人儿，更是一个冰雪聪明的可人儿，乃朕一辈子的疼痛。"

我看到一颗珠圆玉润的泪珠从王突兀的颧骨滚落，在地上绽放成一朵透亮的水晶花。

　　从王的濩泽行宫归来,照旧有一大群人围上来询问我被召见的各个细节。我疲惫无力地挥挥手,躲进自己的厢房,一头栽倒在床铺上,蒙头大睡。脑袋像开了战场,短兵相接声战车错毂声喧嚣一宿。王所描述的那个世界真的存在吗?一千五百年前绝地天通礼崩乐坏的传说又暗示着什么呢?旧的秩序就是在那个时代建立并影响至今吗?比如日渐式微的十六进制,比如众说纷纭的河图洛书。帝国开国百年以来政通人和,天下太平,王又在担忧什么呢?王作为这个世界上最有权势的人,却无法保护一个自己心爱的女人,这是多么荒诞的事情啊!

　　八月甲子夜半,恰逢合朔与冬至,合乎历元要求,楚星官甘韦庭上书王,建议修改颛顼古历。王欣然同意。在新历颁布的这一天,王召开殿试大会。全镐京城麇集的学者智士济济一堂,分作两批在王左右坐定。王的左手侧入座的是羲门、方士、谶纬师、巫觋、幻术师,王的右手侧入座的是象术师、数术师、天文家、稷下学士、机械师、堪舆家。当我们这样面对面入座,心底顿时明白些什么。那个异想天开思维混乱的周王这些天来所作所为的意义突然明朗起来。在蒲胥客栈,我、天文家、稷下学士、巫觋、方士作为帝国的顶尖人才聚在一块,从来没想到自己与对方有何不同。而今天,王把我们分为泾渭分明的两个阵营,我才恍然大悟,那两种令王寝食不安互相斗争的秩序是什么,那两个梦一般来去无踪的故事与故事的主角又分别代表着什么。

　　王只是用他清癯的目光扫视了堂前一眼,大殿就陡然静寂了。

昆 仑

王说:"今天,我把大家召集在这里,是要解决困扰帝国的一个难题。今年宋国的旱蝗导致人民颗粒无收,偏逢去年劳师伐徐,国库空虚。救济不力,民不聊生,乃朕之大过。长江黄河隔三岔五的泛滥更是朕的肘腋之患。朕时常冥思苦想:若是有一种至高至妙的方法来预测来年的荒馑旱涝该多好。如此,帝国可以提前决策。若是荒年,则蓄积粮食;若是洪涝,则迁移人民到高地;若逢大旱,则颁令改种旱田庄稼。朕上下求索,却难得一计。难道举国上下,倾尽智囊,也无法预测来年的气候吗?"王的声音突然拔高,变得高亢激昂,在大殿内久久回响。

"陛下,"楚国名觋巫咸上前奏曰,"臣在楚国大行占卜占筮之道,数次预测来年的气候变化,无不合验如神。可见祖宗传下的占卜之术,乃是神人贯通、先知先觉的唯一通道啊!"

"此言差矣。"稷下学士王子满征得王的许可,站起来说,"气候乃是种云气变幻、阴阳调燮的一种现象,这里面有规可循。据我统计,长江流域的泛滥呈现或三或五的周期规律,中原的旱灾一般伴随着蝗害,是旱灾的气候周期律与蝗虫的生物周期律耦合调和的结果。"

"既是一种规律,王兄可否预测一下来年贵国的气候?"巫咸冷冷地说。

"这……"王子满露出窘迫的神色,"气候的这种规律太过复杂,又时刻处在动态变化之中,它只是在大量的统计数据中呈现一定的规律,若要精确预测,委实困难……"

"笑话!"一个西域的幻术师不顾礼仪大剌剌站起来,"天气这玩意儿就好比奴仆的表情,我要其阴它就不得晴,我要呼雨它不敢来风。大王不信,我可当场演示。"

事实上王还未有表示,幻术师就迫不及待地一抖衣袖,半空便响起一声霹雳,震得殿堂金色穹顶簌簌作响,众人缩着脖子,敬畏地望着那个烟雾腾腾的衣袖。

"这位先生固然可以主宰一时之风云变幻,殊不知气候乃是一个季度乃至一年的寒暑变迁,先生若有高能,何不作法,令来年风调雨顺凉风习习四季如春?恐怕真正的大旱来到,你唤来的那几点雨还不够你洒仙水的分量吧。"宏辞雄辩的东郭覆说得幻术师瞠目结舌,满脸通红。只得低头去驱散袖口的浓烟,浓烟却驱之不尽,滚滚涌出,那滑稽的场面激起大殿里一阵压抑的哄笑。

"陛下。"楚老觋巫昌叩拜在地,"易卦为先帝文王所发明创造,卦象的乾道变化阴阳翕辟高深莫测,乃是神的意志附存于卦象上的驱力。易卦传至今日近一百年矣,我们不肖子孙对易卦的领悟理解日趋平庸,以致祖宗智慧之精华不得继承。臣恳请陛下在全国推行易卦,以辅佐王道,沟通神人,调理自然。则大周幸甚!苍生幸甚!"

王沉默不语,转而把目光投向我们一侧,那目光里的含义深不可测,又似乎什么含义也没有。

"陛下。"东郭覆拱拱手,"臣以为战坛盈城、图谶累牍非但不是兴国之本,反而会遗祸万年。试想以龟甲之裂璺、蓍草之形状、卦之阴阳与旦夕祸福联系起来是多么荒唐。卦辞曰:小狐汔济,濡其尾,无攸利。请问如何从小狐狸过河弄湿尾巴得出事不成功？难道今早我出门是先跨左脚还是右脚与王是否赏识我的见解有关吗？"

我们冷静地保持沉默，脸上却浮出会意的微笑。

"匹夫之见！愚夫不可与语卦之妙。"巫昌恨声道。

东郭覆听了也不恼，转向巫昌躬躬身："老先生，据说卦象的变化体现的是神的意志，不料我这田夫野老虽不懂易卦之妙，却也通晓神的旨意。"

"哼，果真如此，你可推断我掷下的这一卦是阴是阳吗？"

东郭覆道："一卦之阴阳即使判断正确亦有巧合之嫌，不妨你掷卦一千次，我来判断其中阴阳卦各占的次数。"

"好。"王抚掌，微笑道，"朕就为你二人仲裁，看卦象到底是神人的意志还是愚人的意志。来人，计数！"

东郭覆心领神会，不动声色地说："我推断这位先生掷下的卦象阴阳各占一半。"

"荒谬！"巫昌白花花的胡子在呼哧呼哧的鼻息前乱舞。

"阴，阴，阴，阳，阳，阴……"

巫昌双臂抱胸，吹着胡须，用眼角的白光瞟着东郭覆，一副要你好看的表情。不知何时，王悄悄踱到我跟前，轻声问："你认为结果怎样？"

"臣不知。"我老实说。

王笑了："你知道我是如何推断出《山海经》是楚人写的吗？"王的问题总是突兀怪诞，这分明是两件不相干的事啊。

王似乎知道我又要说不知，便自答道："这是因为我数了一下

《山海经》里帝王神话人物的露面次数，发现你们楚人的先祖颛顼出现达 16 次、黄帝出现 23 次，远远超过其他的三皇五帝。这样的材料安排也许是出于无意，却暴露了作者的感情趋向。"

我恍然大悟。

"报告陛下，阴卦共计 499 次，阳卦共计 501 次。"

左右两席同时响起一阵欢乐的呼声。不言而喻，这意味着我们这方阵营的胜利。而他们也自认为胜利了，因为 499 : 501 只是近似于各占一半，神的意志似乎是不可精确预测的。双方于是展开了激烈的争执与攻讦。此时，一个着玄色长袍的人无声地屹立在殿前的大门口，阳光倾洒在他飘飘的衣袂上，笼罩上一层令人眩晕的金色。黑纱斗篷下那张鸠形鹄面的脸却让人不寒而栗。谁也不知道他是什么时候出现的，侍卫对他的出现茫然无知。王抬起双眼望向门口，他眼里的光突然浮动起来。王从宝座上起身，嘴微翕着，视线又平又直。众人对王的表情迷惘了，目光顺着王的视线落在那个不速之客的身上。是他？那个传说中穿金越石、移山倒海的幻术师。大臣们窃窃私语，脸上浮现出敬畏的神色。

那人的目光空洞洞的，仿佛殿堂内的众生在他的视野里投影的只是一堵白色的墙。他移动身子，却似乎根本没有迈步，衣袂飘扬长发乱舞地在众人惊愕的目光前漠然移动。卫兵完全遗忘了他们的职责，众宾客则忽略了自己的存在。这个世界只剩下一个舞台，舞台上只有一个人独舞。

就这样，他来到王的跟前，拿出一卷羊皮纸，不，谁也没有看见他掏的动作，只是手上突然多了一卷羊皮纸。他掷在地上，面

昆 仑

无表情地说:"这是神的旨意。"

那卷纸静静地躺在光亮的大理石地面上,上面笼罩的好奇的目光几乎要把它烤焦。侍卫正要俯身去拾,他像是看到了什么,便困惑地停住手。是的,大家都看到了,那卷纸好似通晓人意,自动舒展开来,那上面的绢绢小字竟自动放大,投影在半空之中,以致每个人都能清晰地看到字符的细微结构。可是,很失望,那上面奇异的符号连最博学的稷下学士也无法阅读。我泄气地垂下视线,发现羊皮纸仍躺在地上,那半空之中展开的竟是它的幻象。

"何人能解读这文字,朕赐万金!"王高声喝道,环顾玉墀栏下。

骄傲的稷下学士垂首不语;头发斑白的老学究们满脸通红;大臣们正襟危坐,佯装城府。那些羡门、方士、巫觋倒是趾高气扬起来,纷纷私下炫耀他们对这些文字的一些心得。因为他们即使不懂,却也对这些符号十分熟悉。这些符号原本就是鬼符,方士们挂在木剑上焚烧的树叶,上面画的就是这些。

"神的文字俗人岂可亵渎?"那个声音不大,却回响在每一个人的耳边。而他的嘴分明是紧抿的,冷若冰霜的面孔如一潭死水,春风吹不起半丝涟漪。

王叹了口气,颓然歪倒在宝座之上。门口的宾客与卫士突然骚动起来,是偃师。他来了,帝国最有智慧的人偃师来了。这个激动人心的消息比酎清凉美酒的清香传播得还快,以致整个殿堂都笼罩上一层愉快的醉意。王挤揉在眉间的两指猛然舒展,嘴角不易察觉地扬起一个弧度。

布衣偃师,一身素白。连他整个人都是苍白洁净的,眉清目秀，面若朗星。脸上没有血色，也没有阳光的颜色。他似乎习惯于在黑暗中工作，当他从长年累月的黑暗中走出，来到灿烂阳光下，就像一个初生的婴儿一般鲜活，充满生命的新奇与活力。他的身后是一台笨重的机器，装有四轮，在大殿里自由游弋。

"偃师，这一年以来，你又瘦了。"王来到偃师的身旁，搂着他的肩膀，眼睛里溢满了柔光。

"王，我失败了，我没能制造出一个拥有自我意识的木偶。"偃师哽咽着，像一个委屈的孩子。

"不，你是成功的。"王仰头直望殿穹，似在缅怀往事，"朕已经明白一个道理：就算我们人类现在不能制造出一台拥有意志的机器，我们人类的繁衍却无时无刻不在生产拥有意志的产品：人。我们这一代不能，不代表我们的子孙后代不能。况且你制造的能应声起舞的木偶已是前所未有的巨大成功。它能在表演时突然与我的爱妃眉目传情，这带给我们巨大惊喜：它已经学会超越你的命令表达自己了。虽然我们无法解释这一转瞬即逝的意识火花的渊源，但它已经带给我大周一个希望，这希望引导我们华夏子孙走向一个必然的光明！"王洪钟般的声音在偌大的殿堂激荡回响，袅袅不绝。王的银发根根舞动，熠熠生辉。众人交头接耳，唏嘘不已。原来那个传奇色彩的故事真实的情形竟是这样的。

"王……"偃师幽亮的眼珠望着王，无语凝噎。

"人是不能取代神的！"一个冰凉的声音传来，每一个僵硬的字像是雹粒一样掷地有声。那幻术师幽灵一般出现在偃师面前，阴鸷的目光攫住偃师坦然的双眸，"人就是神所创造的，人却想制造出神所制造的东西，这实在太好笑了，哈哈哈哈。"

这放肆的狂笑把殿堂变得像灵堂一样肃静。

"人的骨、肉、血分割开来是没有灵魂的死物，而它们组装起来却是一个活生生的智慧的灵魂。我们为什么不能用无生命的木头、金属制造出有意识的机器呢？"偃师平静地诘问幻术师，"不像你，虽然拥有可自由活动的肉体与貌似强大的法术，你的灵魂却完全不能理解你这种能力的奥妙。从这层意义上说，你的灵魂早已死亡，你滞留在人间的不过是一具行尸走肉、法术的奴隶罢了。"

稷下学士们听闻此言，全都下意识地端正身子，偃师的话里有一种精神打动了他们，也感染了我。我的心里有一股热流在沸腾，在奔突，冲击着我不住搏动的太阳穴。

"嗬！"幻术师怒吼一声，斗篷下蓬乱的长发震得飘了起来，黑袍上下笼罩着一层无形的戾气，令人窒息。众人突然感到一阵眩晕，凭空降下一个硕大无朋的火球，伴随着一声轰天巨雷，向偃师直直砸去。殿堂里响起惊恐绝望的叫声。

偃师平静地仰着皎洁的脸，那火球却没有落下，球表的烈焰距离他的鼻子不到一拳。火球的炽光渐渐黯淡，散发出的逼人热焰也逐渐褪尽。幻术师曲张着他的双臂与双爪，全身颤抖。

"你还是先完成你的使命吧。"偃师轻松地说。

幻术师像是被击中命门，颓然瘫倒在地，火球像是被一双无形的手掐灭了，化作张牙舞爪的青烟笼罩在幻术师的身上。

偃师面向王，说："这人的到来想必是奉了他主子的命令，向陛下传达一个消息，他主人的意思一目了然：如果我们不能解读这些符号，我们也就无须进行下面的步骤了。"

"他主人是？"王说出我们大家心中的困惑。

"还是先解读这些符号吧。"偃师神秘一笑，把他带来的机器展示在大家面前。这台机器最显著的特征就是有突出的吻部，张着一张黑漆漆的大嘴，整体就像一只大蛤蟆。

"这是什么？"王小心地触了下"蛤蟆"的嘴，似乎担心它突然两颌大开，把他的手掌吞下去。

"这就是蛤蟆。"偃师调皮地说，"它的嘴是一个输入口，它的屁股是输出口，只要我们把写有文字的卷帛扔给它吃，它就会排出我们认识的文字。一年前我就注意到方士巫婆们使用一种奇怪的符号，这种符号来自远古，起到的是沟通神人的作用。我想如果我能够破译它的含义，就能使我们了解到远古的一些信息。于是我潜心钻研一年，终于发明了它。"

"神的旨意真的是能破译的吗？"王露出神往的表情。

"神不过是比我们高级的生物罢了。我们人之于孑孓蜉蝣，不也是神一般高明的事物吗？同样法术也没有什么了不起，只是一种高度发展超乎我们理解的技术而已。"偃师的话在我们的对面引起一阵愠怒的喧嚣，但他没有理会，拍拍他的"蛤蟆"，说："它的工作原理是这样的：识别、计数、存储是它的三个基本功能。首先，它分析出我们华夏文字的使用频率，比如'之'字，它在华夏文字里面的使用率排第一，再根据频率排定其他文字的序位。它再分析出鬼符文字的使用频率，我总共收集了三十牛车的桃符、天书，全一股脑儿塞到它的大嘴里，得到了鬼符文字的使用频率。那么排名第一的符号的含义理当是'之'了。这样破译出的文字虽存在舛误,但从一千多种组合中选出正确的组合是完全可能的。因为语言本身就存在自我验证的功能,前后文的互相映照是一个不错的纠错手段。"稷下学士们啧叹不已。我心中暗叹:这种方法与王推断出《山海经》是楚人的作品原理是多么相似啊。都是通过大量的统计来发现规律。

偃师把那卷羊皮纸扔进蛤蟆嘴,蛤蟆肚子立刻响起机械的震鸣,就好像空瘪的肚子发出饥饿的咕噜声。不一会,屁股就吱吱吱地吐出一卷绢丝,上面密密麻麻地写满了华夏文字。

"昆仑之巅,青鸟之所憩。有西王母,居帝之宫……"王读出开头几行字,便止住不读,随目光下移,神色益凝重。偃师根本没有看绢丝上的内容,却胸有成竹地仰着头,望向半空,仿佛在他的世界,金銮殿穹根本就是透明的,蓝天上飘着流浪四方的白云,天边响着牧人的吆喝……

"王将征犬戎,祭父谏曰:不可,先王耀德不观兵……"史书是这样记载这一段历史。我们无法从如此精短的文字去揣测真实的情形,正如我们无法像理解一个公子哥的轻狂一样理解王那颗不服老的心脏。毕竟王已经五十五岁了。不管朝中大臣如何反对,国中百姓如何非议,王就像一个任性的孩子一样坚持他那似乎是心血来潮的疯狂念头。当他这样做之后,他的确焕发出几分青春的色彩。其实,稍有智慧的人也会明白:王征讨犬戎不是为了开辟新的御苑供他游猎,那万里长沙的不毛之地之于大周毫无用处,但是征服了它,却开通了一条通往西方的道路,西方那可是一片云蒸霞蔚的神秘天空啊。

王将西征，不出一月，大周没有哪块土地不在传递这个消息，为王挑选御夫骏马的专驾在驿道上激起滚滚尘土，为王推荐人才寻求隐士的大夫在街间巷陌奔走如织。

王出征的时候，八匹名叫赤骥、盗骊、白义、逾轮、山子、渠黄、华骝、绿耳的宝马拉起华盖大车，以御术名扬天下的造父为王驾车，参百为驭手，力士柏夭主车，巨人奔戎为车右。

帝国最有智慧的一百个人分乘在五十辆马车之上，与上次殿试不同的是，这些人里面没有一个方士、羡门、巫觋、幻术师。我坐在王旁边的华丽马车之上思考这个现象时，感觉到塞外的风里夹有一股泥土的暖意及种子萌苏的气味。我按捺不住内心的激动：作为一名堪舆师，却从未有机会亲赴梦境般的西域实地考察。这一次，我终于可以为《山海经》写上完美的注脚，甚至补缺填漏。不仅如此，我还将领略王所关注的那个方向，王站得那么高，他的视野总是超乎我们的目力与想象，甚至超乎我们的历史与见证的时代。在王的视力所及，时光将回溯一千五百年，那是一个烛龙烛九阴、共工触不周、夸父逐日、魃除蚩尤的神话世界啊。

王立于轩辕之上，手按宝剑，眺望西方，朔风中他飘逸的银发像一面军旗一样猎猎有声。夕阳拖长了他高大挺拔的影子，那风骨峻拔的身影踽踽独行一往直前，单薄得不堪承受背后恋恋的目光。

"吉日甲子，天子宾于西王母，乃执白圭玄璧，以见西王母。"我在竹简上简洁地写道。启明星在地平线上出没了三百三十次，马

昆 仑

车的辘轳更换了三个,我记录的竹简装填了一马车后,我们来到西王母的国度。"或许也是九天玄女、藐姑山仙子的国度。"王告诉我。总之,这不是人间的国度。事实上,一个月前我们就以为已经抵达这个移动的国家的疆界。当那个耸峙云霄的巍巍标志在一场夷沙平丘的风暴后降临在我们的视野内之时,世界在一刹那陷入无声,陷入光影浮动的海洋。我们在那一刻忘了欢呼忘了回忆忘了联想,只剩下痴痴的凭息,喷叹,感动。这一切都在无声之中默契地进行。

昆仑!昆仑!突然有个人叫了起来。

引路人的脚步突然变得凌乱紧凑了些,然后他双膝一软,跪在松软的沙地上。我们的队伍立刻乱了。马匹惊慌地嘶鸣,拼命地蹶着蹄子。训练有素的御夫完全忽略了他的职责,一律呆若木鸡地立着,甚至连自己什么时候从失控的马车上跌落也不知晓。众人在这突如其来的混乱场面下遗忘了世界,遗忘了自己,更没有察觉什么时候有一道金色的光芒,从那昂藏于天地的擎天一柱中涌出,蔓延,席卷,直至吞没整个世界。大地刹那间变得神圣,以致每个人移动一步都颤颤巍巍、小心翼翼,心中充满了虔诚与敬畏。

我们并不知道我们看到的只是昆仑的最高一级:增城。它通体金光闪闪,掩映在谲诡奇伟的云海之中,若隐若现,遥不可及。它终非人间的艺术品,从略窥一角到一览全貌,非得耗得千里骏马一个月艰难苦辛的跋涉。

阆风,玄圃,增城,自下而上,层峦叠嶂,珠玑镂饰,拔地而起,增城玄圃已没入云霞。我们站在阆风的阴影里,垂头盯着自己的脚尖。我不敢抬头去望那擎天一柱的尽头,因为我害怕大地在我抬眼的一瞬间失去平衡,在阆风的重压下沉陷。有时我又狐疑地环顾,似乎脚底踏的不是地面,阆风漫无边际的黑黢黢的表面才是,而我只是一只渺小的壁虎,立在一堵摇摇欲坠的墙上。我突然明白为什么纬书舆图上一律把昆仑定为万仞,因为在这样庞大的身躯前,任何敬业的堪舆师都会失去测量的勇气,他手里拿着皮尺只会徒增羞愧。他无法参照周围的山峦,在此处,躲得远远的山峦就跟脚底下的砾石一般不值一提。因为原本伟大的事物与原本微小的事物在这震撼的参照之下,只剩下同一种意义:渺小。忽略不计。

王立在那里,挺然峭拔,偃师立在王的身后,神色平静。

有一个空灵的声音袅袅传来,许多人扭转脖子去寻找这个声音的源头,又捂捂耳朵,似乎对听觉产生了怀疑。他们不知道,这个声音根本没有方向,它来自四面八方,不紧不慢,有如潺潺流水,宛转清澈,却完全不是来自于丝竹管弦。它深深地攫取了众人的注意力,直到一个御夫用大梦初醒的声音喊道:"那里!"

这个声音及时地提醒了大家,却可恶地破坏了梦境般的气氛。因为那个人的出现只能是在梦中,才子骚客们顿时发现辞赋里曾经令他们如痴如醉的华丽文采是如此肤浅,那根本不是人类的语言可触摸的美丽。不必提醒,众人不约而同地在第一时刻明白了她的身份:仙子、神女、九天玄女、西王母。毋庸置疑,称号虽然五花八门,所指却是唯一。她身着霓裳羽衣,沐浴着五彩缤纷的花瓣与烟云从天而降。有人伸手去接那零落的花瓣,掌心里却只剩下一团斑斓的彩光。一个玉石玲珑的声音传人众人心田,"尔等何人?"众人面面相觑,彼此的表情验证那并非幻觉,而她的嘴唇分明是紧闭的。那唇线优美的弧度望一眼就让人失去正视的勇气，本是含羞的微笑，却令人如此害羞。

"东方巨龙之国周五世王姬满率国人拜谒西王母。"王声朗气清，欠身作揖。

西王母左右闪出两个黑袍术士，一乘夒牛，一乘貔貅，面容狰狞，神情鸷冷。其中一人喝道："万里迢迢，直犯天国，乃为何事？"

"有一个问题，想要请教无所不知先知先觉之西王母。"王恭敬地说。

西王母波澜不惊的面容皎皎似乳，让人忍不住想要一亲芳泽，去激起一池涟漪。我突然为这一罪恶的念头切齿痛恨起自己。

"请讲。"那天籁的声音如春风拂面，沁人心脾。

"传说创世之初，世界是一团混沌。阴阳不清昼夜不分。人民愚昧无知，直到一天神人乘星槎造访神州，授书先祖黄帝、颛顼、帝俊、神农，教他们一些基本的生存技能，还有一些超乎他们理解的学问与技术，比如河图洛书、易卦与幻术。世界因而从浑噩中醒来，按照神的旨意，一种强大的秩序建立起来。华夏子孙敬畏这种秩序，虽然他们完全不能领悟这种秩序的奥妙，却并不妨碍他们把窥得一角的阴阳学、法术、道术、占卜发扬光大。神的帮助曾经给这个黑暗的世界带来光明，但是今天，这种古老的秩序与社会已难合榫卯。我作为帝国的继承人意识到在这个时代将有一种崭新的秩序取而代之。今天，我所带领的这些人，将向您证明他们有足够的智慧建立新秩序，我们不再需要神的干预！"我们在王慷慨激昂的陈词中不由得挺直了脊梁。西王母的嘴角挂着一丝恬淡的笑意,许久不散。

"哼!"骑夔牛的术士冷笑一声,"你们的智慧?人类可怜的脑袋瓜子具有智慧吗?"

"人若是不思考他就比一株蚰蜒草还可怜。这就是人的智慧。"一个声音说。

术士气势汹汹地去寻找这个不卑不亢声音的源头,他们凶神恶煞的目光照在偃师光洁的脸上,被反射得一干二净。

"尔有何能?"

"我可以制造出活动的木偶,将来我肯定能像神一样制造出具有自由意志的机器来。神又有何能?"偃师无畏地正视西王母。

"放肆!"骑貔貅的术士红发上指,怒不可遏,"无知顽童,竟敢诋毁神的智慧!神长生不死,变化无穷,无所不能,无所不晓。"

"世界上没有无所不知的智慧。因为它若是对明天的一切洞悉幽微,它就不能体会今天的幸福。"偃师平静地说。他瘦削的身子立在昆仑的阴影里,势沉千钧的气势一下子制止了我的失衡错觉。

"笑话!对于神而言,世界的运动就像一道计算题,只要把一切物质的数据作为已知,将来就像过去一样展现在他的眼前,预测不过是一种计算而已。"

"若如此,在下请教一个数术问题。"稷下学士东郭覆站上前拱拱手问道,"设有一个二乘方程,方程内天元、地元、人元三元,各前系数为 71、12、25,请问解得天、地、人三元的根为多少?"

他话未落音,便被西王母冰冷的话打断:"这个方程根本无解。"

东郭覆羞愧地退下,他研究三元二乘方程二十年,不知捻断了多少根胡须才证明这个方程是无解的,而西王母仿佛不必思考就道破其中玄机,反应之快间不容发。

我心中没来由地充满了勇气,清清嗓子问道:"我听说圣人胸中自有万千沟壑,神人若上通天文下知地理……"

"你想看看神州的地理?"她迅速读出了我的心思,嘴角隐约地一噘。

空中突然涌现一幅地图,不!那根本不是图,是图像,竟然是立体的。当我定睛一处,那地方仿佛洞悉我的想法,自动向我拉近放大。我看到连绵起伏的山脉,山脉中的山峰、山谷,山谷里的冲积平原……也许这根本不是真实的地理面貌,是她随意制造的幻象而已。但是我错了,因为我很快看到了熟悉的风物,平原上的房舍,田陌上的农人,甚至房舍里的桌椅。天,这不是我家吗?楚国东部的蒸野,万里之外一个不知名的地方,就这样清晰明了地展现在我面前。我倒吸一口冷气,黑暗让人害怕,我没想到光明也如此让人恐惧。这真是一门邪门的法术啊。接着那立体投影又急速远离,比例尺越缩越小,直到凹凸不平的地面曲成球面……天,竟然缩成一个天空色的圆球,我们生活的大地原来和天上的日月一样是圆的!而且水汽氤氲,像一个水晶球。南北顺椭,其衍千里。古纬书上说的竟是真的。我羞得汗流浃背,恨不得躲到大地的另一面去。

左右黑袍术士得意地望着垂头丧气的我们,座下的怪兽也摇头摆尾,爆发出震动大地的嘶吼。

王尴尬地环视四方,稷下学士、象术师、数术师们惶恐地低着头。四野的风停了,低矮的云紧贴着地面,夕阳西斜,昆仑无边无际的影子铺天盖地,把大地漆成了灰色。空气凝滞得令人窒息。

偃师无声地摇着头,众人注视着他。有人从他空洞的表情里读出了绝望,也有人读出了希望。

偃师端着一盆水,走到西王母的脚下,恭敬地放下,从锦罗香囊里抓出一把粉红色花粉撒在盆里,微笑说:"臣偃师侍奉神仙姐姐沐浴。"

众人惊诧地望着他,想笑却笑不出来。西王母雍容的玉面也禁不住飞上两朵绯云。就在这不尴不尬的时刻,偃师大声说:"即便是最微小的事物神也无法捕捉它的影踪,敢问西王母,您能预测盆里的每一粒花粉一刻钟后的位置吗?"

四周湛然静寂。

西王母的微笑霎时间融化了,破碎成漫天飞舞的花瓣。她的婀娜身体变得透明,众人使劲揉搓眼睛,不错,西王母已从虚空消失了。众人正要寻找她的踪迹,一道漫卷大地的白光铺天盖地涌来,吞没众人痴痴睁着的眼珠子。世界立即被黑暗取代,我的耳朵没有听到一个声音,因为耳腔已经被什么挤爆了。我全身的骨骼与五脏六腑倒是听到无数个声音,那是它们在作翻江倒海的剧烈震动。不知过了多少个世代,我醒了,听到了一声喜鹊的欢鸣。我面前的大地空空荡荡,一望无垠。昆仑曾经盘踞的地方赫然出现一个巨大的坑,坑底是一大片赭红色琉璃。于是,我在我的地理志上写下一个崭新的地名:瑶池。

"十七年,王西征昆仑,见西王母……天子遂驱,升于弇山,

昆 仑

乃纪丌迹于弇山之石，而树之槐，眉曰西王母之山。"我按照王的旨意在竹简上如此写道。王说："这个故事留在史书的痕迹要越少越好，因为那个绝地天通、礼崩乐坏的世界已经一去不返了，为了消除旧秩序的影响，你的记录应避重就轻、轻描淡写。"

后 记

据说在古希腊，克里特岛上存在一个强大的帝国，邪恶的国王米洛斯用无边的魔法统治着爱琴海。如果没有发生木马屠城事件，那么今天的欧洲文明甚至世界文明将被改写。至少中学课堂里不再教授数学、物理、化学等自然学科，哈利·波特在霍格沃茨魔法学校搞的那一套才是正规的义务教育，大街上跑的不是汽车，而是环保飞行器：扫帚。

这一构想如此迷人，驱使我在浩繁卷帙里寻找一个东方的特洛伊时代。这样，三千年前那个四海为家的高龄公子哥皇帝走入我的视野。与之一起登上舞台的还有一个大气磅礴的时代。

当穆天子站在他孤独的影子里彷徨苦闷之时，他并不知道他脑子里绽放的一颗张狂的火星竟然燎着了一个百家争鸣、万马奔腾的时代，这个时代是如此璀璨夺目，以致不得不用一个勃勃生机的季节和一个累累收获的季节来命名。

当穆天子浩浩荡荡的巡游队伍走在万里流沙之时，他并不知道几年后地中海边的一个英俊潇洒的国王所罗门与谜一般的示巴女王会晤了。东西方的历史是如此默契，恐怕得感谢一个来去无踪缥缈不定的庞然大物："昆仑"号航天飞船。这个喜欢伪装的大家伙在诸国的历史上以昆仑、方丈、蓬莱、科伦白姆、冈底斯、巴颜喀拉等马甲出现。如此这般，西王母在《山海经》里是"虎齿、豹尾、蓬发"的狰狞面目，到汉武帝时却脱胎换骨成"光仪淑穆"的绝世美女也就好理解了，也许按她们的科技水平，基因工程美容术已被划到"小儿科"里去了。

一览众山小

飞氕

飞氕,生于1983年,内蒙古赤峰人,清华大学中文系博士,著有中短篇集《讲故事的机器人》《中国科幻大片》《去死的漫漫旅途》等。飞氕的文风远绍《故事新编》,近取卡尔维诺,富有后现代主义的意趣。《一览众山小》是对"孔子登泰山而小鲁"的解构,却又是建构,并非一本正经地布道,却让读者真切感受到"道"的意义就在每个人的生命追寻中。

1

寒冬腊月,冷风呼号,夫子孔与众弟子被困郊野,孤立无援。

老实说,夫子孔在江湖上行走了这么多年,轻蔑、无视、仇恨、忽冷忽热、阴谋算计、阳奉阴违、软禁、陷阱乃至暗杀未遂……什么大风大浪没见识过?然而凭着耳聪目明和心中的正气,居然也一次次地逢凶化吉遇难成祥,于是夫子就更加确信自己秉承天命,世俗的小人是绝不可能伤害得了他的了。所以,这次被陈蔡两国派来的一群乌合之众围困在荒郊野岭,虽然进退不得,饥寒交迫,夫子却仍旧从容不迫地给弟子们讲起《诗》和《乐》来。

"关关雎鸠,在河之洲……"夫子声音洪亮,完全不像是三天没吃饱饭的人,"诗五百,一言以蔽之,思无邪。"

诗，确实是好诗，然而在荒废的破草房里瑟缩着的几十名弟子，一个个却面色蜡黄，额头不住地冒着虚汗，坐姿虽然端正，心思却已恍惚了，偏偏这时又刮起一阵干冷干冷的风，吹到发烧的脑门上，好比闷头一棍，于是"扑通"一声，又饿昏了一个。

夫子的声音顿了顿，面色有点愁苦，然而依旧是坐着，弹起琴来。

饿昏的伯牛先生，是一向身体虚弱的，众人忙把他抬到角落里放好，给他喂了几口水，过了好一会儿，伯牛先生才苏醒过来，却一动不动，懒得睁眼。

琴声悠扬，高雅庄重，众人都知道这是老师最爱的《文王操》，于是静静地听，慢慢就陶醉进去了，竟一时忘却了肚子饿，连伯牛先生蜡黄的脸上也露出了微微的笑。

一曲终了，余音绕耳，夫子望着空气深思起来，神色肃穆，仿佛已去古代拜会文王了。

然而，某个肚皮还是不争气地咕咕叫起来，一下把大家拉回了现实，众人都有点沉不住气了。

公良孺皱着眉走上前，向夫子行礼道："老师，我看他们不是会讲理的人，这样僵持着，是想把我们困死啊！不如让我去和他们打吧！"

公良孺是武术家，颇能打，上一次在蒲被围，就是他跟蒲人力战八百回合，才逼得蒲人放了他们去卫国。然而非到不得已，夫子是一向不喜欢动粗的。

"唉，"夫子转过头，"你看那些人，又瘦又黑，衣衫褴褛，目光无神，你爱他们吗？"

公良孺不吭声。

"这些人都是奴隶，不知命，不知礼，不知言，然而奴隶也是人，所以也要爱他们，这便是仁啊。他们也是被迫来围我们的，打他们做什么呢？"夫子见他还是不很服，又补充道："况且，你也几天没吃饭了吧，打得过吗？"

"那怎么办呢？"公良孺舔了舔干裂的嘴唇，有些气愤，若是两天前，他可以把他们全部打倒，然而那时夫子却不肯。

"如果上天让我背负着使命，这些盲流又能把我怎样呢？"夫子说完闭上眼。

公良孺只好沉着脸退下了。这时子路又气冲冲地走上来："老师，君子也有没辙的时候吗？"

夫子知道他子路是一根筋，所以并不生气，但他也明白大家现在心里都很不平了，所以放下琴，站起身，给众人出考题了："不是犀牛也不是老虎，却在旷野徘徊，为何会落到这地步呢？"

不知内情的人，定会以为夫子在出脑筋急转弯。众人虽习以为常，却还是面面相觑，除了几个高徒，其他人向来听不很懂夫子的话的，况且又没力气，所以干脆不作声。

子路一脸的埋怨："要我看啊，实践是检验真理的唯一标准，人家把我们困起来，我们又跑不了，这就说明，您的学说不够高明，德行还不够高，人家不信也不服。"

"伯夷、叔齐饿死了，是说他们的德行不够高吗？比干被杀了，是说他不够聪明吗？"夫子温和着反问。

子路一下子被噎住，脸憋得通红。

另一位高徒，子贡，忧郁着开口了："我想，大概是您的德行太高了，步伐太大了，已经远远走在了时代的前面，超出了普通人的理解范畴，所以大家都不接受，因此才不给我们出路吧？您不能走慢一些吗？"子贡一向是很务实的人。

夫子沉默了片刻，没有回答，这时一个颧骨高耸、白瘦得仿佛骷髅一样的人却忽然大声开口："老师的学说确实太大了，整个宇宙都装不下，所以别人不接受。可是，这才更显示出君子的风范！道不行，那是世人的愚昧，是当权者的耻辱啊，不是老师的错。不接受没关系，历史终究会还我们公道的！"这瘦子便是夫子最得意的高徒子渊先生，他是素食主义者，并且有洁癖，一向营养不良，最近听说有人在面里掺灰，每天就一箪食，一瓢饮，人瘦得可怕，然而至今都还没有饿昏，而且有力气这样大声说话，委实令大家颇吃惊。

夫子听了两个人的话，便对子贡严厉地说："善于种地，不一定就能丰收；心灵手巧，做出的东西别人未必喜欢。君子走得太快太远，后面的人不一定跟得上。可你不想自己站得高远，却想回头迁就别人，这不是降低自己的格调嘛。子贡啊，你太不严于律己了！"

子贡先生不但学问好，而且是厉害的外交家，又很会赚钱，家财丰厚，乃是国际上有名的风云人物，夫子对这个学生，一直都很欣赏，但有时也不满，所以愿意当面批评他，促使他进步。

子贡的脸微微红了，夫子又转向颜回，冲他微笑着点点头。

于是大家都惭愧地低下头,不过,夫子也终于决定让公良孺护送子贡,在天黑时候悄悄下山,去楚国找昭王搬救兵了,因为若饿死了人,也不合爱人的原则了。

2

夫子孔和弟子们被困郊野的第十日,是个艳阳天。

碧蓝的天上,骄阳高挂,几朵胖大的白云悠然飘过,大地忽明忽暗。一只金色大鸟正在一朵白云的上面飞行。

夫子孔一行人竟然还没有饿死,着实让陈国的大夫颇感诧异和不安,于是请来了公安局长破案,不一会儿真相大白:原来,那些奴隶虽没什么文化,毕竟还不是禽兽,不忍心闹出人命,所以从第四天夜里开始,就有人将自己吃剩下的馍和稀粥偷偷地送到草屋外面。

"混账!"陈国大夫气得脸色发青,想把反动分子都抓起来处斩,无奈现在正与吴国交战,壮丁实在稀缺,杀掉的成本太高,不合经济学的原则,只好宽大处理,给每人三百鞭,于是山下一阵狼哭鬼号。

山上草屋里的人听得心惊肉跳,知道今晚上没有冷粥喝了。

一片死沉沉的寂静之后,子路两眼发红,忽然大声说道:"老师,救兵还不来,我们拼死一战吧。"

夫子孔不言语,神色有些黯然。

"人死了,学说不会灭亡,但世上的小人和笨人太多,难道不会歪曲老师的意思吗？所以您一定要活下去啊。况且，我们行义，别人不容，如果不抗争，难道不是对'不义'的纵容吗？我们的主张可凭义来求，却不可以用力来劫。"沉默了好几天的子羽终于开口了。

夫子孔愕然，他实在没有想到这个额低口窄、鼻梁低矮的丑汉子，竟然说出这样有见识的话来，看来自己实在犯了以貌取人的错，不禁长叹了一声。

大家知道，老师算是默许了。于是子路和子羽便开始制订作战计划，哪个冲锋，哪个断后，哪个保护老师，众人紧张地听着，又激动又害怕。

"得道者多助，失道者寡助，况且，哀兵必胜！"子路两眼放光，给大家打气。

众人都摩拳擦掌，决定也让他们见识见识读书人的骨气。

大伙一阵忙碌，把行李装上，又把夫子请上了轿车。正这时，那只金色大鸟从白云中露出身影，地上的人看见，便一阵骚乱。山上的人也急忙冲出草房，抬头看那稀奇的飞鸟，然而阳光太刺眼，只看见一个明晃晃的影子从天上掠下来，侧身依稀可见一个漆黑的"楚"字，不禁大骇，惊叫着弯下腰。金鸟歪歪斜斜地落在山下一片枯草地上，之后又冲向陈蔡两国的军营，搅得鸡飞狗跳人仰马翻，冲倒了无数帐篷，滑行了几百步，才终于沉沉地停下。

子路和子羽，都是勇武的人，只眨眼工夫，就从惊愕中回过神，立刻抓住大好机会，一声大喝，率领大家一鼓作气，冲下山去。山下的围兵们没有思想准备，被杀了个措手不及，加上奴隶才刚刚挨过皮鞭,没有一个肯再卖命,结果竟溃不成军,一败涂地了。

公输般先生是天下闻名的工程师,做出来的东西都极精妙,一般的人是不能明白的,夫子孔虽是圣人,却对那些精灵古怪的事情没兴趣,所以也同样看不懂,并且也不爱看。

"太阳照了,地就热,种子就发芽、开花、结果,人吃了,就有力气跑。天地万物,生生不息,是因为有'能'。'能'不生,亦不灭,世界的一切,不过是'能'在变化万千罢了。懂了'能'的奥秘,就几乎什么都做得到,比如,让一堆木头飞起来,我管它叫飞机……"公输般站在木头做的金色大鸟旁,热情地对夫子孔和众人讲话,他就是坐着这金鸟从天而降,吓了所有人一跳的。

"那么,先王的礼乐也是'能'吗?"夫子面无表情地打断他。

说这话时,天色早已大变,不知几时,太阳隐没在一片浓云之后,阵阵阴风吹过,弥漫出一股潮湿的气息,仿若盛夏,完全没有一点隆冬的样子。大家刚打过架,一个个惊魂未定。虽然早就听说过公输般近来在推广一种"能学",还造了些古怪的东西,但大家都不当回事儿,然而这回亲眼见到人飞上天,才知道这学问的厉害,不禁都惊骇非常,但是因为老师在,所以不敢随便开口,只静静地听着。

"这个……照理说,一切都是'能'变化来的,所以……礼乐一类的,也是吧……"公输般有些犹豫,他是只喜欢钻研造化的奥妙,做些实在的货色,对于礼乐一类的玩意儿,其实不很感兴趣。

"那可敢问,礼乐崩坏,'能学'救得了人心吗?"夫子淡淡地问。

"这……"公输般虽早听说过夫子孔的怪脾气,却想不到他竟对有人飞上天这样伟大的奇迹如此无动于衷,于是也冷淡下来,不屑地说,"道理上是可以的,只是弄起来麻烦,我不愿费那个功夫。"

"唔。"夫子不想再说话了,但还是诚恳地行了个礼,算是感谢。

公输般还了礼,也决计不跟这老头子计较,便露出笑容:"楚王本来要兴大兵来救的,子贡先生说怕挨不了太久,偏巧我新近发明了飞机,楚王就让我先来震一震。御风而行,一日千里,所以正好及时赶到。本来只想用气势吓吓这些庸人就行了,可惜落地的技术还不熟练,结果冲得他们七零八落的,自己也脑震荡了……嗨嗨,好在没有伤到诸位。"

"真是感激不尽。"夫子温和地说,"那么,我们走吧?"

"这倒不急,飞机撞坏了,我得修一修。我看一时半会儿,那些人也不敢再回来,况且天气异常,而救兵马上就到,所以不妨休息一下,吃些东西,养养力气吧。"

黑云低压,阴风阵阵,夫子看见弟子们个个面黄肌瘦半死不活的样子,于是说:"也好。"

这样,众人整理了杂乱的营地,找了粮食和腊肉,生火做饭。米香刚刚飘起,雨点就开始掉落,大伙急忙端着粥锅跑进了帐篷。几声闷雷之后,大雨便倾盆而下了。

天地一片漆黑,偶尔划过一道闪电,大家围着火盆,就着腊肉,喝起了半生不熟的粥。

3

阔别多年之后，竟在稷下学宫又遇见老聃，着实让夫子孔大吃了一惊。

"真想不到，竟在此地遇见了先生。"虽然已是享有国际声誉的大学者，夫子对当年的老师，还是颇恭敬的，虽则内心有一丝尴尬、惊骇，以及一种久违的激动。

"嗯。"老聃杵在那里，如一尊雕像，脸上堆满皱纹，全无一丝波澜。一阵晚风把他稀疏的几根白发和垂到耳边的白眉吹得乱颤，一身肥大的黄袍在风中飘摆不定。

那时候，天下更不太平了，夫子孔也垂垂老矣。

虽然名声越发显赫，事业却还是做不起来。之前，楚昭王差点就要封给他七百里的土地，不料竟被那个叫子西的家伙给搅黄了。不被重用，就每天闲着，只能专心学术，研究当地文化，却觉得不如中原文化好，就写了不少专著，足足装得下五十架马车，然而一卷也卖不出去，只好白送给达官显贵们，却只被当作文学作品装点门面，或者给小孩识字用。倒是子贡突发奇想，组织大家把夫子平时说的话都记下来，编成小册，竟颇受老百姓的欢迎，一下子成了畅销书，赚了不少钱。夫子有点不悦，但有了银子，可以装修装修马车，给弟子买几件体面的衣服，倒也算一桩好事。不久，昭王一死，就闹起了动乱，杀了不少人，外国人也跟着遭殃，连公输般这样的能士，都觉得吃紧，干脆坐着飞鸟云游他乡了。夫子也心灰意冷，况且有胃病，是一向吃不惯楚国菜的，所以那个叫接舆的义士才通风报信说子西要谋害他，夫子就领着众人离开了。本来打算再回陈国，半路上又收到请帖，说齐国要在稷下学宫举办齐鲁论坛，宣扬齐鲁共荣主义，还邀请诸子百家都去争鸣一下，繁荣文化事业。夫子一把年纪，有了些怀旧情绪，想去再见几位老朋友，再听听《韶》，顺便看看齐国搞什么名堂，于是就带着弟子们都来凑热闹了。

为了国际形象，各国都宣布要礼遇人才，增强软实力。一切国际纠纷，都以学术的名义暂停，各地关隘也宽松得多，大伙儿便去争睹文化界名人们的风采。学宫周遭的大小客栈挤满了人，往日萧条的巷子，忽然冒出许多高矮胖瘦的各色人等，呜啦呜啦地说着十七八种互相听不懂的鸟语，很有繁华的感觉。

论坛声势大，各家都派了代表来，传播自己的学说，互相辩驳。由于宣传得力，孔门论坛坐得满满当当。虽已入秋，但人挨着人，反而有些闷热。夫子年事已高，不能久坐，只讲了半炷香的工夫，略谈了点仁义和忠恕的问题，便起身告退。听众却并不满意，觉得自己花了大价钱买了门票进来，所以便一定要围上去索要签名，还有几个面目黑瘦的，嚷着要和夫子孔辩论，现场一度有些失控。好在主办方早有准备，就请孔先生的高徒子路代劳签名售书，夫子本人则在几个彪形大汉的保护下从侧门溜走，身后响起一阵失望声。

"以后别再这么搞，我们是为义而不为利的。"夫子闷闷地说。子贡连连点头，这次的签售活动都是他策划的。

回到驿馆，夫子心绪不宁，就趁着晚宴还未开始，悄悄从后门出去散心。一路走去，被几个瘸腿的乞丐索要了几文钱，然后直奔人烟稀少的地方。走上一个光秃秃的土丘后，竟碰见了老聃，自然颇为诧异。老实说，他以为老头子早已经离开人世许多年了呢。

"先生不是出了关，向西去了吗？"夫子孔终究没能忍住好奇。

老聃无动于衷地立着，嘴唇微微蠕动："你还不懂吗？反者道之动。西便是东，上便是下啊，福和祸，是和非……"又一阵风吹起，老聃也闭了口，仿佛风把他的话吹跑了一样。远处卷起一股黄沙。

难道一直往西却能走到东吗？若是年轻时候，夫子孔一定不服，以为这是胡扯，然而时过境迁，如今脾性已温和得多，况且近来确也对这类问题有些困惑了，或许老头子说的，真有几分道理也不一定呢。

"先生已经完全超越了生死，明白了天地造化的奥秘了吧？"

"唉，你不要说这样的话。"老聃叹息了一声。

两个人就都沉默，一起望着远山。胭红色的天，乌鸦哀鸣着盘旋。晚风吹得两个老头都一阵瑟缩。

这些年，夫子熟识的人一个挨一个地死掉了不少，自己也老了，体内的气势大不如前，这时撞见老聃，实在是百感交集，有点激动了，于是犹豫了片刻，就忽然说出了心中的秘密："先生，我打算去登泰山。"

"唔，"老聃的眼睛眯得更细了，好像睡着了一般，"你在地上已经看够了吗？"

"是，我走遍了诸国，各地的话也都听了，稀罕的玩意儿见了不少，不同的礼俗和音乐也都了解过，当时以为，有些是好的，有些太坏，要不得，但是现在年岁长了，像狗一样颠沛流离惯了，心就难免世故起来。虽然依旧躬行，道却总是行不通，渐渐觉得地上的东西，其实也差不很多。我是每天都反省许多次的，结果是，我以为懂了的，其实并不真懂，人心不古，是要治的，但怎样治法呢？于是我就想去讨教天了。前一回鲁国开文学家笔会的时候，请我们去登东山。上到山顶，我才明白鲁国也就是一块泥丸，于是想，自己从前说的那些，怕是有些天真。可是东山也还是太小，离天还是太远，所以我想去泰山，听说泰山是极高的……远离地，靠近天，在云之上，也许就会有新的想法……"

夫子一气说了这么多，脸就微红，并且有些喘。老聃微微地转过头，看他那惶惶不安的样子，想起他昔日凌厉的气势，心里竟有些同情了，于是也叹气："你的心，还是不平静啊。想要的东西多，就会不足，一无所求，才能刚正……"

天色愈发暗淡，远处山脚下升起一缕炊烟。

虽明知老聃会说这种话，夫子心里却还是不甘："连天的样子都没见过，怎么能说明白了天道呢？"

老聃似笑非笑地说："无往，而无不往。哪里都不去，整个宇宙就都去过了。"

夫子孔落寞了一阵，就自语："我总以为，只有天了解我。现在知道，自己却并不了解天，我的道也要随着命一起完结了，可我总要看看才肯甘心啊。"

晚霞暗淡下去，天空扯过一块大幕，世界陷进大黑暗之中，一股阴冷萧瑟的湿气弥漫开来，老聃便转身："你想去，便去吧。"说完便悠悠地飘走了。

4

"泰山者,擎天之柱也。这东西穿了几百层云霄,顶着天呢,哪里是人能登的啊……"听说夫子要登泰山,季康子第一个跑过来劝:"……您是圣贤,不过……泰山嘛,历来想登的人也不少,要么半路退却,要么跌下来摔死,要么就干脆失踪,可从来没有一个人真的到过顶啊,就是常年在山中采药的人,走到玉皇坡,也就算是到了头,那片神林,人是进不得的,多少人白白丢了性命,况且那上面又云雾缭绕,全是冰雪……不成不成!"

季康子是鲁国的权贵,与夫子私交还不错。泰山是擎天柱,乃鲁国圣地,想高攀的人也多,每年都要死不少冒险家,所以鲁国已经下了禁令,除非有特殊理由,官方是不批通行证的,私自攀登就是犯法,而这事就归季康子管。

"如果天要我无所求,自然会让我受挫;如果天要我往前走,自然能帮我逢凶化吉吧。"夫子孔平静地回答。这话他说了大半生了,自己是非常相信的。

"嗨,您这逻辑,简直无敌啊……话虽如此……单说您这身体,也不比年轻了,怎么能登上去呢?不成不成!"季康子还是力劝。

"总能有办法的。"夫子泰然地回答。

"您毕竟是国学大师,万一有点闪失,我们都担待不起……话说您要是想散心,可以安排您旅游,我们还准备划出一块地,给您专心做学问……"

"太谢谢了，不过您就别费心了。"夫子行了个礼，送客了。

圣贤荣归故里，鲁国上下庆贺了三天，从此人人都把夫子当成国宝，为有这样的名人自豪。大学邀请去演讲，是不好推辞的。达官显贵也都来拜会，请教为政的道理，又送了不少礼物，夫子客客气气地讲几句，也把自己的语录拿来还礼。这样闹了三个月，门厅才终于清净了，而夫子也因为太劳神，就病倒了。时已入冬，夫子就只好在家休养，预备着来年开春的时候再行动。

"现在国家终于器重老师了呢……"众人守在跟前，看着夫子枯树皮一样的脸，心里不是滋味，想说点安慰的话。

夫子摇摇头，虚弱地说："口头上推崇我，却不实行我的主张，是不合礼数的；我不能得到重用，却被称作'国宝'，是不合名分的。失了礼数就会昏乱，丢了名分就有过失。你们不要学他们。"说完叹了口气，闭上眼，心里很疲倦。

大家都很感动，又想到总有一天老师要驾鹤西去，没人再这样教诲自己，不禁都黯然神伤了。

"老师还是别去泰山了吧。我占了一卦，这事似乎不妥当。"子木跟夫子学《易》，颇有心得，近来动辄就喜欢占卦。

"《易》，深奥得很，我没有研究得很明白，你已经弄懂了吗？"夫子连眼睛都不愿意睁。

子木脸红了，不再说话。

夫子就睡去了，并且做起梦来。

梦里，一只红色的大兽在天上飞来飞去。

直到腊月二十三，才下了第一场雪。

一览众山小

子贡进来时,夫子正在炉子旁边删《诗》,门帘掀开,一阵冷风卷进几片雪花,风吹得炉火烧得更旺了。

夫子觉得自己的日子不多了,所以愈发勤奋。自己的学说,别人听得厌,自己也说得烦,所以他近来不大愿意著书,而更愿意编古书了。《诗》有几千篇,虽然之前删到了五百,但似乎有些还是不合礼义,所以打算再删一删,但因为气虚,就只能断断续续地做。

"您还弄这个呢?"子贡行过礼,问道。

"是啊,刚删到三百首……真是百删不厌啊。"夫子把一卷竹简递过去,上面写满了名目,其中一些涂满了红色的圈圈叉叉。

"我看也差不多了,您也手下留点情吧。"子贡仔细端详了一阵,半开玩笑地说,"其实有些也还不错,删了未免可惜,不如另出一本做内参……"

"唔……"夫子愣了一会儿,心思似已不在这上面了:"东西都置办好了?"

子贡点点头:"到处都打仗,物资稀缺,好在还有些熟人,买了些特供,所以也大体上齐全了。出版界今年也不景气,《论语》的销量不如去年,但仍赚了不少钱,置办完年货,还剩了不少……"

夫子孔满意地望着他,良久,才温和地说:"给大家都分发下去,过完了正月,就各自散去吧。"

"是。"子贡犹豫了下,"另外,我在路上还遇到个人,破衣烂衫,一脸的灰,想讨一口水喝,我看他快要渴死了,又不像歹人,就领了回来。"

夫子点点头:"请。"

于是就进来一个瘦高的黑脸汉子,衣服破烂得连抹布都不如,轻飘飘地套在一副干瘪的骨架上,腰间挂着一双踩烂的草鞋,赤脚立在那里,从头到脚都是一片黑,仿佛一根被雷劈焦的枯树。

"打扰了。"黑脸汉子抱了抱拳,喉咙里似乎满是沙,一双眼却如两颗星,炯炯发光。

"您赶紧吃些东西吧……"看着有人受苦,夫子心中总不好受。

子贡就领着汉子去了厨房,掀开锅盖,盛了一大盆稀饭,摆上二十个馍、一碗肉酱和一碟姜片:"请慢用。"黑脸汉子也不客气,坐下来便吃。

足足一炷香的工夫,大汉终于出来了,并把夫子和子贡都吓了一跳:那副皮包的骨架竟如泡过水的菜干一样,忽然膨胀了许多倍,如今立在厅堂中,虎背熊腰,好像一座黑铁塔了,声音也洪亮起来:"唉,好久没吃过这么饱,真是感激不尽啊!这下子又有力气了,咳……事情实在多,总也干不完……我本来只是路过,讨口水喝……不过人是应该知恩图报的,听说您是打算登泰山的,虽然我不赞成,但就帮您一帮吧……"

夫子有点茫然,问:"还不知尊姓大名?"

"不敢不敢,别人都叫我翟……"汉子一笑,露出一口白灿灿的牙。

5

这年春天来得早,刚出正月,河上的冰就融得一塌糊涂,到处闪耀着碎光,在湿漉漉的河岸边,立着一个胖鼓鼓的东西,红彤彤的,远远看去,仿佛搁浅的金鱼。

"轻的往上飘,重的向下沉。用火一烤,热气自然就能带着人飞上天了。"翟先生解释道,"有了这个,可以直接飞上玉皇坡。"

"了不起!"季康子盛赞,"万水千山都不在话下了,果然科技才是第一生产力!"

"这个嘛,还是要以人为本。"翟含糊地说。

"能飞得更高点吗?"子路问。

"倒也可以……但我不愿意。我是崇敬鬼神的,玉皇坡是人间的界碑,我就只能送到那里拉倒,再往上呢,就看各位自己的命了。"

夫子只点点头,望着云桴,满脸的皱纹中,埋藏了几分忧郁。

云桴只能坐三个人,除了翟先生以外,夫子就只带子路随行。其他人非要同去,然而,夫子心意已决,任何人都没奈何的。

"现在世道不好,你们都有自己的正经事要做,就不要来凑合了。"任谁劝,夫子就只是这样答复,"我只去看看便回来。"又特别对子贡说,"有什么事,你要多照看一下。"

子贡深沉地点点头,大伙都红了眼圈。

三天后,是个顺风的好日子,鲁国的政要和各国大使都来欢送夫子孔。翟先生请夫子孔和子路上了云桴,解开了缆绳,点上火,云桴就腾空而起。

脚下的大地渐渐远去,地上的人、房屋、田野、河流都渺小起来,黑的土,绿的湖,白的烟,连绵的青山,五颜六色的颇好看,尘俗的渣滓,都缩小不见了,只剩下一目万里的辽阔,眼前是一轮金黄的太阳，耳畔是呼啸的风，送来阵阵寒意，头顶上的火缸烧得滚烫，喷出一股股黑烟和灼人的热气，鼓胀着云桴，跨越山山水水，攀上层层云霄。

"腾云驾雾啊，哈哈！"子路是勇武之士，但习惯了平地走路的人，初次飞天，还是有点头晕心悸，于是就故意大声喊。

翟先生往火缸里添了一铲木炭，冲他咧嘴一笑，那自信的模样让子路颇感动。

夫子觉得有些冷，关节酸痛酸痛的，就裹紧了腿上的狗皮护膝，呼吸有点吃力，心里阵阵地慌，脸色也白了。

"天高气薄，您吸两口这个。"翟递过来枕头一样的皮囊。

夫子把皮碗扣在鼻子上，拧开闩，一股气就涌入五脏六腑，吸了两口，顿时舒服多了。

"万千景色都尽收眼底，况且还会移动，实在不输泰山了。"翟开玩笑说。

夫子也笑笑，没有说话，只望着下面越来越远的山河，偌大的一个个国家，都成了巴掌大的弹丸之地，自己一生走过的足迹，不过是一条细线啊。

云雾渺渺，绵绵无尽，一颗明晃晃的大火球，无牵无挂地飘浮着。群山都矮下去了，只剩下前方的一座苍莽的山峰，披挂着一层冰雪的铠甲，穿破云海，朝着更高远的地方刺过去了，消失在一片青铜色的天空中，抬头看去，仿佛苍穹下悬挂的一条巨大冰凌，在无限的空旷中闪烁着光芒。

"那便是泰山了。"翟轻轻地说。

"是了。"夫子点点头。

玉皇坡上,正飘着细雪。

异常高大的松林环山而生,仿佛一条绿腰带,截断了万年不化的冰雪,也阻隔了人的去路。林边有一块草地,旁边有间小木屋,云桴微微一震,就在草地上停了下来。

三人顿时觉得进入了另一个季节。火缸已经熄灭,脚下却弥漫着厚厚的一层热浪,似乎地下有一个热炉子,雪落在地上,就立刻融化,蒸腾起白烟,仿如温泉池。湿气热乎乎地贴过来,混着松林飘洒出的清香,从毛孔往五脏六腑里钻去,令人颇有点儿目眩神迷,心痒难耐。

"听山中采药的人讲,这林子是神设的屏风,人不可穿过,也不能穿过,"翟先生望着那片茂密的松林,幽幽地说,"登泰山的人,到这里就可以止步了。"

这片松林不知生了多少世代,足有几十人高,宽厚的枝叶挂着水滴,苍翠可人,林间白雾缭绕。三个人无声地望着林子,思绪纷飞。

"好像有声音。"子路紧张地说。

隐约有几声沙沙的声响,然而很快就从耳畔消失了,三人又仔细地听了一阵,却再无动静,唯有雪花静静飘落,水汽袅袅升起,松林如绝壁般矗立,除此,便是了无边的寂寞。

6

"在云桴上,可以纵览天下,您又何必非得登这泰山呢?"翟一边说,一边往铁锅里扔些干菜,又添上水,生起火,再把馍放在锅盖上。"那上面无非就是冰雪,爬又爬不得,有什么可看的呢……"

这间木屋大约是采药人避风雪的,里面有一张火炕和一口大锅,堆了些木柴,这些都是翟考察好的。他知道夫子孔是国宝,所以先前已经自己飞来过一次了。

"唉,你还年轻,不懂得老头子的心情。"夫子眼望着铁锅下面跳跃的火焰,有些出神。

翟沉思了一会儿说:"那么,我就等您一天……下面到处都在打仗,我实在不能多等,天黑您还不回来,我就只好自己下山了。"

顿时,子路又想到那片雾气蒙蒙的松林,心里忽然一阵惶恐,登山的事竟前所未有的沉重起来,他望望老师,想说又不知该说什么。

"好,"夫子面色平静,又对着子路说:"你也不要去了,在这里陪着翟先生。"

"那不行!"子路急忙说,"老师去,我也去!"

"这事吉凶未卜,你还年轻,应该多做有用的事,不要跟我去犯险了。"

"不成!来都来了,我一定跟您去!"子路急得脸红了。

"唉,你还是这么倔强。"夫子摇摇头。

说这话时,铁锅里的水已经沸腾,菜叶在水上跳起舞来。三人喝着热腾腾的菜汤,就着咸菜疙瘩和干姜片,吃起了馍。

吃过饭,子路出奇地困,便倒头呼呼睡去。雪已经停了,夫子和翟推门而出。地下的那股热气已经消退了,寒气重又袭来,泥地慢慢冻成了一片冰场。满天星斗闪烁,洒下一地银光,雾气已然散去,松林在星光下无声无息,仿如一道影子做成的墙,森然可畏。

其实,翟对夫子孔的学说,向来是不大买账的,以为实在于天下大不利,然而见到老头本人,却又觉得他心肠倒不坏,只是脑袋有点迂罢了,所以分别在即,心里还有点难过,便打算说点轻快的话:"您觉得我这发明怎么样?"

"唔,"夫子回过神,转眼望向云桴,沉思了一会儿说,"不错呢,前一回我见过公输般先生,他也在搞什么飞机……将来的世界,恐怕要有大变化,我怕是跟不上时代的潮流了。"

夫子叹了口气,不自觉地揉了揉腿,年轻时东奔西跑受的那些风寒,如今都沉淀在骨头缝里化成了风湿,寒风一吹,就滋滋啦啦地疼起来了。

"咳,那家伙,真让人头疼……"翟摇摇头,"'能学'倒是很有道理,只是他有点儿走火入魔了,以为搞明白'能',就天下无敌了。飞机虽然厉害,但终究还是要以人为本的。我跟他讲过几次,他都听不进去……"

"他只晓得'器',看不见'道'啊。"夫子叹了口气,"这样,就百害而无一利。"骨头还是酸胀,虽然哀公每月邀请他去泡温泉,可惜一双老寒腿,终究是不能像年轻时一样健步如飞了。岁数这回事,哪怕是圣人,也实在没辙啊。

"是啊。但我和他不同,他是为科学而科学的,我是为兼爱而科学的。"翟转过头,认真地望着夫子,"我知道您看重'道',瞧不起'器',不过器不利,事就难成。譬如有人在千里之外行不义,要治他,走路也许一个月,乘云桴只要一日。况且,衣食住行,都要靠器物,粮食丰收胜过饿死人,旅居便利胜过愚公移山,于人有利的就好。您不是也说,仁者爱人吗?"

夫子望着前面幽密的丛林,心思有些凌乱,琢磨了一会儿,才开口:"话虽如此,只怕器物高妙了,人心就乱了……"

"可您也别忘了,要匡正人心,得先喂饱肚皮。"翟究竟是年轻,反应也快,"没有'道','器'就走上邪路;没有'器','道'就走不通。只有器不成,没有器也不成,凡事都不能偏执一端,您不是也主张,过犹不及吗?不论器还是道,都不能弄得太过啊。"

"倒是这回事,"夫子的思绪还是飘忽,沉默了一阵子,才转过头,"唔,这些话么,我想也是有几分道理的……虽然我不很同意,但是确实跟您学了不少东西,以后我再想想这些……"

"呵,"翟露出笑容,"其实我们求的都一样,只是走的路不同吧。"

夫子发出一阵苍老的笑,笑声淹没在浓密的夜中,北斗星在头上悬挂,仿佛伸手可及。

7

林子里没有路。

黎明之前，地下的那股热浪又慢慢升上来了，不到一个时辰，满地的冰碴都已经烘成了水汽，松林又是白蒙蒙的一片了。脚下的泥土半湿不干，踩上去有点滑，子路背着布包，夫子拄一根木棍，两人互相搀扶着，一点点摸索着往上爬。

阳光在雾气中弥漫，松叶上的露水不时滴落。没有鸟鸣，也不见虫飞，在树与石之间，只有山花和泥土的气息无处不在。

夫子年轻时是登山的好手，现在虽老了，精神却十足，下脚稳稳当当，呼吸不急不缓，跟在子路后面一步步地攀，慢慢地，身子热起来，从头到脚反倒颇感畅快，连风湿病似乎也好了，真有点不亦乐乎。

"这里真静得可怕啊。"子路倚着一块大石头，擦擦汗，紧张地环视着：前后左右，全是参天大树，层层叠叠，在他们面前不断铺展，如迷宫一样，似乎永远没有尽头。身后，来时的路已然隐没在云雾之中。

"是啊，果然已不是人间了。"夫子手扶一棵古松，仔细端详树干上伤疤似的条纹，"你看，这些条纹，长短都一样，却又有两种：一种是普通的一条细线，另一种在正中间却有一个疙瘩，整个树干都是这两样条纹呢……"

"真的！"子路吃了一惊，又转身看另一棵，"这边也是一样……"

夫子看这些条纹有点眼熟，却一时想不起在哪儿见过，正思量着，忽然一阵风拂过，搅起阵阵松涛，如海浪一般把人的心思托起，轻轻摇荡，飘向远方。

远处一阵水声传来，两人才回过神，于是循着水声，绕上一条斜坡，一手摸索着结实的藤条，一手拨开挡在前面的杂草，非常小心地挪着。忽然，子路脚下一滑，眼看要跌落下去，夫子却不知哪里来的力气，一把搭住他的手腕，借着千年老藤的力，把他拉了上来，而落下去的石块只在地上一弹，砰的一声，跌进白雾里，就再无动静了。

子路吓得脸色苍白，夫子也累得满头是汗。两人又战战兢兢地爬了半炷香的工夫，终于峰回路转，登上一块平坦的地方，前面一排峭壁，悬挂一条小瀑布，倾泻而下，向云雾深处奔流而去。

"都说不少人进过这片山林，可是一个也没出去过。"吃过了肉干和馍，子路蹲在溪边洗着手说。

"说是这么说。"夫子捧了冰凉的溪水润了润口。

"可一丁点儿的痕迹也没有……"子路心里不踏实，"连遗骨也不见，真是怪事……"

"这山大得很，也许我们没有看见。"夫子又到一棵十几丈的古松旁，盯着树干瞧。

"老师说要来看看天的模样，可这里就只有雾，什么也不见。"子路抬头，头顶上一片混浊的天，看不出什么名堂，"现在大约是中午了，再往前走一段，如果还出不去这片林，我们就下山吧？"

夫子没有作声，他忽然觉得那些条纹竟好像在自下而上地缓慢移动，交换着位置，不禁吃了一惊，以为自己眼花了，揉揉眼再看，却又觉得条纹没有动，而是黑疙瘩在动，从一种条纹的中央蹦到另一种，两种条纹就互相变化，猛看去就像所有的条纹在移动了。

夫子看得有些头晕，赶忙闭上眼，这时忽然下起了雨。

有棵老松身上有个大树洞，子路扶着夫子钻进去避雨。树洞里一股枯枝败叶的气息，倒也暖和。两个人坐在里面，默默地望着洞外的烟雨。

"唉。"子路忽然叹了口气。

"怎么？"夫子问。

"老师，您不是教导我们要爱人吗？"子路终于忍不住开口，"可这儿连个鬼影都没有，您来这里做什么呢？这倒更像隐居的好地方。"

"唔。"夫子不知该怎么答，他心里也有一样的困惑：就算看到了天，又能怎样呢？回到地上，还不是又一切如故……然而冥冥中却好像有什么在召唤着他，心里有一股力，非驱策着他往前走不可，难道说自己中了邪不成？

"我晓得，您觉得人生到了尽头，做的事还不见成绩，就有点倦。道不行，就想远去，见见海阔天空，散散心，这也没什么不好，"子路热切地望着夫子，"但您不是也说，君子是做事而不求结果的吗？道不能行，您该早就明了了吧？下面的世界还纷纷乱乱的，能做的事其实还很多……"

夫子的心里一震，愣了一会儿，随即缓缓露出了满意的微笑："子路啊，我已经没有什么可以再教你的了。"

雨停了，只有飞瀑激荡。

"就依你说的，再往前走一段看看，然后就下山吧。"

夫子和子路绕着峭壁走了半晌，才走上一条斜坡。脚下的地皮不再温热,风也硬朗起来,地上开始冒出零星的积雪,松林稀疏开来,雾也薄了,湿乎乎的衣服就格外难受了。子路用脚扫出一块空地,捡了一堆松针,用火镰点着,烤起火来。

等到全身都干松热乎了,两个人用雪盖灭了灰烬,就继续走。雾气散尽,松树越来越稀薄,两人身上都挂满冰霜,地上的积雪渐渐连成一片,愈来愈难走,子路也捡了根木棍拄着,小步小步地往上攀爬,夫子在后面跟着,不断呼出白色的气息。

终于,他们登上了一块平地,眼前豁然开朗。

金色的阳光下,一座俊朗的雪峰在他们面前耸立,闪耀着纯净的光。寒风拂过山坡,撩起阵阵飞雪,如面纱一样随风飘摆。除了一排矮松,银装素裹,仿佛明亮的短剑一样插在地里,整个世界就只是一片白茫茫。夫子和子路仰望着一尘不染的雪山,瞬间消弭了心中的一切忧愁。

天空如湖水一般碧绿,云海在他们脚下浮游。

8

望够了雪峰,夫子转过身,看见一行行的青山在地上匍匐,蜿蜒的江河在群山之间奔突,切割出零零散散的田野和村落,在陆地的尽头,河水裹挟着红尘,汇入蔚蓝色的海洋。

世界真是广阔啊!

一句诗自然而然地涌上了夫子的唇边:"溥天之下……"

诗一出口,夫子便觉得似乎有些不合适,却已来不及了。山巅上的积雪忽然开始沿坡而下，如海浪一般一路翻滚，倾泻而来。

两人登时愣住，这时那片雪松中忽然跑出一只火红色的大兽，头顶一对银角，一双乌黑铮亮的眼睛，惊奇地望了一眼两个不速之客，便从他们面前飞身而过，朝着两人起先不曾注意的一个小山洞跑去。眨眼之间，子路清醒过来，拽起夫子的手就跑。雪浪如猛虎下山，一路咆哮，席卷了所有的矮松，在他们头顶疾驰而来。夫子跟着子路昏头昏脑地拼命跑，那洞口又窄又低，子路把布包扔进洞里，刚扶着夫子钻进去，就被一块飞落下来的雪块砸中了额头，一下滑倒，正挣扎着站起来，雪浪已铺天盖地，卷着他朝山下涌去，等到夫子站稳，山洞里已是一片漆黑了。

片刻之后，一切都安静了。

夫子的脑袋嗡嗡作响，大口喘了几口气，便不顾刺骨的冰冷，奋力去挖洞口的雪。然而雪堆得又松又厚，才挖出一点空隙，就立刻被上面的雪填上。夫子不肯放弃，搓搓通红的手，继续挖个不停，万年不化的冰雪就在那满是色斑的手里融化了。终于，夫子从齐腰深的雪地里探出了半截身子，用力呼喊着子路的名字。

山峰耸立，并不动容，苍老的呼唤在山与雪的世界里兀自回荡，终于变成了一声呜咽。

哭过之后，夫子身心俱疲，就退回山洞，用麻木的手翻检着布包，洞里没有可以点火的东西，所幸还有半包姜片，夫子就抓起一把，扔进嘴里猛嚼了一阵咽下去，五脏六腑顿时烧起来，从里到外出了一身的汗，多少暖和点了，然后就往里爬了几下，找到一块比较干而且平整的地方躺下，把冰冷的双手揣在腋下，沉沉睡去了。

夫子似乎做了一个什么梦。

睁开眼，周围却黑咕隆咚的，远处有叮咚叮咚的水声。夫子坐在黑暗中，脑袋里全是迷雾。独自愣了好一阵，肚子里就咕噜噜叫起来，夫子摸出几块凉冰冰的碎馍吞下去。洞里又湿又闷，有股动物粪便的气息。夫子如盲人般，不知道前面有什么，只凭双手摸索着往前慢慢爬，累得浑身是汗，满手满脸都是泥，又不敢停下来，生怕一歇就再也睁不开眼，就呼哧呼哧地挪着，同时心里有一种感觉：自己其实还没有醒来。

不知爬了多久，前面终于露出一丝微光。夫子吐了口气，从一个洞口钻了出来，竟来到了一个钟形的岩洞里了。

满天群星。

夫子大惊，定了神，才发现那些其实是挂满洞壁的无数个蓝绿色的亮点儿，好似夜空中的星斗一样星罗棋布，闪耀着荧光。在极高的地方，又有一块巴掌大的光斑，好像俯瞰众星的明月。洞底的中央是一个圆形的大水池，洞壁上的滴水落在池中，激起阵阵涟漪，水池边躺着一具白骨。

原来有人来过这里啊。

夫子走过去，发现逝者的颈骨和脊柱已经断裂，就仰起头，细看洞壁，发现在"星斗"之间竟有一道道凹槽，螺纹似的盘旋而上。夫子绕着水池走，就真的找到了一个缓坡，半人高，两人宽。那个光斑，大概就是出口，而那具枯骨似乎是走到半路跌落下来的。

夫子心中更惊骇了：如此说来，这泰山，竟是空心的不成？

在蓝绿色的星光下,夫子在螺旋状的壁槽里匍匐而行。

他这一生之中,也曾落魄过,却从未像现在这么劳苦:衣服碎成了布片,膝盖上的棉裤已磨出了窟窿,脚割破了,就扯块碎布包起来,可心里却有一种特别的兴奋,鼓动他不顾浑身的疼痛,继续前行。爬一会儿,就翻个身躺下来歇一歇。岩壁虽硬,却很温热。一想到那具骸骨,夫子心里就一阵战栗:他是谁呢?也和自己一样,是来看天的吗?那些光点儿又是什么呢?倘若往旁边翻个身……夫子不敢想下去,也不敢从槽沿探头向下看,更不敢去看对面的密密麻麻的"星星",免得头晕摔下去。他就只盯着眼前,一圈又一圈,执着地攀升着,群星在他身边旋转,而他看也不看一眼。

渐渐地,那光斑竟有一口锅那么大了,也比之前更亮、更近了。夫子的头开始发热,眼前的影子也有点模糊,恍惚中,他看到"星斗"都离开洞壁,密密麻麻地朝他飞来。他赶忙闭上眼,做了几次深呼吸,心中不停地默念着"君子坦荡荡"。耳旁嗡嗡地响了一阵,终于清净了。这时飘来一阵凉风,夫子的头脑也清醒多了,睁开眼,幻影都消散了。

水滴落在池中,激起更大的涟漪,"星斗"闪烁得更厉害了,而夫子全然不觉,他忘记了时间,也忘记了整个世界,只知道一圈又一圈地攀升着,群星在他身边旋转,而他看也不看一眼。

终于,夫子爬到了那洞口,前面是明晃晃的光,一股风吹在脸上。

夫子迈进山洞,稳稳地坐下来。半响,他攒足力气站起来,转过身,扶着块石头,小心探头,只见"星斗"都在下面闪烁,仿佛夜空倒悬在他脚下了。忽然间,它们开始移动,贴着岩壁朝着这边涌来,并且越来越快,如漩涡一般,而洞口正是漩涡之眼。夫子急忙后撤,星如潮水,汹涌而来,洞穴里满是绿光,夫子闭上眼,而脑海里浮现出了"星星"的样子:那形状竟和神林中松树上的条纹是一样的。

这东西,原来我真的见过啊!夫子猛然醒悟了。

周围暗淡下去了,夫子睁开眼,面前却再也见不到一点萤火,仿佛都顺着洞口飞走了,只留下一个无底似的黑洞。夫子立刻迈步,跌跌撞撞走出洞口。

他站在了泰山的顶端。

群山都伏倒在他脚下,万千世界,尽收眼底。

而头顶上,就是天了。

天,好像一汪清潭,平整如镜,泛着白玉似的微光,映出一个模糊的影子。

自从盘古之后,就再没人离它这样的近过。

那里是否藏着他追问了一生的秘密?

夫子的心怦怦跳动,踮起脚,探头过去,那影子就清晰起来,却并不是夫子的脸,而是慢慢幻化出一个清亮柔美的圆。仔细看,竟是一黑一白的两条鱼,头尾缠绕,悠悠地转着圈。

啊!夫子大骇了。

难道这就是宇宙的秘密吗?

他忍不住,颤抖着伸手去摸。

天真就如一汪水,泛起涟漪来。

两条鱼仿佛吃了一惊,顿时散去,天好像开了一扇门,闪出一道白光,大地开始轰然作响,泰山也崩裂成无数巨石,而夫子孔则在光芒中失去了知觉。

9

星在旋转,光在流淌,冰与火的歌。

10

夫子孔的身体对音乐天生地敏感,虽在沉睡之中,闻听雅乐,也慢慢地苏醒过来。

琴声幽幽,弦乐绵绵,夫子闭眼倾听。心随琴动,恍如飞天,随风驰骋,信马由缰,少顷,又直上云霄,万古山河都化成沧海一粟,唯见银河万里,流光溢彩,群星闪烁,明灭不定,天火熊熊,玉珠滚滚,方生方死,如涛如浪。天地浩荡,乾坤苍茫,幽幽冥冥,最终都化作一片花瓣,飘落无声。

一曲终了,夫子孔的心久久不能平静。

他睁开眼,发现自己赤身躺在一间素雅的木屋里,身上干干净净,没有一点污浊,那些伤痛,仿佛也随之一起被擦掉了。窗外鸟语花香,阳光温柔,石凳上叠放着一件白色的长袍,夫子穿起来,觉得不软不硬,贴身得很,就推门而出。

眼前是一座花园，繁花似锦，绿草如茵，清风徐徐，远处重峦叠嶂，一条雪白的瀑布飞流直下，碧空之上，几朵白云懒懒地舒展着。

这大概是梦乡吧，夫子想。

这时，琴声又起，如清泉流淌，又有几许忧愁。夫子循着琴声，走上一条长廊，阳光透过茂密的葡萄藤，洒落一地。

琴声幽咽，哀愁渐浓，一曲未终而音已止。

一座凉亭，一个黑影，一把琴，一声叹息。

"他的心很仁慈，又有点悲伤。"夫子这样想着，就迈步走过去。

听见脚步声，黑影转过身，淡淡地说："您醒了。"

一身黑斗篷，帽檐低压着，仿佛一个影子。

"是。"夫子行了个礼，"方才听见您弹琴，就过来了。"

黑影微微低下头："让您见笑了。"

"哪里。"夫子说，"我一生闻乐无数，还从未听过那样奇妙的曲子。"

"您觉得如何呢？"

"我似乎看到了宇宙，"夫子如实说，"并且懂了一点点它的心思。"

"呵，那就好。"

"请问，此曲何名？"夫子问。

"信手而弹，并无什么名字……"影子顿了顿，"您觉得叫什么好呢？"

"唔，这个，我一时想不出，只是听的时候，看见无数的星。"

夫子回想着。

"那么,就叫《星》吧。"影子轻声一笑,把琴向前一推,"我知道您也是音乐家,可否也弹一曲呢?"

夫子笑了笑,便在影子对面坐下来,手扶良琴,沉思了片刻,就弹起来。凉亭边,花香四溢,泉水声声,天空中几只飞鸟翱翔,琴声舒缓,随风流淌。

弦已止,而乐声仿佛还在耳边回荡。两个人都静默,一起在余音中回味。

良久,黑影才开口,又仿佛独自沉吟:"巍巍乎志在高山,洋洋乎志在流水。"

夫子立刻笑了。

"能亲耳听您弹琴,真是三百生有幸。夫子的胸怀,今日终于见识了。"黑影欠了欠身。

"过奖了。"夫子微笑说,"敢问阁下是……"

"唉……"黑影转过身,望着远处的瀑布,沉默起来。

"世上有许多路。若想明白天下,就要走遍所有的路。譬如到了岔路口,先走一回左边,下次回来,再去走一次右边,这样才算见识了天下。"

黑影给夫子倒了一杯清茶。

"史,也是一个道理:譬如诸侯争霸,这一次是秦国强大了,重新来过的时候,可能因缘巧合,秦国反而弱小了……这样走遍了所有可走的路,才算是明白史。"

黑影慢慢地说,夫子静静地听,茶香悠悠地飘。

"总之,所有的路都走一遭,就明白哪些是变的、怎样变法,才能知道哪些是不变的。不变的东西,就是道。"

黑影端起茶杯,夫子也跟着端起。山泉煮茶,唇齿留香。

"然而,时光如水,一去不返,不能回头。因此从古到今,就只有一个史,我们不妨称之为'一实',而其余万千的史都不能成真,不妨称之为'万虚',虚实之间,无从比较,也就没法真正明白'史',更谈不上'道'。"

夫子点点头,这样的想法,他从前也有过。黑影又把茶添满。

"不过,到如今,终于有了个法子,"黑影用手一指远处的青山,"那里面,有些机器,可以另辟一块时空。在那里,史,从过去一个起点重新开始,直到全人类都灭亡,就再从头来过,一遍一遍,每次又千差万别,'万虚'就变成了'万实'……有了'万实',就可以相互比较,就能明白'道'了。"

夫子一脸惊愕:"我不懂……"

黑影又恭敬地欠欠身:"自您之后,已经过去八千八百年了,咱们隔了几百代,我得叫您一声祖先了。"

清风入怀,茶香依旧,而夫子脸色苍白如纸,豆大的汗珠从脑门上渗出来。

11

夫子孔渐渐习惯了新的世界。

每天,他和影子在山间散步,在泉边弹琴,夜晚便一起遥望星空。

这是他"死后"八千八百年的星空。那些星斗,都变换了位置,有些异样,有些陌生。

星空下,是他"死后"八千八百年的世界。这时的人们,多数已去了远处的星上,建立了无数的"天宫",少数人留在地上,住在丛林中,整日品茶,赏花,写诗,维护那架机器。

乘着一个透明的圆球,他们一起环绕大地飞行。在圆球里,身体像羽毛一样没有重量,轻飘飘地悬浮着,俯瞰这下面的世界,好像自己在飞。地上不见人烟,就只有一排排茂密的森林,翠绿色的一片又一片。在山谷河流之间,有一些幽深的洞口,圆球带着他们飞进去,里面是一条条纵横交错的管道,巨大的机器勾连套嵌,向着地下一层层铺展下去,无边无际地延伸着。夫子看得一阵眩晕,赶忙闭上了眼。

从那时起,夫子孔就染上了一种忧郁,他时常梦见那些迷宫似的管道,梦见那些银色的机器,它们变成了一副骨架,支撑着大地站起身,朝着天空奔跑而去。

有时候,影子的朋友们还会从远方赶来。他们都穿着黑色斗篷,却并不说话,也不喝茶,只是默默地坐在那里,似乎就明白了彼此的心思,然后起身离去。在一旁的夫子孔,好像也能隐约感受到点什么,虽并不明白,却觉得非常惬意。

到了晚上,夫子就悬浮在圆球里,望着陌生的星空,想着心事。

历史发生了两百七十一次,每次都千奇百怪。

其中的第一次,回过头,"创造"了或者说重新找回了"失去"的另外两百七十次,观察着它们。它们在独立的时空里运转,速度比"它"要快很多,它们的一百年,不过等于"它"的十天。它们每一个都同样真实,只不过,只对它们自己来说才是重要的。

人类已经毁灭了两百七十次,每次都悲惨至极,除了"它",还没有一个能够延续不灭。

"它"唏嘘不已,它继续等待。

按照计划,这样的实验本该还要再发生九千七百三十次。接着,埋在山底下的那些巨大机器会思考上千个日夜,然后告诉你:道是什么。

这想法很妙。

不过这些都不会有了。一场灾难正在"它"身上发生:一种叫作"渊"的东西,正在银河中游荡,所过之处,全部吞噬,如今,正在朝着这里飘来。

最真实的"它",唯一的"它",也行将终结了。

于是,人们决定彻底放弃这片星空,远走他乡。

道是什么,这个问题,也就不再重要了。记录被带走,其余都扔下不管了。失去了维护的机器,开始出现各种错误。它维护着的那片时空,也就一个个莫名其妙起来了。譬如说这次,由于什么引力系数一类东西出了错,泰山竟也成了机器的一部分,用它周围的树和石不断地运算着世界的秘密,而天竟成了世界的界限,一旦有人突破了极限,世界就崩解了。

阴差阳错,突破世界的人,却来到了"它"之中。

人类的第二百七十次灭亡,竟是因为自己,这好像神话一样,令夫子孔不能相信。

望着天空流淌的银河，夫子孔好奇地问："之前的两百七十个我，是怎样的呢？"

夜空中慢慢亮起十几个月亮，连成一排，群星暗淡下去了。影子说，那是人造的月亮，里面住了人，不久以后，这些"月亮"就会飞走，永远不再回来。

沉默了一会儿，隐藏在夜色中的影子说："都是有意思的人，"略停了一下，"但没有一个想过要去登天。"

夫子笑了，然后又有点难过。

偶尔，会有一道银色的光升上天，向着那些月亮飞去。

"你为什么不走呢？"夫子又问。

"呵，"影子沉思了一会儿，"我太留恋这里了。"

"这种时候，是容易染上了怀旧病的。"夫子对此深有体会。

"是啊，所以就听天由命吧。"

"这里很舒服，"夫子由衷地感慨，"在我们那边，不少人都梦想来这样的地方——衣食无忧，也没什么争斗。但他们想不到，还要等这么久。"

"确实，之前，也有过许多灾难，也有几乎彻底灭亡的时候，然而，总算挺了过来，才有了今天。这或许是我所见过的最好的年月了，如果没有'渊'的话。"

在深空，有一个看不见的黑色劫难，正吞噬着星星，朝这里而来。

夫子很想知道在他"死后"的几千年都发生了什么，然而他忍住了好奇,因为心里有别的打算,所以他宁肯不知道这些已然发生的"将来"的事。

"您要是愿意,可以跟他们走,他们倒很乐意。"影子笑了笑,"虽然过了这么些年,您在我们这儿可还是名人呢,大家都没忘记,也都很尊敬您。"

"是吗,真想不到。"夫子摇头,"不过,还是不要了吧。"

"那么您留下来吧,毕竟'渊'还远,大约我们都等不到那时候。"影子诚恳地说。

夫子沉默了片刻,望着远处黑糊糊的山反问:"那机器,会怎样呢?"

"自己坏在那里吧。"黑影心不在焉地说。

"能修吗?"

"能,但已没有必要了,除非……"影子愣了一下,"您想回去?"

"唉……"夫子叹息了一声,有些惆怅,"这里真是享清福的好地方,然而我总觉得在这里像鬼一样,不合时宜。况且想起我的朋友和学生,就总是放不下啊……"

"可那些都已经……结束了啊。"

"话虽如此,但我觉得一切都还在着的。你不是说,可以从头来过吗?"

"哎呀,"影子从黑暗中飘过来,有点犹豫了,"'记录点'倒是有,可以把您送回到毁灭前的某一刻,然后重新继续的……不过,您真要这么做吗?"

夫子目光炯炯:"那就有劳您帮忙吧!"

头顶上,一颗流星划过天际。

12

凉亭边,溪水依旧清澈,但山花似乎不如从前那么茂盛了。凉亭里坐了一排影子,他们都是来送行的。

"机器勉强修好了,况且能量也不足,恐怕就只够再撑一次,"影子交代着,"引力系数校正了,现在大可以去登随便什么山了,不过,说不准别的地方会不会有问题。"

"好。那么,这是最后一次了?"夫子问。

影子郑重地点点头:"再毁灭的话,可就没办法了。"

"这样也好。"夫子点点头,琢磨了一下,"这样也好。"顿了顿,又问:"你能把那边的速度再调快一些吗?"

"可以。"影子会意地一笑,"兴许在'渊'吞没这里前,你们能想出什么好法子。自然,快还是慢,在那边是不会有什么感觉的。"

"只差了八千年,很快就会追上你们的。"夫子微笑着,似乎很有信心。

"但愿别出什么差池,少走弯路,否则就只有一起……"影子有点感伤了,就举起茶杯,"能和您相逢,真是好事。"

"我也一样。"夫子说,笑着问,"能看看您的真容吗?"

"嗨,"影子摇摇头,"还是算了吧……"

"也好。"夫子将茶一饮而尽,"那么,您再为我弹一曲饯行吧。"

"好。"影子手扶着琴,想了一会儿,"《星》是当时的心境,如今已经弹不出来了。我这儿倒有一个曲谱,是您那时候的,后来失传了,如今找回来了。我请您听一听,曲谱您带不走,就请记在心里吧。"

夫子笑了,又向着那些黑影点点头,走进了圆球中。

琴声扬起,天地都静穆了。

夫子孔闭上眼,心中一片安宁,伴着琴声,周围渐渐黑了下去。

夫子孔从梦中醒来时,太阳正朝西坠去。

他觉得周身乏力,精神也很困顿,所以就在那里呆坐着,偎着火炉,似睡非睡地,直到有人叩门,才清醒过来。

子路站在门口:"老师,季康子来了。"

夫子愣愣地,盯得子路有些糊涂了,片刻之后,夫子露出一个微笑:"请。"

"泰山者,擎天之柱也。这东西穿了几百层云霄,顶着天呢,哪里是人能登的啊……不成不成!"

夫子默默地听,也不应答,脸上却挂着满意的笑,让季康子和子路都感莫名。

"……您毕竟是国学大师,万一有点闪失,我们都担待不起……话说您要是想散心,可以安排您旅游,我们还准备划出一块地,给您专心做学问……"

"太谢谢了,"夫子行了个礼,"那么,就不去了吧。"

季康子和子路都登时愣住了。

"与其那么辛苦,真不如做点别的事。"

"哎呀!您果然是圣人哪,就是通情达理!不像别的老头子,固执得要命……"季康子完全没料到这样的逆转,想到自己面子这么大,高兴得有点口不择言,说完自己也后悔了。

夫子却并不介意,只和善地笑:"那就烦劳您给我划一块地,我准备盖两间房,办个学堂。"

"好好好,就这么办,要强国,还得靠教育事业啊!"

季康子满心欢喜地走了。

子路却一脸不悦:"我们百般劝,您都不听,当官的一说,就立刻改主意,君子是这样势利的吗?"

夫子依旧不生气:"君子啊……唉,子路,你永远是这样……"

夕阳下,夫子孔独自站在黄河边上,望着滔滔的河水出神。

一个人慢悠悠地飘过来,夫子回头一看,就笑了。

两个人矗立了一会儿,老聃就开口:"这些日子,你在做什么呢?"

"哎,我做了个梦呢。"

"梦见了什么?"老聃淡淡地问。

"梦见我去登了泰山,泰山是空的,顶上便是天,天是软的,像水一样。我一摸,天就裂开,世界就完结了。"

"那么,你明白'天'的奥秘了吗?"

"我不敢这么说。但我看见了奇怪的东西。"

"是什么呢?"

"我在树干上看到了爻,在天上看见了阴阳。"

"唔。"老子也不吃惊。

"我还梦见了天外的世界,那是几千年以后了,将来的人,也在求道,但是仍不得。"

"哈。"

"我们这里,便是他们造出来的影。"

"嗝。"

"梦里有一个朋友,是一个影子,和您有点儿像。"

"哦。"

"我还梦见两首曲子,都是天籁之音,可惜梦醒了,就全都忘记了,只记得一个叫《星》,另一个叫《广陵散》。"

老聃不作声,杵在那里,如一尊雕像,脸上堆满皱纹而全无一丝波澜,一阵风把他稀疏的几根白头发和垂到耳边的白眉吹得乱颤,一身肥大的黄袍在风中飘摆不定。良久,他才开口:"这不是一个好梦,也不是一个坏梦。"

"是。"夫子点点头,"梦里很舒服。"

"醒了呢?"

"很累,但也高兴。"夫子望着混浊的河水,微笑着,"我还是不能无所欲求,但心比从前平静得多,所以能更刚正一点。"

"咳,这样好。"

"我打算办学堂,不只讲礼乐,也要找人讲算术,讲天文,讲水利,讲种田……这世界还等着我们,可做的事还多着呢,"夫子的眼里闪出快乐的光,"您愿意,也来。"

"我太老了。"

"那可难说。"

老聃没有应答,只露出一抹微笑。

两个人一起望着黄河,河水滚滚向前,夕阳正一点点沉沦,胭红色的晚霞染红了河水。晚风阵阵,吹乱了他们满头的白发。

长平血

姜云生

姜云生,生于1944年,是活跃于20世纪八九十年代的科幻作家,出生于杭州,毕业于复旦大学历史系,曾主编《台湾科幻小说大全》,著有短篇小说集《十九号太阳门》。《长平血》为其代表作之一,发表于1992年,是讲述现代人回到战国,卷入"长平之战"的时间旅行故事,但并非如《寻秦记》般重在冒险打斗,而是直面战争中呈现的人性中最丑恶的一面,借此探讨了中国人的民族性问题。

1

"躺上去,把头盔戴上。"教授说。

"要脱鞋吗?"我问。

教授笑了,他身边那个女助手也笑了。

"很像在给你做老式X光检查,是不是?"

"是很像。"我说。

我顺从地躺到那张金属活动床上。女助手走过来,轻轻地扶着我的脑袋,把一顶金属头盔套上我的头部。我仰视着天花板,那上面有那么多电线,活像一张彩色的蜘蛛网,蛛网上几十个闪亮的光点从一端流向另一端,恰如舞台上旋转的彩灯,每当最后一个光点熄灭时,蛛网中央的小小屏幕上就跳出一串数字来。

"血压?"教授问。

"正常。"黑暗里有个声音回答说。

"脉搏?"

"正常。"

"呼吸?"

"正常。"

我笑笑。教授探过身子来,问道:"有什么好笑的吗?"

"确实像在老式医院里做的身体检查。"我说。

"不过你可是在最现代化的时空实验室里做最了不起的幻觉实验。"教授说。

"我知道。"

"那么,开始吧——祝你成功!"教授说着,伸过他的大手,用力地拍了拍我的手背。我习惯地想伸出手去,不过我很快明白了:那是不可能的——我的两只手都被缚在金属床的床架上了。手上的几个穴道上都贴着小金属片,有细细的电线从金属片通往头顶的仪器。

"也祝你成功,教授!"我说。

"现在,开始吧!"

有轻微的按动电钮的声音,接着是实验室自动门开启的声响。有脚步声在地毯上移动远去的声响,接着,在轻微的嗡嗡声中,自动门复又关上。

现在耳朵里只有我自己心脏跳动的声音了。

2

实验室成了一间暗房,天花板和墙壁上的光点一如夜空中闪烁的星星。我想起自己接下来要做的事,不禁有点害怕起来。父母倘若知道了,绝不会同意让我到两千年前的蛮荒山野里去做什么幻觉旅行的。还有我的未婚妻小雪……啊,小雪!

一切都消失了,眼前是小雪那张可爱的笑脸,那明眸,那皓齿,那洁白如玉的脖颈……

心像一只活蹦乱跳的小鹿,似乎要从胸腔里跳出来了。

"王,不要紧张,"头盔里的耳机中传来教授的声音,"你没有任何理由……"

我扑哧一声笑了起来。教授差点儿说漏了嘴!我知道他想说"你没有任何理由害怕。"这是幻觉旅行实验,不是时间机器!不用担心被输送到古代去了之后,万一有什么操作上的失误或其他意料之外的差错,便永远回不到现实世界来了。幻觉机器唯一要控制的就是被实验者的心理状态。操作人员倘若过分地把安全感暗示给被实验者,那么,幻觉旅行的效果便大不佳。教授一定发现了自己的疏忽,在稍稍停顿一会儿后,立即改口道:"你没有任何理由临阵逃脱,是吗?"

嘿,教授!

"王,咱们开始。好吗?"耳机里,教授的声音显得很慈祥。

"开始吧。"我说。

天花板上那些亮点渐渐地、渐渐地消失了。有淡淡的青光从四壁漫出。原先四周墙壁上那些小小的光点也逐渐隐去,一如黎明天空上渐渐被晨曦吞没的星星。不知是不是错觉,我仿佛听见有鸟儿啁啾,雄鸡打鸣的声音……

"告诉我,年轻人:你是谁?来这里干什么?"耳机里,还是教授的声音。

"我叫王雨牛,复旦大学历史系学生。我想知道二千二百六十年前那场著名的'长平之战',赵国的降卒四十五万人究竟是怎么死的……"

"长平之战吗?你能不能简单说说它的经过?"

"可以,根据司马迁《史记》的记载,公元前260年9月,赵国国君听信了谗言,罢黜了老将廉颇,误用了只会纸上谈兵的赵括,结果在山西长平一战,赵军全军覆没。当时赵国四十万士兵向秦军投降,秦将白起设计,把四十万降卒全部活埋了……"

"你想体验一下古代战争的场面?"

"不光是这样。作为一个历史系的学生,我当然知道古代战争中,双方兵力都是'号称'多少多少,实际并不足数。但是,赵国降卒四十万——这个数字即使打个八折,也有三十多万。秦将白起怎么来得及挖三十万个坑活埋他们呢?退一步说,倘若当时活埋用的是大坑,每个坑埋一百人,也得挖三千多个!再退一步说,就算秦兵有本事一下子挖出那么多坑来,那么,眼看着要被活埋的三四十万赵国降卒莫非一个个俯首帖耳,像猪狗一样甘心随随便便被人活埋了?"

"很有意思,小伙子!我年轻时读这段历史,心里也挂着相同的问号。如果你能解破这个千古之谜,那太好了。祝你好运!"

教授的声音变得越来越遥远,好像说话的当儿,他正朝远处走去似的。

我感到一阵倦意,慢慢闭上眼睛。咦!迷迷蒙蒙之中,但见河水漾漾,群山隐隐,四周一片荒芜。

"告诉我,年轻人:你是谁,来这里干什么?"有声音远远地传来。好耳熟!这是谁呢?

"我叫……我叫……"我是谁?我到这荒山野地来干啥?

耳边那声音提醒我:"年轻人,你怎么连自己的名字也忘了呢?你不是阿贵吗?你是赵国士兵。你们的老将军一饭三遗矢,已被赵王收回将军印。如今率领你们四十万大军的是赵括将军。可叹赵括将军年少气盛,只会纸上谈兵!秦兵佯败,他却穷追不舍,结果被白起将军断了粮道。他们两个多月来一直靠草根树皮和马肉充饥!你们军中甚至还互相残杀争吃人肉!今天是秦昭王四十七年九月初七,你们的将军刚在突围时被乱箭射杀。你和你的弟兄们都已经投降武安君白起了……"

哦,是这样……

我是阿贵……我是赵国士兵……廉颇……马服子赵括……乱箭……

哦,左臂好痛……莫非我也中了箭?

3

"醒了！醒了！"

我迷迷糊糊地睁开眼睛，发觉自己正仰天躺在乱草丛中。三个披甲戴盔的黑脸汉子围着我。

"我……我这是在哪儿？"我问，声音虚弱得连自己都感到纳闷。

"阿贵哥，你这是饿慌了，先吃点吧！"一个瘦瘦的黑脸人说着，把一团黏糊的东西塞进我嘴里。

我一口把嘴里那团东西吞了下去，肚子反倒更饿了。那人又朝我口中塞了一点，这次我稍稍嚼了几下，觉得腥腥的。吃完了，那黑脸汉子叹了口气，又撕下一小块递将过来。我问："这……是什么东西？"

"阿贵，你真个是饿昏头了！咱们粮道被断四十多日，莫非你还想吃山珍海味不成？这点肉还是弟兄们嘴巴里省下来的呢！阿福兄弟攥在手里两三天了。见你伤得厉害，他谁都不让吃，单喂你吃！你还……哼！"一个满脸络腮胡子的汉子道。

"阿华！别埋怨阿贵哥了！谁叫咱们乡里乡亲的呢？"那黑脸阿福说着，又把手中那腥臭的肉块朝我嘴里塞。我勉强张开嘴，三嚼两嚼，硬咽了下去。肚子虽说还饿，可是毕竟有点东西垫底了，虚弱的感觉顿时减轻了。

阿福、阿华，还有一个叫阿荣的弟兄把我扶了起来。阿福递过他手中我吃剩的那团东西道："阿贵，你自己藏好了，莫让秦兵看见……"

我接过那团黑糊糊的东西，倒真是一小块肉。肉块上有早已干结了的血，几根卷曲的黑毛粘在上面。我拿近了一看，顿时明白了那肉竟是……一阵恶心，肚子里的苦水伴着刚吞下的那些东西一股脑儿吐了出来……

就在这时，从我们身后窜出几个瘦得像骷髅似的男人，争先恐后地猛趴在地上，一下子把我吐出来的东西舔了个精光。

谁也不清楚秦兵为什么要把我们押往王报村。廉颇将军统率三军时，曾死守王报村，在那里构筑营垒，秦王嬴稷对此束手无策。直到赵王轻信离间计，罢免了廉颇将军，王报村才被秦兵不战而取。如今他们把我们赶牲口似的驱赶到王报村去，莫非借此泄愤不成？

我想回头看看阿福、阿荣和阿华等弟兄，猛听得耳边一声尖厉的啸声，头上重重地挨了一鞭。隐约间，我发觉身旁有个高大的秦兵骑在马上，高举着马鞭正想再次朝我抽过来。就在此时，前面忽然传来一阵喧闹声，那秦兵纵身扬鞭勒马，飞也似的朝前疾驰而去。我摸摸脸上，火辣辣的像挨了火灼一般。

前面又是一阵喧哗，呼喊声、叫骂声、哭叫声远远地传来，队伍顿时骚动起来。慌乱中，听得阿福轻声道："弟兄们，趁机逃吧！"谁知他话音刚落，即有一个秦兵从前方飞驰而来，手中挥着鞭子，厉声喝道："坐下！统统坐下！"一阵杂乱，众人纷纷在原地坐下。有个十二三岁的孩儿兵动作慢了些，那秦兵从马上飞来一鞭，可怜那孩儿兵顿时血流满面，仰天倒下，连喊都没喊一声就断了气。我瘫坐地上，心里扑通扑通直跳。

没过多久,我们又被鞭子赶了起来,继续朝前赶路。大约走了半里多路,先是闻得一股浓浓的腥臭,走近了,但见地上到处是猩红的血水。从路中央到不远处的斜坡上,堆满了穿着赵国戎装的尸体。有的身首异处,有的身上插满了箭矢。路边乱石丛里一个秃脑袋叫人看得发怵:那精瘦精瘦的头颅上,两只眼睛还像活人似的张得大大的。

山坡上,一个秦兵骑在马上高喊:

"有敢逃亡者即如斯!"

4

我们这支赵国的残兵败将被押到王报村附近时,队伍已经稀疏了许多。沿途不断有人倒下,多数是饿死的,也有一些想逃跑而被秦兵乱箭射杀的。有时候骑在马上的秦兵看着有不顺眼的,猛一鞭子抽过去,也便结束了那人的性命。

到村口时,正是月黑星稀,伸手不见五指的半夜。忽然前面有传令兵骑着马嘚嘚嘚地飞驰而来,一路跑一路高声用他那咸阳土话叫喊着。阿福前几年去咸阳做过生意,听得懂他那种怪声怪气的咸阳土话。

"秦兵让咱们就地休息。管他娘!先睡下再说!"阿福这么说着。四周一伙弟兄们都像喝醉了酒似的纷纷瘫倒在地上。

实在太累了!

刚躺下时,我还觉得地上的石块、土疙瘩硌得背脊好痛好痛,肚子也饿得咕咕直叫。可是没多久，我就迷迷糊糊做起梦来。我梦见回到家里，我娘、我爹都惊喜地迎出门来。我娘抱着我的头哭。奇怪的是他们哭起来没有声音，说话也没有声音。只见嘴巴一开一合，像在说话的样子：说些什么，一点也听不见。后来我媳妇也从屋里奔将出来，她喊了我一声"王"，我听见了，好生纳闷，我问她："你叫我什么？我是阿贵呀！"媳妇又哭了，还是叫我"王"，我给弄迷糊了，闹不清是怎么回事！

后来他们煮饭给我吃，好香的小米饭！还有肥肉！我一碗一碗狼吞虎咽地把米饭往嘴里倒，一块一块夹了肥肉往嘴里塞。好香！好过瘾！不过，奇怪的是：任怎么吃，肚子还是饿、饿……

那场饱吃一顿的美梦后来被肩膀上刀刺般的锥痛弄醒了，睁开眼睛时见一个秦兵正用鞭子朝熟睡的俘虏们身上猛抽，嘴里还恶狠狠地连声骂娘。

我肩上挨了一鞭子，人完全清醒了。跳起来一看，呀呀我的娘！漫山遍野都是衣衫褴褛、形容枯槁的赵国俘虏。在熹微的晨光下，黑压压的一片，活像一大群蚂蚁！先前也曾传闻赵括死后，我们四十万弟兄全都举旗投降，开头还有点将信将疑。此刻站在王报村口的山头上朝四下一看，这才相信了！唉，想起这一路上饿死、累死、被打死的弟兄们，心里一阵发怵……

接着，听得有人猛喝一声："肃静！"随后是一声响鞭。山谷里的喧闹声顿时静止下来，耳边只听得晨风飕飕，令人毛骨悚然。

不一会儿，对面山头有鼓声响起，一个白衣白马的人拿出一面小旗乱舞。同时，又有一支白衣白马的士兵从山头朝四面八方俘虏队伍中冲去,每个士兵都选定一个位置站定,阿福说,看来秦国将军要亲自训话了,他们派一批传话兵拉开一定的距离,把将军的训词逐个向后传,就像烽火台用狼烟传递消息一样。果然。那些白衣士兵站定后不久,传话就开始了。对面山头上,先是有几个人影晃动,接着,由远而近,白起将军的训词被逐句传送过来——

"秦王以眇眇之身……秦王以眇眇之身……

"兴兵诛暴乱……兴兵诛暴乱……

"赖宗庙之灵……赖宗庙之灵……

"所向披靡……所向披靡……

"赵王无信……赵王无信……

"数背盟……数背盟……

"故举兵击灭之……故举兵击灭之……

"尔等蕞尔小民……蕞尔小民……

"毋为昏君死……毋为昏君死……

"可山呼万岁而归秦……可山呼万岁而归秦……"

阿福他们几个弟兄听不懂这文绉绉的话,都围拢来问我。我向他们解释说,白起将军在传秦王的旨意,要我们高呼秦王万岁,归顺秦王。

"呸!"阿荣朝地上狠狠地吐了口唾沫,骂道:"昔日上党百姓被秦兵攻破城门后,还纷纷归赵,我堂堂赵国臣民,岂能归顺暴秦?"

阿荣身后的阿华,一直板着脸,这时也开口道:"昔日降秦,乃不得已;要世代为秦国子民,毋宁一死!"

另一位弟兄道:"吾赵国乃慷慨悲歌之地,岂能贪生怕死屈为秦人!"

那人的话音刚落,只见冲过来几个秦兵,唰唰唰三道白光闪起,刀起头落,三个人的无头身子像三段劈断了的枯树干,一齐倒将下去,那溅开的血水飞得四周的人满身满脸。一个秦兵骑在马上狂笑道:"有敢反抗者如此厮一般下场!"

没过多久,漫山遍野响起了赵国弟兄们的呼喊声:"秦王万岁万万岁!"……那喊声震得山谷轰鸣,如海啸山崩一般。

5

我们一支队伍跌跌撞撞地朝村口走去。我的脑子里迷迷糊糊,有好多事情弄不明白。先前王报村那个大山谷怎么不见了?我记得阿荣、阿华是被秦兵刀砍了,那么阿福呢?还有别的几个面孔很熟识的弟兄们都到哪儿去了呢?队伍里好像又少了许多人……

还有,为什么心里老是有一种偷了东西似的感觉?我总觉得有什么事情发生过了,可是,到底发生了什么,却怎么也想不起来!

我身边走着一个陌生汉子,我向他打听咱们这是去哪儿?那汉子冷冷一笑,鼻孔里哼了一声,道:"你我挖坑活埋自家弟兄有功,白起将军赏我们一条命,放我们回家去……娘的,莫非你自己干的亏心事儿都忘了?"他这么一说,我更迷糊了,想再问个明白,可是看看那脸凶相,又不敢再开口,只好拖着沉重的脚步,随众人朝村外走去。

走到村口,恰好有段下坡路。我站在高处往前一看,哎呀!身边的熟人虽说莫名其妙地少了许多,可是眼前这支队伍依旧浩浩荡荡,前不见头,后不见尾。队伍里的弟兄们衣衫破烂,面孔消瘦墨黑,走起路来一个个像鬼影子似的飘飘悠悠,真如一支叫花子大军!叫人惨不忍睹!还有一件事情也叫我感到纳闷:每个人的面孔上都有一种古怪的表情,好像一个个都做了什么见不得人的勾当似的,谁也不敢看谁,低着头赶路……

大约中午光景,我们来到一个山隘口。前面群山壁立,巍巍森森,那峻峭的山头直插云际。两边群山夹着一片荒地,杂草丛生,乱石遍地。中间一条羊肠小径,像根细细的绳子穿过荒地朝前迤逦远去。

隘口有一队秦兵把守着,我们走过时,见那些秦兵脸上都不怀好意地笑着。大家不敢多看,我也垂着头随队伍蹒跚前行。进了隘口,我望着大峡谷出神。眼前这景致好生面熟!像在哪里见过!想了半天,又想不起来。小时候听娘说过,有时候做梦能梦见前世的事情,莫非这眼前所见,也是梦中前世不成?

这支叫花子似的队伍像一条巨蟒缓缓地朝前爬行,眼看太阳已经晒到头顶了,人流还在峡谷中,也不见有人传令停下休息。

忽然间前面的队伍乱了起来,有人大喊:"我们上当了!"接着是叫骂声、哭声、干号声混成一片。

"秦王背信!说放我们回家,又使奸计!"

"娘的!老子为留条命回家供养老娘,活活坑了亲兄弟,到头来还是一死!操你秦王十八代祖宗!"

"秦兵呢?杀几个秦兵出出气!"

"娘的！秦兵早出了峡口啦！"

难怪一直没见秦兵！

大峡谷突然间安静下来。叫骂、哭笑、诅咒、干号……都由一种恐怖的寂静取代了。人们抬头朝两边的山望去，但见群山顶上，一个个全副戎装的秦兵齐刷刷地列队站立，人人弓箭在手，个个杀气腾腾。那叫人毛骨悚然的死寂延续了没多久，只听得远处山头传来一声："放！"顿时箭矢如雨，乱石如飞，我们这批俘虏顿时乱作一团，狼狈鼠窜。哭喊声混杂着箭矢飞流的响声，巨石翻滚砸碰的响声，黑压压一群人活像一锅蚂蚁，各自抱头在做最后的挣扎。

我掉头朝后面逃去，慌乱中也不管脚下踩着的是死人活人。只顾逃命要紧。谁知刚逃出一箭之地，前面的人如潮水般又退回来，有人高喊："两头山隘口都被秦兵用巨石封死了！"

完了！原来秦兵把我们赶进峡谷，两头堵死，居高临下用乱箭、巨石把我们活活射杀、砸死、活埋！我感到胸口发闷，呼吸紧迫起来，两眼直冒金星。昏死过去时，隐隐见得身边山脚下有块石碑，上书猩红的两个大字：杀谷。

6

"他醒了吗？"

"还没有。"

其实我已经醒了，我还意识到刚才躺在这张铁床上借助于最现代化的实验手段去古代社会做了一番亲历旅行——当然，是在幻觉中。

我想稍稍休息一下。

"为什么抽掉那段录像，教授？"

天哪！他们还做了录像！

"凡是涉及被测试者行为评价的东西，我们一向是不公开的。"

"为什么？"

"难道你愿意目睹，甚至让别人也来观赏你性格、心理、行为中那些你最不愿承认的隐私部分吗？"

"可这毕竟只是幻觉旅行呀！"

"现代科学认为精神分析学派关于本能冲动支配意识的理论基本正确，换言之，潜意识是心理活动的源泉和基本动力，它最真实地反映了一个人的个性。"

女助手没再说什么，教授也沉默了。

"如果被测试者本人要求了解呢？"我问。

教授和他的女助手显然被吓了一跳。

"我想知道抽掉的一段……"我恳求地说。

"你想知道的是公元前260年，长平之战中秦兵如何活埋四十万赵国降卒，你不是'看到'了吗？在一个名叫'杀谷'的大峡谷……"教授的声音带着讨好的味道，可是我仍坚持说："我要看被抽掉的那段录像！"

"不要太认真，王……"教授说。

我两眼直直地盯着他，教授无可奈何地叹了口气，转身看看女助手,终于同意了。

7

被抽掉的那段录像很长。放的时候,看上去像上世纪初刚发明的无声电影,没有对白,没有声音,所有的画面都很模糊,就像年代久远、破损了的旧片子。幻觉旅行本质上可以说是一场有导向的梦。普通的梦境,大抵是由做梦人日常生活中无形的刺激在大脑皮层累积所生,而幻觉旅行中,幻境的形成却全由人工操纵。时间、地点、人物等等要素都可以预先编程序,输入电脑后向"旅行者"不断发出刺激信号。至于这些信号刺激下的"旅行者"会做出什么反应,那就见仁见智,各不相同了。

……

录像开始时的画面,是一群衣衫褴褛的赵国降卒,在如虎似狼的秦兵监视下麇集在一个山村外的荒野里挖坑。教授解释说,当时秦兵传下命令,要俘虏们日夜兼程地挖土坑,还许诺说干得卖力气的降卒可以早早释放回赵国。我看见穿着赵国戎装的"我"干得满头大汗,不禁一阵赧颜!我旁边那个人——我认出来了,那是阿福,和另外几个赵国弟兄都懒洋洋地挥着铲子。我拼命回忆,在幻境中我仿佛已经娶妻生子了?当时那么起劲地挖坑,大概想早点回"家"与"妻儿老母"团聚吧?

接着的画面是果真有几个被秦兵放走的俘虏,他们都是些十二三岁的孩子兵,一个个拼命朝村外跑,他们身后有个秦兵不怀好意地张口狂笑。

接下来的画面叫人不可思议。只见成千上万的俘虏挖完第一批土坑后,互相指指点点,好像还发生了剧烈的争吵,因为画面上的人都冲动万分地在喊叫什么。最后秦兵用鞭子将其中一半驱赶到那些新挖好的土坑中,而另一半俘虏则在秦兵监督下往坑里铲土埋人。有几个被推到土坑里的人想逃出来,马上有秦兵开弓射箭,一箭结果了性命,也有被站在土坑边铲土的赵国弟兄用铁铲打倒然后迅速活埋了的。

"他们……这么自相残杀……"女助手沉吟道。教授则解释说,秦兵下令让俘虏们"阴举"——就是大家私下里揭发——有谁杀死过秦兵?谁不肯高呼秦王万岁或者不服从秦兵命令?还悬赏举发一人放回家园,举发二人以上赏黄金一锭……于是这些赵国降卒当场就闹起来了。

我的心怦怦地剧跳起来。借助这朦胧的画面,我终于回忆起那段被抹掉的"经历"来了。

秦王"阴举"令传下后,阿福趁当时乱哄哄没有人注意,一转身溜进后面一处松林里躲将起来,我刚想学他一样逃走,却被路上认识的那个汉子一把抓住拖去向秦兵告发了。那秦兵是个独眼,却长得壮实,他龇牙咧嘴大叫一声,用手中的盾牌将我击倒在地,又将一只脚踏住我胸口,追问我阿福的去向。我略一迟疑,那家伙用力一蹬脚。痛得我杀猪似的号起来。接着这独眼龙又俯身把我从地上一把抓起,将手中的利刀架在我脖颈旁,瞪着眼吼叫着要把我活埋了……"我"呢,竟畏畏葸葸地用手朝那松林指了指……

说真心话，这时我真想让教授停止播放录像，不过，毕竟没有说出口。犹豫间最后一个镜头跳了出来，那是一个特定画面：阿福被活埋了，只剩一颗光光的人头露在土面上，活像栽在地里的一个大箩筐。穿着赵国戎装的"我"，猛地在人头前跪下，哭喊着求死去的阿福饶恕自己……

"终于捡到一条命。"我自嘲道。

"可是最终他们还是把剩下的人统统骗到'杀谷'给埋了！"女助手愤愤地喊道。

我低着头，牙齿把嘴唇咬得锥心般疼痛……

8

"请原谅我，王。"女助手送我出实验室时，低声说道。

"不，倒该感谢你才是！"我冷笑一声道，"否则我还不知道自己的好本性呢！"

女助手呆呆地站定，幽怨地望着我。

"真不怪你，真的！"我拉拉她的手，转身朝门口走去。

"你等一等，王！"女助手喊着，追了上来。

"我祖母刚刚过世。"她说，眼里都是泪。

那跟今天的事有什么关系？我想。

"她临死的时候十分痛苦。"女助手说，"她叫家里的人都走开，把我一个人留在她身边。"

"她留给你什么财宝？"我挖苦道。

"是一笔财宝!求你听我说完!"女助手狠狠地盯着我道,"她说她一生做了两件亏心事:一件是年轻的时候,她把唯一爱过的情人甩了——因为那人后来成了'右派分子';第二件事是在三十年前的那场'文化大革命'中,她受'四人帮'鼓吹的极左思潮影响,揭发了祖父……后来祖父跳楼自杀了……都是因为害怕……"说完她哭了起来。

我忽然明白了她为什么对我说这些!我走近去轻轻地搂住她颤动的肩膀。

"也……也许,我们身上流着的……还是当年赵国降卒身上的……那种血……"女助手抽泣着说。她的话使我心头一惊,半响说不出话来。心底,有一个声音在喊叫——

"你身上的血该好好清洗一番了!"

是的,我会清洗的!不知为什么,我眼前浮现出小雪的笑靥。

"如果我们将来有孩子,他(她)身上流淌着的将是一种全新血型的血液……"

飞 升

钱莉芳

钱莉芳，生于1978年，江苏无锡人，中学历史教师，著有长篇小说《天意》《天命》。同本书中其他作者不同，钱莉芳专精于历史科幻的创作，其风格贴合史实、悬疑紧张而又想象奇诡，作品不多但影响很大。《飞升》是她唯一的中篇小说，讲述汉武帝离奇的"飞升"，背后却是一场惊心动魄的复仇密谋，对"飞升"的理解也极有科幻之意趣。

一

当守卫的郎中告诉汲黯，皇帝飞升了，汲黯的第一个念头是：这次怎么弄出了个这么可笑的理由？

汲黯知道，自己是个不讨喜的人，皇帝看见他的影子就头疼。更衣如厕、偶感风寒、堕马伤足……都曾被皇帝拿来做拒绝见他的借口。

但这次，当几位户郎骑郎众口一词赌咒发誓说皇帝真的是飞升了，汲黯才发觉事情不对劲。

高大空旷的寿宫中，似乎有种诡异的气息。

殿内四壁画满了云气与天地诸神，微微飘动的绀帐中，众神巍然屹立，每尊神像前，祭具一应俱全，正对着当中一尊神像的

飞 升

玉案上盛陈酒食，案前地上是六重六彩绮席，席上凌乱地摆放着皇帝的通天冠、七尺剑、白玉双印、虎尾绚履。

汲黯冲上前去，捧起通天冠，真的是皇帝的！

汲黯的手微微发抖。

"怎么回事？"他问，"陛下是怎么不见的？"他当然不会相信什么飞升的鬼话，从皇帝召见那些方士起，他就力谏过多次，到后来大张旗鼓地在这寿宫中请神，他的谏书已经写废了两支笔。

几名侍卫正惊惶不定地聚在一起窃窃私语，见汲黯问话，面面相觑了一会儿，汲黯直接指着其中一人，道："张郎中，你说。"

郎中张安世依言站了出来，尽量镇定地道："回右内史，事情是这样的：当时我们都在殿外——陛下有严命，祭神时所有人都不得在场。后来，像是真人降临了，我们隐隐听见……"

汲黯一震，道："真人？什么真人？"

张安世道："听说叫'泰一真人'，是上个月开始显灵的。我们都没有看见过，不过陛下已经见过真人两回……哦，连昨晚是三回了。"

汲黯身子一晃，以手扶额，过了一会儿才道："你继续说。"

张安世道："昨晚，真人降临后，我们听见陛下好像和真人说了一会儿话，再后来，陛下的声音忽然大了起来，似乎喊了句：'真人慢走！'声音听起来好像有些急切。我们担心有什么差池，便不顾陛下命令，推门直入。然后，我们就看见……就看见……"

汲黯道："就看见什么？"

张安世吸了一口气，道："我们看见……殿中弥漫着不知从何而来的白色雾气,很浓,绝不是熏炉中出来的那种。而陛下已经不在绮席上了,但……但在席上方七尺左右的地方,有一双穿着锦袜的足在向上升起——那是陛下的锦袜。我们惊呼一声,一齐向前扑去,但是晚了,陛下双足已消失在雾气中。"

汲黯死死地盯着张安世的眼睛。

年轻的侍卫眼中只有惊恐和迷惘。

"去廷尉府!请张廷尉来。"汲黯吩咐道,"还有,这里发生的事,暂时先别告诉任何人。"

张安世道:"为……为什么?这么大的事,如果不报三公九卿,只怕……"

汲黯沉声道:"若是陛下真的成仙,报喜也不差这一天两天。万一是有人谋逆,能干出这事的人,所图必大。我不知道那人是谁,到底想干什么。但陛下若真的不在了,太子年幼,谁会成为辅政?只怕你要禀报的人,就是巴不得陛下不在的人。"

"右内史是欲置我于火上啊。"廷尉张汤踱进寿宫,叹道,"宫中又不是我的执掌范围,廷尉府无兵无将,只会审案,不懂抓人,何况还是抓个连面都没见过、不知是人是鬼的东西!成了,是逾越本职;败了,是粉身碎骨。右内史还真是给我找了个好差使!"

汲黯道:"现在陛下生死不明,郎中令、卫尉又随大将军出征匈奴。事急从权,你廷尉府决天下疑狱,我相信你一定……"

"你相信我?"张汤意味深长地笑笑,仰起头打量着寿宫中的各种陈设,道,"这次你倒相信我?'深文巧诋,居心叵测。'这

飞 升

八字评语我还记得呢。"

汲黯正色道:"不错,我厌恶你以烦琐的律条株连杀人。但眼下这个大案,只有你有能力来破。你我的宿怨先放一边,陛下的安危要紧。你儿子安世也是此次随侍诸郎之一,追究起来,他也逃不了干系。所以我相信,没有人比你更迫切地想查出真相。"

"唉,"张汤叹息一声,撩开帷帐,逐个叩击观察着神像,道,"当年你在陛下面前咒我:'擅改高皇帝律法,迟早断子绝孙。'只怕真要被你说中了。"

汲黯有些窘迫地道:"那是一时激愤之语,况且廷尉口才亦不弱,也尝数于御前辱我。现在事情紧迫,还望廷尉不要拘一时恩怨,以大事为重。"

张汤点点头,翻查着各种祭具,自嘲地笑笑,道:"谁能想到,你我两人有一天居然能联手办案。说出去只怕没人能信吧?"

半天过去后,张汤的神色渐渐凝重起来。

最后,他的视线停留在殿中的六彩绮席上方,也就是诸郎一口咬定皇帝飞升的那个位置。

"梯子!"张汤道。

一架竹梯被搬进殿内,张汤将竹梯一头靠住上方高高的梁柱,顺着竹梯爬上,仔细看着每一根梁柱和斗拱。

汲黯道:"怎么样?"

张汤慢慢爬下竹梯,道:"到处是一层薄灰,看不出有人动过的迹象。"

"什么?"汲黯不信,攀上竹梯也察看了一遍,终于也沮丧地下来。

室内地面的砖石已被撬得东一块西一块，满地狼藉，汲黯指挥众人拆解着顶层的屋瓦。每一个郎官都忙得满头大汗灰头土脸，但没一人偷懒懈怠。

如果找不到皇帝，所有人都会被处死。

随着时间一点一滴流逝，希望也越来越渺茫。他们近乎绝望地做着最后一点努力，仿佛多撬一块砖、多凿一堵墙，都可能给自己增加一分存活的机会。

天色渐暗，张汤脸色阴沉地坐在玉阶上，一语不发。

事情超出了他的预料。

他原以为，这只是皇帝的一出恶作剧，就像他年轻时突然甩开随从，纵马到南山游荡；或者像当年的新垣平、李少君之事，是某个方士的新把戏。

然而皇帝到现在还不出现，只能说明一点：真的出事了！

"这样下去只怕把寿宫拆了也无济于事，"汲黯忧心忡忡地在张汤身边坐下，道，"陛下肯定不在这里。凭空而来，凭空而去，那……那人到底是怎么干的？"

张汤烦躁地道："我不知道！我连他叫什么都不知道！那鬼物叫什么？太……太什么？"

汲黯道："'泰一真人'。"

张汤皱眉道："'泰一真人'？泰一不是天神吗？怎么又叫真人？"

汲黯摇摇头，道："我也不清楚。对了，我们试试去问一个人，

飞 升

也许他会知道一点。"

张汤道:"谁?"

汲黯道:"淮南王。不过,最好不要让他知道陛下失踪了。"

张汤道:"为什么?"

汲黯沉默了一会儿,道:"我不放心这个人,他父亲在文帝朝谋反过,而且他是陛下叔父。"

张汤道:"厉王谋反时他才七岁,汲内史想太多了。如今淮南王招贤士、治文章,是诸王中最风雅的,陛下和他还很谈得来。舞文弄墨的人,图的是名誉,不是权力。我倒是担心,祸在宫墙之内——还记得当年那起巫蛊案吗?"

鸿宝苑的七宝高台之上,一位鹤发童颜的紫衣老者援琴而歌:

明明上天,照四海兮。

知我好道,公来下兮。

公将与余,生羽毛兮。

升腾青云,蹈梁甫兮。

观见三光,遇北斗兮。

驱乘风云,使玉女兮……

歌声恬淡,琴音古雅,如风掠远山,雾起深谷,闻之使人沉浸其中,物我两忘。

一曲终了,余音绕梁,许久,张汤方赞道:"大王此曲,真是令人神往。敢问大王,是否真的遇到过歌中所述的升腾青云的神人?"

那紫衣老者正是当今皇叔淮南王。淮南王微微一笑道:"廷尉说笑了。寡人若遇此神人,此时也不会在这里与两位坐而论道了。"

张汤点点头,道:"是啊,若能登九霄,观北斗,驱风云,使玉女,世间还有什么不能舍弃呢?王侯之尊亦如浮云耳。"

淮南王点头道:"廷尉所言极是。"又转向另一边的汲黯,道,"久闻右内史精通黄老,想来更知个中滋味。"

汲黯欠身道:"惭愧,当年窦太后好黄老,在下时为太子洗马,不过趋附流俗读了点皮毛,于清静无为之说稍有心得,但神仙黄白之术,在下实是一无所知。大王博通古今,学养深厚,正有些疑问要向大王请教。"

淮南王笑道:"不敢当,右内史有事只管问,不过寡人不敢保证一定答得出来——那部《鸿烈》,不少篇章是我的门客所撰,寡人不过附于骥尾,冒领虚名罢了。"

汲黯道:"大王过谦。请问大王,'真人'到底是什么意思?"

淮南王道:"混沌既开,乾坤始奠,而后方有人类万物。若能返归太初,自有形归于无形,是为'真人'。"

汲黯道:"那么,'真人'的神通很大吗?"

淮南王点点头道:"混沌未分的状态,才是世间最强大的,孕育着所有的可能,包含着各种方向,大不可极,深不可测。当混沌分为禽、兽、虫、鱼等各种生命,便彼此隔绝,不能返归其宗。禽兽需要呼吸,鱼虾不能离水,各种生命都有着重重禁区,时刻面临死亡的威胁。这其中唯有人是万物之灵,或有万一的希望,超脱于这种命运。那便是天赋异禀之士,经过修炼,或服食仙丹,重回到混沌无形的状态,成为水火不侵、无所不能的'真人'。可是这种机缘,又是何等罕有?当年秦始皇求仙,自称'真人',便是希望能达到那种境界。可终其一生,耗费巨万,一无所得,可见真人之难求。"

汲黯听得有些恍惚,摇了摇头,才道:"请问大王,泰一神有'真人'之号吗?"

淮南王微微一笑,道:"真人者,太一初始未分者也。可以说,各方神明之中,泰一才是最有资格用'真人'这一称号的。"

张汤插口道:"我不懂什么黄老道术,不过我想向大王请教一件事,凡人是否真有过修成'真人'的?"

淮南王笑道:"自古修仙得道之士不知凡几,只不过这些人既然选择修道,自然淡泊名利,隐匿深山,不为人知。这也是证明修道有效的难处啊,成功的例子都无从宣扬,而不成者倒比比皆是。"

张汤道:"大王说这些修道之士不为人知,是因为他们淡泊名利,可在下以为,如果修道真的有效,自古至今必然有几个无可置疑的真实事例流传下来。譬如帝王公卿,人皆瞩目,一旦得道,谁不知之?可是恕在下愚笨,实在想不出有什么史书记载过真实的重要人物得道成仙的事例。"

淮南王道:"哦,因此你不相信世上真有得道成仙之事?"

张汤道:"如果有,大王可能举出一例?"

淮南王哈哈一笑,道:"还要我举吗,刚才你们自己已经提到他了。"

张汤诧异地道："提到谁了？"

淮南王大笑道："轩辕黄帝啊。难道黄帝不是名动天下？难道黄帝不是在群臣面前乘龙升遐？哦，对了，据传黄帝升天之后，成为五帝中的至尊，正是你们刚才问的泰一神。怎么样，廷尉对道术可还有什么怀疑的？"

张汤张了张嘴，一时说不出话来。

汲黯道："黄帝的事，太久远了。百家言黄帝，各有各的说法，荒谬离奇，何足为训？"

淮南王捋着颏下清须，道："呵呵，那你可难住寡人了。修道本就不是一件容易的事，道者，幽冥玄妙，存乎一心，千万人未必有一二得之者。自三皇五帝以来，帝王一共才多少人？而为帝王者，五音充耳，五色寓目，以致感知麻木，比常人更不容易接近道之本源，能有一个黄帝成功，已经是罕有的机遇了。足下难道非要异人遍地、神仙塞衢，才肯相信世上真的有得道成仙的事吗？"

两人向淮南王告辞时，淮南王似笑非笑地道："有意思，你们今天聊的事，和陛下这段时间召见我问的，几乎一模一样。莫非以骨鲠敢谏闻名的右内史和不信鬼神只信刑律的廷尉，也想走燕齐方士的路子了？"

张汤与汲黯互视一眼，张汤道："敢问大王，除了这些，陛下还问过其他什么事吗？"

淮南王想了想，道："陛下问我，黄帝飞升之事，除了直接的记载，可有其他旁证？"

张汤道："那大王认为有吗？"

飞 升

淮南王摇摇头道:"寡人暂时想不起来。陛下的疑心病真重,不过,确实比你们问得更高明。一个传说,如果只有单一的直接记录,未必可靠,但若能在与此无关的史事中找到旁证,那倒十有八九是真的了。"

张汤道:"淮南王的话,你信吗?"

汲黯低着头想了想,道:"黄帝升遐之事,确实传得很广,我想,总不会是完全无中生有出来的吧?"

张汤嗤笑道:"那你相信龙须草真是那几根龙髯变的?"

汲黯摇摇头,道:"人性多喜添油加醋,许多传说,最早都有一个真实的核,我们不能拿那些后世附加的夸张细节来否定最初的真实。"

张汤道:"那你说,黄帝之事,到底哪些是真的,哪些是假的?"

汲黯道:"我不清楚。不过我刚刚想起,据传黄帝乘龙上天时,在昆台之上留下了冠、剑、佩、舄。怎么这么巧,这次陛下留下的也是……"

张汤一怔,沉思片刻,道:"我不知道陛下请来的到底是神是鬼,但我知道,有些人是会玩役使鬼神的把戏的。"

汲黯道:"谁?"

张汤没有回答,顿了一会儿,道:"也许我能用一个饵把这人钓出来。"

二

冯太平迷迷糊糊睡醒的时候,已是天光大亮,只不过他看不见。

这间牢房没有窗户,从他进来到现在,都没见过阳光。他不知道时间,只是从狱卒换班的次数估计,自己进来已经有十多天了。

身上的伤口还火烧火燎般地疼痛,当然,比前几天好多了。冯太平叹了口气,偏过头继续趴在散发着霉味的草席上,努力思考着出去后该到哪里混口饭吃,以便将注意力从身上的疼痛转移开去。

"哗啷啷"一阵响,牢门打开,一群人一拥而入。两名狱卒先冲到他身边,一左一右把他从地上提了起来。冯太平身上的伤被牵扯得一疼,"啊"的一声,道:"你们干什……"

身后有人一脚踹向他膝弯,冯太平不由自主地跪了下去,身后那人又一把抓住冯太平的头发,往下一扯,冯太平的面孔随之仰起。

这时,冯太平便看见了两个衣饰华贵、显然是高官模样的人。

张汤道:"右内史看怎么样?"

汲黯看着冯太平的脸:这是一个憔悴的三十来岁的男人,凤目,剑眉,直鼻,薄唇,脸色苍白,几绺散乱的头发落在面前,掩不住眼神里的恐惧。

慢慢地,汲黯的神情从震惊转为狐疑,缓缓地将目光转向张汤。

"你什么时候开始找人的?"汲黯将张汤拉到一个角落,低声道。

飞 升

"一个月前。"张汤坦然而平静地道,"安世告诉我,陛下见到真人了,而殿内除了陛下什么人也没有,那时我就想找个饵了——我要是不逮住这个'真人',我儿子迟早被这个'真人'害死。十六天前,我总算找到了这个人。正巧,高矮、肤色、五官一模一样,连声音都很相似……"

汲黯眼睛死死地盯着张汤,沉声道:"我怎么知道你没有别的心思?"

张汤叹了口气,道:"当年你我御前相争,你辩不过我,便骂:'刀笔吏曲法阿上、深文巧诋,迟早不得好死。'还记得吗?"

汲黯脸色一白,道:"记得。"

张汤笑笑,道:"其实你骂得很对,自古酷吏鲜有善终。我只是不想自己死得太早而已。"

汲黯的心狂跳起来,双手不自禁地在袖中暗暗握紧,明知这样其实无济于事。

"我这廷尉府杀过多少公卿大臣,已经算不清了。"张汤轻声道,"恨我的人太多了,多到只要有一丝一毫的机会,他们就会把我撕成碎片……有些事,总要有人干,陛下需要一把刀,我正好符合他的需要……我比谁都需要陛下万寿无疆。陛下活着一天,才有我一天的命。这人最多也就能冒充个三四日,我只希望能在被发觉之前救出陛下,也就救了我自己。"

汲黯的心跳慢慢平复,随之长出了一口气。

张汤看了他一眼,忽然笑道:"你在想什么?以一个刑徒长年累月冒充一国之君,然后借以控制朝局?你把我想得也太有能耐了吧。老实说，我还怕他长得太像，不要生出什么妄想，或被人利用，特意先杖了他六十。廷尉府的刑杖，满五十就得留一辈子的疤，这下你总放心了？"

汲黯怔了怔，遥遥看了眼那脸色苍白的囚徒，道："犯的什么事？"

"盗长陵胙肉。"张汤道，"八成是饿昏头了。"

冯太平一辈子没见过这么多的珍馐美味：炙鸡、熬豚、鹿羹、腊兔……还有许多连样子都不认识、滋味却极美妙的食物，冯太平只吃得汤汁淋漓，十指油腻。他知道那两名高官已经走了进来，正在他对面看着他，但他决定不理那两双越瞪越大的眼睛——偷了一块肉，就被打得死去活来，现在这两人要他做的事搞不好会没命，索性做个饱死鬼，倒也不亏了。

"好了，"冯太平感觉羹汤险些从嗓子眼里溢出来，才停下手，打了个饱嗝，心满意足地道，"终于饱了。有什么事？"说着将黏糊糊油腻腻的双手往锦绣深衣上一抹。

张汤怒气冲冲地走到冯太平面前，扬起手来。

"廷尉想干什么？"冯太平歪着头道，"好像你们现在正要靠我这张脸来办事吧。"

张汤的手停在了半空中。

"不就是传了顿饭——哦，膳嘛。"冯太平无所谓地道，"我把他们都遣走了，吃相没人会看见。再说，饿着肚子怎么干活？要学陛下总得中气足一点吧——张汤，不得无礼！"

冯太平最后那一句话的声音和之前嬉皮笑脸说的截然不同，

飞 升

那是充满了权力的威严的声音,隐含着帝王的愤怒。

张汤被那句话听得一惊,与汲黯互视了一眼,随即两人脸上浮起一丝喜色。

冯太平却松了一口气,复又笑道:"瞧,你当冒充贵人是天大的难事,啰唆半天没完没了。其实摆架子吆喝人是世间最容易的事了。你们这些养尊处优的贵人来冒充我这种贱民才是最难的事呢——廷尉,你会在街头行乞吗?"

张汤盯着他看了一会儿,道:"你做得很好,不过,你最好放老实点。这里是宫里,不是你那槐里县的陋巷。不该你做的不要做,否则我迟早跟你算总账!"

冯太平伸了伸舌头,道:"嚄,我还能活到你跟我算账的那一天?那可谢谢廷尉了。我还以为你们一破完案就会给我一杯鸩酒呢。"

张汤心头一凛,表面镇定地道:"胡说八道!当赏则赏,当罚则罚,你不犯事我要杀你干什么?你少自作聪明。"说罢拂袖而去。

汲黯却注视着冯太平,若有所思,过了一会儿,道:"冯太平,你念过书?"

冯太平道:"没有,粗识几个字而已。"

汲黯点点头道:"我看你虽是平民,倒还聪明,遇事反应也快。这次你若帮我们查明这个案子,救驾之功,自有赏赐。如果你愿意入仕,我也会向陛下力荐。"

"别别,"冯太平双手直摇,"我只想有口饱饭吃,不想当官。当了官,要么不要良心,要么不要命,可我两个都要。"

汲黯一皱眉道:"你说什么?!"

冯太平向外一努嘴道:"那位张廷尉,杀过的人都该死吗?我蹲的那间牢房,墙上至少七八十个'冤'字。汲内史你倒是直言敢谏,可民间都说天子好几回差点要杀你了,是这样吗?"

汲黯叹了口气,道:"有些事,没有你想的那么简单。"

冯太平道:"所以我就不去想喽。对了,现在我该干什么?"

汲黯拍了拍冯太平的肩膀,道:"装病。"

"你觉得这样就能把真凶钓出来?"冯太平好奇地摸着盖在身上柔软异常的锦绣复衾,问旁边的张安世道,"天子不是在寿宫失踪的吗?怎么让我躺在这里装病?"

张安世皱眉道:"你的话怎么这么多?不装病,难道去上朝?你还是老老实实躺着,别再弄出什么意外。查案的事,我父亲和汲内史会办的,不用你操心。"

冯太平叹了口气,道:"兄弟,我不是操心你父亲,是操心我自己。你父亲有本事把任何人拷问成凶手,可现在失踪的是天子,他那些本事,怕是无用武之地。我就怕时间一长,朝中大臣起疑,最后我这个小人物被你们当垫背的,那可真是死无葬身之地了。"

张安世瞪了他一眼,道:"你偷的是长陵的胙肉吧?本来就罪该弃市,现在给你个机会戴罪立功,还有那么多废话?!"

冯太平撇了撇嘴,道:"一堆俎余肉,送给你们这些当官的,你们也不会要。百姓饿得半死,拿了一块就该杀头,什么世道!"

张安世道:"事已至此,你现在和我们是绑在一条船上了,少怨天尤人了，要是找不回陛下，我和我父亲一样会死，也许比你更……"

"皇帝！你给我出来！"殿外，一个暴怒的老妇的声音猛地响起，两人都是一惊。

"大长公主，"张汤的声音道，"陛下偶染微恙，现在需要休息，有旨意，谁都不得……"

"啪"的一声脆响，随之那老妇怒道："滚！你这个狗仗人势的东西！皇帝，我有话问你……"

这世上居然有人敢打张汤？冯太平嘴角露出一丝幸灾乐祸的笑容，看了眼旁边的张安世，才勉强克制住，低声道："谁？"

张安世还没来得及回答，温室殿高大的殿门已被一支拐杖顶开，随即一个遍身绮罗的老妇颤巍巍走进殿内，张汤捂着脸跟进来道："请大长公主止步，陛下现在真的圣体欠安，不宜……"

张安世把复衾给冯太平盖上，同时迅速在他耳边低声道："是窦太主，别说话。"

老妇走到冯太平的帷帐外，瞪视良久，才道："你到底要将阿娇折腾到什么地步才罢休？"

冯太平缩在被衾中一动不敢动。

窦太主？皇帝的姑母？糟了！如果她非要揭开被子来看，会不会看出躺在里面的不是自己的侄子？

就算她不看，可她现在问的是怎么回事？

阿娇就是被废的陈皇后，这个他知道，卫子夫斗败陈皇后的故事已经传遍街头巷陌，"生男无喜，生女无怒，独不见卫子夫霸天下",是人都会哼两句。民间最喜欢津津乐道的就是这种贵人倒霉、贫贱得志的事了。可那位陈皇后不是已经被废了好多年了吗?现在又发生了什么?

"大长公主,"张汤在窦太主身后开口道,"那两人是臣带走的。"

窦太主猛地转身,盯着张汤。

张汤道:"陛下这次染病有些蹊跷,望气者说,宫内有蛊气,伤了圣体。所以……"

窦太主向张汤逼近一步,道:"所以你认定是我女儿干的?"

张汤道:"查的不只是长门宫,各宫宫人都有被带走查问的。陈皇后身边臣只带走了两名宫人,有些宫里……"

"跪下!"窦太主怒喝道,"我是先帝胞姊,今上姑母,你有什么资格站着跟我说话?"

张汤犹豫了一下,跪了下来。

"谁不知道你是怎么'查'的?"窦太主冷笑道,"三木之下,何求不得。七年前你查巫蛊,最后把阿娇身边三百多人全杀了!张汤,这些年夜里你有没有做过噩梦?皇帝想废我女儿,你就'恰好'查出她搞巫蛊设祠祭——真是一条好狗,叫你咬谁就咬谁!"

张汤跪在地上,脸色发白,衬得左颊那几道指痕格外明显。窦太主的愤怒他早有准备,只是在一个刑徒眼前受此折辱,让他有些恼火。

"太主,"张汤镇定地道,"各宫臣都在查。如果长门宫的人没做过,廷尉府不会无故加罪。臣或曾用刑过度,但都是确认有罪才会用刑。到现在还没有一位夫人美人来问臣要过人,唯有太主前来兴师问罪,不知让外人看来,是何观感?"

"陛下,"窦太主不去看张汤,却忽又转向帷帐,声音缓和了点,"我知道你对阿娇成见很深,她当年年少气盛,确实做了不少错事,可是平心而论,一个女人,因为夫君喜欢上了别的女人而愤怒,难道是天大的罪恶吗?况且你已经幽禁了她这么多年,也该够了吧。"

张汤道:"太主,现在还没有证据证明一定是宫人施蛊,但如果其他各宫查过都没事,只有长门宫的人没查就被要回去了,岂非反而对太主和陈后不利?"

"你若怀疑阿娇,"窦太主继续对着帷帐道,"直接去问她就是了,何必总拿她身边人下手?张汤只是揣摩你的旨意,先入为主,穷追细故,最后总能查出他想要的'真相'。陛下,我就这一个女儿,就当姑母……姑母求你了,放她一条生路吧……"话未说完,窦太主竟泪痕满面地跪了下来。

"张廷尉,"帷帐后一直安静的"皇帝"忽然开口道,"放人吧。"

张汤勃然大怒,猛地站起来道:"不行……"

窦太主吃惊地回头,脸上露出难以置信的表情。

温室殿里鸦雀无声,室内的空气像是停止了流动。

时间一点一滴地流逝。

张汤慢慢跪了下来,尽量让自己的声音显得正常:"陛下,事关重大,还是……"

"张汤,"帷帐中人沉声道,"朕的话你没听清吗?!"

那声音听得张汤、张安世、窦太主俱都一惊。

张汤一双手在袖中握紧又放开，放开又握紧，最终努力克制着道："是，谨奉陛下诏。"

窦太主离开后，张汤立刻从地上站起来，疾步向前，一把扯开帷帐，掀开复衾，一脚踹向冯太平。

"很好玩儿是不是？"张汤一边踢一边怒吼道，"我警告过你，除了装病，什么都不准做！你敢跟我玩花样？！"

冯太平用手抱着头躲闪着道："别、别，哎哟！我不是故意坏廷尉的正事，实在是廷尉查错了人……"

张汤停下脚，道："你说什么？"

冯太平揉着臂膀苦着脸道："我虽然不知道那陈皇后是美是丑、是圆是扁，不过想想她也不会是凶手。既然一直关着，怎么到寿宫去动手？再说，陛下若好好活着，她好歹还算是陛下的女人，害了陛下，她能得到什么？难道换个皇帝再来封她当皇后？"

张汤注视了冯太平一会儿，道："汲内史说得不错，你果然很聪明。"

冯太平咧嘴一笑道："不敢……"

"知道为什么叫你装病吗？"张汤道，"陛下失踪了，这事除了我们，只有凶手知道。谁非要强行见驾，谁就极有可能涉嫌——凶手一定想知道，为什么他劫持了圣驾，宫里还有一个？"

冯太平张开的嘴一时合不拢了。

张汤道："还有，你知道陈皇后当年为什么被废幽禁？她跟一个女巫学巫术，在陛下饮食中下蛊！"

飞 升

三

深夜，冯太平倾听着那远处隐隐传来的琴声。

过了一会儿，一阵略带忧伤的歌声伴着琴音响起：

> 夫何一佳人兮，步逍遥以自虞。
> 魂逾佚而不反兮，形枯槁而独居……

借着朦胧的月光，冯太平顺着那乐声慢慢向前走着。

> ……愿赐问而自进兮，得尚君之玉音。
> 奉虚言而望诚兮，期城南之离宫。
> 修薄具而自设兮，君曾不肯乎幸临……

幸临个屁！冯太平心想。男人喜欢上别的女人，你就要杀了他，哪个男人敢"幸临"你？

> ……雷殷殷而响起兮，声象君之车音。
> 飘风回而起闺兮，举帷幄之襜襜。
> 桂树交而相纷兮，芳酷烈之间间……

苑囿中桂花树的香气在月色下弥漫，倒是恰好合了那歌中意境，可惜冯太平无心欣赏。

那歌词他听不太懂,也不想听懂。他只想问那个女人,到底用的什么法子、把皇帝弄到哪里去了?

冯太平很清楚,皇帝若是驾崩,自己也就死定了。皇帝若是活着,自己或许还有一线生机。

……心凭噫而不舒兮,邪气壮而攻中……

"砰!"冯太平在走完一条甬道后被一道不知是门槛还是什么的东西绊了一跤,重重地摔倒在地。

……下兰台而周览兮,步从容于深宫……

这可真够"从容"的!冯太平懊恼地暗想。

"谁?"两名巡逻的郎卫喝问着冲了过来。

冯太平狼狈地从地上爬起。

"啊,是……是陛下?"那两名郎卫目瞪口呆。

冯太平道:"我……咳,朕要去长门宫,带路!"

两名郎官先是一愣,随即应道:"是,陛下!"

……白鹤噭以哀号兮,孤雌跱于枯肠。

日黄昏而望绝兮,怅独托于空堂。

悬明月以自照兮,徂清夜于洞房。

援雅琴以变调兮,奏愁思之不可长。

飞 升

案流徵以却转兮,声幼眇而复扬。

贯历览其中操兮,意慷慨而自卬。

左右悲而垂泪兮,涕流离而从横。

舒息悒而增欷兮,蹝履起而彷徨。

揄长袂以自翳兮,数昔日之愆殃。

无面目之可显兮,遂颓思而就床。

抟芬若以为枕兮,席荃兰而茝香。

忽寝寐而梦想兮,魄若君之在旁。

惕寤觉而无见兮,魂迋迋若有亡。

众鸡鸣而愁予兮,起视月之精光。

观众星之行列兮,毕昴出于东方。

望中庭之蔼蔼兮,若季秋之降霜。

夜曼曼其若岁兮,怀郁郁其不可再更。

澹偃蹇而待曙兮,荒亭亭而复明。

妾人窃自悲兮,究年岁而不敢忘。

琴声戛然而止。

陈皇后抬起头来,注视着宫门口的那个人。

"你终于来了?"陈皇后淡淡地道。

冯太平震惊了。

眼前这女人,明眸皓齿,蛾眉如画,美艳不可方物,一身锦绣灿烂的襦裙,黄金步摇一爵九华,眼中却一副漫不经心的疏淡样子，和那些故作矜持实则炫耀的贵妇不同，那是真正自幼在富贵中长大、见惯了财富如山才能养成的淡然。

冯太平被这美妇人的艳光逼到一时不敢直视，垂下眼睑道，"你……你琴弹得真好。"

"这要感谢你。"陈皇后抱起案上瑶琴，道："我自幼喜欢音律，做了皇后荒废了。现在待在这长门宫，长夜无聊，反倒有空重拾旧技。"

冯太平道："陈皇后……"

陈皇后本已站起来向内室走去，忽地回头："你叫我什么？"

叫她什么？叫错了吗？总不能叫她废后吧？以前皇帝叫她什么？

冯太平心念急转，想起窦太主的话，尝试着道："阿……阿娇。"

陈皇后面色微微缓和，继续向前走去，道："我还以为你什么都忘了。"

冯太平快步跟上道："我想问你一些事。"

进入内室，陈皇后放好瑶琴，掀开熏炉炉盖，拨弄了一下炉中香料，道："问什么？"

问什么？冯太平犹豫了。

你有没有用巫术把皇帝弄走？

真的是她干的吗？万一不是，自己这么问，岂非多出无数是非？

一股淡淡的清香渐渐弥漫了内室，冯太平的心也随之放松下来。

也许自己来得太莽撞了？

或者，问问她七年前那件事是怎么回事？是不是别的什么人嫁祸给她？如果能查出来……

"如果你想问七年前的事，"陈皇后拿起一只玉壶，两只耳杯，向冯太平走来，道，"我只能告诉你，我不后悔。"

冯太平道："为……为什么？"

"为什么？"陈皇后放下耳杯，道，"为了让你再也不离开我，我愿意付出任何代价。当然，我没想到，为了两枚雀脑，你关了我七年……"

"雀脑？"冯太平奇道，"你说什么……雀脑？"

陈皇后提起玉壶，在两只耳杯中各注入了一些带着浓浓的桂花香气的浆水。"雀主相思，楚服说，丙寅日把这和着酒给自己的男人服下，便可日思夜念，永不分离。可惜，那天的酒太淡，你又不喜欢雀脑的味道。罢了，今天这不是酒，只是普通的桂浆，我自己做的，喝一杯吧。"

冯太平闻到那扑鼻的芬芳，咽了口口水，摇摇头道："我不渴。"

陈皇后端起耳杯小啜了一口，微笑道："其实我想了七年才明白，相思不相思并不重要，重要的是，你害怕爱我。所以，就算给你服了雀脑也没用，也许更糟，你会杀了我以绝后患。"

冯太平觉得脑子里有点晕，道："什么？我……我为什么会杀了你？"

陈皇后又轻啜了一小口，道："现在还装什么呢？先帝和太皇太后都不喜欢你，你是我母亲出力才得以立为太子的。这是一桩交易，你当皇帝，我当皇后。外弟，你真的很聪明，那时你那么小，就会用一句'当作金屋以贮之'，让我母亲彻底放心。你也很小心，直到太皇太后去世，我母亲没有任何力量追回她给你的帮助，你才开始展现出真实的一面，把一个又一个女人带进宫。我那时真是愚蠢啊，大冷的天跳进太液池，居然想用死来换取你的哪怕一丝怜悯，结果只是换来了你的疏远和厌恶。当然，我现在明白了，你不是不爱我，而是根本不敢爱我——你怕爱上我便会被我母亲所掌控。你的不信任，把我一次次推向母家求援，而这又反过来证实了你对我的猜忌。其实，你想过没有，我是我，我的家族是我的家族，你为什么认定我必然会为了我母亲而危害你的江山呢？我母亲生了我，可是我也可以成为你的孩子的母亲啊。"

她在说什么？冯太平觉得脑子更晕了，哦，从白天的情形看，窦太主大概过去是挺嚣张的，难怪皇帝讨厌她女儿……可是这女子这么美，也挺讲道理的，不像杀人放火的人……

"……我曾经想杀了卫子夫，"陈皇后的声音听起来有点遥远，步摇上的黄金翡翠闪烁得冯太平的眼睛都有些睁不开了，"我以为是她夺走了我的一切。可是当我看到她本人，看到她那不算出众的容貌时，我才明白，她只是一枚棋子，一枚你用来羞辱我的棋子。所以我不再怨恨她，我只怨恨自己还没有足够好，能让你放下戒心，真正进入我，了解我……"

冯太平觉得自己身上有点燥热，同时眼皮却越来越沉，要命！怎么这个时候想睡觉了？不行！不能睡着，他还有很重要的事问这位陈皇后。怎么回事……桂浆……那桂浆……不对，自己并没有喝那桂浆啊……

"陛下为什么不肯饮这桂浆呢?"陈皇后放下耳杯,叹道,"熏香中的'长相思',只有这桂浆能解。如果你能哪怕信任我这一回,那么今天你也不会失去对一切的控制。"

什么?!

不,不能睡着,会出事的……别过来……别……

"彻,你总是不肯信任我,到现在也是这样。"陈皇后轻轻勾起冯太平的下巴,"这么多年了,我一直记得你这双坚毅而又猜忌的眼睛,像一头受伤的困兽……哦,不对,你的眼神好像和以前不太一样了,怎么变得温和了?因为你现在已经得到了一切,没什么可担心了吗?好吧,我喜欢你现在的样子……"

金光灿烂的连枝灯被逐一吹熄,冯太平想伸出手去阻止,却一个指头也动不了。同时又浑身燥热,仿佛置身火炉般,要燃烧起来……太闷热了……

一只手轻轻解开他的带钩……凉风拂过身体,稍微减缓了那难耐的闷热……不!不对!有什么地方不对……这是一个奇怪的梦……他怎么会在这里呢……廷尉府的大牢又黑又冷……槐里的草棚开始漏水……颠三倒四的梦……快醒过来!快……会出大事的……雀脑有什么好吃的?那么小,肚子都填不饱……还是长陵的胙肉最香……嗯,不是,最香的是另一种……柔软,祥和,温润……

从黑暗中醒来,冯太平慢慢地穿上衣服,巨大的恐惧渐渐随着衣服裹住了他的身体。

"你害怕了?"旁边一个冷冰冰的声音道,"害怕还敢干这事?"

冯太平在褥上摸索着玉带,摸到了一片黏湿,随之闻到了一丝血腥气。

"你有刑伤,"陈皇后背对着他,正在逐一重新点起连枝灯,"谁让你假冒他的?"

冯太平一边发抖一边围上玉带:"我……我不是故意的……陛下失踪了,为防人心大乱,张廷尉让我假扮陛下……"

金色的连枝灯又开始摇曳生辉,陈皇后注视着灯光,道:"在哪里失踪的?几天了?"

冯太平道:"寿……寿宫,三天了。"

陈皇后浑身一震,叹息道:"这是他的致命伤,谁都不信任,却相信鬼神必然会给他带来好运。"

冯太平不敢接口。

陈皇后怔怔地看着灯火,过一会儿,道:"算了,你走吧,在我想杀你之前。"

冯太平手忙脚乱地抓起地上的冠履,仓皇地向门外逃去,途中不小心踩到自己的衣角,又差点绊了一跤。

"我只是……有点失望,"陈皇后的声音在他身后越来越低,"我原以为,等了那么久,他终于……"

"你去了哪里?!"张汤眼里要喷出火来,"真当自己是皇帝了?宫里是你能乱逛的?"

第一次,冯太平不敢抬头看张汤的表情。

飞 升

"我……我想遗矢,"冯太平低着头吞吞吐吐地道,"这么多人看着,我……我遗不出来,我已经……憋了三天了……回来时又找不着道,这里地方太大……"

"滚回去躺着!淮南王来探疾了!"张汤吼道,"这次你要敢乱说乱动,我宰了你!"

如果你知道到底发生了什么,大概现在就会宰了我。冯太平想。

淮南王只带了一名随从,显然是得知消息后匆忙进宫的。但和过去一样,紫衣高冠,清雅温文,颇有仙风道骨之感。

"听闻陛下染病,臣不胜忧虑。"淮南王行过礼后,坐下道,"前几日陛下还与臣畅谈古今,纵论仙凡,怎么忽然就一病不起了?臣手下有一些精通岐黄的门客,要不要试试让他们为陛下诊治……"

冯太平压根儿没有听淮南王的话,只躲在被窝里,努力将一只手伸进身后,悄悄摸索着那些旧伤。

张汤道:"大王不必过于忧虑,太医已经看过了,陛下病得不重,只需静养数日便可康复。不过陛下目前嗓子有些不适,望大王体察。"

"哦,原来如此,"淮南王点点头道,"那老臣就放心了。陛下,上回您向臣垂询之事,可还记得吗?"

冯太平一皱眉。没有一处旧伤绽裂,奇怪,那血渍是怎么回事?

淮南王道:"陛下问臣,黄帝飞升之事,可有何佐证?老臣回去后仔细想了想,现在终于可以回复陛下了。臣以为,三皇五帝的传承,即是明证。三皇者,伏羲氏、神农氏、女娲氏,出自不同氏族，互不统属，而自黄帝以下，五帝皆出一脉，颛顼、帝喾、唐尧、虞舜皆是黄帝子孙。陛下请想，上古并无宗法制度，所谓禅让，皆凭民望。是什么力量使当时的民众不约而同选择同一个氏族的人为首领呢？如果黄帝在众目睽睽之下飞升，那便很容易解释了——正是白日飞升的惊人之举，让当时的民众对轩辕氏产生了巨大的敬意，以至惠及黄帝子孙，在没有任何强迫的力量下，自愿世世代代推举他们为帝……"

"啊！"冯太平惊呼一声。

张汤情不自禁地向前一步，目中怒意隐现。

淮南王微笑道："陛下，臣的回答可能令陛下满意？"

满意？简直太满意了！他不但上了皇帝的女人，而且那女人还是……

"嗯……很好……"冯太平昏昏沉沉地道，"咳，皇叔，那个，那个黄帝，有没有妻子？"

淮南王道："自然有。黄帝正妻嫘祖，有子二十五人，得姓十二。陛下何故有此问？"

冯太平道："嗯……人最亲近的无非妻、子，你说黄帝会飞升，怎么不带他的妻子一起上去？"

淮南王一怔，道："这……陛下所言甚是，臣虑不及此。或者黄帝妻子皆非修道之人，以致无福与共吧。不过飞升之事，当非杜撰，否则，桥山陵何故徒以衣冠下葬呢？难道说黄帝一生功业赫赫，最终竟落得尸骨无存吗？"

管他尸骨存不存，我反正肯定是性命无存了。冯太平心想，

飞 升

口中道:"哦,谢皇叔赐教。"一抬眼间,瞥见张汤的表情,冯太平打了个寒战。

隔着帷帐,淮南王也注意到了那一下战栗,关心地道:"陛下,还是让臣的从人为陛下诊个脉吧。臣这次带来的这位门客,祖上颇精医道,或可有助益于陛下。"

冯太平看了眼那淮南王的随从,道:"好,那就多谢皇叔了。"说罢将手伸出帷帐。

淮南王的随从是个二十来岁的年轻人,冠进贤冠,着一袭白袍,颈间系一领青缥,相貌清秀,举止沉稳,只是眼中幽深清冷,全无这个年纪应有的朝气。冯太平透过帷帐看看这人,心里升起一种奇怪的感觉。

白衣青年走近帷帐,行礼过后,跪坐于旁,伸出三根手指,搭在冯太平脉上。

冯太平把目光转到白衣青年的手上。

"恭喜陛下,"片刻后,白衣青年收回手指,道,"圣体不日即可痊愈。"

淮南王和他的随从走了。

张汤注视着帷帐,道:"安世,给我拿根马鞭进来。"

张安世道:"是。"

"喂、喂,你怎么动不动就打人?"冯太平的脸变色了,"这次你真的是冤枉我了。这个淮南王有问题!陛下很可能在他手上!"

张安世走了进来,将一支马鞭交到张汤手里,同情地看了冯太平一眼。

"出去,把门关上。"张汤将马鞭卷在手里,向冯太平走去,道,"我说的话你都当放屁是不是?"

冯太平见势不妙,抱着头一边退一边道:"别……等等,你……你敢打我就喊了……"

张汤冷笑道:"别逼我把你嘴堵上!"

冯太平绕着一根柱子躲着道:"廷尉、廷尉,你先听我说完,淮南王真的有问题!你去查那个门客——他是钳徒!"

张汤心中一动,道:"你怎么知道?"

冯太平道:"天还没冷到这种程度,他脖子里围那玩意儿干什么?我在民间和一些刑徒混过,做过钳徒的人,颈项会被铁钳磨伤。那些后来混得好的,为了掩盖旧伤,常常这样一年四季围个累赘。他的手也怪,又冷又硬,像死尸一样,会不会是哪个墓里出来的妖物?还有……还有……"

张汤道:"还有什么?"

冯太平道:"还有,你自己说的,谁来探视,谁就有嫌疑。"

张汤道:"那为什么不是废后?"

冯太平道:"因为……"

因为她根本不知道皇帝失踪了,还……冯太平张了张嘴,什么也说不出来。

"因为我根本就没有做,"陈皇后的声音冷冷地道,"如果我想做,早在十年前就做了。"

张汤吃惊地回头,道:"你……你不是在长门宫吗?怎么进来的?"

"有人好像第一次进宫,到处乱走,"陈皇后手里举起一块连着丝绳的玉印,道,"还把这个弄丢了。"

冯太平只想立刻一头撞死。

"你当然巴不得关我一辈子,"陈皇后对张汤道,"你是个疯子,眼睛里只有偏见,看不到真实。"

张汤盯着陈皇后:"我不是无缘无故怀疑你。整个宫里,你是唯一一个有确凿证据干过巫蛊的。当年那个案子是不是冤案,你自己心里有数!"

"不错,楚服是我召进来的,"陈皇后十分干脆地道,"但我没有害人!陛下想以无子废我,为了得到一个孩子,我前后用了九千万钱,可惜没人帮得了我,只有这个女巫能给我一丝希望。如果一位皇后想怀上皇帝的孩子是大罪,那你倒是没有断错。"

张汤道:"求子你该问太医,巫蛊是大忌,这是你自找的,没有人逼你。"

"太医?"陈皇后冷冷一笑,"太医若有这个本事,可以让乌白头马生角了。"说完像有意无意地瞟了冯太平一眼。

冯太平浑身的冷汗唰地流了下来。

张汤道:"那现在你想干什么?"

陈皇后道:"和你们一起,找出陛下!"

张汤道:"我怎么相信你?"

陈皇后道:"你不用相信我。这事背后一定有一股极大的势力,你需要一支人马救驾。现在郎中令和卫尉都不在,唯一能指望的只有中尉殷宏的北军。可是调动人马你首先需要陛下的亲笔诏书——我会仿陛下书。"

张汤道:"你……你早就做好准备矫诏了?"

陈皇后淡淡地道:"我和他一起长大,我们跟一个太傅学书,我代他写过,他也代我写过。他玩心太重,我代他写的字要多得多。"

张汤盯着陈皇后看了一会儿,道:"我去拿笔墨。"

温室殿安静下来。

冯太平小心翼翼地道:"陈皇后,那……那件事……会不会……"

陈皇后冷笑一声:"你做都做了,现在怕又有什么用?"

冯太平低下头道:"我不是怕自己会怎么样……他们叫我穿上这身衣服,我就知道八成是不能活着离开皇宫了,可是我从没想过要连累谁,现在你……"

陈皇后注视着冯太平,道:"你自身难保,还关心我是死是活?"

冯太平吭吭哧哧地道:"我……我在外面饥一顿饱一顿,挨打挨骂,这日子死活也差不了多少。可……可你那么……那么美,琴又弹得那么好,有的是好日子过……要是因为我这种人死了,我……我……"忽然鼓起勇气,抬起头道,"反正我总要死的,要是我说,是我迫你的,跟你无关,他们会不会放过你?"

陈皇后咯咯一笑道:"有意思,想不到我陈娇有一天居然要靠一个刑徒挺身相护!"

冯太平满面通红,羞愤地道:"算了,如果没用,就当我什么都没说。我迟早是个死,难道临死前还要高攀你这个贵人?"说完便站起来向外走去。

"站住！"陈皇后道，顿了顿，声音有些缓和下来，"我没有侮辱你的意思。不过，宫里的事情，没有你想象的那么简单。有人要你死，你解释也没用。有人要你活，你不解释也没关系。我也不是什么贵人，你是刑徒，我是废后，大家彼此彼此。我的日子，也没你想象的那么好，我只不过是住在一个金笼子里，只怕还没有你在外面自在。所以，不管以后发生什么，你也不用太往心里去。我失去的，不会比你更多。"

冯太平一呆，道："是……是这样吗？"

陈皇后叹了口气，轻声道："我和他，本来就是一个错误……他被他祖母和母亲挟制了十几年，恨透了外戚……他从不碰我，怕一旦有了孩子，立为太子，就永远受制于人了……人人都说我以无子被废，我能跟谁去说，这是他的原因？他让卫子夫有了孩子，让王夫人有了孩子……我百口莫辩……我其实很羡慕卫子夫，不是因为她现在做了皇后，而是因为她是有盼头、有希望的，就算出身奴隶，也可以努力去争取自己想要的，而我……"

说到这里，陈皇后有些说不下去了，背转身去，仰起头来，隔了一会儿，才道："你刚才说我美，会鼓琴，其实那些都是没用的……我的命，再努力也改变不了……"

冯太平看着她的背影，脑子里忽然冒出一个连自己都被吓了一跳的念头。"我要是能活着出去，"他脱口而出道，"一定想办法带你走！"

陈皇后吃了一惊，回过头来，看着冯太平。

冯太平话一出口，自知失言，懊悔地道："算了，是我说错话了。我不自量力。"

陈皇后摇摇头，眼中泛着泪光，微笑道："宫中郎卫数千，长安南北军数万，这个'金屋'我从来没指望过逃脱。不过你这么说我很高兴。从小多少人围着我、巴结我，说要给我这个给我那个，其实他们许诺的，不过是他们财富的一小部分，你一无所有，倒肯拿命来换我开心。"

四

鸿宝苑，七宝台。

淮南王当风而立。白衣青年侍立在他身后。

"怎么回事？"淮南王沉声道，"你不是说他不会再出现了吗？"

白衣青年道："那人是假的。"

"假的？"淮南王有些吃惊，闭上眼回忆了一会儿，微微一笑，"亏他们找了个这么像的。"

白衣青年道："真要分辨，还是可以的。此人掌中有茧，是劳作所致，不是笔茧。"

淮南王点点头，道："那么他呢？你什么时候杀了他？"

白衣青年道："大王，我说过，这是我能为你做的极限了。我不能杀他……"

"啪"的一声，一掌重重地捆在白衣青年的脸上。白衣青年被打得身体偏了过去，淮南王却握着右手，嘶地倒抽了一口凉气。

飞 升

"大王,"白衣青年回过身来,不安地道,"您……不妨事吧?"

"蠢货!"淮南王怒声道,"走到这一步,你还想留着后路?干脆拿我的首级去邀赏吧,看看他会不会给你个千户侯!"

白衣青年跪下,道:"臣为大王做事,是为了报大王恩德;不杀他,是因为先祖遗训。臣不会背叛大王,也请大王不要逼迫臣做违背先人的事。"

淮南王胸口起伏,过了一会儿,情绪稍微缓和了点,才道:"好吧,你不杀他,那你总能把他的人带来吧。我怎么知道你到底有没有得手呢?"

白衣青年道:"臣若把他交给你,就等于杀了他。大王恕罪。"

淮南王咬着牙道:"好,很好,那就等着他来杀我们吧!对那种人,你和你的祖先都没我了解。你守着你的'遗训',就是把你我都置于死地。"

白衣青年道:"大王,不会的,那个地方……没有人可以逃脱。"

"可是我要他死!"淮南王一拳擂在朱漆栏杆上,"他一天不死,事情便随时可能变卦!当年高祖途经柏人,赵相贯高都已经把死士安排在馆舍壁中了,结果高祖心念一动,说:'柏人'者,'迫人'也。不肯入住,于是万事俱休!我不想重蹈这样的覆辙。张默,你祖先的一生,已经证明他的判断都是错的,你为什么还要守着那见鬼的'遗训'?想落得和他一样的下场吗?他们刘家的人,心狠手辣,反复无常,害人无数,偏又时有好运。只有确凿无疑的死亡,才能结束这股祸水!"

"大王,"白衣青年犹疑着道,"您是高祖亲孙,一样姓刘啊。"

"亲孙?"淮南王冷笑一声:"我父亲在狱中出生,最后又被文帝逼死,真够亲的!这个姓氏,于我是耻辱!"

张汤气喘吁吁地抱着一堆木牍走进温室殿,放在几案上。

"你说对了,"张汤对冯太平道,"那人的来历有问题,案子的首尾都在这里。"

汲黯吃了一惊,忙拿起一札木牍。

冯太平道:"我……咳,识字不多。"

"他叫张默,是奴产子。"张汤道,"他的祖父犯过死罪,赎为城旦,他父亲没入官府为奴,他生下来就是官奴,逃过几次,于是被髡钳械手足,吃了不少苦头。后来大概是在筑宫室时被淮南王发现,将他调到淮南,免为庶人。这是当年他祖、父的案札。"

冯太平奇道:"这个淮南王怎么什么人都要?一个官奴,能有什么本事?"

"他……他是留侯后人!"汲黯忽然拿着木牍惊呼起来。

"对,他是留侯曾孙。"张汤道,"他祖父原已袭爵,就是因为这个案子失侯下狱。"

冯太平莫名其妙,道:"留侯?什么留侯?"

张汤冷冷地道:"高祖最器重的谋臣:张良。"

"汉家待功臣薄。"淮南王看着远方,道,"你曾祖父是汉初功臣中我最钦佩的人,运筹帷幄,决胜千里,不矜不伐,功成身退,可结果呢?他得到了什么?从建国伊始,他就遭到元从功臣的排

飞 升

挤。他的不幸就在于他太清高了。我见过他的画像,他本是韩国公族,清雅高贵,如神仙中人,难怪和那些起自丰、沛的织席屠狗之辈格格不入。他们嫉妒这个文弱清秀却能使高祖言听计从的年轻人,他只言片语的计策,效力往往超过他们多年的鞍马劳苦。他们是'功狗',而他是帝师……汉初群臣中,大概只有淮阴侯能和他不卑不亢地交往,因为他们是一类人。木秀于林,风必摧之,他想必也知道,所以功成不居,放着富庶的齐三万户不要,只要了一个不起眼的留。即使如此,最后还是免不了被朝政所累。高祖宠爱幼子如意,留侯不赞成废长立幼,但也知道为人臣者不能卷进这种家人父子的纠葛,于是托病不出。可是吕后软硬兼施,逼他出主意帮助太子,留侯迫不得已,出了个商山四皓之计,终于止住了高祖的易储之念。后来孝惠登基,吕后感激留侯,却又给他带来了更多的祸患——他成了拥刘群臣眼中的附逆者。即使他推却过吕后无数金玉赏赐,即使他在垂拱时期一直称病不出,即使他长期赎罪般地辟谷断食,断绝了几乎人世所有享受……"

"别说了,大王,"张默转过脸去,身子微微颤抖,声音有些哽咽,"我知道。"

"为什么会是这个人?"汲黯皱眉道,"他们家怎么会走到这一步的?当年留侯淡泊名利,亲口说:'愿弃人间事,从赤松子游。'于是辟谷断食,道引轻身……"

"轻身?"张汤道,"等等!你说张良学过轻身术?"

汲黯摇摇头:"传说而已。不知为何,开国功臣中,关于张良的传说是最离奇的。什么东海君、黄石公，无不诡异奇特，不可索解。"

冯太平奇道："辟谷断食是怎么回事？好端端的干吗不吃东西？不吃东西人不得饿死？"

汲黯道："这也是他很奇怪的一点。我朝大定之后，他就开始辟谷，一直到吕后称制，出于感激，对他说：'人生一世，如白驹过隙，何必自苦如此？'于是强迫他进食，他才勉强吃了一点。不过据见过的人说，他吃得并不舒服，甚至像是很痛苦的样子。后来吕后也就不勉强他了。"

"唉，"冯太平叹道，"有人一年到头吃不饱，有人吃一口都嫌撑。这本事，我要是能学来就好了。"

汲黯道："都说了是传说，不足为凭。据说他修习的是赤松子一路，赤松子是黄帝时人，不吃东西，但服水玉，水火不侵，最后得道飞升……"

张汤猛地站起来："这个张默，我立刻设法缉捕他！"

汲黯道："如果他……真有那种本事，你能擒得住他？"

张汤一咬牙，道："擒不住也要擒！他真有本事，早就上天了。我就不信，他能凭那些神神道道抗拒真刀真剑！"

张汤离去后，冯太平道："汲内史，你刚才说，那个张良还有很多稀奇古怪的事，能说一说吗？"

汲黯点点头，道："据说，张良的智谋都来自一个神秘的圯上老人，那老人给了他一部《太公兵法》。天下既定，他按那老人说的地址去找过那老人，结果却只找到了一块黄石。"

冯太平道:"黄石?那个老人变的?"

汲黯摇头道:"怎么可能!既是传闻,自然荒诞不经。就算那老人真的与他有约,乱世之中,今天不知道明天,到时不能赴约也很正常。地上不是树木就是土石,大概正好有块黄石在那个地点,就被人附会成老人所化了吧。"

冯太平道:"那块黄石呢?后来去了哪里?"

汲黯道:"据传说,后来张良把那块黄石一直供奉着,死后也和那黄石一起下葬。"

冯太平"哦"了一声,托着下巴想着,像是出了神。

汲黯继续翻看着那些木牍。

过了一会儿,冯太平道:"嗯……汲内史……我有个想法,说出来你别骂我。你说,如果我们现在去……去挖留侯墓,能不能找到那块黄石?"

汲黯盯着木牍,道:"你怎么会这么想?"

冯太平道:"我觉得,如果这事真的是张默干的,也许跟他老祖宗的这块石头有关。"

汲黯道:"可能已经晚了。"

冯太平道:"什么?"

汲黯放下简牍,用手指敲了敲,道:"张默的祖父犯死罪,就是因为杀了一个盗留侯墓的人。那个墓已经被毁了。"

天色渐暗,鸿宝苑的美景渐渐隐匿于夜色之中。

"吕后一死,太尉周勃夺兵北军,尽灭诸吕。"淮南王继续缓缓地道，"一帮势利小人，为了争拥戴之功，拼命追查'吕氏余孽'，你曾祖时已经入土，都不放过，竟然企图开棺戮尸！你祖父为复仇，杀了进入墓室的那个人，结果正中政敌们的下怀——黥为城旦，妻、子尽没官府。他们终于可以看到那个优雅的贵公子的后人被侮辱、被践踏了。尽管文帝下诏，废收孥相坐律。可是如果是为了维护文帝自身的正统，就算逾越法度又算得了什么呢——文帝即位不久，根基未稳，他最大的威胁是名分。孝惠毕竟是高祖许可的太子，帮孝惠巩固太子之位，便意味着是新皇的敌人。很多事，不需要说出来，上下自会心照不宣。于是，昔日功臣，成了逢迎者献媚的垫脚石，踩得越重，意味着忠心越大。他们相约去看你祖父运石筑城，笑着说：'看哪，这就是张子房之子。老子运筹，儿子运石，此殆天授也。'在上林苑游猎，他们总是指明要你父亲养的马，以便踩在他的背上上马……"

张默捂着脸，痛苦地道："大王，别说了……"

淮南王伸出右手轻轻放在张默肩上，道："孺卿，我刚刚见到你时，还不明白为什么少府那些官吏如此残忍，将一个少年往死里凌虐。很久以后，才知道你家族这段复杂的历史。我救你，不是因为仁慈，而是因为同病相怜。我们是一类人。我祖母被贯高案牵连，自尽于狱中，我父亲被诬谋反，死在流放的路上，我和兄弟们从小就被人指指点点，提起来就是'那个淮南厉王的种'……呵呵，我们都是见过那些势利狠毒的嘴脸，在寒风冷眼中长大的，所以，我们必须成为强者，使自己不再被欺凌、被侮辱。这个世界并不公平，我不指望谁来还我一个公平，我会自己制造公平！孺卿，相信我，如果你曾祖泉下有知，也会赞同我的做法。把皇帝交给我吧，你手上不会沾血的……"

张默痛哭失声："不，我不能……我看过我曾祖手书：'凡我子孙，永勿叛汉。弑君者，天厌之。'他已经尸骨无存了，我再做出这样的事，他的魂魄会不得血食……大王，我为你做这些，只因为你是汉室宗亲，这样复仇，也不算违背誓言。可是我真的不能杀他……"

淮南王收回手，脸色渐渐有些阴郁，许久，才道："好吧，孺卿，我不迫你。不过我问你一些事，请你如实告诉我。"

张默道："我的命是大王给的，大王要问什么，默知无不言、言无不尽。"

淮南王道："皇帝现在所在的那个地方，真的谁也去不了吗？"

张默肯定地道："是。"

淮南王道："除了你？"

张默道："是。"

淮南王沉默了一会儿，道："你服药以来，还有哪个地方没有化尽？"

张默想了想，在自己胸口摸了一会儿，指了指心口，迷茫地道："好像……这里。大概因为是心脏所在，必须一直跳动吧。我也不清楚……要是有一天这里不跳了，也许……"

"噗！"一支长剑突然刺进张默胸膛，剑刺得很深。

张默慢慢无力地坐下，低头看着自己胸口，顺着剑刃看过去，一直看到淮南王的手、身、脸，像是有些不相信地道："为……什……

么？大……王？"

淮南王有些伤感地道："对不起，我父王已经输过一次，这次我不能冒任何风险……我不能输……我不想再被人践踏……"

鸿宝苑的沉沉夜色里，忽然亮起无数繁星。

"奉天子诏，捉拿逆贼张默！"是中尉殷宏的声音。

淮南王脸色一变，倏地回身，只见七宝台之下，已是火光点点，人影憧憧，而远处还有越来越多的顶盔贯甲的身影正在向自己的府邸涌来。

淮南王看着地上的张默，看着自己手中那柄剑，全身一震，松开了手。

"殷中尉，"淮南王扑到栏杆边，大声道，"你退兵吧，张默已被我处死了。"

"大王，"张汤的声音在台下道，"张默谋逆，事关重大。既然已死，还请大王和我们一起回去，帮我们把整件事调查清楚。"

淮南王退后一步，喃喃地道："不！我不能输！我不会输！"

张汤喊道："大王，下来吧，不用担心。就算有反贼余党，两千北军已将此处团团围住，没有人能伤得了大王。"

淮南王额上冒出一颗颗豆大的汗珠，忽然，他在张默身前蹲下，道："药呢？还有一颗药呢？"

张默道："大王……我说过，最好……还是……别……"

淮南王掀开张默前襟，急急搜查，很快摸出了一颗珍珠大小、被鲜血染红了的药丸。

"好，很好！"淮南王自语道。

飞 升

张默眼里闪过一丝焦虑,挣扎着道:"不……大王……服了药,就不能回头了……"

淮南王停了停,站起身来,一仰头吞下药丸,然后向着高台下的张汤道:"多谢张廷尉好意,不用了,寡人会自己保护自己。哈哈……"

张汤一挥手,一队人立刻顺着阶梯向七宝台上爬去。

这时,一件令张汤和在场所有人震惊的事发生了。

稀疏的星月之光下,他们看到,那高台上慢慢弥漫出一股白色的雾气,而淮南王,正缓缓向上走去,一步一步,踩在雾气之中,就像那虚空中本来就有借力之处。很快,他的身体像是走进了一幅无形的黑色屏风,头、肩、身、手、腿、足渐次消失。

张汤和众人目瞪口呆。

当张汤等人赶上七宝台时,他吃惊地发现,胸口插着一把剑的张默还活着。

"去……寿宫,"张默声音微弱,但依然说得很清楚,"陛下……就在……那里。淮南王……会去……杀他的……"

张汤扶起张默,更惊讶地发现,张默的身体冰冷而坚硬,像是已经死了多时……不,比死人更冷、更硬,那是金石铁器般毫无生命感觉的坚硬。

张汤强忍着恐惧继续抱持着这具"尸体",道:"你到底是人是鬼?陛下在寿宫什么地方?我已经找遍了,都没找到!"

张默慢慢闭上眼睛,道:"击……鼓……嫌……迟……"

张汤急道:"你说什么?你醒醒!你说明白,陛下到底在哪里?"

张默双眼勉力睁开一点,道:"击鼓……嫌……迟……"

张汤道:"你到底在说什么?击鼓干什么?是一种巫术吗?为什么嫌迟?陛下已经出事了吗?"

张默的目光渐渐涣散,声音更加微弱了:"苑……中……枕……"

张汤大声道:"你说什么?你别死!这巫术是哪来的?怎么才能克制?喂!你醒醒!笨蛋!他杀你你怎么不躲?"

阵阵北风呼啸着掠过……好冷……

少年瘦弱的肩上扛着沉重的木料,赤足踩在冰冷的泥水中,一步步向前挪动……身后是吏卒的驱赶和喝骂……

饥饿使他失去了支撑的力量……一个趔趄倒下……暴风雨般的鞭子……鲜血淌进污泥……

一匹高大的白马立在少年眼前,少年从污泥血水中抬起头……

一个头戴王冠、身披紫袍的中年人,冬日刺眼的阳光勾勒出他刚毅的面部轮廓,鸷鹰般的目光落到了少年身上……

少年伤痕累累的身体被抱了起来……

"从现在起,他是我淮南王的人!"

马背上,被横抱着的少年仰起头,看着那个魁伟的身影,和那身影背后辽阔的天空,嘴角浮起一丝淡淡的微笑。

白衣青年的嘴角浮起一丝淡淡的微笑。

他何尝不知道，有些人是鸩毒。只是他太冷了，在无尽的凄风冷雨之中，这杯毒酒至少可以给他片刻温暖。

从现在起，他是我淮南王的人！

那一刻，成了他一生的永恒。

微笑凝固在青年的嘴角。

五

上千人马包围着已经被拆得只剩骨架的寿宫，熊熊的火炬照着殿中一片空地。

张汤看着眼前完全无处藏匿的宫殿废墟，喃喃地道："到底在哪里？到底在哪里……"

汲黯道："那个张默说什么击鼓，是不是要击鼓后才能找到陛下？"

张汤气急败坏地道："你信吗？他还说嫌迟，就算击了鼓有什么用？"

汲黯道："既然说了，干脆试试吧。"

张汤一跺脚："速召乐府全体乐工！让他们把所有的鼓都带来。"

百余只大大小小的皮鼓环绕着宫殿排列，鼓手准备就绪。

一名为首的乐府老乐工问："怎么击？"

张汤烦躁地道："就用你们平时的曲目，随便来一曲。"

咚！咚！咚！咚咚咚……

鼓声越来越急，越来越快，震耳欲聋。

张汤、汲黯、冯太平等人一齐向宫殿中间望去。

一曲终了，一切如常，没有丝毫变化。

"再换一曲！"

咚咚咚咚……

鼓声又起。

还是没有变化。

张汤挥手道："再来！"

鼓声再起。

冯太平捂住了耳朵，挤到张汤身边，大声道："喂，他当时到底是怎么说的？"

张汤沉着脸道："他说：'击鼓嫌迟。'"

冯太平用手拢着耳朵，朝着张汤道："什么？"

张汤道："击鼓！嫌迟！"

冯太平自语道："击鼓，嫌迟，击鼓，嫌迟……"

长门宫。

"砰"的一声，宫门被撞开，冯太平气喘吁吁地道："你……你是不是懂很多乐曲？"

陈皇后道："怎么了？"

冯太平道："有没有一首乐曲，曲名读起来像'嫌迟'的？"

寿宫前。

陈皇后抱着瑶琴飞奔而来，一边高声道："住手！"

飞 升

张汤举手示意，乐工们停下手中鼓槌，一齐向陈皇后看来。

陈皇后放下手中瑶琴，向为首的那老乐工道："老宋，我先鼓琴，一阕之后，你带大家相和同歌，按律击鼓。"

说罢席地而坐，双手轻轻按上琴弦，然后一抬手，一勾一挑，开始奏乐。

一种无比奇特的琴曲缓缓流淌出来，那琴曲跌宕诡异，忽而空旷得可怕，忽而又幽深到极点。

伴着琴曲，陈皇后朗声唱道：

　　日出旸谷，浴于咸池。
　　魑魅魍魉，莫能逢之。
　　天覆地载，九隅无遗。
　　缙云至德，昊天无极！

这时，寿宫大殿上开始弥漫起一股不知从何而来的白雾。

众人面面相觑。张汤跨前一步，喝道："你唱的什么？是不是巫术？"

陈皇后手下不停，继续弹着琴，大声道："别管那雾！《咸池》乃黄帝古曲，正气浩荡，必能破此妖术！"

那乐府的老乐工悚然醒悟，抬起鼓槌敲了起来，跟着高歌道：

　　日出旸谷，浴于咸池……

众乐工也跟着手中击鼓,口中齐唱。

开始还有点混乱,渐渐地,鼓点越来越整齐,歌声也越来越清晰嘹亮,更多的人加入了歌唱的行列。

> ……
> 魑魅魍魉,莫能逢之。
> 天覆地载,九隅无遗。
> 缙云至德,昊天无极!
> ……

寿宫大殿上的白雾忽然开始凌乱起来,甚至看得出渐渐随着鼓点一震一震,越来越散碎,越来越稀疏。

众人看得目瞪口呆。

唱到第三遍时,鼓声更加整齐了。

寿宫大殿上的白雾已被震成丝丝缕缕,与此同时,大殿中那一片无形无质的空间,仿佛波动起来。

那是一种极其诡异的景象,明明其间什么都没有,从这一头可以一直看穿到那一头,可偏偏又像有物在其中。而且这物随着鼓声一震一震,正变得越来越清晰。

> 日出旸谷,浴于咸池……

随着歌声鼓声,殿中景象更加凸显。

飞 升

那是一个人！一个高大的人！正站在高处，仿佛站在一个无形的平台上，白发，紫袍……淮南王！

张汤来不及震惊，举剑一挥，众人包围上前。

乐府的乐工被这阵混乱影响，鼓声一时停滞，眼前景物立刻消失。

张汤急道："快！继续！继续击鼓！"

殿内重新出现景象。

"等等！"张汤手一拦，挡住了意欲开弓放箭的士卒。

淮南王手上还抓着一人。

张汤颤声道："是……是陛下！"

淮南王一手扶着皇帝，一手持一柄白色短剑，指着皇帝的咽喉。

皇帝仿佛被咚咚的鼓声慢慢地震醒了，缓缓环视四周，随后目光落在淮南王身上。

"叔……父？"皇帝皱着眉头，像是刚刚才想起来，"你也来了？"

淮南王温和地道："你看，他们不肯让你飞升。让他们停止击鼓！"

殷宏准备着暗弩，瞄准了淮南王。

"一定要准！"张汤感觉自己的掌心快被汗水浸湿了，"万不可伤了陛下。"

皇帝费力地思索着，好像在回忆着什么。

冯太平推开身前数人，走到前面。

"你是谁？"皇帝茫然地道，"我……好像见过你，怎么这么……

面熟？"

冯太平道："我是皇帝！你又是谁？"

皇帝的神情有些困惑，道："我是……不！不对！我才是皇帝。你敢假冒乘舆！来人……"

淮南王道："陛下，快让他们停止击鼓，他们在把你拖回尘世。"

冯太平向前一步，道："我是皇帝。你才是假的！我在这个世上，你呢？你在什么地方？你的脚踩在哪里？你身在何处？"

淮南王道："不准过来……"

冯太平伸出手叫道："陛下，快过来！"

皇帝脸上露出若有所悟的表情，向前跨去。

淮南王神色一变，一手拉住皇帝袍袖，一手猛地持剑刺去。

皇帝一脚踩空，惊呼一声。

冯太平纵身一跃，扑向空中的皇帝。

淮南王的剑刺了个空。

与此同时，"嗖"的一声，一支弩箭向淮南王面门射来。

弩箭掉落在地上。

皇帝、冯太平、淮南王三人都消失了。

寿宫内外一片安静。

"击鼓！"张汤跺着脚大叫，"继续击鼓！快！"

呼的一下，冯太平觉得整个人被一股无形的力量向前一扯，仿佛有一头巨兽在前方张口一吸，整个人被吸进一个狭窄的缝隙，

飞　升

眼前顿时一黑，似乎全身骨骼都要被挤到一起了，还未惊叫出声，全身又是一松，似已挤过了那窄缝，进入了一个宽敞的空间。

"砰"的一声，冯太平摔在地上。

冯太平双足疼得厉害，睁开眼，只见所处之地是一片白色，迷迷茫茫、无穷无尽的白色。

皇帝半躺半坐在旁边，脸色苍白，呼吸急促。

冯太平向自己身下看去，是玉石般纯白的平面。

怎么回事？

不是在寿宫中吗？自己不过就跳起几尺高，怎么会摔得这么重？

周围一片静谧，震耳欲聋的鼓声也消失了。

哦，不对，还有！只是变得非常遥远，似旷野中远方的隐雷。

见鬼！这到底是哪里？寿宫的某处地下密室？

淮南王是怎么开启那个机关的？

"你胆子够大，"淮南王走到冯太平跟前，"他们给了你多少钱？这么卖命！"

冯太平抬起头，小心地揉着足踝苦着脸道："没钱，不过我不卖命的话，只怕就没命了。"又向皇帝道："陛下，你祭神祭到人都不见了，张廷尉让我假扮你。到底是怎么回事？谁把你弄进来的，还记得吗？"

皇帝望向淮南王，声音微弱地道："那个……泰一真人……是你的人？"

淮南王赞许地点点头道："不错，你终于醒了。陛下，你还没那么笨，只是醒得太晚了点。其实，你已经有那么多了，何必还要贪求升仙？我只想要你所拥有的，阴差阳错，却终究服了仙丹。"

冯太平道："咦？你服了仙丹？哦，对了，刚才那一箭没射着你，是不是因为你已经刀剑不入了？"

淮南王大笑道："这个地方，只有生命所成之物能进来，金铁玉石都只能落在这层空间之外。他们若是仁慈一点，去掉箭镞，也许倒伤到我了——你看看你的带钩呢？"

冯太平低头一看，才发现自己腰带不知何时已经松了，那只玉钩已消失无踪，忙伸手系着腰带，恍然道："哦，难怪他们说陛下的冠剑印履都掉在寿宫了。哎，陛下，你要是节俭一点，履上不缀金丝，也不用像现在这样光着脚吧。"

皇帝虚弱地笑了笑，道："你叫什么名字？"

冯太平道："小民冯太平。"

皇帝道："好……名字。"

冯太平道："这是什么地方？冥府吗？我们怎么会到这个地方的？"

淮南王提起手中短剑，叹道："我很想跟你们慢慢聊，我费了那么多心力，好不容易才设了这么精彩的一个局，真希望能告诉更多的人，可惜，我没那个工夫。这个'峡谷'只能支撑一时半刻，他们很快就会再次找到我们。"

冯太平道："喂喂！淮南王，你骗我！你说金铁不能进来，你手里是什么？"

"这是犀骨剑。"淮南王叹了口气，道，"我知道你想干什么，但你这样做很蠢。为他卖命你能得到什么?现在这里没有别人,你有机会为自己争一个难以想象的未来,只要你一切都听从我的安排。"

冯太平道:"你说什么?什么未来?什么安排?"

皇帝吃力地用手撑着向后挪动,颤声道:"刘安!你……你敢弑君?"

淮南王蹲下来,盯着冯太平,缓缓地道:"你和他一模一样,唯一的区别只是出身。凭什么他富有四海而你贫无立锥之地?你想不想换一种活法?"

冯太平心头怦怦乱跳,道:"你想叫我……叫我……"

"相信我,"淮南王的声音仿佛有一种直抵人心的诱惑力,"皇帝是这世上最容易做的职事了。何况还有我帮你,你不懂的皇家礼节、朝仪法度、治国之道,我都可以教你。我看得出来,你是个聪明人,这些东西难不倒你。"

冯太平目瞪口呆,半晌,才道:"不,我不会……我不能……"

淮南王温和地道:"我只是想送你一场天大的富贵。你怕什么?"

皇帝喘息着道:"别……别信他!他处心积虑……杀人夺位,就为了……为了送给你这……不相干的外人?"

"就算不相信我,你难道能相信他?"淮南王用剑尖挑开冯太平袖口,点了点冯太平腕上被镣铐磨出的伤痕,"你是张汤从狱中找出来的吧?一个囚徒假冒天子,这种事传出去好听吗?他心性猜忌,迟早会杀你。你本来就是死定了的,我现在给你一个不死的机会,你不想试试?"

冯太平看了看淮南王,又看了看皇帝,缩了缩身子,道:"我……我只是不想死……我不要别的……"

皇帝吃力地道:"不管你过去……做过什么,我都赦你无罪。但你若是假冒我,满朝文武,迟早会……看出破绽,到时你必死无疑。"

淮南王大笑,道:"你看,他能给你的,只是不杀你,我能给你的,却是他的一切!他即位以来,专以刑杀为威,群臣对他只有畏惧,哪敢丝毫质疑?除了汲黯,没有一个人会关心坐在御座上的那人到底是真是假。而他此前已经几次大骂着说要宰了汲黯,你这次出去后,随便找个借口杀他,谁也不会起疑。"

冯太平道:"不,我不想杀人……"

皇帝道:"冯太平,你……你想想,他南面称王……要什么没有?你相信他……只想弑君,却不想篡位?"

淮南王叹了口气,站起来转过身道:"还真让你说对了,实话告诉你,从我服下丹药的那一刻起,这世上任何声色享乐,对我都毫无意义了,包括作为帝王的乐趣。我做这件事,不是为了得到什么,只是为了不让你得到。"

"你疯了!"皇帝挣扎着道,"我……我待你不薄,你我同为……高祖子孙,叔侄至亲,你为什么……要这么做?"

淮南王意味深长地笑了笑,道:"叔侄至亲?好,在你死之前,我可以讲个故事给你听,希望你听了之后,能死得瞑目。"

飞 升

很久以前,有个皇帝,他在许多臣子的帮助下,击败敌人,打下天下,坐稳了江山。功臣们浴血沙场,九死一生,他们举杯同庆,以为终于可以松口气享受胜利了,却不料,这只是真正的惨剧的开始。

皇帝开始一个接着一个地杀戮功臣:有的是因为功劳太大,有的是因为能力太强,有的是因为威望太高……到最后,几乎所有强有力的异姓王都被杀了,唯一一个占据要地还活着的异姓王,是他的女婿。

即使如此,皇帝还是不放心。

在一次远征的途中,他来到这个女婿的王国。女婿对这位皇帝兼外舅毕恭毕敬,身为一国之君,他亲自套上臂韝,捧着食案,卑躬屈膝,侍奉饮食,而皇帝却对他箕踞喝骂,颐指气使。女婿毫无怨言,但他手下的臣子实在忍耐不下去了。

他的相国,一位性格刚烈的老人,发誓要刺杀皇帝,为他们受辱的国君报仇。他安排刺客藏在皇帝将要入住的馆舍夹墙中,结果,偏偏皇帝那天改了主意,认为地名不吉,就没有入住。

不久,行刺的阴谋败露,皇帝勃然大怒,命令将所有人捉拿到京城。

主谋相国在受尽酷刑后依然一口咬定,是自己干的,和自己的君王毫不相干。

但暴怒中的皇帝什么都听不进去,命令继续拷问。

他要的不是"毫不相干",他就是要"相干"!这样,他才能名正言顺地剪除这个最后的异姓王大国。

于是，那段时间，监狱中充斥了鞭挞、辱骂和惨叫的声音。

就在这个地狱般悲惨的地方，一个女人即将临产。

她是那位不幸的国王的姬妾。

女人姓赵，很美——对了，她原来的封号就是"美人"。

寒冬腊月，赵美人躺在腐臭的草褥上，铁窗外吹进来的寒风让她的手脚总是冰凉而无处躲藏，一头秀发已如乱草，虱子在里面乱爬，刚来时穿的衣服已经不合身了，可是没有替换，只能将衣服侧面撕开，才不至于箍住日益膨胀的肚子……

比衣被匮乏更难以忍受的是饥饿，赵美人和她肚子里的孩子需要食物，可是狱中哪来像样的吃的呢？她的弟弟来看她，偷偷给她带了一点食物。狱卒说，这是大案，上面有令，什么都不准往里送，怕杀人灭口。

赵美人是个坚强的女子，入狱以来，不管遇到什么困苦，都咬咬牙挺过来了，可是当眼看着弟弟辛辛苦苦带来的干肉被抢走、枣糕被踩在地上，终于忍不住痛哭起来。

姊弟俩抱头而泣。

当他们哭到精疲力竭时，听见一声低低的叹息："罢了，"一个人的声音道，"过来，我给你们想个办法吧。"

两人顺着声音看过去，声音来自最角落的一间监室。

在赵美人的印象里，那是个和别人不太一样的囚徒，双足戴着重镣，不知犯了什么大罪。每天安静得出奇，不管遭受怎样的侮辱呼喝，都逆来顺受，一语不发，只偶尔用草秆在地上画来画去。

赵美人的弟弟走到那间监室门口，问那囚徒，有什么办法，能帮他的姊姊改善境遇。

那囚徒招招手,示意他再近一点。

当赵美人的弟弟蹲下身,那囚徒在他耳边轻声道:"上书,告诉他,孩子是他的。"

赵美人的弟弟大吃一惊,几乎坐倒在地。

那囚徒微微一笑:"他是去年冬天去的赵国,你们大王那么殷勤,除了美食,一定也找过一批女人伺候过他,时间正好合得上。"

赵美人的弟弟吓得牙齿都在打架,道:"这……这太危险了,万一被发现……"

"危险?"那囚徒又是微微一笑,"比这危险百倍的事我都干过。放心吧,他的记性我了解,这么长时间,他一定不会记得那些女人的样子。"

赵美人的弟弟回去后,想来想去,终究还是不敢直接上书,于是辗转托了门路,找皇后求情,结果如石沉大海,毫无音讯。

"你怎么能找她?!"那囚徒听完,几乎是恨恨地道,"你害了你阿姊了!"

赵美人的弟弟结结巴巴地道:"陛下正在气头上,谁一提赵王就把谁抓起来。现在敢为赵王说两句的只有皇后……我想,也许……"

那囚徒看着赵美人的弟弟,就像看着一个不可救药的笨蛋,摇头叹息道:"皇后肯说话,是因为赵王娶了她唯一的女儿。就算这样,皇帝想收拾你们大王,是为了他的江山,谁说情也没有用。而你现在跟皇后说,她的男人在外面有了个孩子,居然还指望她说好话？"

赵美人的弟弟恨不得往墙上一头撞死。

"那……那……"赵美人的弟弟悔恨万分地道，"现在还能挽救吗？"

那囚徒沉思了一会儿，叹了口气，道："你们先考虑一下，是保大人，还是保孩子。"

赵美人听弟弟说完，平静地道："皇帝不仁，赵王这场冤狱，必当相报！我一女子，手无缚鸡之力，又身陷囹圄，有何可恋？让我的孩子活下去！无论男女，长大后必能为我报仇！"

于是，那囚徒极其冷静地指挥赵美人的弟弟，安排产妇、贿赂狱卒，逐字逐句地教他写了一份奏疏。

十月怀胎，一朝分娩。

赵美人在狱中产下孩子，是个男孩，健壮有力。

当天夜间，赵美人从容自尽。

赵美人的弟弟抱着孩子，带着奏疏，求见皇帝。

皇帝看着襁褓中健壮可爱的孩子，还有那份奏疏，长叹一声。

这个时候，皇后来了。皇帝把事情告诉了皇后，并和皇后商量，能不能请皇后收养这个可怜的孩子。

生母既然已经死了，皇后自然非常大方地愿意多一个儿子。

这个孩子在后宫中逐渐长大，因为是皇帝的"儿子"，他被封为淮南王。

在他长到能报仇之前，皇帝死了，皇后成为太后。

权力无人能制约的太后开始对其他后宫美人及其子女下手，

手段残忍,前所未有。而这个孩子因为生母早死,反而幸运地躲过了那一场场屠杀。

当赵美人的儿子长大成人,太后也已去世,大臣们发动政变,迎来了新的皇帝。

赵美人的儿子见到了他的舅父——赵美人的弟弟,舅父把当年的一切告诉外甥。外甥终于知道,自己的使命是什么。于是,他开始招兵买马,图谋举事。可惜事机不密,还没发动就被朝廷剿灭。

但他也留下了自己的儿子。

他的儿子在长大后,继续父亲的事业,做得比他的父亲更好。

他广招天下贤士,著书立说,以示无心权力,但另一方面,他一直在寻觅一种力量,一种存在于上古传说中的力量——父亲的道路既已失败,只有另辟蹊径才能成功。

苍天不负苦心人,他终于找到了!

他做到了他的父亲、他的祖母想做而没有做到的事!

他将用那个邪恶的帝王后人的血,来祭奠他的祖先。

他尤其要告慰那个在暗无天日的牢狱中忍受着巨大痛苦生下孩子的女人、那个不幸没能用自己的乳汁哺育过自己孩子一天的女人、那个怀着对孩子的深深眷恋毅然在铁窗上投缳自尽的女人。他要告诉她:他对得起她的牺牲,对得起她的痛苦,对得起她的死亡……

淮南王举起短剑,道:"陛下,现在你知道,自己为什么会死了吗?"

皇帝长叹一声，闭上眼睛，道："高祖一念之仁，使……赵王孽种……坏我天下！"

淮南王身后，冯太平咬着牙慢慢站起来，双足的剧痛冲击得他眼前阵阵眩晕。

淮南王摇摇头，道："不可救药！你有今天，到底是因为他的仁慈还是不仁？"说完，手中一紧，犀骨剑直向皇帝刺去。

冯太平拼尽全身力气，向淮南王扑去。

犀骨剑歪过数寸，削中了皇帝的左肩。

淮南王倏地一斜身，犀骨剑直刺冯太平，冯太平不闪不避，一把抓住那剑刃，疾呼道："陛下快走！"

淮南王怒骂道："你是不是犯贱？我让你当皇帝，他让你蹲大牢，你居然帮他？"

冯太平紧紧抓着剑刃，道："你杀他是为了私仇，可他不能死。偷天换日，瞒得过别人，骗不了卫皇后，现在大将军远征在外，你杀了陛下，会天下大乱的……"

"天下关你屁事！"淮南王一用力从冯太平手中抽出剑来，冯太平"啊"地惨叫一声，龇牙咧嘴地捂住鲜血淋漓的右手。

淮南王一脚踹过去，骂道："就算卫青造反、就算匈奴南侵，当皇帝的也会死在最后！你跟我作对，现在就会死！"

冯太平被踹倒在地，道："你仙丹都服了，还有什么想不开的？你挨过饿吗？受过冻吗？和狗抢过食物吗？这世上有许多人是经不起雪上加霜的，你家才死了几个人？就要千万人给你陪葬？"

皇帝捂着肩头伤处，摇摇晃晃地站起来。

飞 升

淮南王看也不看便剑柄向后一撞，正撞在皇帝胸口，皇帝顿时委顿倒地。淮南王恶狠狠地道："陪葬又如何？就是你这样瞻前顾后的笨蛋太多，暴君才得以肆意逞恶！"说罢回过身去，提剑再次向皇帝刺去。

冯太平却忍着剧痛再次扑过去，一把抱住淮南王右足，道："连尸积如山都不在乎，你上去就不是暴君？"淮南王一个跟跄摔倒在地，手中剑已刺空，欲拔足起身，却一时挣脱不开，于是大怒着回身，挥剑向冯太平砍去。

冯太平连滚带爬，躲避着淮南王的犀骨剑。

淮南王道："好，你非要找死！我成全你！"举剑刺下，冯太平"啊"地惨呼一声，捂住胸口，鲜血染红了他胸前半幅衣衫。

淮南王握着剑摇摇晃晃地站起，犀骨剑上的鲜血一滴滴落下。

"当啷"一声，犀骨剑落在地上。

皇帝惊讶地睁开眼。

淮南王用惊讶而悲愤的目光看着冯太平，跟跄着后退一步，一只手捂着颈间，一缕鲜红从他指间渗出，一支雪白的牙箸插在他颈上。

"我这辈子……没用过这么好的筷子……"冯太平喘着气道，"他们说，是象牙的。上回吃饭，顺手拿了一支，陛下……不介意吧？"

皇帝长出一口气，虚弱地道："你……还行吗？"

冯太平道："还……行，死不了。"

皇帝点点头，道："那……就好。"

淮南王一手捂着颈间，一手伸向皇帝，艰难地走了两步，终于"扑通"一声摔倒在地，鲜血从他指缝中汩汩流出。

冯太平挣扎着从地上爬起。

皇帝闭上眼睛，缓缓地道："冯太平，朕封你千户侯，还想要什么？说吧，朕都会给你。"

冯太平摇了摇头，道："陛下，你方才说，不管我过去……做过什么，都会……赦我无罪，是真的吗……"

淮南王颈间淌出的鲜血慢慢包围了他的白发紫袍，并逐渐干涸，只是那双充满了怨恨的眼睛始终没有闭上。

鼓声越来越近，越来越响。

忽然，就像一层屏障突然被撤去，轰然一声，百面大鼓的咚咚巨响扑面而来，直震得他们耳朵发胀。

白色的景物迅速退去，冯太平和皇帝、淮南王一齐摔倒在寿宫的废墟上。

"陛下！陛下怎么样了……"

"快！北军护驾！"

"召太医！速召太医！"

陈皇后一把推开瑶琴站起，身体晃了晃，雪白纤长的手指指尖，鲜血涔涔而下，却浑然不觉，只是盯着那个躺在地上浑身是血的身影。

更多的人涌了上去，她的视线被彻底遮住了。

人群簇拥着御辇从她身旁经过，她目不斜视。

"停！"皇帝的声音虽然虚弱，却低沉而威严。

飞 升

陈皇后恍若未闻,依然盯着远处那个被卫士挟持起来的身影。

"你更关心他还是我?"皇帝道。

陈皇后轻声道:"他死了吗?"

皇帝冷哼一声,道:"如果他死了,你会怎么样?"

陈皇后道:"他死了吗?"

皇帝一挥手,道:"汲黯,安排太医给他疗伤——看紧点,没我旨意,不准任何人和他接触!"

廷尉府的密室里,张汤和汲黯看着眼前光滑的石枕。

"就是这个?"张汤疑惑地问。

中尉殷宏肯定地一点头:"整个鸿宝苑只有这一只石枕,是放在一张石床上的。如果一定要找'苑中枕'的话,应该就是这只了。"

张汤拿起石枕,颠过来倒过去细看,忽然发现石枕反面有一个小孔,从孔中可以看到,枕中似乎装有东西。他伸指抠了一下,够不着,一咬牙,举起石枕往地上一摔。

"砰!"

石枕被摔得四分五裂。

一卷写得密密麻麻的帛书出现在碎石之中。

张汤捡起帛书。

"写的是什么?"殷宏急切地道。

张汤看着帛书,一呆,递给汲黯道:"是先秦古文,你学问大,你来看吧。"

汲黯接过一看,便皱起眉头,道:"是六国时的韩国古文。"

张汤道:"你能看懂吗?"

汲黯道:"只能看懂七八成。"

张汤道:"这里面讲的什么?"

汲黯不答,只是细细看着。

约过了半个多时辰,汲黯才长叹一声,抬起头来:"想不到,竟然是这样!"

张汤道:"这到底是什么?谁写的?"

汲黯道:"是张良写的,后来张默做了一些注解——他好像预感到不会善终,所以把他所知道的都写在这上面了。可是从黄帝、到赤松子、到黄石公、到张良……发生的事情太多了,也许是我太过愚笨,就算看了,也不知道到底什么是真、什么是假……"

但黄帝战蚩尤的事应该是真的。

黄帝倾全国之力与蚩尤交战,屡战屡败,损失惨重,蚩尤一方其实人数并不多,不过兄弟八十一人,但他们有着铜铁般的身躯,以沙石子为食,这样的军队,就算付出尸山血海的代价,也无法抵挡。更何况蚩尤还会使用一种散布迷雾、倏忽来去的妖法,这使黄帝的军队更加被动挨打。

如果没有一位九天玄女的帮助,也许今天的世界,就是由蚩尤一族统治了。

没有人知道九天玄女是何方神圣,或许她和蚩尤都不属于我们的世界,他们不过是过客,借我们这些凡人之手彼此较量,解决他们之间的恩怨。

飞 升

玄女教给了黄帝很多东西，包括铠甲，包括战车，包括阵法，包括指南车，包括《咸池》……

在战事的最后阶段，蚩尤又一次使用妖法，企图逃脱，而黄帝以最为坚实的夔皮做鼓，以雷泽巨兽的骨骼为槌，击起《咸池》之乐，声震百里，在震耳欲聋的鼓声中，蚩尤忽隐忽现，穿行于高空悬崖之间，九遍《咸池》之后，黄帝大军擒杀了蚩尤。

千辛万苦终于获得了胜利，黄帝看着蚩尤的尸体，产生了一个大胆的想法：也许，他能设法获得蚩尤的异能！

他肢解蚩尤，反复炼烧那些奇怪的硬块，尝试添加不同的矿石，直到有一天，其中结出了一些圆珠。

他有些犹豫，不知道这些圆珠吃下去会有什么后果。

第一个尝试的，是他的臣子赤松子。

由于天下大旱，按当时的习俗，人们将雨师赤松子押上柴堆，焚烧献祭。

极度痛苦的死亡即将来临，赤松子没有选择，他服下了一颗刚刚炼就的"仙丹"。

在熊熊燃烧的烈火中，赤松子飞升了！

他竟然成功了！

很快，黄帝也服食了这种"仙药"，和他一起服食的，还有七十多名小臣。

黄帝很谨慎地没有给他的家人服食这种仙药，因为他不知道飞升之后的生命到底是什么样的。他宁可他们获得一个确定安全的普通人生。

许多没能得到仙药飞升的臣子和随从号啕大哭,他们认为自己错失了永生难以再得的机遇。

而事实上,飞升的代价高到无法想象。

要知道为什么能飞升,首先要知道为什么会下坠。

我们会下坠,不是因为我们太过沉重,而是因为大地太过沉重——不,甚至也不是因为大地沉重,而是因为大地沉重到使它所在的空间为之扭曲!这种扭曲无法用图形来描绘,如果一定要譬喻,或者可以想象:平直的空间变成了一只巨碗,这个空间里的所有的物体,都像豆子处在碗壁上,有向下滑落的本能。

其实,这样的譬喻也是错误的,因为这扭曲无处不在,也就是说,我们所在的山川河流、城郭田野、每分每寸、每丝每毫都是向着地心倾斜的"碗壁"。

如果没有这沉重的大地,如果空间是坦荡而平直的,每个人、每件物体都能轻易飞升,或者说,那不叫飞升,只是停留在任意地方。

所以,只要在这大地之上,飞升就是一件很困难的事——没有人能使大地消失。

但是,再光滑的碗,也会有肉眼看不到的细微凹凸,豆子也许站不住,但一条蛞蝓却可以轻松地爬上爬下。

仙丹的功能,就是增加人这个"豆子"的黏附力,使之能在"碗壁"的任何一个地方停留。

一个服用了仙丹的人,便具有了黏附一切空间纹理的能力,就像蛞蝓、守宫能附着在看似平滑的墙壁上。如果那"纹理"足够大,

飞 升

大到形成褶皱,甚至是深沟峡谷,他便能钻进去,甚至带上外界的凡人隐身其中。只有某些特殊节律的震动,才能将这些"空间蛞蝓"从"碗壁"上震出来。

古往今来,总有那么一些人,说自己遇过神仙、到过仙境。他们从那"仙境"回来后,却再也无法带人找到原来的地方。

——如果"空间褶皱"这么容易进出,还要丹药干什么呢?

当然,如果人们知道服用丹药的结果,可能就不会在意那点蛞蝓般的异能了。

对空间纹理的极度敏感,不仅带来了任意飞升的自由,也带来了许多意想不到的后果。

比如,飞升者的视觉、触觉、味觉都发生了变异,他们看到的世界,再也不是原来的模样,到处是斑驳凹凸、重影暗沟,他们再也无法欣赏如画般的高山幽谷,再也无法享受女人光滑柔软的肌肤,再也无法品味香甜可口的美食……

而更可怕的,是随着时间的流逝,服药者的身体会变得越来越冷、越来越硬,就像当初的蚩尤一族,有着铜铁般坚硬的肌肤,只能以同样坚硬的沙石为食。

并且,这种过程是无法逆转的,一旦开始,便意味着以全身硬化告终。

在没有任何外力阻挠的情况下,硬化会一直发展下去:从外而内、由四肢到心脏,直到全身肢体无法动弹,化为一块冷冰冰的毫无生命迹象的岩石……

这就是成仙得道者很少为外人所知的原因——他们生命的最

后阶段太危险，也太脆弱了。如果让敌人知道，等于倒持太阿、授人以柄。所以，大多数服食过"仙丹"的人，最终往往选择在人迹罕至的山林中结束自己的生命。

黄石公弃履于桥下，当张良拾起双履，跪在他面前帮他穿上，他才确定这是一个可靠的孺子。他告诉了张良一切。

张良本来不想服药，他凭自己的智慧也可以获得足够多的东西，然而，当他看到了高祖要杀尽功臣的决心，为了避祸，只能服下这注定带来不幸的"仙药"。

张良智慧卓越，心地纯良。他本是韩国人，效忠的是韩王，可是在乱世中，他最终选择了高祖。高祖外表放诞粗野，却能听懂他的每一句话，无条件地听从他的每一个建议——也许，高祖不是真正的粗俗，只是为了迎合那些人数最多而又思维简单的庸众，才伪装成和他们是一类人。他是枭雄。

张良辅佐汉王，却因此给自己的故主韩王带来了灾难——项羽为了报复，杀了韩王。

张良认为自己是有罪的，他再也没有回头路可走：既然已经以如此高昂的代价选择了汉王，便只能竭尽全力辅佐汉王建立起一个完美的朝代，才不负这份沉重的血债。哪怕后来许多事情都变了，哪怕高祖不再是原来那个汉王……他也无法回头了。他已经负了一个君主，如果再负第二个，那么他的一生将全无意义。

张良不想让自己的子孙饮下那杯"成仙"的苦酒，更不想让他们用那异能威胁他苦心辅佐建立起来的国家，所以，他最终将那黄石带进了自己的坟墓。

飞　升

张良死后，朝局发生了天翻地覆的变化，终于有一天，有人破坟而入，想要将他的尸体拎出来羞辱，张良的儿子赶到时，只见到满地黄石，父亲的遗体已踪影全无，于是愤怒地提剑向盗墓贼砍去……

逮捕、判刑、关押……

一代人杰的墓地，从此败落在荒郊野外，再也无人问津。

直到很多年后，他的一个后人被一位皇族所救，才得以回来祭拜先人，重修墓室。

在整理的过程中，一块像是人的拳头状的石块掉落在地上打碎，里面现出了一份帛书。

张良是一个知恩图报、虽死不悔的人，他的后人也是如此。

现在已无法衡量，张良的遗书，到底是福是祸。

他留下了极度危险的丹方，又严令子孙不得威胁汉帝的生命……

谁知道呢？也许他不想让这可怕的事物再流传下去，所以当初才默默地带进坟墓；也许他对那源自远古的传奇充满敬意，不忍在自己手中断绝，所以才写下了一切；也许他早就预料到了这一切，毕竟他那么聪明，曾经精准地预测过无数次战事……

张汤、汲黯、殷宏三人陷入了沉默。

许久，张汤忽然站起，抓起那块帛书，走到火盆边上。

"你……"汲黯道，"你想干什么？"

张汤道："留着干什么？若是给陛下看到，动了心非要炼这'仙丹',便是国之大难。若是落到别人手中,难道再来一次寿宫之祸?"

"可……"汲黯欲言又止。

殷宏沉思了一会儿,道:"我赞成!"

张汤道:"右内史?"

汲黯看着那帛书,想了很久,一咬牙,道:"好吧……"

张汤手一松,帛书轻轻地覆盖在通红的炭火上,一缕青烟升起,帛书渐渐变得焦黑,终于化为灰烬。

"呼"的一声,密室的门被撞开。

"父亲,不好了!"张安世气喘吁吁地道,"陛下又不见了!"

尾　声

长安城外,两匹骏马拉着一辆精致结实的辎车向东疾驰而去,车中坐着一男一女。

那女人叹道:"想不到,你竟然真的做到了!"

那男人笑了笑道:"出来前他晕过去了,我跟他换了身衣服。"

那女人"啊"的一声,一时说不出话来,许久,才道:"你扮得真像,我还以为真的是他,你下旨给他疗伤时我还有些诧异——那不是他一贯的做法。"

男人想了想,脸上忽然露出忍俊不禁的神气。

女人好奇道:"你想到什么事这么好笑?"

男人道:"我在想他大叫大嚷自己才是真的,然后张汤怒气冲冲剥光他衣服验伤的情景。"

飞　升

女人忍不住"扑哧"一声笑了出来，笑毕，又摇摇头，道："其实你有这份聪明，这次又舍掉半条命救他，如果不是为了我，也许高官厚禄都有了。"

"高官厚禄？"男人摇摇头，道，"得了吧，我看不出当官有什么好处。"

女人一笑，道："好处？你总知道卫大将军吧？当朝第一高官，三子封侯，富贵震动天下，何等风光。"

男人淡淡地道："我在廷尉府蹲的那间监室，听里面几个老狱吏说，很久以前也关过一个大将军。"

女人一怔，半晌，才道："我朝到现在，一共才封过两个大将军。"

"是吗？"男人漫不经心地道，"他们说，那个大将军，跟皇帝下棋老是赢，皇帝问他：你看我能带多少兵？那大将军说：大概能带十万。皇帝又问：那你能带多少呢？大将军说：多多益善。皇帝就把棋子一扔，说：好，那我送你去一个地方，看你还怎么赢我！然后就让人把他关到这监狱里来，脚上戴了几十斤重的铁镣。那大将军在里面无法动弹，只能在地上画个棋盘自己跟自己下棋，后来出去的时候脚已经不能走了，是被抬出去的，却还笑嘻嘻地看着远处未央宫的方向说：'陛下，我下了一局好棋，你知道吗？'每个人都说他疯了……"

三国献面记

宝树

宝树,生于1980年,原名李俊,生于四川广元,毕业于北京大学哲学系,著有长篇小说《三体X:观想之宙》《时间之墟》及短篇集《古老的地球之歌》《时间狂想故事集》。《三国献面记》源于一个荒诞不经的美食故事,发明了时间机器后,靠这个故事发家的老板想要回三国让曹操吃上自己的面,将这个故事变为现实,但事情却向着不可控的方向发展……

1

故事是这样开头的:

赤壁之战中,曹操的八十万大军都被烧死了,曹操一个人逃了出来,在刘备和孙权的通缉下隐姓埋名,四处乞讨,就快要饿死了。后来他来到长江边的一个渔村,村里一个姓郝的姑娘可怜他,给了他一碗香喷喷、热腾腾的鲜鱼面吃。曹操狼吞虎咽地吃完了,觉得这辈子从来没吃过这么好吃的东西,这碗鲜鱼面保住了他的命,让他有了力气逃回许都。后来曹操当了皇帝,想起郝姑娘的恩德,就派人回华容娶了郝姑娘为贵妃,郝家的鲜鱼面也成了宫廷美食，因此名扬天下，成为一道中华传统名点……

2045年秋天的一个下午，我坐在自己的办公室里读着刚发送给我的这段不知所谓的话，一边大皱眉头。这都是什么乱七八糟的？简直可说是漏洞百出。曹操虽说在赤壁战败后溃逃，也不是他一个人，又何至于讨饭？后来华容道上，关云长义释曹操，这是人人都知道的历史故事，和什么郝姑娘、鲜鱼面又有什么关系？再说曹操只是称王，皇帝是追封的，真正当皇帝的是他儿子曹丕，看过《三国演义》的都知道……

我微微摇头，关闭了智能眼镜上的资料显示，望向对面的女郎，皱起的眉头不自觉地又舒展开来。那个女郎站在会客厅的一角，正在端详墙上1949年开国大典时的巨幅彩照。她长发披肩，身段窈窕，亭亭玉立，发现我在看她，转过头来微微一笑，容光照人。我顿时有一种春风拂面的感觉。

"那个……"我好不容易才找到话头，"郝思嘉小姐，你给我看这个故事，是让我们帮你去考察这个……传说的真假吗？"

我们的"小时代"时间旅行公司接到过不少莫名其妙的要求。今天有人要考证殷商舰队有没有到过美洲，明天有人要看玄奘西游是不是带了一只猴子，后天有人来问宋朝有没有郭靖黄蓉……至于家族传说中那些纯属胡扯的说法就更多了。去开动时间机器查看这种虚无缥缈的传说，纯属把钱往海里扔。好在《历史时段保护法》出台之后，这种烦恼少了很多。

郝思嘉却摇了摇头:"不,林先生,这个故事是胡编乱造的,没有人比我更清楚了。"

"那你的意思是……"

"三十年前,"郝思嘉在沙发上坐下,凝视着我说,"有一个叫郝二蛋的湖北农村青年,到武汉城里打拼,开了一家小面馆,卖自己做的鲜鱼面,这种面是用鱼头、鱼骨和一种特别的酱汁熬的浓汤,加上筋道的手擀面和时令鲜鱼虾做出来的,在他家里也算是祖传,不过没什么名气。为了给自己的面找点由头,他绞尽脑汁,模仿其他饭馆里的美食来历传说,编了上面那个故事,装裱了贴在面馆的墙上。他只有小学文化,没有学历,故事当然也破绽百出,稍有文化的人看了都觉得哭笑不得。"

"是啊,这个故事确实离谱了点,看过《三国演义》的都不会这么写嘛。"

"故事写得这么糟糕,郝二蛋的面馆生意自然也就不怎么样。不过塞翁失马,焉知非福,就在他垂头丧气,打算关门大吉的时候,有个叫马宝瑞的畅销书作家偶然进了面馆,看到墙上的这段话,觉得好玩,给拍下来发到了微博上——微博是当时的一种社交软件,类似今天的脑博——转发了几十万条,郝二蛋的面馆一下子声名远扬。远远近近不少人都'慕名'来看他自编的美食起源,有的还要了鲜鱼面吃,一边吃一边装成曹操落魄的样子玩cosplay,生意居然红火起来。不少人一开始只是为了好玩,后来真的喜欢上郝记鲜鱼面了。"

"看来这鲜鱼面确实味道很不错。"

郝思嘉笑了笑:"这个嘛,有机会你来尝尝,多少有些独特的风味吧。总之郝二蛋的面馆一下子出了名,利润也滚滚而来。过了两年,郝记重整了店面,开了分店。又过了五年,分店开到了其他城市,二十年后,郝二蛋在国内外有超过一百五十家分店,还在美国上市了。今天,郝记已经是国内有名的餐饮业巨头——"

"等一下!"我叫了出来,"你是说,那个郝记就是……就是鼎鼎大名的'郝味道'?这家店我知道,我家楼下就有一家啊。"

"是啊,我的名片上都有。"郝思嘉提醒道,"刚才给你了。"

我忙从兜里掏出她的名片仔细端详,果然看到在"郝思嘉"三个字下,印有"郝味道股份有限公司执行总裁"字样。刚才她给我名片,我看到这名字就想起《乱世佳人》,加上只顾看姑娘俏丽的容貌,便没留心看下面的字。我又惊诧地看了她一眼,郝味道可是赫赫有名的公司,这姑娘看样子才二十多岁,就做到了执行总裁,她又姓郝,难道是……

"郝二蛋就是我父亲,"郝思嘉像看穿了我的心思,直言道,"他后来改名叫作郝伟旦,原来的名字就不怎么提了。我父亲其实是一个很有自尊、很要面子的人,最无法忍受别人嘲笑他。当初鲜鱼面起源的笑话,虽然给了他发家致富的机会,但他心里一直耿耿于怀。不过天大的笑话已经闹了,还能怎么办呢?所以当'郝味道'成功以后,我父亲就一直设法想把这件事抹去。不但公司内部绝口不提,还出了许多公关费,让报纸和杂志上也不要提及此事。所以这十多年下来,虽然郝味道越做越大,这件事却渐渐沉下去了。"

"是啊，我就没有听说过。"

"但如果要找的话，网上还是一搜就有，知道的人也是不少的。所以我父亲一直也没有放下这个心结，直到几年前，得知时间旅行向民用开放之后，他才有了一个大胆的想法，可以彻底解决这件事。"

"不会是回到三十年前，去让你父亲换一个鲜鱼面的故事吧？"我不由苦笑，"但这是你们家发家的关键原因啊，如果这样的话，那不是郝味道都不存在了？"

"当然不是了，"郝思嘉摇头，"我父亲的意思是，回到三国时代，去让曹操吃上这碗鲜鱼面！"

我愣住了，过了片刻，才摇摇头："这不可能。"

"怎么不可能？"郝思嘉一副胸有成竹的样子，"我们只需要回到三国，去给曹操送碗面吃就行。如果曹操的确吃到了这碗面，那么就证明了我父亲没有瞎编，最多是细节有些不准确。那么不仅他的心结可以放下，而且如果我们设法把这场景拍下来，对公司也是非常有力的宣传。"

"郝小姐，你应该知道这是不可能的。"我叹口气说，"由于时间旅行的量子干扰效应，任何时空点的时间旅行都会对原有时空平滑度造成破坏，所以你进行了旅行之后，这一时空区间被损坏，下一次别人就无法进入同一时间段了。目前还没有很好的办法能够解决这个问题。所以根据《历史时段保护法》，开放民间旅行的时间段基本都在冰河时代之前。你要去侏罗纪看恐龙那是一点问题也没有。可要是回三国，那就……难了。"

郝思嘉一笑："林先生，我是燕京大学历史系的硕士，我自然有我的关系，可以让上面特批一个历史研究开放许可。"

我有些惊讶地看了她一眼，的确，为了历史研究的需要，政府也会允许一些历史时段的时间旅行，但那是为数不多的特例，想不到郝思嘉能拿到特批。

"但这也不能解决你的问题，"我回过神后说，"这种特批只能限于通过历史视窗观看历史事件，绝对不允许进入和改变历史世界，否则的话，我们会涉嫌改变历史，说不定得在牢里过下半辈子了。"

"具体操作起来很容易规避，不会有人知道的。据我所知，这种事国内外很多公司都干过，说白了，如果你们不去，别的公司也会去。"

"可万一查起来……"我仍然心有余悸。

郝思嘉含笑问："林先生，请问在贵公司进行一次常规时间旅行收费多少？"

"五十万。"我料到她要说什么，"不过郝小姐，哪怕你给我一百万我也不会——"

郝思嘉伸出了右手，五根白皙纤细的玉指伸展在我面前：

"五千万，"她说，"我出五千万。"

我一时愣住了，郝思嘉凑到我的耳边，用一种魔鬼般诱惑的声音说，"给你一个人的。"

2

这么说可能比较矫情,不过我不全是为了那笔钱,当时不知怎么,鬼使神差地答应考虑一下看看,或许心底是想和郝思嘉继续接触吧。

而且到头来那笔巨款基本也没归我。"小时代"管理还是比较严格的,时间机器绝非我一个人所能开动。郝思嘉的头一笔款子到账后,我不得不拿出其中大部分来打通各个关节,自己几乎没留下多少,不过在这过程中我也了解到许多以前不太清楚的事。

时间旅行中争议最大的就是改变历史的问题。许多民众都害怕,时间旅行者回到远古踩死一只蚂蚁,于是人类文明灭绝。但自从人类开始时间旅行后,即便是所谓纯观察的过程也不可避免地会对周围环境造成一定影响,比如热辐射、电磁波吸收等。如果有所谓蝴蝶效应,历史也许早就改变了——当然,也可能确实改变了,但我生活在改变了的时空里,自然也不会知晓。

无论如何,我们所要干的比起纯观察也不过进了一小步。其实这样的禁忌之旅偶尔也会发生,只要小心点,也不会出什么事。我听说了许多真真假假的故事,比如在时间机器的早期试验阶段,就有人跑去听上个世纪的爱因斯坦拉琴,又派了个姓项的特种兵回到战国去见证秦始皇登基,结果再也没有回来……还有一个广泛流传的故事,说有人偷偷跑去1815年的厄尔巴岛把拿破仑放了出来,让他又复辟了一回,建立了百日王朝,我不禁纳闷,难道本来的拿破仑没有复辟过吗?

不管怎么说，出了这些事以后，地球照样运转，看起来并没有什么不妥。我们给曹操送一碗面吃，好像也不是什么大事。

可惜纸包不住火，我们的计划才刚刚开头，公司姚总就找我去谈话，果然有人透了风，东窗事发，我绝望地等着坐牢。结果郝思嘉打了个电话，一切都摆平了。

她又追加了五千万。

一亿元是一个有魔力的数字，我们整个公司都被她买通了。实际上现在时间旅行的生意不好做，成本高昂，一般人消费不起，又只限于观察，大部分游客新鲜劲一过，就丧失了兴趣，而且不少可以观察的时间区域都沦为了损坏区，更影响业务。我们公司每年都要亏损几千万，郝思嘉这笔钱，真是救命稻草。所以整个公司的高层都冒着坐牢的风险，要做成这笔生意。

最后，各方面酬劳重新调整后，我成了新成立的"面操"（"下面给曹操吃"的缩写）项目的实际负责人（也就是说，出了事黑锅我背），拿到了五……万，也不少了，不是？

不管怎么说，事情已经上了轨道，在此后一年里，我和郝思嘉经常见面，讨论这个项目的具体细节。郝思嘉不愧是历史学科班出身，帮我搞清楚了很多混淆的地方。

"这么说，关云长义释曹操只是传说,不是历史？"一天见面时，我问她。

"是的,《三国志》只是说刘备派人追击未果，没有什么关羽在前头伏兵的事，你想想也知道，曹操战后是往自己的地盘逃，刘备如果要埋伏，得在赤壁之战前就派关羽率军深入曹操的后方，这非常危险。即使可行,变数也太多了,根本不是策略。"

"原来如此,"我点点头,"可我还是不明白,华容道是个什么道?为什么曹操非从那条道走呢?"

郝思嘉干脆从头说起:"曹操战败后要回到曹仁留守的江陵,也就是南郡的治所,必须要经过一片巨大的沼泽区。在春秋战国时代,这一带是一个一眼望不到边的大湖,就是著名的云梦泽,到了三国时期,云梦泽在很多地方已经干涸了,但仍然有大片沼泽湿地,十分难行。华容道就是穿越这片大沼泽的一条要道。"

"原来如此,"我恍然大悟,"我被电视误导了,还以为是山里的小道呢,那么我们这次送面就在华容道上了?"

"是的,这是最好的选择。实际上,赤壁之战时段已经由历史学家们打开过时间视窗进行了观察,资料比较多,我们可以利用。"

"那曹操败走华容道的时间区域还能够进入吗?"

"这个没问题,由于经费问题,观察正好在曹操逃离赤壁战区之后就中止了。但在那一时段,观察的范围也包括了从赤壁到江陵的广泛区域,我们完全清楚了华容道的地形。"

时间视窗实际上是一个极小的时空蛀洞,可以接收到周围环境中的信息如电磁波,再通过数据分析还原出当时的原貌。我不久后就看到了赤壁之战的画面,从画面上可以看到赤壁战后,曹军的部队在赤壁附近就被刘备、孙权的追击部队分割歼灭,曹操带着一股残兵逃窜,第二天和周瑜率领的精锐江东军发生战斗,又减损了大半人马才勉强脱身,然后踏上了华容道,此后的情形不得而知。

不过结合历史资料，我们可以分析得出，曹军企图从华容小道逃回江陵，却又遇到险阻。不久后，他们险些陷入一片沼泽，不得不让一些羸弱的士兵躺在地上，让其他的步骑踩在他们身上通过，这样又死伤了许多人，最后撤回到江陵的兵马寥寥无几。当然，其他方面撤退下来的军马还有不少。不过单就曹操亲带的这一支来说，可说是狼狈凶险到了极点。

但光这个还不够，在实际出发之前，我们必须得了解曹操通过华容道，最后到达江陵的详细时间坐标。这一点被最新技术解决了：超远距时间视窗。我们将时空蛀洞在离地面数万公里的远地轨道打开，这样可以保证时空点附近的损坏不至于影响到地面附近，又将从高轨道观察得到的影像进行数据分析和图像恢复，花了几个月，终于掌握了曹操一行迤逦而西，经过一系列地点的准确时间。但因为距离太远，且当时有雾，对于其中的细节还是看不清楚。

我把资料给了郝思嘉后，她很快就做出了一份方案，找我来商议："我发现了华容道上一处淤泥形成的无名洲渚，上面有几间废弃的茅屋，在本来的历史中，曹军会在深夜十点左右到达这里，并休息大约一个半小时，然后匆匆向西逃窜，这里很快就会起雾，曹军会在夜里迷失道路，大约花了两个小时才找到方向，在第二天清晨五点钟，他们会和曹仁连夜行军的接应部队相遇，此后曹操一行将顺利进入江陵城，获得安全。

"我们的计划是，住进这些茅屋里，冒充本地居民，迎接曹操到来。我们会款待他，让他在茅屋里休息，向他献上郝记鲜鱼面，曹操此时差不多有一天一夜都没吃东西了，一定饥寒交迫，所以应该会吃得狼吞虎咽，觉得非常美味。整个过程我们会用针孔摄像机偷偷录下来，当成时间视窗在古代拍到的实录，并向外界公布。

"曹操吃完面后，可能会比历史上离开无名洲渚的时间晚一两个时辰，不过没有关系，我们可以给他指明正确的方向，让曹军不会迷路，以补回进食和休息的时间，最后曹操仍然会在大致相同的时刻和曹仁所部会合，对历史的影响可以降到最低。"

我又仔细看了一下方案，觉得可行，这种有限的接触几乎没有改变历史，应该问题不大。不过还是不免有些疑问："要冒充两千年前的古人，不会露出破绽吗？"

"我们会找专业的演员，至于具体的礼仪、服饰和生活细节方面，也会请到历史专家指导。主要的难点倒在于语言本身上，三国时所用的是中古汉语，和现在的语言差别很大，要听懂经过培训倒不难，但很难说得惟妙惟肖。"

"那怎么办呢？"我也犯了愁。

"也不要紧，当时南北方各种方言很多，十里八乡的口音就不一样，而且信息闭塞。曹操一行都是北方人，本来就听不太懂南方人说的话，只要大致能说，他们不会很起疑心的。"

我想了想说："不管怎么说，这种接触还是有很大风险的。我会带一个讯号发射器去，如果有什么危险，我只要按一下，时间机器立刻把我们回收到现代来。"

"你也要去？"郝思嘉好像有些诧异。作为项目总监，一般的时间旅行我不必亲自到场。

"当然要去，"我苦笑着，"万一你们中间有那种疯狂的三国迷，跑去把曹操杀了来个'灭曹兴汉'怎么办？公司必须有人在场监控，普通员工领导又不放心，那就只有我了。"

3

半年后，或者说一千八百三十八年前——看你怎么算了——我和郝思嘉以及另外四个人（还有一条黄狗）一起，脸涂得黝黑，穿着破破烂烂的粗麻衣服，在一个雾蒙蒙的黑夜，站在一片又湿又冷的沼泽地里。

那四个人都是郝思嘉找来的，我们六个人将在一起扮演渔民一家。拿过金鸡奖的老戏骨老牛，扮演一家之主；演员老李，演老牛的弟弟；郝味道的一个主管杨大姐，演他的老婆；另一个演员小郑，演他们的儿子；我和郝思嘉就扮老牛的儿子和儿媳妇。本来是想扮成兄妹两个，但是仔细分析，我俩都年近三十，放古代这年龄说不定孙子都有了，演兄妹实在有点别扭，只有演夫妇了。本来有几个小儿女会更自然，但这种事不方便把未成年人牵扯进来，所以只好从简。好在这年月医疗条件差劲，小孩子养不大也常见。

我们在十多个小时前被时间机器送回建安十三年的深冬，正是这一天的一大清早，开始了筹备一年的"面操"行动。和一般穿越小说中描写的不同，由于不同历史年代的空间膨胀差，古代的真空能级比现在要稍大一些，所以我们留在古代的每一秒都要耗费能量维持，时间非常有限，即便我不向时间机器发讯号，时间机器也将在 24 小时后自动回收我们。

我们首先必须进行各种安排布置，修整茅屋、摆放锅灶、整理床席等等，这就忙了整整一天，其实这点时间本来也是不够的，不过所有的戏份都在晚上，光线比较昏暗，一些破绽不太容易看出来，对我们很有利。

眼看已经将近夜里十点钟，我们的手脚却比排练的时候慢了不少，事到临头，还有些收尾的功夫没做好。此时曹操等人随时会来，所以只好临时放弃，吹灭了火把，进房假装早已休息，等着曹操一行大驾光临。

我和郝思嘉进了房，我站在那里，心中兀自紧张，郝思嘉却低声说："快过来睡下。"说着已经在后面躺了下去。这个时代没有高床，只有低低的卧榻，实际上以渔民的居住条件连榻也谈不上，只是两块木板，上面铺了些烂席草垫。自然也没有暖和的棉被，只有几块缝在一起的布，中间塞了些稻草当被子。

这一出事先没排练过，我不由一愣，郝思嘉却说："我们是假装被他们吵醒的，如果一会儿曹操进了房，看到床铺上没人睡过的痕迹，而且是冷的，不会生疑吗？"

我一想果然不错，便也爬上了那张"床"，感到郝思嘉躺在自己身边，呼吸声都可以听到。但此时的郝思嘉身上可没什么美女的芬芳，为了演得逼真，我们身上都喷了渔民特有的鱼腥味，很不好闻。饶是如此，我依然心中一荡。

然而腊月的冷风从土墙上的一道道裂缝嗖嗖地吹进来，那破被根本挡不住,刚才在干活还好,现在冷风袭来,我不由连打喷嚏,苦笑说:"我现在好想吟诗。"

"吟诗?"

"就是杜甫那个'茅屋……茅屋被寒风吹破了',我算是知道这滋味了。"我说,这是中学课文,但我其实早不记得诗里是怎么写的了。

"是《茅屋为秋风所破歌》。"郝思嘉纠正我,随口吟了出来,"布衾多年……冷似铁,娇儿恶卧……踏里裂。床头屋漏……无干处,雨脚如……如麻……"念到最后,也牙关打战,念不下去了。

我想拥住她却又不敢,只得叹道:"唉,要是带个暖宝宝贴来多好……"

"都是你说的,"郝思嘉一边抚摸着身子一边抱怨,"除了绝对必要的物资,什么现代的东西都不许带来。其实到时候时间机器一回收,什么东西都会收回未来了,包括曹操那碗面,一个分子都不会留在这里,怕什么呢?"

"话不能这么说,"我辩解说,"要不是这样规定,怕你们把AK47都带来了。到时候万一起了冲突,冲曹军突突突几下,把曹操打死,整个中国历史就完蛋了。"

"这当然……"郝思嘉刚要再说,忽然"咦"了一声,"你听,他们是不是来了?"

果然,遥远的地方传来人语声和蹚水声,显然是有人在穿过沼泽地,向这边过来。我们一下子来了精神,坐了起来。从土墙上的一个破洞向外看去,已经可以看到东边有明显的火光。古代的夜里没有光污染，所以一点点光芒都显得很亮。

"曹操到了！"我听到老牛也在隔壁说。我们带来的狗也吠了起来。

十分钟后，熊熊火把照亮了沙洲。我们从门缝外张望，看到几十个骑者从树丛后出现，两边的骑士身穿皮甲，手持火把，身配刀弓，护卫着中间一个披挂明光铁甲的中年男子，此人几绺长须，容貌威严，一双眼睛左顾右盼，眼神极为锐利。只是连人带马浑身都被泥浆玷污了，和这威严架势不甚相符。

"这就是曹操了！"我心道，之前通过赤壁之战时的视窗看过他的样子，不过离得较远，看不太清样子。真正看到此人出现在面前，和在视频上见到的又不可同日而语。我心道："曹操还是长得像鲍国安一点啊，和陈建斌差距比较大，前几年王俊凯演的就更不像了……"

"此田舍何人所居？左右视之！"曹操喝道。这是我第一次听到三国时代的人说话，果然很有古典韵味。此后我们的大部分对话都得用这种半文言进行，不过下面我还是尽量翻译成白话，方便读者诸君理解。

两个骑兵下马查看，高声呼喝，很快就把我们"一家人"给拎了出来。

"你们……你们是……"老牛被拖到那一行人面前，瞪大了眼睛，颤声道。

"老丈不必惊慌，我等是平虏将军朱灵部下，"曹操身边一个亲随模样的人说，"因有紧急军务，连夜赶回江陵公干。"

我脑子里"嗡"的一声,什么平房将军朱灵?这是闹的哪一出,难道是我们搞错了?

我不由看向历史专家郝思嘉,她在我边上垂着头,低声道:"来,来。"

来?来什么来?我迷惑地抬头向她看了一眼,郝思嘉不得不又添了一个词:"English!"

原来是Lie!我也明白过来,想必是曹操等人不想向我们这些无知百姓暴露身份,才随便编了个说法——

"小民郝犇,叩见丞相!"这时候,老牛却已经像我们排练过的那样,直接跪了下去,口中高声道。

我一下子浑身的血都凝固了,心里大骂老牛。老牛你这是闹哪一出啊!人家明明说是朱灵将军部下,你跑来说叩见丞相?虽然说是排好的台词,你也不能生搬硬套,得随机应变一点啊!

双方都一下子僵在那里。曹操的眉头深深皱了起来:"哦?尔一介村野,怎知我是当今丞相?"

"这……"老牛也明白自己说错了话,一时慌张,不知如何接口。

形格势禁,我连忙跪倒在地:"禀丞相,上月小民父子前往江陵城中卖鱼,正好看到丞相亲率大军出征,所以远远见过丞相的威仪。"其实我也不知道曹操是怎么出征的,如果是坐在马车里的,我们就完蛋了。

我暗暗将指尖放在戴的戒指上,这是向时间机器发信号的开关,只要我一按,我们这里所有的人连同许多东西都会立刻消失在曹操面前,至于会给历史留下什么改变,眼下也顾不得了。

但曹操似乎接受了这个解释,"唔"了一声,问道:"此处离江陵还有多远?"

我大气也不敢喘,低头说:"约莫还有二百里地。"

曹操轻叹了一声:"看来今夜是赶不到了,是继续走呢还是歇息一晚?"

旁边那亲随道:"丞相连日赶路,已经很劳累了,万望珍重玉体!逆贼看来没有追来,不如先在此处休息一下,再上路不迟。"

曹操想了想,颔首道:"本相倒还好。不过大伙儿也确实乏了,那就在此处歇一歇再走吧。"

众将士纷纷下马,我偷眼看去,其中一大半左右看上去是普通士兵,另外有十几个人虽然也穿着士兵的服色,但是容貌气质却又有些特异,看样子就是张辽、许褚等大将以及荀攸、程昱等谋臣。想到这些不仅注定被载入史册,而且后世将由各路明星来扮演的历史名人都在我面前,我不由得兴奋起来。

老牛也念出了下一句台词:"丞相和诸位将士奔波劳苦,想必还没有进膳。小民荒野之人,无以供奉,不过家中还有些鱼羹汤饼,丞相若不嫌弃,便请先用些吧!"

4

到目前为止,进展总算顺利,想不到曹操接下来却说了一句我万万想不到的话:"汤饼?南方食稻,怎么会有汤饼?"

汉魏时没有面条一说,"汤饼"就是当时对水煮面食的称谓,也包括后世的面条。所以曹操的话就是问为什么南方人也吃面条，这下可难倒我们了。

当然，南方人吃面条没有什么问题，重返三国之前，我们仔细研究过这个时代的饮食习俗，诸如南方吃不吃面食的问题也查过好几本书，请教了几个专家。郝思嘉告诉我，根据《齐民要术》《荆楚岁时记》《太平御览》等古籍记载，南方也种麦子，吃面食也是很常见的，不足为异。我们也就放心大胆地准备了。

但我们忘了，曹操没读过《齐民要术》，他身为北方人，一时好奇问一句，这叫我们怎么回答？面是买的还是自己磨的？几铢钱一升？哪里种的麦子？什么品种？产量多少？我们知道的很少，万一露出什么破绽，分分钟穿帮。

老牛这人我们真是白指望了，身为拿过金鸡奖的知名演员，郝思嘉用八百万的重金聘来，一点急智也没有，呆呆地跪在那里，就说了个"啊？"。

曹操的眉头皱起来了。

"丞相恕罪！"我忙叫道，"我爹是乡下人，听不太懂洛下正音。小民……家里本来确实很少吃汤饼，这不是快到新年了……所以去市集买了些……想不到能拿来供奉给丞相，真是天大的福分！"我一边随口编词，一边又摸向戒指上的凸起，随时准备撤走。

"丞相，"此时曹操身边一个大嗓门的粗豪将军道，"荆州确实也有汤饼，前些日子在江陵整军时，我还在市集吃过，不过味道粗劣得很，远远不能和北方的比了。"

"原来如此，"曹操恍然，"仲康，你这个什么都吃的饕餮，连你都说粗劣……哈哈……"

仲康？是谁的字来着……我正在回想，忽听曹操好像不太想吃，不由一怔。尚未说话，郝思嘉先急了："丞相！我们郝家做的鱼羹汤饼，是乡里的一绝，可不比许都的山珍海味差了！"

这话颇不得体，不过倒也符合无知乡下妇女的口吻。曹军将士虽在困厄中，也都哈哈笑了起来。我忙补充道："丞相恩泽，布于民间，我们虽是乡间野人，也是……那个仰慕已久，今日幸而得见，真是前世……世代祖上积德（我刚想起来那时候还不兴佛教），请丞相千万接受小民的一点心意！"

我大拍马屁，曹操却没有被灌迷汤，愣了一下，笑问道："这倒奇了，荆州新附朝廷，不到两个月，而且还在打仗，本相怎么就有恩德在民间了？"

"这……"我有些尴尬地道，"虽然荆州刚刚归顺，但丞相在中原的威名，我们也颇听闻。"

曹操饶有兴味地说："哦？你倒说说，我有什么威名？"

我没想到他步步进逼，一时有些慌了。我毕竟不是科班出身，只有回想历史书上的话："这个……自黄巾起……起事（差点说成起义），天下大乱，丞相你在公元——"

"咳咳！"郝思嘉连声咳嗽，曹操惊讶地瞪圆了眼睛。我才发现忙中出错，只能勉力圆过来："……一再攻袁术、擒吕布、败袁绍、征张鲁……不不，张绣（征张鲁还在几年以后）……统一中国——"

我颠三倒四地再也说不下去，曹操的脸色却好看了很多，点头说：“想不到边鄙南人，也知道曹孟德的功业！赤壁虽然小挫，何足道哉！”喟叹良久，道：“好啊，既然是乡间父老的心意，本相也却之不恭。不过我身边的将士还有几十个人，老丈，你们家里有什么吃的，也分给他们一些吧。待本相回转江陵，必有重赏。”

等你的重赏？你马上就逃回北方去了，曹仁也守不住南郡，这地方马上姓刘了……我心里念头乱转，自然也不敢说出来。老牛这厮总算又说了一句事先台词："这个自然，小民家中还有米饼、豆饭，微不足道，愿以尽数犒军！"

曹操毕竟带着一大堆兵将，要给他献面条当然也得给他手下点东西吃。这我们早就想过，我们这里号称六口之家，储存够五十个人吃上一顿的粮食倒还说得过去，当然，不会有什么高级美食，不过填饱肚子问题倒还不大。当然，等我们回到现代，这些营养物质就会消失得一干二净，不过没关系，他们本来在历史上也没有得到过这些食物。

"米饼豆饭是好，"那粗豪将军道，"不过这里不是还有条狗……养得倒挺肥……不如宰了……"

"啊？"郝思嘉大惊，这条中华田园犬我们为了培养感情养了大半年，和大伙儿都很熟，特别是郝思嘉，很喜欢这条狗。眼看他手下几个大兵贼兮兮地向狗的方向围拢，忍不住叫道："不要啊，丞相，不要杀 Bobbi……"

眼看变故又起，我一阵头大。曹操似乎也食指大动，想尝一尝狗肉滚三滚的滋味。却是那亲随道："丞相，要杀狗剥皮清洗下锅再煮熟，耗时太久，万一追兵赶来……恐不方便啊。"

曹操恍然道："不错！算啦，仲康，别动那条狗，莫误了大事！老丈，你快些将家中羹饭备好，我们吃了也好上路。"

老牛唯唯诺诺，带曹操等几个大人物去他的房里歇息，计划总算又回到正轨，我们松了口气。按事先的分工，我和郝思嘉还得去为曹操准备鲜鱼面，这才是重中之重。老李他们几个也去别的屋子里，给其他的士兵准备干粮了。

"刚才你说什么'公元'！"进了临时厨房，郝思嘉低声埋怨，"差点露馅！"

我不好意思地垂下头："一时情急，就溜出嘴来了。那些个中平、建安的年号，我一直记不清楚，三国年代全是按公元的年份记的。"

"还有，什么'统一中国'啊，你不知道这时候的中国特指中原地区吗？"郝思嘉斥道，"不过还好，你说得颠三倒四，文法不通，也才能符合一般乡民的知识水平，要是说得头头是道，出口成章，曹操反而要怀疑了。"

我被她讥嘲文化水平不行，还击道："你也不怎么样，刚才为了那条狗，什么 Bobbi 都出来了，才差点误事呢。"

"这……你懂什么，现在很多人都不吃狗肉，要是曹操一边啃狗腿一边吃鲜鱼面，将来这广告还怎么播？"

我们闲扯几句，略略平复紧张的心情，然后开始生火烧水。这些水、面、鱼和各种调料当然都是从"郝味道"运回来的上等品，不过都放在这个时代的铜釜、陶碗、木杯等炊具里，看上去就像是乡间土制的一样。

郝思嘉得了郝二蛋的真传，要用这种原始的厨具做面，火候和时间要拿捏得非常精确,非她亲自操作不可。我在边上帮忙打下手,这是我们一起排练过几十次的,干起来倒也顺手。过了片刻,柴火烧得旺了起来,郝思嘉将洗好剖好的鱼块放进去,又放了一些浓缩酱汁和菜叶子,用竹筷搅拌,一时鱼香四溢。

眼看鱼汤快好了,随时可以下面,我略松了口气,去另一边拿装面条的竹篮。孰料此时一个人影闯进了厨房,我们还没反应过来,一只咸猪手便结结实实地摸在了郝思嘉的屁股上!

"啊!林雨你干——"郝思嘉还以为是我,一边嗔着一边扭头,结果看到对方,一下子就呆住了。

"美人儿,刚才我可救了你家的狗儿,你如何谢我?"

5

借着炉灶的火光,我看到那人白净面皮,颔下微须,模样还算周正,但此时贴着郝思嘉的身子,一副陶醉的样子,脸上的神情自然要多猥琐有多猥琐。他穿着比一般士兵好一点的衣服,我总算认出来,这是曹操身边的一个亲随,就是刚才劝曹操在这里歇脚的。

"你、你干什么?"我呆了一呆,方惊问出来。

那人见我质问,略正色道:"你们在这里做汤饼,焉知会不会落毒加害?我在丞相身边,自然要仔细查看明白……美人儿,你别走啊!"郝思嘉刚刚挣脱,又被他抓住了双手。

我忍着怒火道:"长官要监督我们做汤饼自然可以,可是为什么要……"

那人嬉皮笑脸,从腰间掏出一小块金光闪闪的东西,随手抛给我,道:"这二两黄金,可以让你们全家过三年了,你懂的!"说着手脚又不干净起来,口中调笑道:"美人儿,想不到这山野地方,还有你这样的出众人才……不如从了我……"

郝思嘉本来是高挑美女,我们也担心万一给曹操觊觎,恐怕惹出祸事来,所以这次精心请了易容师,把脸涂黑不说,又加了好几处皱纹和赘疣,白嫩的手上也贴了仿造茧,又束了胸。想不到曹操身边还有这么个色中饿鬼。我一时不知如何是好,也不知此人是谁,万一去教训他而改变了历史……

郝思嘉可能也想到此节,用力推开他道:"等下……你……你是谁啊?"

那人在她脖颈上一亲,吹嘘道:"小娘子以为我是无名小卒吗?哼哼,我乃是丞相身边的贴身宿卫,复姓夏侯,单名一个杰字!"

夏侯……杰?夏侯杰?

我不由叫了出来:"你不是在长坂桥被——"后面几个字却说不出口了。

刚才我才想起来,那粗豪将军是许褚,曹操身边猛将,号称"虎痴"。这位夏侯杰先生虽然名声不是很响,但事迹倒也是赫赫有名的——他就是在长坂桥前被张飞一声大吼吓死的那个倒霉蛋!

我们没有观察过长坂桥之战,但看起来,这只是罗贯中编的故事,真正的夏侯杰不但没死,还跟着曹操到了华容道。现在可如何是好？总不能眼睁睁地看着郝思嘉受辱吧？

我又想发射信号，郝思嘉却看着我的眼睛，微微摇头。随后抡圆了胳膊，"啪"地给了正在拉扯她衣服的夏侯杰一记耳光。

夏侯杰捂住脸，一时呆住，随即眼中冒出杀气，正要发作，郝思嘉却厉声道："我们郝氏一家对丞相忠心耿耿，丞相与诸将来此，我满门老少竭力供奉，长官你竟然如此凌辱民女，这教天下百姓如何看曹丞相？以后谁还会对丞相效忠？"

夏侯杰刚想说什么，郝思嘉又发狠道："好，民女这就叫丞相和列位将军过来评个理！看看这是不是丞相的意思！如果丞相也纵容你，民女也就认命了！"

"别别！"听说要闹到曹操面前，夏侯杰终于萎了，"某不过开个玩笑罢了，小娘子既然不情愿，那就算了。"

说着便要出去，我上前把那块金子还给他："长官，这厚礼小民不敢收，还是请您收回吧。"

夏侯杰将金子攥在手里，对我狠狠瞪了一眼，扭头出了草房。我和郝思嘉对视一眼，也均感惊心动魄。

"夏侯杰怎么会在这里？"我问郝思嘉。

"我不知道，"郝思嘉摇头道，"历史上本来没有记载这么个人啊！"

"没这个人？不是说是被张飞吓死的吗？"

"那是小说家言……不过或许也有所本，是相关的历史记载失传了？回头得弄个明白。说不定能解决很多历史疑难。"

我知道历史上三国的曹氏与夏侯氏一直纠缠不清，据说曹操的老爹曹嵩本来是夏侯家的子嗣，被大宦官曹腾收为养子。如此说来，曹操父子本该姓夏侯。不过这个说法本世纪初被两家后人的 DNA 测试推翻了。但是曹家和夏侯家的亲密关系仍然没有满意的答案，历史学家也没搞清楚过，时间旅行发明后，他们要研究的问题太多，经费还没覆盖到这种八卦上来。

我看郝思嘉刚刚脱困，考据癖又发作了，提醒她说："现在可不是研究学理的时候，那夏侯杰被你打了耳光，这事还没完呢。唉，这家伙怎么这么急色？真是应了那句'当兵三年，母猪也能赛貂蝉'！"

"没关系，等他们吃完面，咱们一走了之就……不对，你说谁是母猪呢！？"

"哎，别揪耳朵……"

一刻钟后，热腾腾的鲜鱼面出来了。

刚才被夏侯杰一搅和，鱼汤的火候没把握好，鱼可能煮得太老了。不过郝思嘉也没心情再伺候曹操这帮子人，凑合着做出来也罢。估计他们饥肠辘辘，也吃不出好坏来。

鲜鱼面大约做了十碗左右，我们盛好了，将最大的一碗端出去献给曹操，剩下的就送给他身边的将领和幕僚，如张辽、许褚、程昱等人。这些人果然也饿得紧了，吃得狼吞虎咽，连说话的余暇都没有了。

我们一边通过衣衽上的微型摄像头偷偷拍摄着这个场面，一边定位在曹操身上，满心希望拍到他吃得陶醉不已的样子。不料曹操只是吃了一小筷鱼，微微抿了一口鱼汤便放下了木碗，眉头紧皱，好像怕有毒一样。

我心想，人道曹操疑心重，果然不假，先是派夏侯杰来查看，现在还怕有毒，不敢多吃。这样子我们整个计划不是都白费了？

我对老牛低声道："丞相怎么这样子？"老牛哭丧着脸道，刚才他带曹操进房去休息，曹操好像发现有什么不对，问了他几句话，什么这房子什么时候造的，一家人怎么打鱼的，地方官收多少赋税，等等。他按照事先的说法答了几句，但曹操的问题却越来越多，最后他也招架不住，只能当听不懂，说了几句土话。曹操跟他沟通不了，好像也不敢待在房里，转了一圈又出来了。

"唉，多半是什么地方露馅了！"我低声道，老牛更是惴惴不安。我又叮嘱了他几句，见曹操还是没动筷子，上前赔笑道："丞相怎么不吃？敢情是下民的汤饼味道粗劣，不合丞相的口味？"

曹操也不看我，抬头向天，紧皱的眉头终于渐渐舒展开来，长长出了一口气说："鲜美！鲜美绝伦！想不到荆州的渔家能做出如此美味！"

我和郝思嘉对视一眼，心中都大喜，想不到曹操还是一个美食家，正在慢慢品味鱼汤呢。

曹操又问道："这是什么鱼？何以味道鲜嫩如此？"

我心里说"是你这辈子都不可能再吃到的大西洋鳕鱼"，却道："就是这边湖泽里的一种大鱼，我们叫银线鱼，是地方的特产，别的地方都没有。"

曹操赞道："银线鱼，银线鱼……好名字！诗云：'南有嘉鱼，烝然罩罩。'荆楚之邦，果然地大物博，将来等平定天下，本相一定再回来尝尝！"

我们满心欢喜，等着他开始大吃，曹操却对身后一人道："这碗汤饼很是美味，就赏给你吃吧！"

我们大惊，随着他目光看去，看到那人原来是夏侯杰。见曹操赐汤饼，他也极是不安，道："丞相，这……某如何敢当？"

曹操笑道："前日在赤壁船上，黄盖老贼来攻，本相被困在火船上。你奋不顾身，救了本相的性命，本相向来有功必赏，有罪必罚，这是你应得的。何况今日大家患难与共，何分尊卑？"

夏侯杰翻身拜倒道："丞相深恩厚泽！某虽肝脑涂地，不能报也！这碗汤饼，某岂敢自专，当与众士卒共享之，以彰丞相圣德，上配天地！"

曹操大喜，连连点头道："好！我军中如此齐心，虽然一时困窘，何愁逆贼不灭，大业不复！这几日护送本相撤退，在场的都有功勋，这碗汤饼，军中上下共享之，就是我们兴复的起点！"

旁边的众士兵本来只能分到一点点野菜和冷饭，见曹操如此看重自己，愿把热腾腾的汤饼和自己分享，无不感动流涕，欢呼起来。

我和郝思嘉看得目瞪口呆，一碗面条便收买了人心，曹操果然是绝代奸雄！

6

曹操演讲完毕，夏侯杰双手捧过面碗，微微喝了一口，然后递给身边一个衣衫褴褛的士兵，那士兵喝了一大口，啜吸着面条，口中含含糊糊地不知用哪里的土语说着什么，大概无非是些感恩戴德的话头。

一群饥肠辘辘的士兵一起吃一碗面，这个场面可想而知。因为是丞相所赐，一开始的几个人还有些忌惮，不敢多食，不过到了后来，士兵们也不管那么多了，围成一个大圈，用脏手抓起面和鱼块放进嘴巴里，我凑近去拍摄，看到面汤很快变得黑糊糊的一片，中间不知混有多少泥巴污垢，而那些叫花子一样的丘八们倒还都吃得欢快……

我正感反胃，身后也传来作呕的声音，是郝思嘉。她抚着胸口，皱着眉头，好像随时要吐出来一样。

我走到她身边，低声道："你看这场面效果怎么样？"

"你开玩笑吗？"郝思嘉没好气地，"前面的还凑合，后面的……要是播出来我们郝味道就等着破产吧！"

我想到郝家花了十亿打这个广告，却变成这副样子，就想笑，不过还是安慰她说："你也别着急，前面的场面还是蛮感人的，后面的我们再好好剪辑一下，我看问题不大……这也算是完成任务了吧？"

曹操虽然没怎么吃鲜鱼面，不过喝了点米汤，吃了干饼，多少也填饱了肚子。不久，我们看到夏侯杰跟着曹操，往我们住的茅屋里去了，大概是去休息一下，我们自不敢问。过了一会儿。夏侯杰又从茅屋里出来，眼神中闪着奇特的光，我隐隐觉得有些不对，便听夏侯杰对郝思嘉道："小娘子，丞相要你服侍他更衣，过来吧。"

闻言,旁边众兵将都暧昧地笑了起来,显然早已见怪不怪。

这回郝思嘉一下子腿就软了:"啊?丞相……我……"

"我什么我?"夏侯杰皮笑肉不笑地,"丞相改了主意,今晚在这里歇息,要你伺候,那不是天大的福分!还不快进屋来?"

我闻言脑子里"嗡"的一声,喃喃道:"他怎么可以这样?"

"是啊,他怎么能让我……实在太过分了!"郝思嘉也咬牙道。

"他怎么可以留下来过夜?"我续道,"在这里待上一晚上,说不定历史就改变了!"

"你说什么呢?"郝思嘉大怒,"那家伙走过来了!没时间了,快把我们弄回去!"

刚才夏侯杰心怀不轨,我们还可以拿曹操当挡箭牌,如今曹操自己也饱暖思淫欲,我们便毫无法子了。难道去面斥曹操忘恩负义,恩将仇报?那只有死得更快。

如今难道真的只有这么撤了?还有什么办法没有?如果改变了历史,我们会怎么样?

夏侯杰见我们犹疑,冷笑一声,大步走了过来,这回郝思嘉真的怕了,躲在了我背后,拽着我的袖子。我心中暗叹一声,将大拇指尖放在了指肚的戒指凸起上,高声叫道:"大家听着,我们是——"

这是我们准备好的应急方案,叫一声我们是"西王母"派来的"天降神人",特来拯救曹公脱难云云,便即撤走,曹军多少可以接受一点,谁料这时候,大变又生。

在我后面,郝思嘉一声尖叫,我还没明白怎么回事,就被一股巨大的力量推开，滚倒在一旁的泥水里。抬眼看时，她被一个铁塔般的人影拎了起来，便如老鹰拎小鸡一般，向前大步走去。

该死的许褚！

Bobbi见女主人吃亏，扑上去咬向许褚的腿肚子，许褚头也不回，回脚后踢，将它踢飞。落在地上，一动不动，许褚这一脚，竟让一条大狗当场毙命！

许褚拎着郝思嘉，大笑着走向夏侯杰。夏侯杰笑道："仲康，还是你明白丞相的心思！"二人一起进去了。

我被许褚用蛮力打倒，一时摔得七荤八素，还没反应过来，一只大脚便踩在我的左手上，疼得我惨叫了起来。那是一个士兵，我抬头看向他，看到他眼中透着残忍冷漠的眼神。

"丞相要玩你的女人，你还在这里废什么话？"那士兵为了讨好上头，大声喝道，"给我滚一边去！"一脚又踢到我肚子上，我痛得弓成了虾米。

这年头，人命如草芥，士兵折磨虐待老百姓，那是再平常不过的事。那些英雄豪杰们可歌可泣的风流事迹，都是建立在无数百姓的血泪和生命之上的。曹操对他的手下尽可以慷慨宽宏，但对于已经没有利用价值的老百姓，就是另一回事了。

我的手被他踩了一脚，指骨都快断了。一时哪里按得动戒指？眼看情势危急，便把右手伸过去，想要再按下去——

"干什么？"那士兵看到我的异样，目光聚焦在我还来不及捂住的左手上，显然是看到了那枚戒指。

"没什么……"我忙想把戒指藏起来，可哪里还来得及？他将我刚被踩过的左手抓了起来,随手便把戒指取了下来,放在眼前好奇地端详。

"这是……不值钱的……还给我……"我忙道。那戒指只是信号发射器,我们总不可能镶一块大钻石上去当钻戒,经过伪装后,看上去只是一个黯淡无光的生锈铁环。

"是不值钱。"士兵嘟囔道,随手便扔到一边去了,我听到轻轻的"咕咚"一声,眼前顿时一黑——戒指被他扔到茅屋边的湖沼里去了,黑灯瞎火的,我又没看清楚扔在什么方位,叫我可怎么找?

何况,这时候我也根本没法去找。郝思嘉已经被许褚抓进了房里,夏侯杰也进去了,难道他们要三个一起……一起……

这回郝思嘉完了,我们再也没法随意离开这个时空。当然,根据事先的安排,到明天早上六点钟,也就是我们穿越后二十四个小时,时间机器会自动回收我们。但郝思嘉那时候恐怕早就……

但我们不能救她!从刚才这些人的表现来看,只要他们高兴,随时可以杀了我们,没人会心软,没人会阻止。我们如果在这里被杀,就算被回收到未来,也只是一堆尸块而已。目前只有隐忍,极度隐忍,等到了明天早上才能……

但郝思嘉在房里的哭叫声不时传来,还有曹操和夏侯杰的声声淫笑,难道我就坐视暗暗心仪的姑娘被这些人面兽心的家伙糟蹋?但如果不这样,难道让自己和老牛他们四个都送了性命?这……这可如何是好呢?

愤怒、恐惧、焦急、关切、后悔、恨意……一切的一切,汇成一句掷地有声的豪言壮语:

"小民愿把拙荆献给丞相!请丞相尽兴享用!"

7

刚才一直低着头不敢吭声的老牛、小郑他们都惊呆了,抬头瞪着我,眼神好像在说:林雨,你不管郝思嘉也就算了,反正大家都这么想的,可不用叫得这么大声吧?

郝思嘉在屋里听到我的宣言,再也无法自控,大声哭骂:"林雨,你妈的!你不是说有你一切放心吗?王八蛋!还不快把我们弄回去——"

郝思嘉已经失态,这几句话是用普通话嚷的,曹操自然半个字也听不懂,我怕她说得太多漏了底,忙道:"这愚妇胡言乱语,丞相恕罪!丞相今晚在这里尽兴就好,料想天色已晚,刘备他们的追兵未必能赶上来。"最后一句话,我不露痕迹地加重了语气。

这话果然有效,曹操和夏侯杰的淫笑戛然而止,大概是想到被敌军生擒的悲惨,顿时"性致"全无了。

片刻后,曹操衣衫不整地走了出来,脸色阴晴不定,许褚在他后面出来,怒喝道:"三军立即开拔!继续行军!谁生的火?赶紧灭了!"

几个士兵生起了火,将 Bobbi 的尸身拖到火旁,正要剥皮烧烤,闻言极是失望,但也只有扔下狗尸,灭了火,三三两两地站起来。

夏侯杰在最后面拖着郝思嘉走了出来。此时的郝思嘉头发蓬乱,双目红肿,衣服被撕破了好几块,露出身上雪白的肌肤,惹得一众曹兵都露出野兽般的目光。郝思嘉看到我,狠狠地瞪了我一眼,好像问我为什么不赶紧带她返回未来,我忙将被踩得脏兮兮的手摆在身前,让她看到戒指已经没了,又比画了几个手势,郝思嘉倒也聪明,很快明白了我的意思,眼中的愤怒转为惊慌。

曹操似乎不知如何处置郝思嘉,沉吟未决,夏侯杰贼兮兮地耳语几句。便听曹操喜道:"甚好,那就带回去吧!"

郝思嘉垂下头,没说什么。想来她也明白,如今说什么都没用,只有熬时间了,等到明天早上六点,就可以和这个恐怖变态的世界再见了。

"那这些人呢?"另一个将军问,似乎是张辽。

夏侯杰道:"这几个人总觉得哪里有些古怪,若是留下他们,一旦刘备或者周瑜追过来,便知道了我们的行踪……"

我想不到此人阴狠如此,竟然要杀人灭口,忙抢着对曹操道:"丞相,不妨事不妨事,我等愿追随丞相撤走!"

"你们随本相撤走?"曹操似乎觉得我们无甚价值,带着反而麻烦,我忙道,"丞相,前头还有百十里的沼泽地,那里道路极难行,处处是软泥陷阱,深数十丈,一旦陷进去,就再也出不来了!唯一一条出去的通道,只有我家里人知道,我们愿为丞相带路,将丞相平安送到江陵!"

这几句话其实不无夸大其词,前头虽有泥泞,但不至于要人命,不过曹操等人不熟悉地貌,听了也甚动容。这样一来,曹操要平安抵达江陵,非得靠我们不可。当然,就算带路也不用那么多人,曹操可以把我们都杀光了,再勒逼郝思嘉带他们出去。不过说到底曹操和我们没有根本矛盾，只要我们愿意跟他离开这里，应该不会乱下毒手，多生事端。

曹操果然意动，刚要说什么。却又听夏侯杰笑道："你这小子，你老婆都让丞相给收了，你难道没有怨怼之心吗？"

我忙赔上一个贱笑："俗话说得好，'无为守穷贱，轗轲长苦辛。'（这是郝思嘉逼我背下来的汉朝古诗，居然用得上）小民虽然无知，但也知道贱内如果能伺候丞相，我们一家从此鸡犬升天，那个……她好我也好，有什么不乐意的！只是贱内是乡下愚妇，脾气顽劣，不懂得这是丞相的恩泽，不如让小民来开导她，包管她从此安心伺候，让丞相满意！"

曹操和众将闻言皆笑，夏侯杰嘲讽道："小子，你倒是很懂得变通！是个人才嘛！"

曹操捋须道："不错不错，识得大体，不拘礼法，你……叫什么名字来着？"

我忙道："小民郝建，也跟村里的先生读过几天书，表字大通。"

"郝大通……你想得很通，倒是个可造之材。本相一向明扬侧陋，唯才是举，你也跟本相回许昌好了，日后可以跟在身边办事，自不会亏待了你。"

"丞相大恩大德，小民粉身碎骨也无以为报！"我忙跪下连连叩头，"太君……不是，丞相，请这边走！"

郝思嘉又被送到我身边，让我"开导"。曹操大概想到很快可以得到佳人，心情愉快，所以很"体恤"地让她和我可以最后相聚一晚，自然我们还得在前头为曹军带路。至于老牛等则被押在后头，大概是作为人质。郝思嘉到了我身边，压低声音道："林雨，快想个办法，我要宰了这些王八蛋！"

我吓了一跳："你说什么？"

"这些畜生对我非礼，还杀了Bobbi，一定要给他们一点教训！"郝思嘉咬牙切齿地说。的确，对她来说，这真是从未有过的耻辱。

"千万别轻举妄动！"我郑重地说，"连逃走也别想！曹军盯得严着呢，稍有异动，死的就是我们！"

"可是我……"

"这些人都是死了一千八百年的烂骨头了，和他们较什么劲？"我苦口婆心地劝慰，"再忍一下，等回了2046年，你可以投资拍一部新三国，把曹操拍成一堆狗屎好了！"

郝思嘉狠狠地骂了几句，发泄过后也冷静下来，又问："你怎么会把戒指弄丢了？"

"我先被许褚一把推倒在泥巴地里，然后被一个大兵踩住手把戒指摘下来的……唉，早知如此，把信号发射器改成声控的多好。"

郝思嘉明白了当时的情况，也连声叹气。我又安慰她说："不过目前来说情况还好，对历史的改变仍然是最低的，等到曹操和曹仁会师，我们再撤走也不迟。"

我们一路前行，因为本来预料到给曹军带路的可能性，这一带的情况，我还是比较熟悉的，前头的路倒还好说，但后面就越来越泥泞难行。曹操问我，我说这已经是这一带最好的通路，换了其他地方直接就陷下去了。这印证了前面我的谎话,曹操也感惊惧,约束手下跟得紧紧的,不可乱走。其实边上的情况也差不多。

走了一个多小时后,果然如历史上所发生的那样起雾了,四周又黑又冷,能见度变得极低。历史上,曹操的军队便是在这一带迷路了一晚上的。《汉末英雄记》曰:"曹公赤壁之败,至云梦大泽,遇大雾,迷道。"

起雾之后,曹军人心惶惶,曹操问我有没有问题,我硬着头皮说"请丞相宽心"。其实,我也搞不清楚该往哪里走——这时代可没有GPS导航。正在头疼,郝思嘉悄声告诉我,她带了一个微型的指南针,正好用得上,我才放下心来。

所以后来一段路实际上是郝思嘉带我们前进,我让她稍微绕一点路,在他和曹仁会合前消磨点时间,这样可以保证我们能在曹操对郝思嘉有进一步企图之前脱身。其实郝思嘉自己也很害怕,拉着我的手问:"林雨,你说我们能不能活着离开这里?"

"剩下最多不到两个小时了,一定行的。"我说,其实我也搞不清楚具体时间。

"林雨,刚才……谢谢你了。"沉默了一会儿后,郝思嘉又低声说,"我还误会你,以为你……"

"应该的,其实信号发射器丢掉也是我的责任,当初如果我拼命抢回来按下去,也许来得及的。"

"林雨,如果曹操他们不听你的话,还是要……要把我……你会怎么办?"

我一下子热血沸腾:"那我就冲进去救你!我怎么说也学过空

手道,和许褚过两招,他还未必是对手呢!"

"吹牛!"郝思嘉轻轻笑了一声,我转向她,借着后面曹军的火把,看到她笑起来的样子,真是迷人极了。郝思嘉一对妙目,凝视着我的眼睛说:"林雨,你喜欢我,是不是?"

我的心脏一下子跳得飞快,无数酝酿了许久的情话飞向嘴边,但嗫嚅着就是说不出来。紧张之下,最后吐出一个奇烂无比的回答:"算是吧?"

但郝思嘉却并不在乎,带着几分羞涩,又带着几分情动,在我耳边说:"我答应你,如果我们平安离开这里,我……就和你交往!"

啊啊啊啊啊啊!美女总裁答应和我交往了!发达了!

我几乎一下子魂飞天外,连身后的曹军都忘得一干二净,便想要大叫大嚷,宣泄心中的喜悦。郝思嘉看出不对,忙掐我一把,让我能保持理智。

但接下去的一个多小时里,我仍然好像踩在云雾里一般,充满了不真实的感觉。郝思嘉和我说着缠绵悱恻的情话,让我如饮蜜汁,如沐春风,如读了宝树最新的科幻小说般心醉神迷!

大约到了凌晨四点多,脚下的地面又渐渐变为干地,应该已经快出沼泽地区,迷雾也散去了一些。前方隐隐传来人语马嘶,甚是喧哗。显然有一支马队正在向我们这边过来。曹操忙令我们停步,惊疑道:"前头何人?"

张辽想了想道:"丞相放心,前方已经接近江陵,是朝廷兵马控制的地盘,逆贼不可能在前头伏击,想来是征南将军率领兵马连夜前来接应丞相!"

征南将军便是曹仁,曹操此时当如我们所设想好与他会合,大约一个小时后,我们就可以和这个糟糕的时代说byebye,然后我就可以和郝思嘉约会,在我家的厨房里,尝到她亲手为我做的鲜鱼面了……

我正浮想联翩,从薄雾中,星星点点的火把开始闪现,也不知有多少兵马,远远看到我们,加快了脚步。双方逐渐接近,很快,一员将领策马上前,当他分开雾幕后,我看到此人身材伟岸,跨在一匹枣红大马上,一身精甲,丹凤大眼,长髯垂胸,手中提着一把精光闪闪的大刀。

我心中寻思:"这就是曹仁?看上去倒还挺面熟的……不对……他好像不是……难道他是……"

几面旗帜在他身后出现,是后面的旗手跟了上来,在那大将身后挥舞着旗帜。借着火把的光芒,我分明看到,最靠前的一面旗上,周围是代表汉室的红色火焰图案,而在中间,是隶书写的一个大大的"关"字。

8

在这个时代,"关"作为姓氏,确定、一定以及肯定只代表一个人,一个名字,一个注定将流传两千年的传奇。

关羽,关云长,刘备军团的中流砥柱。

"什么!?""是关羽?""怎么会?""这下完了……"看到

那个伟岸的身影，曹军将士纷纷发出惊呼和哀鸣。

令人惊讶的是，真实的关羽可以说和后世传说中的形象相差无几，他跨坐在赤兔马上，长髯垂下，一动不动，宛如一尊凝固在时间中的雕像。

"难道刘备真的在前面埋下伏兵？"我喃喃自语道，随即又否定了这个想法，"不，这不可能！"

正如当初郝思嘉分析的，华容地区是曹军的后方，也是连接赤壁战区和江陵的要道，在赤壁战前，曹军不可能放任刘备的军队长驱直入。在战后，也不可能挺进得如此之快。

何况"面操"行动之前，我们通过开在太空的时间视窗，对曹、孙、刘三家的军事部署和调动也有过分析，发现刘备方面的追兵在曹操身后数十公里，并且在今天夜间同样因为云梦地区的浓雾和沼泽而放弃了追击。至于孙权的军队就在后头更远了。即便我们的介入改变了历史，也不可能让关羽跑到曹操前面去吧？

"这究竟是怎么回事？"曹军正乱哄哄地自顾不暇，也没管我们几个草民，我便把郝思嘉拉到一旁问，毕竟她是历史专业人士。

"这个……我……"郝思嘉支支吾吾地，似乎也有些慌张，却不像我这般全然一头雾水，倒仿佛是心虚。蓦然间，我脑子里电光一闪，明白了是怎么回事。

"是你干的！？你故意把曹操往回引？"

"我……我只是想教训他们一下下，我没想到……"郝思嘉低下了头。

"真的是你……"我浑身无力，"这么说，刚才你和我甜言蜜语……那都是……"

"对不起,林雨,我只是想分散你的注意力而已。"

我如同中了一记闷棍。刚才在浓雾中,连我也分不清方向,只有郝思嘉手上有一个指南针,因此,只有郝思嘉知道,应该往哪个方向走。大概就在这个时候,她想到了向曹操报复的法子:带着曹军绕了一个大圈子,从向西改为向东。其实我在她边上,只要一看指南针,就露馅了,所以她跟我说了那些话,让我一时晕乎乎的,哪里还想得到方向问题?

"现在好了,曹操撞上了关羽,如你所愿了?"我没好气地道。

"我也不是故意想让他碰上关羽!"郝思嘉抗议,"我本来只是想让他们绕个大圈子,多走点冤枉路嘛,这样可以保证我们在明天早上六点脱身!谁知道那么巧,正撞到关羽的枪口上?"

"那现在怎么办?"

"曹操自身难保,哪里还管得了我们?我看也快天亮了,我们随时就可以回 2046 年。"

"哪那么容易?"我啼笑皆非,"曹操要有什么三长两短,我们的 2046 还能存在吗?"

我们的存在是过去无数因果关系叠加的结果,其中任何一个因素出错我们都不复存在,至少是不会以目前的形态存在。较小的事件或许还不至于有严重影响,但曹操的存在是中国历史的关键一环,如果没有他,自然就没有天下三分,也就没有了东晋南北朝,唐宋元明清……哪怕历史大框架不变,具体的人事也会千变万化,面目全非,哪里还会有我们?

"好啦……"郝思嘉不是不懂这个道理,见我脸色铁青,自觉理亏地说,"最多这样,到时候如果我们没事,我一定履行承诺和你约会,下面给你吃……我是说给你做一碗鲜鱼面吃,好了吧?"

"吃你妹的鲜鱼面!"我在心里大吼一声,却无力地道,"这个……再说吧,眼前的危机还不一定能过去呢……"

曹军的骚乱越来越厉害,有些人已经开始往回跑了。倒不是怕关羽一个人,毕竟这时代他还没成为后世万人敬仰的"关帝爷",但那至少上千的刘备追兵只要合围过来,足以将这剩下的几十个曹兵轻松绞杀。

"跑个屁!"面对曹军的乱象,许褚大吼起来,"现在跑得了吗?谁敢临阵脱逃,不等姓关的动手,俺老许先宰了他!"

许褚发飙,曹军的溃逃稍稍止住,但关羽手下步骑却开始逼近。张辽、许褚等欲将曹操护在身后,曹操却做了一个手势,阻止了他们,反向前几步,沉声呼道:"关将军,白马一别,契阔八载,将军无恙乎?"

关羽策马向前了几步,却不说话,似乎在犹豫该怎么办。

"关羽,你还记得我是谁吗?"夏侯杰在前头也喝道,真当自己是个人物似的,"当年在许都,丞相和我对你怎样,你都忘了吗?"

关羽遥遥道:"曹公,关某奉主公之令,在此等待多时了。请公等随我回去,免伤和气如何?"声音雄浑沉郁。

曹操反笑了起来:"呵呵,云长,我若随你回去,你说刘备会不会饶我性命?"

关羽稍一犹豫,说:"主公宽仁,或许……或许能……"

曹操凄然摇头:"你心底也知道,刘备不会饶了我的。若是落到孙仲谋手上,说不定还会留我一条命,利用我来谋夺中原。刘备……哼哼,这厮怕我怕得要死,绝对不会给我翻盘的机会。云长,你杀了我吧!死在你手上,也比死在刘备手上强。"

众人无不动容。"丞相!"夏侯杰泪流满面地跪了下来,对关羽道,"关将军,你深明《春秋》大义,岂不知庾公之斯追子濯孺子之事?我……我求求你,放丞相一条生路吧!"

曹军哭作一团,关羽默然无语,我也看得惊心动魄。以前看电视剧,总觉得关羽应该杀了曹操,但如今曹操一身关系到全中国、全世界的未来命运,又巴不得关羽像《三国演义》里那样立刻放了他才好。我问郝思嘉道:"你说,关羽会不会放了曹操?"

郝思嘉不语,只是微微摇头。我也明白她的意思,历史不是演义,没有那么多浪漫传奇可讲。关羽手下那么多兵将,如果汇报上去,刘备、诸葛亮也饶不了他。

曹操大概也想到此节,道:"云长,我也不奢求你饶我性命,但求你看在往日情分上,答应我一件事。"

关羽深深叹了口气,道:"你说吧。"

曹操道:"刘玄德要的,不过是我曹操一个人的首级,我把自己的命交给你,求你放其他人走吧!"

关羽一惊，道："你……你是说……"

夏侯杰也愕然回头："这……丞相……"

曹操打断了他："我意已决，不必多言！云长，我们交好一场。如今我只求你这一件事，你能答应吗？"

关羽仰天长叹，似乎流泪了，良久方道："好，我答应你。"

许褚、张辽等待要说话，曹操却召集他们说："你们都过来，我有几句话要吩咐。云长，请你再给我一刻钟。"关羽默默点头。

我见曹操将众将和谋士们叫过去，小声说了些什么，料想是交代自己的身后事，不久后，众将士都哭作一团。许褚、张辽等人抬头瞪着关羽，不胜悲愤。许褚发了蛮劲，大喝道："姓关的，要碰丞相一下，除非从我尸体上跨过去！"

蓦然间，关羽暴喝一声，如雷霆滚过天地，随即策马上前，赤兔马快，转眼已到许褚面前，大刀砍下。许褚忙挥长戟格挡，但却被大刀灵动地一翻，砍成两截，刀锋正中他胸口。许褚虽有铠甲护身，也伤得不轻，大叫一声，跌下马来。关羽更不稍留，赤兔马向前奔去。

曹操见已不免，狂笑道："云长，你来吧！对酒当歌，人生几何，譬如朝露，去日——"

话音未落，关羽已到他面前，一刀斩下。刀光过处，曹操的脑袋便与脖颈相分离，被关羽抓住发髻，提在手中，他的身子还骑在马背上，脖子里鲜血喷出两米多高，过了一会儿，才倒跌在马下，兀自不住抽搐。

9

曹操死了?

曹操死了!

整个世界都在我面前崩塌,曹操一死,公元208年之后的全部历史就从此改写,没有任何东西能够原封不动地保存下来。包括我们的世界,我们的国家,我们的朋友和家人,我们自己。

我的灵魂似乎已经跟着曹操的脑袋一起离体而去,只有我的肉体还呆呆地站在那里,看着一切在继续演变。

曹军将士也呆若木鸡了片刻,随即作鸟兽散,纷纷逃去。关羽提着曹操的脑袋,驰回本阵,也并不追赶,手下军士振奋,高声欢呼。

夏侯杰那厮跑得比谁都快。其余刚才还对曹操忠心耿耿的文武臣僚也恨爹妈少生了两条腿。许褚刚才见识了关羽的力量,却还不心服,大声道:"关羽,你最好好好活着,俺许褚今天要留着有用之身,总有一天要报这血海深仇!"

关羽冷冷道:"关某恭候。"

许褚抱起曹操的尸身,大哭离去,留下的只有张辽了。关羽道:"文远,你我朋友一场,我有一言相劝,如今曹氏朝不保夕,我家刘使君求贤若渴,你不如——"

张辽黯然道:"云长好意,辽感激不尽,怎奈忠臣不事二主,何况辽受丞相重托,还要辅佐公子继位,恕不能从命了。"关羽微微叹息,挥了挥手,张辽也策马而去。

所有的曹军都逃光了，只剩下我们几个现代人还站在那里。我总算发现，自己目前还存在，还在呼吸，看上去也没什么奇特的变化。而郝思嘉在我身边，也一切如常。

"我们还活着！"郝思嘉喃喃说，"看来我们没有消失啊……这是怎么回事？"

"我也不知道怎么回事。"我说，"也许回到2046年才会有变化。"

"可是……"郝思嘉问，声音有些发抖，"我们还能回到2046年吗？"

我心中一凛，其实郝思嘉问得不错。既然一切都已经改变，未来也不会再有郝味道或者"小时代"时间旅行公司存在，那我们还回得去2046年吗？如果回不去，我们是会在那一刹那烟消云散？还是像YY小说里那样留在这个时代，开创出一段新的历史？

忽然间，我想到了一种可能性，脱口道："也许我们不会有事，因为——"才说了半句，刘军已经过来，将我们带到关羽面前。关羽沉声问道："尔等是什么人，怎么不走？"

既然至少还要在这个时空中存在一段时间，我们也不得不敷衍一下关羽："关将军，我们是本地的渔民，被曹操抓来当了向导……"我把事情约略一说，自然省去了一些关键的地方，还感谢关羽救我们于水火。关羽面色和悦了下来，点头说："原来如此。说起来我军在迷雾中也分不清楚道路，如今我要回去向主公复命，便烦请你们几个老乡带路如何？"

于是我们又得为关羽带路，说来也巧，再向东南方走上数里，便回到了刚才的沙渚上。我们对关羽道,这是我们的家。刘军将士追击了一夜也很疲劳,便在沙渚上原地休息。一个个还议论着这次回去主公会有什么重赏。

我和郝思嘉、老牛等人好不容易逮到一个机会,避开那些刘军的兵士,在临时厨房里碰了个头。老牛带着哭腔抓着我说:"小林,怎么办?如今曹操都死了,我们……我们也……"

"林雨,你刚才不是说有什么办法?"郝思嘉也问。

我苦笑:"只是一种理论上的可能性而已。好吧,你们听说过'量子人择原理'吗?"

众人都茫然摇头。我说:"这件事得从头说起,根据平行宇宙理论……平行宇宙理论是根据量子不确定性……量子不确定性是……这得从光的衍射实验说起……"

"别废话了,"郝思嘉打断我,"我来之前也看过几本物理学的书,知道什么是平行宇宙!"

"那好,背景知识我就不多说了。总之,宇宙的发展是不确定的,同一个宇宙随着量子状态的不同坍缩,也就是不同的发展状况,可以衍生出无数平行宇宙。

"既然曹操被杀已经是不可逆转的事实,而我们的存在也是事实,并且是导致他被杀的直接原因(说到这里,我瞪了郝思嘉一眼)。那么我们就必然会存在于一个这两个事实同时存在的宇宙中。也就是说,尽管曹操早死了许多年,但是历史的轨迹依然没有大变,所以我们仍然可以存在。"

"但这怎么可能?"郝思嘉问,"曹操这么早死去,首先他的儿子曹植、曹丕、曹彰等会争夺权力，其次西凉的马腾、韩遂，辽东的公孙康等军阀会趁机攻城略地，再次汉献帝及部分公卿贵戚的力量也会想要乘机控制许昌，复辟汉室，没有了曹操的权威，曹氏能撑下去的机会微乎其微，就算能咸鱼翻身，未来当上皇帝的也不一定是曹丕——"

"你不懂！机会微乎其微也不要紧，只要存在这种可能性，那么在一切平行宇宙中，它就必然存在，而既然我们存在，我们就只可能生活在这样的宇宙里，这是唯一可以让一切都说得通的法子。"

郝思嘉想了想："我还是不懂这是怎么可能的……不过听上去倒也有几分道理。"

"可不是！"

"既然历史自己会自洽，"郝思嘉眼珠一转，"那我们赶紧再做份面吧？"

"啊？做面干吗？"

"给关羽吃啊。"郝思嘉又开心起来，"你说，关二哥如果吃上了我们的鲜鱼面，将来全世界华人的黑社会都会吃，那是多大的生意啊！"

我答应了，反正历史已经颠三倒四成这个样子了，也不在乎多改变点什么。

当初为防万一，我们带了备份的鲜鱼、面和调料，放在保鲜袋里，又藏在一口大缸里面。如今正好取出来，齐心协力做了一份热气腾腾、鱼香四溢的汤面呈给关公，关羽也不推辞，接过来便开开心心地大口吃起来，一边吃一边赞不绝口，说从未吃过这么美味的东西。这些场景我都拍了下来,想到了未来郝味道的广告:关公在斩杀国贼曹操之后,吃了一碗鲜鱼面……不,倒过来更好点,关公吃了一碗鲜鱼面,力气大增,终于追上了曹操,把他的脑袋割了下来……这真是传诵千古的绝唱!

公元208年的最后一个小时就这样过去了。关羽吃得心怀大畅,说要把我们带回去给他大哥当厨子。我们推搪了几句,关羽也不勉强,扔给我们几锭碎金,然后开拔东归。

当目送关羽的军队唱着胜利的歌,消失在拂晓的晨曦中时,我感到了一股似乎来自身体内部的奇异拉力,还没有等到新一天的太阳出现,我们便连同我们带去的一切,被一股无形的巨力拽回到2046年的时间传送大厅。

尾 声

刚才还是一片昏暗的世界,蓦然之间被耀眼的灯光所取代,雷动般的掌声也响了起来。同时无数白花花的可疑之物从天而降,便要落在郝思嘉头上。我暗道不好,忙冲过去将她护在身下,那些东西便都落在我的头顶上,把我的衣服弄得肮脏不堪,散发出腐烂一般的气息。

当然,这些都是回收的食物,经过曹操、许褚等人肠胃的消化,变成了烂糟糟,黏糊糊的一团呕吐物。还包括Bobbi的尸体。

我和众人一起狼狈地爬起来,抬眼看去:姚总、沈总、罗秘书、老卢、小武、几名郝味道的代表……许多人都在大厅的玻璃墙外欢迎我们归来,和一天前送走我们的是同一批人。再看大厅墙上的时钟,也只是下午三点,和我们离去的时间一模一样。对于他们来说,我们是刚消失又出现了,哪里想得到我们已经在生死关上走了一遭,不,N多遭。

忽然听到几声犬吠,回头一看,Bobbi居然没有死,被抛回现代后又活了过来。它似乎断了几根骨头,站不起来,但还是努力冲着郝思嘉摇尾巴。郝思嘉大喜,也不顾它身上的肮脏,冲上去紧紧搂着它。

我走出了时空分割线,先冲进厕所去清理自己,好不容易弄干净了才出来。公司的姚总上来和我握手,满面堆笑地说:"小林啊,这次——"

我顾不上和他寒暄,忙问道:"姚总,汉朝以后是什么时代?"

"小林,你逗我呢?三国嘛。"

"那三国以后呢?"

姚总看我不是在开玩笑,可能想到了什么,笑容渐渐收敛:"三国以后就是……三家归晋吧。"

"晋朝以后呢?"

"晋朝以后是……是……对了,是五代十国嘛。"

完了!我的一颗心往下沉,果然历史被改变了,十六国、南北朝、隋朝、唐朝都不见了……

"姚总,是五胡十六国……"罗秘书过来,在他耳边小声纠正。

"哈哈,对,是五胡十六国……"

靠!我懒得再问他,直接冲出大厅,跑到资料室里,从架子上抽出一本《中国简史》，直接看目录："秦汉……三国……两晋南北朝……唐朝……宋朝……元明清……"看起来，没有任何改变。

我把这书扔开，又从架子上抽出了一部厚厚的《三国志集解》——其实这本书的存在已经证明历史没有什么大变。但我还不放心，翻到正文第一页，正是《魏书·武帝纪》："太祖武皇帝，沛国谯人也，姓曹，讳操，字孟德，汉相国参之后……"

我也无暇细看，直接翻到《武帝纪》最后，写的是：

> 二十五年春正月，至洛阳。权击斩羽，传其首。庚子，王崩于洛阳，年六十六……谥曰武王。二月丁卯，葬高陵。

很清楚，曹操仍然死于建安二十五年，也就是公元220年，和之前毫无出入。怎么会是这样的？

再翻回到曹操传记中间，赤壁之战前后的历史也看不到任何改变，华容道的部分，裴松之注引《山阳公载记》说：

> 公船舰为备所烧，引军从华容道步归，遇泥泞，道不通，天又大风，悉使羸兵负草填之，骑乃得过。羸兵为人马所蹈藉，陷泥中，死者甚众。

和我记得的内容一模一样，但是我是亲眼看到曹操被关羽斩首的，这到底是怎么回事？！

郝思嘉让人好好照顾Bobbi后，换了套衣服也过来了，凝视着同一段话，脸上也是大惑不解。我问她："刚才我们都看到曹操被关羽杀了，对吧？"

"当然，这么可怕的场景怎么忘得了？"

"但历史书上根本没有写啊！这是怎么回事，难道是我们的幻觉？"

"哪有那么清晰的幻觉？"郝思嘉紧蹙着眉头，"这一切的背后一定有一个我们没有想到的原因。"

我们在讨论，姚总进来了，问我究竟怎么回事。我哪敢实话实说，只说害怕无意中改变了历史，引起严重后果。问姚总拿出发前的资料来比对。对来对去，也没有发现什么不同。曹刘二军交战的时候，该地区正好被大雾遮挡，从太空中什么也看不见。

姚总还想再问，郝思嘉随手签了张支票给他，让他去领剩下的尾款，他才乐得屁颠屁颠地走了。我颓然倒在沙发上叹道："明明历史发生了翻天覆地的变化，怎么史书上一点变化也没有？"

"不，还是有的。"郝思嘉忽然说。

"什么？"

郝思嘉指着《三国志》上关于华容道的那一页道："你没有发现吗？"

我大感不解地摇摇头，郝思嘉解释说："刚才这段话后面本来还有一段话，我记得很清楚：'军既得出，公大喜，诸将问之，公曰："刘备，吾俦也。但得计少晚。向使早放火，吾徒无类矣。"备寻亦放火而无所及。'也就是说，曹操从华容道逃生后，嘲讽刘备没有及时追击，如果在曹军经过沼泽地时能够追上，再用火攻，曹操就死定了。"

"对啊，"我也想起来，"出发前是见过这段记载的，怎么会不见了？"

"这很好解释，"郝思嘉说，"就是曹操不能再说那段话，因为刘备的部队确实追上了曹军，发生了接触，再这么说就是自欺欺人了。"

"也就是说，我们的确改变了历史？"我问，"但怎么可能只改变这么一点点呢？曹操被关羽斩首怎么说？"

"你还想不明白吗？"郝思嘉却似已经明白了什么，"既然我们所看到的一切的确发生过，而后面的历史又没有改变，逻辑上的结论只有一个，那就是曹操并没有死。"

"可他的脑袋都被——"

"那个人，应该不是曹操。"

我的嘴惊得合不拢："不、不、不是曹操？那他是谁？难道是那什么平虏将军朱灵？可他一直自称是曹操啊。"

郝思嘉紧蹙眉头，苦苦思索："曹操素来狡诈多智，曾经在接见匈奴使者时让别人代替自己，又设下七十二疑冢，让人找不到自己真正的坟墓……在赤壁之战后的危急时刻，难道他没有应对突发之变的计谋吗？如果他不是曹操，如果曹操不是他，那么……难道……"

忽然间，她放声大笑起来，笑得前仰后合："哈哈哈哈，原来是这样，原来是这么回事！"

"怎么回事？"我还是丈二和尚摸不着头脑。

郝思嘉还是捂着肚子笑得喘不过气来："真正的曹操……真正的曹操……"

"是谁？"

"就是夏侯杰！"

我呆若木鸡，过了一会儿才找回了语言："这怎么会？"

郝思嘉总算止住了笑，正色说："我们重看一遍当时的录像吧，我想会找到之前没有发现的线索。"

果然，当我们看到录像后，就发现了更多的蛛丝马迹：曹操的一切行动：在沙渚停下来休息，将面赐给士兵，掳走郝思嘉等，实际上都是夏侯杰在拿主意。而曹操对他也十分客气，把鲜鱼面让给他吃，甚至自己为他玩女人作掩护……曹军真正的决策者，居然是夏侯杰。

"如果夏侯杰是曹操本人，那么假曹操又是谁呢？"我还是不解。

"如果我没猜错的话，"郝思嘉苦笑，"假曹操才是真正的夏侯杰！"

"什么？"

"冒充曹操不是那么简单的事，必须有一定的文化水平和心理素质，不能是大老粗，还得对曹操忠贞不贰，深得曹操本人的信任，这不是谁都可以做到的，夏侯杰恰好满足这些条件。

"并且，这个人应该跟在曹操身边，在紧急情况下大概随时要冒充曹操，那么曹操又要变成谁呢？再捏造出一个不存在的人来也太麻烦了。所以最好就是互换身份。曹操和夏侯杰应该本来容貌相似，所以才经常能相互冒充，除了服饰之外，最关键的区别在胡子上。一般人都会先入为主，觉得长胡子的看上去就是曹操，小胡子的就是夏侯杰，我敢打赌，那副胡子是假的。"

"可曹操明明在自己的军队里，干吗要什么替身？"

"这可以理解，在逃亡途中，一来随时可能被追兵撵上，二来曹军大败，朝不保夕，难保没有中低级军人为了贪图富贵发动兵变，绑了曹操去投刘备、孙权。所以这样的时候，真正的曹操是谁，需要保持绝对机密，除了身边亲信的将领幕僚外，其他将士都不知道。他们平常最多是远远看到过曹操，换了一个相似的人当然也认不出来。"

"还是不对啊，"我忽然想到一点，"关羽当年曾经降曹，他应该认识曹操，为什么没有识破？"

郝思嘉想了一会儿："有两种可能。第一种可能是，关羽和曹操的关系不如演义中说的那么密切。当年关羽所见到的曹操，实际上也是夏侯杰假扮的。因为曹操从未真正信任他，当然也不会以身犯险和他相见，否则关羽一旦有异心，以他的力量，可以轻易击杀曹操，谁也拦不住。"

"这确实有可能……那第二种可能？"

郝思嘉嘴角浮出一丝神秘的微笑："华容道的故事也有他的道理，曹操对关羽不薄，也许他确实不忍心，所以假装不认识，只是斩了替身夏侯杰，因此放了曹操一马。"

所以，故事到这里就结束了，说起来，这场冒险对历史只有极细微的改变，只不过死了一个名不见经传的夏侯杰。这个人能够冒充曹操，举止若定，想必也是一个了不起的人物，不过却没有在历史上留下任何事迹。由于历史已经改变了，我们也不知道他在原本的历史上后来做过些什么，有没有后裔，但想来不会有太大的影响，否则史书不可能没有记载。

至于为什么这段事迹在历史书上也没有记载，想必无论是曹操让替身为自己送死，还是关羽"上当"错斩了替身，都是不怎么光彩的事，所以魏蜀双方的史书也就讳莫如深了。

但郝思嘉又想到一件事，噘嘴说："慢着，还是不对啊。"

"哪里不对？"

"你想，在本来的时间线中，我们返回三国，去改变了历史，原来的历史就被覆盖了，创造出了新的历史，对吧？"

"没错。"

"那么这段新历史中，本来还有一个我，一个你，以及老牛等人的。他们和我们不会完全一样，譬如新历史中的郝思嘉就不会知道刚才我背的那段古文……那么这个郝思嘉以及林雨等人，又到哪里去了呢？"

郝思嘉的问题问得很好，这也是时间旅行的物理学家一直在讨论的，我告诉她："关于这一点也有很多理论，比如说根据泡利不相容原理得出，他们的意识被我们的取代了，因此也就消失了。"

"啊，那我们不是相当于杀人了吗？"

"这只是一种理论，还有一种理论认为每次改变，时间旅行者都进入一个新的平行宇宙,所以他们也许对历史进行了其他的改变,到了另一个平行宇宙中……不过最有趣的一个理论是,我们融合了。"

"融合?"郝思嘉睁着迷人的大眼睛看着我。

"根据量子人择原理,宇宙在时间旅行后重新坍缩,我们将回到一个仍然存在着我们的宇宙里,不过在这个宇宙中我们的状态肯定是和原本宇宙中的略有不同的。这个时候,就发生了一件和同一个宇宙分裂为平行宇宙正相反的事:来自不同宇宙的人物合二为一。"

"可是我丝毫没有感觉到另一个我自己的存在啊!?"

"你当然不会感觉到,因为那个你和你自己几乎是一样的,所有的记忆都重组了,就像两个文件夹合并一样。除了关于时间旅行任务本身的内容不可以变动——因为这是这个宇宙存在的根基——其他的都被新宇宙替换了。"

"这倒是一个有趣的理论,"郝思嘉思忖着说,"这么说来,不管我们干什么,哪怕把秦始皇杀了,或者帮路易十六镇压了法国大革命,我们也会回到一个可能产生我们自己的新宇宙中,并且潜在的记忆被替换掉。所以我们永远无法意识到历史已经发生了翻天覆地的剧变?"

"可能吧。"我耸了耸肩,"不过这只是一种理论而已,如果改变太大,总会留下一些痕迹吧?这回只不过多死了一个夏侯杰,其他历史毫无改变,所以也不能证实了。"

郝思嘉认真地想了想,好像想找到历史发生改变的蛛丝马迹一样,不过归于徒劳:"你是对的,后来的历史好像真的没有变化。"

"是啊,"我说,"三国两晋南北朝,唐宋元明清……"

"宣统朝内战……第一次世界大战……"郝思嘉说。

"宣统帝被刺……祥瑞帝立宪……第二次世界大战……"

"古巴战争……第三次世界大战……明光帝新政……"

"别背了,"我打断了郝思嘉,"反正什么都没改变。好了,这些玄虚的理论以后再说吧,去你家吃面还算不算数?"

"当然算啦,"郝思嘉嘻嘻一笑,"这是跨越两个宇宙的约定嘛。"

"那什么时候呢?"

"明天吧,明天不是慈永皇太后诞辰吗,我们公司放假……"

晋阳三尺雪

张冉

张冉,生于1981年,山西太原人,毕业于北京工业大学,曾任《经济日报》记者,代表作有《以太》《大饥之年》等,收入短篇小说集《起风之城》。张冉的作品富于细节的刻画,极具真实感,而又兼具文艺的空灵。《晋阳三尺雪》是以其故乡太原(晋阳)在五代宋初时的毁灭为背景,从旁观者的视角讲述一个时间旅行者在古代的发明创造,颇具"丝绸朋克"的风情。

一

赵大领着兵丁冲进宣仁坊的时候,朱大鲦正在屋里上网,他若有点与官府斗智斗勇的经验,一定会更早发现端倪,把这出戏演得更像一点。这时是未时三刻,午饭已毕,晚饭还早,自然是宣仁坊里众青楼生意正好的时候,脂粉香气被阳光晒得漫空蒸腾,红红绿绿的帕子耀花游人眼睛。隔着两堵墙,西街对面的平康坊传来阵阵丝竹之声,教坊官妓们半遮半掩地向达官贵人卖弄技艺;而宣仁坊里的姐妹们对隔壁同行不屑一顾,认为那纯属脱裤子放屁,反正最终结果都是要把床搞得嘎吱嘎吱响,喝酒划拳助兴则可,吹拉弹唱何苦来哉?总之宣仁坊的白天从不缺少吵吵闹闹的讨价还价声、划拳行令声和嘎吱嘎吱摇床声,这种喧闹成了某种特色,以至于宣仁坊居民偶尔夜宿他处,会觉得整个晋阳城都毫无生气,实在是安静得莫名其妙。

赵大穿着薄底快靴的脚刚一踏进坊门,恭候在门边的坊正就感觉到今时不同往日,必有大事发生。赵大每个月要来宣仁坊三四次,带着两个面黄肌瘦的广阳娃娃兵,哪次不是咋呼着来、吆喝着走、嚷得嗓子出血才对得起每个月的那点巡检例钱。而这一回,他居然悄无声息地溜进门来,冲坊正打了几个唯有自己看得懂的手势,领着两个娃娃兵贴着墙根蹑手蹑脚向北摸去,"虞侯呵,虞侯!"坊正踉踉跄跄追在后面,把一双手胡乱摇摆,"这是做什么!吓煞某家了!何不停下歇歇脚、用一碗羹汤,无论要钱要人,应允你就是了……"

"闭嘴!"赵大瞪起一双大眼,压低声音道,"靠墙站!好好说话!有县衙公文在此,说什么也没用!"

坊正吓得一跌,扶着墙站住,看赵大带着人鬼鬼祟祟走远。他哆哆嗦嗦拽过身旁一个小孩,"告诉六娘,快收,快收!"流着清鼻涕的小孩点点头,一溜烟跑没了影,半炷香时间不到,宣仁坊的十三家青楼噼里啪啦扣上了两百四十块窗板,讨价声、划拳声和摇床声消失得无影无踪,谁家孩子哇哇大哭起来,紧接着响起一个止啼的响亮耳光。众多衣冠凌乱的恩客从青楼后院跳墙逃走,如一群受惊的耗子灰溜溜钻出坊墙的破洞,消失在晋阳城的大街小巷。一只乌鸦飞过,守卫坊门的兵丁拉开弓瞄准,右手一摸,发觉箭壶里一支羽箭都没有,于是悻悻地放松弓弦。生牛皮的弓弦反弹发出"嘣"的一声轻响,把兵丁吓了一跳,他才发现四周已经万籁俱寂,这点微弱的响声居然比夜里的更鼓还要惊人。

下午时分最热闹的宣仁坊变得比宵禁时候还要安静,作为该坊十年零四个月的老居民,朱大鲦对此毫无察觉,只能说是愚钝至极。赵大一脚踹开屋门的时候,他愕然回头,才惊觉该到了表演的时刻,于是大叫一声,抄起盛着半杯热水的陶杯砸在赵大脑门上,接着一使劲把案几掀翻,字箕里的活字噼里啪啦掉了一地。"朱大鲦!"赵大捂着额头厉声喝道,"海捕公文在此!若不……"他的话没说完,一把活字就撒了过来,这种胶泥烧制的活字又硬又脆,砸在身上生疼,落在地上碎成粉末,赵大躲了两下,屋里升起一阵黄烟。

"捉我,休想!"朱大鲦左右开弓丢出活字阻住敌人,转身推开南窗想往外跑,这时一个广阳兵举着铁链从黄雾里冲了出来,朱大鲦飞起一脚,踢得这童子兵凌空打了两个旋儿"啪"地贴在墙上,铁链撒手落地,当下鼻血与眼泪齐飞。赵大几人还在屋里瞎摸,朱大鲦已经纵身跳出窗外,眼前是一片无遮无挡的花花世界,这时候他忽然一拍脑门,想起宣徽使的话来:"要被捕,又不能易被捕;要拒捕,又不能不被捕;欲语还休,欲就还迎,三分做戏,七分碰巧,这其中的分寸,你可一定要拿捏好了。"

"拿捏,拿你奶奶,捏你奶奶……"朱大鲦把心一横,向前跑了两步,左脚凌空一绊右脚,"啊呀"惨叫着扑倒在地,整个人结结实实拍在地面上,"啪!"震得院里水缸都晃了三晃。

赵大听到动静从屋里冲了出来,一见这情景,捂着脑袋大笑道:

"让你跑！给我锁上！带回县衙！罪证一并带走！"

流着鼻血的广阳兵走出屋子，号啕大哭道："大郎！那一笸箩泥块儿都让他砸碎了，还有什么罪证？咱这下见了红，晚上得吃白面才行！咱妈说了跟你当兵有馒头吃，这都俩月了连根馒头毛都没看见！现在被困在城里，想回也回不去，不知道咱妈咱爹还活着没，这日子过得有啥意思！"

"没脑子！活字虽然毁了，网线不是还在吗？拿剪刀把网线剪走回去结案！"赵大骂道，"只要这案子能办下来，别说吃馒头，每天食肉糜都行！……出息！"

二

小人物的命运往往由大人物一句话决定。

那天是六月初六，季夏初伏，北地的太阳明晃晃挂在天上，晒得满街杨柳蔫头耷脑，明明没有一丝风，却忽然平地升起一个小旋风，从街头扫到街尾，让久未扫洒的路面尘土飞扬。马军都指挥使郭万超驾车出了莅武坊，沿着南门正街行了小半个时辰，他是个素爱自夸自耀的人，自然高高地坐在车头，踩下踏板让车子发出最大的响声。这台车子是东城别院最新出品的型号，宽五尺、高六尺四寸、长一丈零两尺，四面出檐，两门对掩，车厢以陈年紫枣木筑成，饰以金线石榴卷蔓纹，气势雄浑，制造考究，最基础的型号售价铜钱二十千，这样的车除了郭万超此等人物，整个晋阳城还有几人驾得起？

晋阳三尺雪

四只烟囱突突冒着黑烟，车轮在黄土夯实的地面上不停弹跳，郭万超本意横眉冷目睥睨过市，却因为震动太厉害而被路人看成在不断点头致意，不断有人停下来稽首还礼，口称"都指挥使"，郭万超只能打个哈哈，摆手而过。车子后面那个煮着热水的大鼎——就算东城别院的人讲得天花乱坠，他还是对这台怪车满头雾水，据说煮沸热水的是猛火油，他知道猛火油是从东南吴地传来的玩意儿，见火而燃，遇水更烈，城防军用来把攻城者烫得哇哇叫，这玩意儿把水煮沸，车子不知怎的就走了起来，这又是什么道理？——正发出轰隆轰隆的吼声，身上穿的两裆铠被背后的热气烤得火烫，头上戴的银兜鍪须用手扶住，否则走不出多远就被震得滑落下来遮住眼睛，马军都指挥使有苦自知，心中暗自懊恼不该坐上驾驶席，好在目的地已经不远，于是取出黑镜戴在鼻梁上，满脸油汗地驰过街巷。

车子向左转弯，前面就是袭庆坊的大门，尽管现在是礼坏乐崩、上下乱法的时节，坊墙早已千疮百孔，根本没人老老实实从坊门进出，但郭万超觉得当大官的总该有点当大官的做派，若没有人前呼后拥，实在不像个样子。他停在坊门等了半天，不光坊正没有出现，连守门的卫士也不知道藏在哪里偷偷打盹，满街的秦槐汉柏遮出一片阴凉地，唯独坊门处光秃秃的露着日头，没一会儿就晒得郭万超心慌气短汗如雨下，"卫军！"他喊了两声，不见回音，连狗叫声都没有一处，于是怒气冲冲跳下车来大踏步走进袭庆坊。坊门南边就是宣徽使马峰的宅子，郭万超也不给门房递帖子，一把将门推开，风风火火冲进院子，绕过正房，到了后院，大喝一声：

"抓反贼的来啦!"

屋里立刻一阵鸡飞狗跳,霎时间前窗后窗都被踹飞,五六个衣冠文士夺路而出,连滚带爬跌成一团。"哎呀,都指挥使!"大腹便便的老马峰偷偷拉开门缝一瞧,立刻拍拍心口喊了声皇天后土,"切不可再开这种玩笑了!各位各位,都请回屋吧,是都指挥使来了,不怕不怕!"老头刚才吓得幞头都跌了,披着一头白发,看得郭万超又气又乐,冷笑道:"就这点胆子还敢谋反,哼哼……"

"唉呀,这话怎么说的?"老马峰又吓了一跳,连忙小跑过来攀住郭万超的手臂往屋里拉,"虽然没有旁人,也须当心隔墙有耳……"

一行人回到屋里,惊魂未定地各自落座,将破破烂烂的窗棂凑合掩上,又把门闩插牢。马峰拉郭万超往胡床上坐,郭万超只是大咧咧立在屋子中间,他不是不想坐,只是为了威风穿上这前朝遗物的两裆铠,一路上颠得差点连两颗晃悠悠的外肾都磨破。老马峰戴上幞头,抓一抓花白胡子,介绍道:"范都指挥使诸位在朝堂上都见过了,此次若成事,必须有他的助力,所以以密信请他前来……"

一位极瘦极高的黄袍文士开口道:"都指挥使脸上的黑镜子是什么来头?是瞧不起我们,想要自塞双目吗?"

"啊哈,就等您们问。"郭万超不以为忤地摘下黑镜,"这可是东城别院的新玩意儿,称作'雷朋',戴上后依然可以视物,却不觉太阳耀目,是个好玩意儿!"

"'雷朋'二字何解?"黄袍人追问道。

郭万超抖抖袖子,又取出一件乌木杆子、黄铜嘴的小摆设,得意扬扬道:"因为个玩意儿能发出精光耀人双眼,在夜里能照百步,东城别院没有命名,我称之为'电友',亦即电光之友。黑镜既然可以防光照,由'电友'而'雷朋',两下合契,天然一对,哈哈哈……"

"奇技淫巧!"另一名白袍文士喝道,一边用袖子擦着脸上的血,方才跑得焦急,一跤跌破了额头,把白净无毛的秀才变成了红脸的汉子,"自从东城别院建立以来,大汉风气每况愈下,围城数月,人心惶惶,汝辈却还沉湎于这些、这些、这些……"

马峰连忙扯着文士的衣袖打圆场:"十三兄,十三兄,且息雷霆之怒,大人大量,先谈正事!"老头在屋里转悠一圈拉起帘子把窗缝仔细遮好,痰嗽一声,从袖中取出三寸见方的竹帘纸向众人一展,只见纸上蝇头小楷洋洋洒洒数千言。

"咳咳。"清清嗓子,马峰低声念道:"(广运)六年六月,大汉暗弱,十二州烽烟四起,人丁不足四万户,百户农户不能赡一甲士,天旱河涝,田干井阑,仓廪空乏。然北贡契丹,南拒强宋,岁不敷出,民无粮,官无饷,道有饿莩,马无牧草,国贫民贱,河东苦甚!大汉苦甚!"

念到这里,一屋子文士同时叹了一声"苦",又同时叫了一声"好"。唯独郭万超把眼一瞪:"酸了吧唧的念什么呐!把话说明白点!"

马峰掏出锦帕抹了把额头上的汗珠,"是的是的,这篇檄文就不再念了。都指挥使,宋军围城这么久,大汉早是强弩之末,宋主赵光义是个狠毒性子的人,他诏书说'河东久违王命,肆行不道,虐治万民。为天下计,为黎庶计,朕当自讨之,以谢天下'。君不见吴越王钱弘俶自献封疆于宋,被封为淮海国王;泉、漳之主陈洪进兵临城下之后才献泉、漳两郡及所辖十四县,宋主赐就诏封为区区武宁军节度使;如今晋阳围城已逾旬月,宋主暴跳如雷,此事已无法善终,将一旦城破,非但皇帝没得宋官可做,全城的百姓也必遭迁怒!覆巢之下岂有完卵,指挥使,莫使黎民涂炭,黎民涂炭啊!"

郭万超道:"要说实在的,我们武官也一个半月没支饷了,小兵成天饿得嗷嗷叫。你们的意思是刘继元小皇帝的江山肯定坐不住,不如出去干脆投降宋兵,是这个意思吗?"

此言一出满座大哗,文士们愤怒地离席而起破口大骂,把君君臣臣父父子子君使臣以礼臣事君以忠的话翻来覆去说了八十多遍,马峰吓得浑身哆嗦,"诸君!诸君!隔墙有耳,隔墙有耳啊……"待屋里安静了点,老头驼着背搓着手道:"都指挥使,我辈并非不忠不孝之人,只是君不君,臣不臣,皇帝遇事不明,只能僭越了!第一,城破被宋兵屠戮;第二,辽兵大军来到,驱走宋兵,大汉彻底沦为契丹属地;第三,开城降宋,保全晋阳城八千六百户、一万两千军的性命,留存汉室血脉。该如何选,指挥使心中应该也有数!宋国终归是汉人,辽国是鞑靼契丹,奴辽不如降宋,就算背上千古骂名也不能沦为辽狗!"

听完这席话,郭万超倒是对老头另眼相看,"好。"他挑起一个大拇指,"宣徽使是条有气节的好汉子,投降都投得这么义正词严。说说看要怎么办，我好好听着。"

"好好。"马峰示意大家都坐下，"十年前宋主赵匡胤伐汉时老夫曾与建雄军节度使杨业联名上疏恳请我主投宋，但挨了顿鞭子被赶出朝堂，如今皇帝天天饮宴升平、不问朝中事，正是我们行事的好时机。我已密信联络宋军云州观察使郭进，只要都指挥使开大厦门、延厦门、沙河门，宋军自会在西龙门砦设台纳降。"

"刘继元小皇帝怎么办？"郭万超问。

"大势已去的事后，自当出降。"马峰答道。

"倒罢了。但你们没想到最重要的问题吗？东城别院那关可怎么过？"郭万超环视在座诸人，"现在东西城城墙、九门六砦都有东城别院的人手，他们掌握着守城机关，只要东城那位王爷不降，即便开了城门宋兵也进不来啊！"

这下屋里安静下来。白袍文士叹道："东城别院吗？若不是鲁王作怪，晋阳城只怕早就破了吧……"

马峰道："我们商议派出一位说客，对鲁王动之以情、晓之以理。"

郭万超道："若不成呢？"

马峰道："那就派出一名刺客，一刀砍了便宜王爷的狗头。"

郭万超道："你这老头倒是说得轻巧，东城别院戒备森严，无论说客还是刺客哪有那么容易接近鲁王身边？那里有那么多稀奇古怪的玩意儿，只怕离着八丈远就糊里糊涂丢了性命吧！"

马峰道："东城别院挨着大狱，王爷手底下人都是戴罪之身，只要将人安插下狱，不愁到不了鲁王身边。"

郭万超道:"有人选了吗？说客一个，刺客一名。"他目光往旁边诸人身上一扫，诸多文士立刻抬起脑袋眼神飘忽不定，口中念念叨叨背起了儒家十三经。

郭万超一拍脑袋:"对了，倒是有个人选，是你们翰林院的编修，算是旧识，沙陀人，用的汉姓，学问一般，就是有把子力气。他平素就喜欢在网上发牢骚，是个胸无大志满脑袋愤怒的糊涂车子，给他点银钱，再给他把刀，大道理一讲，自然乖乖替我们办事。"

马峰鼓掌道:"那是最好，那是最好，就是要演好入狱这场戏，不能让东城别院的人看出破绽来，罪名不能太重，进了天牢就出不来了，又不能太轻，起码得戴枷上铐才行。"

"哈哈哈，太简单了，这家伙每日上网搬弄是非，罪名是现成的。"郭万超用手一捏裤裆部位的铠甲，转身拔腿就走:"今天的事儿天知地知你知我知，我这就找管网络的去，人随后给你带来，咱们下回见面再谈。走了！"

穿着两裆铠的武官叮铃当啷出门去，诸文士无不露出鄙夷之色，窗外响起火油马车震耳欲聋的轰轰声，马峰抹着汗叹道:"要是能这么容易解决东城别院的事情就好了，诸君，这是掉脑袋的事情，须谨慎啊，谨慎！"

三

朱大鲧不知道捉走自己的兵差来自哪个衙门，不过宣徽使马峰说了，刑部大狱、太原府狱、晋阳县狱、建雄军狱都是一回事，谁让大汉国河东十二州赔得个盆光碗净，只剩下晋阳城这一座孤城呢。他被铁链子锁着穿过宣仁坊，青楼上了夹板的门缝后面露出许多滴溜溜乱转的眼睛，坊内的姐姐妹妹嫖客老鸨谁不认识这位穷酸书生？明明是个翰林院编修，偏偏住在这烟花柳巷之地，要说是性情中人倒也罢了，最可恨几年来一次也未光顾姐妹们的生意，每次走过坊道都衣袖遮脸加快脚步口中念叨着"惭愧惭愧"，真不知道是惭愧于文人的面子，还是裤裆里那见不得人的东西。

唯有朱大鲦知道，他惭愧的是袋里的孔方兄。宋兵一来，翰林院就停了月例，围城三月，只发了一斛三斗米、五陌润笔钱。说是足陌，数了数每陌只有七十七枚夹铅钱，这点家当要是进暖香院春风一度，整月就得靠麸糠果腹了。再说他还得交网费，当初选择住在宣仁坊不仅因为租金便宜，更看重网络比较便利，屋后坊墙有网管值班的小屋，遇见状况只要蹬梯子喊一声就行。每月网费四十钱，打点网管也得花几个铜子儿，入不敷出是小问题，离了网络，他可一日也活不下去。

"磨蹭什么呢，快走快走！"赵大一拽锁链，朱大鲦踉跄几步，慌乱用手遮着脸走过长街。转眼间出了宣仁坊大门，拐弯沿朱雀大街向东行，路上行人不多，战乱时节也没人关心铁链锁着的囚犯，朱大鲦一路遮遮掩掩生怕遇见翰林院同僚，幸好是吃饱了饭鼓腹高眠的时候，一个文士也没碰着。

"大、大人。"走了一程，朱大鲦忍不住小声问道："到底是什么罪名啊？"

"啊？"赵大竖起眉毛回头瞪他一眼："造谣惑众、无中生有，你们在网络鼓捣的那些事情以为官府不知道吗？"

"只是议论时政为国分忧也有罪吗？"朱大鲦道，"再说网络上说的话，官府何以知道？"

赵大冷笑道："官家的事儿自有官家去管，你无籍无品的小小编修，可知议论时局造谣中伤与哄堂塞署、逞凶殴官同罪？再说网络是东城别院搞出来的玩意儿，自然加倍提防，你以为网管是疏通网络之职，其实你写下的每一个字儿都被他记录在案，白纸黑字，看你如何辩驳！"

朱大鲦吃了一惊，一时间不再说话。"突突突突……"一架火油马车突烟冒火驶过街头，车厢上漆着"东城廿二"字样，一看就知是东城别院的维修车。"又快到攻城时间啦。"一名广阳兵说道，"这次还是有惊无险吧。"

"嘘，是你该说的话吗？"同伴立刻截停了话头。

前面柳树阴凉下摆着摊，摊前围着一堆人，赵大跟手下娃娃兵打趣道："刘十四，攒点银子去洗一下，回来好讨婆娘。"

刘十四脸红道："莫说笑，莫说笑……"

朱大鲦就知道那是东城别院洗黥面的摊子。汉主怕当兵的临阵脱逃，脸上要墨刺军队名，建雄军黥着"建雄"，寿阳军黥着"寿阳"，若像刘十四这样从小颠沛流离身投多军的，从额头至下巴密密麻麻黥着"昭义武安武定永安河阳归德麟州"，除了眼珠子之外整张脸乌漆墨黑，要再投军只好剃光头发往脑壳上文了。东城那位王爷想出洗黥面的点子，立刻让军兵趋之若鹜，用蘸了碱液的细针密密麻麻刺一遍，结痂后揭掉，再用碱液涂抹一遍缠上细布，结痂长好便是白生生的新皮。正因为宋军围城人心惶惶，才要讨个婆娘及时行乐，鲁王爷算是抓准了大伙的心思。

几人走过一段路，在有仁坊坊铺套了一辆牛车，乘车继续东行。朱大鯀坐在麻包上颠来倒去，铁链磨得脖子发痛，心中不禁有点后悔接了这个差使。他与马步军都指挥使郭万超算是旧识，祖上在高祖（后汉高祖刘知远）时同朝为官，如今虽然身份云泥，仍隔三岔五一起烫壶小酒聊聊前朝旧事。那天郭万超唤他过去，谁知道宣徽使马峰居然在座，这把朱大鯀吓得不轻。老马峰可不是平常人，生有一女是当朝天子的宠妃，皇帝常以"国丈"称之，不久之前刚退下宰相之位挂上宣徽使的虚衔，整座晋阳城除了拥兵自重的都指挥使和几位节度使，就属他位高权重。

"这不是谋逆吗？"酒过三巡，马峰将事由一说，朱大鯀立刻摔杯而起。

"司马温公说'尽心于人曰忠'，《晏子》言'故忠臣也者，能纳善于君，不能与君陷于难'，君子不立危墙之下，朱八兄须思量其中利害，为天下苍生……"老马峰扯着他的衣袖，胡须颤巍巍地说着大道理。

"坐下坐下，演给谁看啊。"郭万超啐出一口浓痰，"谁不知道你们一伙穷酸书生成天上网发议论，说皇帝这也不懂那也不会，大汉江山迟早要完，这会儿倒装起清高来啦？一句话，宋狗一旦打破城墙，全城人全得完蛋，还不如早早投了宋人换城里几万人活命，这账你还算不清吗？"

朱大鯀站在那儿走也不是坐也不是，犹豫道："但有鲁王在城墙上搞的那些器械，晋阳城固若金汤，听说前几天大辽发来的十万斛粟米刚从汾水运到，尽可以支持三五个月……"

郭万超道："呸呸呸！你以为鲁王是在帮咱们？他是在害咱们！宋狗现在占据中原，粮钱充足，围个三年五年也不成问题，三月白马岭一役宋军大败契丹，南院大王耶律挞烈成了刀下鬼，听得契丹人缩回雁门关不敢动弹，一旦宋人截断汾水、晋水，晋阳城就成了孤城一座，你倒说说这仗怎么打得赢？再说那个东城王爷不知道从哪儿钻出来的，搞出那么多稀奇古怪的玩意儿，他是真心想帮我们守城？我看未必！"

话音落了，一时间无人说话，桌上一盏火油灯毕剥作响，照得斗室四壁生辉。这灯自然也是鲁王的发明，灌一两二钱猛火油可以一直燃到天明，虽然烟味刺鼻，熏得天花板又黑又亮，可毕竟比菜油灯亮堂得多了。

"……要我怎么做？"朱大鲧慢慢坐下。

"先讲道理，后动刀子，古往今来不都是这么回事儿？"郭万超举杯道。

四

鲁王确实不知道是从哪里钻出来的。宋兵围城之前没人听过他的名号，河东十二州一丢，东城别院的名字开始在坊间流传。一夜之间晋阳城多了无数新鲜玩意儿，最显眼的是三件东西：中城的大水轮和铸铁塔、城墙上的守城兵器，还有遍布全城的网络。

晋阳三尺雪

晋阳城分西、中、东三城，中城横跨汾水，大水轮就装在骑楼下方，随着水势日夜滚动。水轮这东西早被用来灌溉农田碾米磨面，谁也没想到还能有这么多功用，吱吱嘎嘎的木头齿轮带动了铸铁塔的风箱、城头的水龙与火龙、绞盘、滑车。铸铁塔有几个炉膛，风箱吹动猛火油煮沸铁水，铸出来的铁器又沉又硬，比此前不知方便了多少倍。

城墙上的变化更大，鲁王爷给城墙铺上两条木头轨道，用绳索拉着两头，扳下一个机簧，水轮的力量就扯着轨道上的滑车飞驰起来，从大厦门到沙河门就算驾快马也须一炷香时间才能赶到，坐上滑车，只消半袋烟时间就能到达。第一次发车的时候绑在上面的几个小兵吓得嗷嗷乱叫，多坐几次就觉得有趣，食髓知味，最后成了滑车的管理员，整日赖在车上不肯下来。滑车共有五辆，三辆载人，两辆载炮，大炮与汉人惯用的发石机没什么不同，就是改用水轮拉紧牛皮筋，再不用五十名大汉背着绳索上弦；抛出的亦不再是石块，而是灌满猛火油的猪尿脬，尿脬里装一包油布裹着的火药，留一条引线出来，注满猛火油后将口扎紧，发射前将捻子点燃。

鲁王爷在墙头挂满泥檑。守城缺不了滚木檑石，但木头丢下一根少一根，石头扔下一块少一块，围城久了只怕连房顶都得拆了往下扔。东城别院就搞了个阴损毒辣的发明，用黄泥巴掺上稻草铸成五尺长、两尺粗的大泥柱子，表面嵌满大铁蒺藜，铁蒺藜专门泼上脏水等它生出黑不黑、红不红的铁锈，因为鲁王爷说这样会让宋兵得一种叫"破伤风"的怪病。选上好黄泥用草席盖上焖一星期煨成熟泥，加上糯米浆、碎稻草和猪血反复捶打，这样铸成的泥榴每个重达两千六百斤，金灿灿，冷森森，泛着黄铜一样的油光，通体长满脏兮兮的生锈铁蒺藜，着实是件杀人利器。泥榴两端挂上铁锁链拴在城墙，宋军一来，数百个大泥柱子劈头盖脸砸下，把云梯、冲车、盾牌和兵卒一齐砸成粉碎，这厢绞盘一转，水轮之力嘎吱嘎吱将铁链卷起，沾满了血的泥榴又晃晃悠悠升上城墙。

宋人在泥榴下吃了苦头，后来只让老弱病残和契丹降卒当作先锋，趁泥榴把弃卒砸扁时发动井栏、云梯和发石机猛攻。这时滑车上的猪尿脬炮就到了开火时机，一时间数百个红彤彤、臊哄哄、软囊囊的尿脬漫天飞舞，落在宋军中化作火球四下延烧，灼得木头毕剥作响、兵卒吱哇乱叫，空气中立时弥漫着一股果木烤肉的芳香。最后就到了弓箭手出场，专拣宋军中有帽缨的家伙攒射，因为众所周知只有将官头上才飘着鸟毛。不过羽箭数量稀少必须省着点用，一人射个三五箭便归队休息，一场大战就此结束，城下一片烟熏火燎鬼哭狼嚎，城上汉人遥遥指点战场计算着杀人的数量，每杀一个人，在自己手上画一个黑圈，凭黑圈数量找东城别院领赏钱。按照鲁王爷计算近几个月死在城下的宋兵已达两百万之众，不过看那吹角连营依然无边无尽，大家就心照不宣，谁都不提统计口径的问题。

一座晋阳城守得固若金汤，怕大伙在城内闲得无聊，鲁王爷又发明了网络。他先搞出了一种叫活字的东西（据自己说是剽窃一位毕昇毕老爷的发明，不过谁也没听说过这位了不起的老爷），先做一个阴文木雕版的《千字文》,然后用混合了糯米稻草和猪血的黄泥巴压在雕版上面晒干,最后整个揭下来切成烧肉大小的长方块,用泥楷边角料制作的阳文活字就完成了。将一千个活字放在长方形的字箕里面,每个活字后面用机簧绷上一缕蚕丝,一千缕蚕丝束成手腕粗细的一捆,这个叫"网"。字箕放在屋子里,蚕丝从墙根穿出到达网管的小屋,每捆蚕丝末端都截得整整齐齐套上一个铁网,每一缕丝线末尾绑着个小钩,挂在铁网上面。网管小屋只有个天棚遮雨,四壁挤挤挨挨挂满网线,若两台字箕之间要说话,找到两条网线将铁网一拧"咔嗒"一声锁好一千个小钩,两捆蚕丝就连了起来,这个叫"络"。

网络一连好,就可以通过字箕对话了,这厢按下一个活字,小机簧将蚕丝拉紧,那厢对应位置的活字就陷了下去。虽然从天地玄黄宇宙洪荒日月盈昃辰宿列张密密麻麻一千个字里面选出要用的活字很费眼力,可熟手自然能打得飞快。有学究说汉字博大精深,千字文虽然是开蒙奇书一本,可要拿来畅谈宇宙人生,区区一千个字怎么够用?鲁王爷却说这一千个字彼此并不重复,别说畅谈宇宙,古往今来大多数好文章都能用这一千个字做出来,真真是够用得很啦。

《千字文》里实则有两个"洁"字重复,东城别院删掉了一个字,换上一个有弯钩符号的活字。因为两人通过网络对谈的时候,又要打字,又要盯着字箕看对方发来的字句,分心二用太难,鲁王爷就规定说完一句话之后要按下这回车键,表示自己的话说完了,轮到对方说话。为什么叫"回车",王爷没解释。

起初网络只能两人对话,后来发明了一种复杂的黄铜钩架,能够将许多网线同时挂在一起,一个人按下活字,其他人的字箕都会收到信息。这时候又出现了新的问题,八名文士聊天,一个人说完话按下回车,其余七个人会同时抢着说话,这时字箕就会抽筋似的起起伏伏,好似北风吹皱晋阳湖的一池黑水。为了解决这个问题,东城别院发售了一种附加字箕,上面有十个空白活字,在用黄铜钩架组成网络的时候,大伙先将对方的雅称刻在空白活字上面。八名文士的小圈子,每个人的附加字箕都刻上八个人的称号,谁要发言,按下代表自己的活字,谁的活字先动,谁就有说话的权利,直到按下回车键为止。朱大鲧最喜欢把代表自己的"朱"字使劲按个不停,此举自然遭到了圈子内的严正谴责,因为此举不仅对其他人发言的权利造成干扰,更容易把网线搞断。鲁王爷一开始把这种制度叫作"三次握手",后来又改叫"抢麦",这几个字到底是啥意思,王爷也没解释。

蚕丝固然坚韧,免不了遭受风吹雨打虫蛀鼠咬和朱大鲧此类混人的残害,断线的事情时有发生。有时候聊着天,有人忽然大骂"文理狗屁不通辱骂先贤有失文士的身份",那说明有活字的蚕丝断了,本来写的是"子曰:尧舜其犹病诸",结果变成了"子曰:尧舜病诸",这不光骂了尧舜先帝,更连孔圣人都坑进去了。此时就要高声喊"网管",给网管些小钱让他检查网线,顺便到坊市带两斤烙饼回来。网管会断开网线,找到断掉的蚕丝打一个结系紧,若不花点钱跟网管搞好关系,他会把绳结打得又大又囊肿,导致网络拥堵速度慢如老牛拉车;要是铜钱给足了,他就拿小梳子将蚕丝理得顺顺滑滑，系一个小小的双结，然后把两斤八两烙饼丢进窗口，喊一声"妥了！"——这就是朱大鲦荷包再窘迫也要花钱打点网管的原因。

东城别院的守城器械收买了军心，稀奇古怪的小发明收买了民心，网络则收买了文士之心。足不出户，坐而论道，这便利自三皇五帝以降何朝何代曾经有过？宋兵围城人人自危，再不能出晋阳城攀悬瓮山观汾水赏花饮酒，关起门来文墨消遣反而更觉苦闷，若不是网络铺遍西城，这些穷极无聊的读书人还不反了天去？一国囿于一城，三省六部名存实亡，举月无俸禄，天子不早朝，青衫客们成了城中最清闲无用的一群，唯有在网络上做做酸诗吐吐苦水发发牢骚。有人喜爱上网，自然有人敬鬼神而远之，有人念鲁王爷的好，自然也有人背地里戳他脊梁骨，这位谁都没见过真容的王爷是坊间最好的话题。

朱大鲦做梦也没想到自己第一次与王爷扯上关系，居然是被马峰、郭万超派去游说投降之事。是战，是降，大道理他自己还没想明白，但既然文武二相都这么看重自己，他只能怀揣降表和利刃硬着头皮上前了。

五

牛车吱吱嘎嘎向前，经过一所馆驿，这两进带园子的馆驿是鲁王爷初到晋阳城时修建的，漆成橙色，挂着蓝牌，上写两个大字"汉庭"。"汉庭"指的是"大汉的庭院"，这馆名固然古怪，比起鲁王爷后来发明的新词来倒不算什么了。

鲁王爷搬到东城别院之后，馆驿围墙上凿出两扇窗来，一扇卖酒，一扇卖杂耍物件。酒叫"威士忌"，意指"威猛之士也须忌惮三分"，用辽国运来的粟米在馆驿后院浸泡蒸煮，酿出来的酒液透明如水、冷冽如冰，喝进嗓子里化为一道火线穿肠而过，比市酿的酒不知醇了多少倍。一升酒三百钱，这在私酿泛滥的时候算得上高价，可好酒之徒自然有赚钱换酒的法子。

"军爷，射一轮吧！"

朱大鲦扭过头，看见城墙底下站着十数个泼皮无赖，站在茅草车上冲城外齐声高喊。城墙上探出一个兵卒的脑袋，见怪不怪道："赵大赵二，又缺钱花了？这回须多分我些好酒上下打点，不然将军怪罪下来……"

"自然，自然！"泼皮们笑道，又齐声喊："军爷，射一轮！军爷，射一轮！"

不多时，城外便传来宋军的喊声："言而有信啊！五百箭一斗酒，你们山西人可不能给我们缺斤短两啊！"

"自然自然！"泼皮们一听四下散开，不知从哪里推出七八辆载满干草的车子摆在一处，捂着脑袋往城墙下一蹲："军爷，射吧！"

只听得弓弦嘣嘣作响，羽箭唰唰破空，满天飞蝗越过墙头直坠下来簌簌穿入草堆，眨眼间把七八辆茅草车钉成了七八个大刺猬。朱大鲦远远看得新鲜，开口道："这草船借箭的法子也能行得通？"

赵大啐道："呸！这帮无赖买通了宋兵，说重了可是里通外国的罪名。围城太久箭支匮乏,皇帝张榜收箭,一支箭换十文钱,这些无赖收了五百箭能换五千钱,买一斗七升酒,一斗吊出城外给宋兵,两升打点城上守军,剩下五升分了喝,喝醉了满街横睡,疲懒之辈!"他扭头瞪眼大喝一声:"督!大胆!没看到我吗?"

众泼皮也不害怕,嘻嘻哈哈行礼,推着小车一溜烟钻进小巷,朱大鲩就知道这赵大嘴上说得轻巧,肯定也收了泼皮的供奉。他没有点破,只叹一声:"围城越久,人心越乱,有时候想想不如干脆任宋兵把城打破罢了,是不是?"

赵大嚷道:"胡说什么!再说忤逆的话拿鞭子抽你!"朱大鲩始终摸不准此人是不是马峰派出的接应,也就不再多说。

日头毒辣,牛车在蔫柳树的树荫里慢慢前行,驶出了西城内城门,沿着官道进入中城,中城宽不过二十丈,分上下两层,下一层有大水轮、铸铁塔诸多热烘烘吵闹闹的机关,上一层走行人车马,路两旁是水文、织造、冶锻、卜筮的官房,路面尽用枣木铺成。晋阳中城是武后时并州长史崔神庆以"跨水连堞"之法修筑而成,距今已逾三百年,枣木地板时时用蜂蜡打磨,人行马踩日子久了变成凝血般的黑褐色,坚如铁石,声如铜钟,刀子砍上去只留下一条白痕,拆下来做盾牌可抵挡刀剑矢石,就算宋人的连环床弩都射不穿。围城日久,枣木地板被拆得七七八八,路面用黄土随意填平,走上去深一脚浅一脚,碰到土质疏松的地方能崴了牛蹄子。

赵大吩咐一声"下车",着一个小兵赶着牛车还给坊铺,自己牵囚犯步行走入中城。今年河东干旱,汾水浅涸,朱大鲩看一条浊流自北方蜿蜒而来,从城下十二连环拱桥潺潺流过,马不停蹄涌向南方，不禁赞道："大辽、大汉、宋国，从北到南，一水牵起了三国，如此景致当前，吾当赋诗一首以资……"

话音未落，赵大狠狠一巴掌抽在他后脑勺，把幞头巾子打得歪歪斜斜，也把朱大鲦的诗性抽得无影无踪。赵大抹着汗骂道："你这穷酸，老子出这趟差汗流了一箩筐，你还在那边叽叽歪歪惹人烦，前面就到县衙，闭嘴好好走路！"朱大鲦立刻乖乖噤声，心中暗想等恢复自由之身一定在网上将你这恶吏骂得狗血喷头，转念又一想，此行若是马到成功，说服了东城别院鲁王爷，大汉就不复存在，晋阳城尽归宋人，到时候还能有网络这回事情吗？一时之间不禁有点迷茫。

一路无言走穿中城进入东城，东城规模不大，走过太原县治所，在尘土纷飞的街上转了两个弯进了一座青砖灰瓦的院子，院子四面墙又高又陡，窗户都钉着铁栏杆。赵大与院中人打个招呼交接文书，广阳兵推搡着朱大鲦进了西厢房，解开锁链，喊道："老爷开恩让你独个儿住着，一日两餐有人分派，若要使用钱粮被褥可以托家里人送来，逃狱罪加一等，过两天提审，好好跟老爷交代罪行，听到没有？"

朱大鲦觉得背后一痛，跌跌撞撞摔进一个房间，小卒们哗楞楞挂上铁链嘎嘣一声锁上门转身走了，朱文人爬起来揉着屁股四处打量，发现这屋里有榻、有席、有洗脸的铜盆和便溺的木桶，虽然光线暗淡，却比自己的破屋整齐干净得多。

他在席上坐了，摸摸袖袋，发现一应道具都完好无损：一本《论语》，舌战鲁王爷时要有圣贤书壮胆；一只空木盒，夹层里装着宣徽使马峰洋洋洒洒三千言的血书檄文，血是鸡血，说的是劝降的事儿，不过其义正词严的程度令朱大鯀五体投地；一柄精钢打造六寸三分长的双刃匕首，匹夫之怒，血溅五步，一想到这最终的手段，朱大鯀体内的沙陀突厥血统就开始蠢蠢欲动。

六

醒来的时候，朱大鯀才知道自己不知何时睡着了。窗口斜进来一线夕阳，天色已晚，过道里有脚步声响起，朱大鯀慢腾腾爬起来活动一下身体，从栅栏缝隙里向外看去。

临行前马峰说已在狱中安插了内应，会在合适的时机现身。此刻一名狱卒打着个油纸灯笼晃悠悠走来，右手拎着食盒，口中哼着小曲，走到这间牢房停了下来，用灯笼把儿将栅栏一敲："喂喂，吃饭。"说着从食盒中捏出两张胡饼卷上酱菜，从栅栏缝隙里递进来。

朱大鯀接胡饼赔笑道："多谢，多谢。上差是不是有什么话要带给学生的？"

狱卒闻言左右看看，放下食盒从怀中摸出一张纸条来，低声道："喏，自己点灯看，别给别人瞧见。将军嘱咐过，尽人事，听天命，若依他的话，成与不成都有你的好处在里面。"言毕又提高音量："瓮里有水自己掬来喝，便溺入桶，污血、脓疮、痰吐莫要弄脏被褥，听到没有？"

拎起食盒，狱卒挑着灯笼晃悠悠走了，朱大鯀三口两口吞下胡饼，灌了几口凉水，背过身借着暗淡残阳看纸上的字迹。看完了，反倒有点摸不着头脑，本以为狱卒是都指挥使郭万超派来的，谁知纸上写的是另一回事情，上写着："敬启者：我大汉现在很危险，兵少粮少，全靠守城的机械撑着，最近听闻东城别院人心不稳，鲁王爷心思反复，要是他投降宋国，大汉就无可救药乎哉，看到我信，希望你能面见王爷把利害说清楚，让他万万不能屈膝投降。他在东城别院里不见外人，只能出此下策，要为了我大汉社稷着想，请一定好好劝王爷坚持下去，总有一天能打赢宋国噫！——杨重贵再拜。"

这段话文字不佳，字体不妙，一看就是没什么学问的粗人手笔，落款"杨重贵"听着陌生，朱大鲦想了半天才想起来那是建雄军节度使刘继业的本名，他本是麟州刺史杨信之子，被世祖刘崇收为养孙，改名刘继业，领军三十年战无不胜攻无不克号称"无敌"，如今是晋阳守城主将。落款用本名，显示出他与皇帝心存不和，这一点不算什么秘密，天会十三年（969）闰五月宋太祖决汾水灌晋阳城，街道尽被水淹，满城漂着死尸和垃圾，刘继业与宰相郭无为联名上书请降，被皇帝刘继元骂得狗血淋头，郭无为被砍头示众，刘继业从此不得重用。

当年主降，如今主战，朱大鲦大概能猜出其中缘由。无敌将军虽然战功彪炳、杀人无数，却耳根子软、眼眶子浅，是条看到老百姓受苦自己跟着掉眼泪的多情汉子。当年满城百姓饿得嗷嗷叫，每天游泳出门剥柳树皮吃，晚上睡觉一翻身就能从房顶掉进一人多深的臭水里淹死，刘继业看得心疼，恨不得开门把宋兵放进来拉倒；如今粮草充足，全城人吃饱之外还能拿点余粮换点威士忌喝、买点小玩意儿玩、到青楼去消费一番，物质和精神都挺满足，刘继业自然心气壮了起来，只愿宋兵围城一百年把宋国皇帝拖到老死才算报当年一箭之仇。东城别院盘踞在东城不见外客，除了囚犯之外谁也接触不到这位鲁王爷，刘将军写了封大白话的请愿书留在监狱里，想通过某位忧国忧民的罪犯在鲁王爷耳畔吹吹风。

"哦……"朱大鯀恍然大悟，把纸条撕碎了丢进马桶，尿了泡尿毁灭行迹。送饭的狱卒并非自己等待的人，而是刘继业安排的眼线，这事真是阴差阳错奇之怪也。

窗外很快黑了，屋里没有灯，朱大鯀独个儿坐着觉得无聊，吃饱了没事干，往常正是上网聊天的好时间。他手痒痒地活动着指头，暗暗背诵着《千字文》——若对这篇奇文不够熟悉，就不能迅速找到字箦中的活字，这算是当代文士的必修课了。

这时候脚步声又响起，一盏灯火由远而近，朱大鯀赶紧凑到栏杆前等着。一名举着火把的狱卒停在他面前，冷冷道："朱大鯀？犯了网络造谣罪被羁押的？"

翰林院编修立刻笑道："正是小弟我，不过这条罪名似乎没听说过啊……上差是不是有什么话要带给学生的？"

"哼。跪下！"狱卒忽然正色道，左右打量一下，从怀中掏出一样明晃晃、金灿灿的东西迎风一展。朱大鯀大惊失色扑通跪倒，他只是个不入编制的小小编修，但曾在昭文馆大学士薛君阁府邸的香案上见过此样物事，当下吓得浑身瑟瑟乱抖，额头触地不敢乱动，口中喃喃道："臣……罪民朱大鯀接、接旨！"

狱卒翘起下巴一字一句念道："奉天承运皇帝，诏曰：朕知道你有点见解，经常在网上议论国家大事，口齿伶俐，很会蛊惑人心，这回你被人告发受了不白之冤，朕绝对不会冤枉你的，但你要帮朕做件事情。东城别院朕不方便去，晋阳宫的话鲁王爷不愿来，满朝上下没有一个信得过的人，只能指望你了。你我是沙陀同宗，乙毗咄陆可汗之后，朕信你，你也须信我。你替我问问鲁王，朕以后该怎么办？他曾说要给朕做一架飞艇，载朕通家一百零六口另加沙陀旧部四百人出城逃生，可以逆汾水而上攀太行山越雁门关直达大辽，这飞艇唤作'齐柏林'，意为飞得与柏树林一样高。不过鲁王总推说防务繁忙无暇制造飞艇，拖了两个月没造出来，宋兵势猛，朕心甚慌，爱卿你替我劝说鲁王造出飞艇，定然有你一个座位，等山西刘氏东山再起时，给你个宰相当当。君无戏言。钦此。"

"领、领旨……"朱大鲦双手举过头顶，感觉沉甸甸一卷东西放进手心，狱卒从鼻孔哼道："自己看着办吧。要说皇帝……"摇摇头，他打着火把走开了。

朱大鲦浑身冷汗站起来，把一卷黄绸子恭恭敬敬揣进衣袖，头昏脑涨想着这道圣旨说的事情。郭万超、马峰要降，刘继业要战，皇帝要溜，每个人说的话似乎都有道理，可仔细想想又都不那么有道理，听谁的，不听谁的？他心中一团乱麻，越想越头疼，迷迷糊糊不知过了多久，又有脚步声传来，这回他可没精神了，慢慢踱到栏杆前候着。

来的是个举着猛火油灯的狱卒，拿灯照一照四周，说："今天牢里只有你一名囚犯，得等到换班才有机会进来。"

朱大鲦没精打采道:"……上差是不是有什么话要带给学生的?"这话他今天都问了三遍了。

狱卒低声道:"将军和马老让我通知你,明天巳时一刻东城别院会派人来接你,鲁王爷又在鼓捣新东西正需要人手,你只要说精通金丹之道,自然能接近鲁王身边。"

朱大鲦讶道:"丹鼎之术?我一介书生如何晓得?"

狱卒皱眉道:"谁让你晓得了?能见到王爷不就行了,难道还真的要你去炼丹吗?把胡粉、黄丹、朱砂、金液、《抱朴子》《参同契》《列仙传》的名字胡诌些个便了,大家都是不懂,没人能揭你的短去。记住了就早早睡,明天就看你的了,好好劝说!"说完话他转身就走。走出两步,又停下来问:"刀带了没?"

七

不知不觉天色亮了。有喊杀声遥遥传来,宋兵又在攻城,晋阳城居民对此早已司空见惯,谁也没当回事。有狱卒送了早饭来,朱大鲦端着粟米粥仔细打量此人,发现昨夜只记住了灯笼、火把和油灯,根本没记住狱卒的长相,也不知这位究竟是哪一派的人手。

喝完粥枯坐了一会儿,外面人声嗡嗡响起,一大帮身穿东城别院号服的大汉涌进院子。狱卒将朱大鲦捉出牢房带到小院当中,有个满脸黄胡子的人迎上前来:"这位老兄,我是鲁王爷的手下,王爷开恩,狱中囚犯只要愿进别院帮工就能免除刑罚,你头上悬着的左右不是什么大罪名,在这儿签字画押,就能两清。"这人掏出纸和笔来，笔是蘸墨汁的鹅毛笔，——在鲁王爷发明这玩意儿以前谁能想到揪下鸟毛来用烧碱泡过削尖了就能写字？

朱大鯀迷迷糊糊想要签字，黄胡子把笔一收："但如今王爷要的是会炼丹的能人异士，你先告诉我会不会丹鼎之术？实话实说，看老兄你一副文绉绉的样子，可别胡吹大气下不来台。"

"在下自幼随家父修习《参同契》，精通大易、黄老、炉火之道，乾坤为鼎，坎离为药，阴阳纳甲、火候进退自有分寸，生平炼制金丹一壶零二十粒，日日服食，虽不能白日升仙，但渐觉身体轻捷、百病不生，有将欲养性，延命却期之功。"朱大鯀立刻诌出一套说辞，为表示金丹神效，腰杆用力"啪啪"翻了两个空心筋斗，抄起院里的八十斤石鼓左手换右手右手换左手在头顶耍两个花，扑通一声丢在地上，把手一拍，气不长出，面不更色。

黄胡须看得眼睛发直，一群大汉不由得啪啪拍起手来。身后狱卒偷偷竖起一个大拇哥，朱大鯀就知道这位是马峰派来的内应。"好好，今天真是捡到宝了。"黄胡子笑着打开腰间小竹筒，将鹅毛笔蘸满墨汁递过来，"签个名，你就是东城别院的人了，咱们这就进府见王爷去。"

朱大鯀依言签字画押。黄胡须令狱卒解开他脚上镣铐，冲狱中官吏走卒做个罗圈揖，带着众大汉离开小院。一行人簇拥着朱大鯀走出半炷香时间，转弯到了一处大宅，这宅子占地极阔，楼宇众多，门口守着几个蓝衫的兵卒，看见黄胡须来了便笑："又找到好货色了？最近街坊太平，好久都没有新人入府呐。"

黄胡子应道："可不是。为了找个会炼丹的帮手，王爷急得抓心挠肝,这回算是好了。"

朱大鲦好奇地打量着这座府邸,看门楼上挂着块黑底金字的匾,匾上龙飞凤舞写着一个"宅"字。他没看明白,揪旁边一名大汉问道:"仁兄,请问这就是鲁王的东城别院对吧?为何匾额没有写完就挂了上去?"大汉嘟囔道:"就是王爷住的地方。这个匾写的不是什么李宅孙宅王爷宅,而是鲁王爷的字号,他老人家平素以'宅'自夸,说普天下没人比他更宅。后来就写成了匾挂了上去。"朱大鲦满头雾水道:"那么'宅'到底是什么意思?"大汉道:"谁知道啊!王爷说什么就是什么吧!"

别院门口聚着一群人,有皇家钦差、市井商贾、想沾光的官宦、求申冤的草民、拿着自个儿发明的东西等赏识的匠人、买到新鲜玩意儿玩腻了之后想要退货的闲人、毛遂自荐的汉子和卖弄姿色的流莺。看门的蓝衫人拿着个簿儿挨个登记,该婉拒的婉拒,该上报的上报,该打出去的抡起棍子狠狠地打,拿不定主意的就先收了贿赂然后说等两天再来碰运气,也算是秩序井然。

黄胡须领众大汉进了东城别院。院子里是另一番气象,影壁墙后面有个大水池,池子里有泉水喷出一丈多高,水花哗哗四溅,蔚为壮观。黄胡子介绍道:"这个喷水池平时是用中城的水轮机带动的,现在宋兵攻城,水轮机用来拉动滑车、投石机和铰轮,喷水池的机关就凭人力运动。别院中有几十名力工,除了卖力气之外什么都不会,跟你这样的技术型人才可没法比啦。"朱大鲦听不懂他说的新词儿,就顺着他手指方向一看,果然看见五名目光呆滞的壮汉在旁边一上一下踩着脚踏板,踏板带动转轮,转轮拉动水箱,水箱阀门一开一合将清水喷上天空。

绕过喷泉，钻进一个月亮门进到第二进院子，两旁有十数间屋子，黄胡须道："城中贩卖的电筒、黑眼镜、发条玩具、传声器、放大镜等物都是在此处制造的，内部购买打五折，许多玩意儿是市面上罕有的，有空的话尽可以来逛逛。"

说话间又到了第三进院子，这里架着高高天棚，摆满黑沉沉、油光光的火油马车零件，一台机器吭哧吭哧冒着白烟将车轮转得飞快，几个浑身上下油渍麻花的匠人议论着"气缸压力""点火提前角""蒸汽饱和度"此类怪词，两名木匠正叮叮当当造车架子，院子角落里储着几十大桶猛火油，空气里有一种又香又臭的油料味道。这种猛火油原产海南，原本是守城时兜头盖脸浇下去烧人头发用的，到了鲁王手上才有了诸多功用。黄胡须说："晋阳城中跑的火油马车都是此处建造，赚得了别院大半银钱，最新型的马车就快上市贩卖了，起名叫作'保时捷'，保证时间，出门大捷，听起来就吉利！"

继续走，就到了第四进院子，这个地方更加奇怪，不住有叽叽呀呀叫声、噼里啪啦爆炸、酸甜苦辣怪味、五彩斑斓光线传来，黄胡须道："这里就是别院的研究所，王爷的主意如天花乱坠一转眼蹦出几十个，能工巧匠们就按照王爷的点子想方设法把它实现。最好别在这儿久留，没准出点什么意外呐。"

一路走来，众大汉逐渐散去，走到第五进院子的只有黄胡子与朱大鲩两人。院门口有蓝衣人守卫，黄胡须掏出一个令牌晃了晃，对了一句口令，又在纸上写下几个密码，才被允许走进院中。

听说朱大鲩是新来的炼丹人,蓝衣人把他全身上下摸了个遍,幸好他早把圣旨藏在牢房的天棚里,而匕首则藏在发髻之中。朱大鲩是个大脑袋,戴着个青丝缎的翘脚幞头,蓝衣人揪下幞头来瞧了一眼,看见他头上鼓鼓囊囊一包黄不溜丢头发,就没仔细检查。倒是从他袖袋中搜出的《论语》引起了怀疑,蓝衣人上下打量他几眼,哗哗翻书:"炼丹就炼丹,带这书有什么用?"。

这本《论语》可不是用鲁王发明的泥活字印刷的坊印本,而是周世宗柴荣在开封印制的官刻本,辗转流传到朱大鲩手里,平素宝贝得心尖肉一般。朱大鲩肉痛地接过皱皱巴巴的书钻进院子,只听黄胡须道:"这一排北房是王爷的起居之所,他不喜别人打扰,我就不进去了,你进屋面见王爷,不用怕,王爷是个性子和善的人,不会难为你的。……对了,还不知老兄怎么称呼?方才签字时没有细看。"

朱大鲩忙道:"姓朱,排行第一,为纪念崇伯起名为鲩。表字'伯介'。"

黄胡须道:"伯介兄,我是王爷跟前使唤人,从王爷刚到晋阳城的时候就服侍左右,王爷赐名叫做'星期五'。"

朱大鲩拱手道:"期五兄,多谢了。"

黄胡须还礼道:"哪里哪里。"说完转身出了小院。

朱大鲩整理一下衣衫,咳嗽两声,搓了搓脸,咽了口唾沫,挑帘进屋。屋子很大,窗户俱用黑纸糊上,点着四五盏火油灯。两个硕大的条案摆在屋子正中,上面满是瓶瓶罐罐,一个人站在案前埋头不知在摆弄什么。朱大鲩手心都是汗,心发慌,腿发软,踌躇半晌，鼓起勇气痰嗽一声，跪拜道："王爷！晚生……在下……罪民乃是……"

那人转过身来，朱大鲦埋着头不敢看王爷的脸。只听鲁王道："可算来了！赶紧过来帮忙，折腾了好几天都没点进展，想找个懂点初中化学的人就这么难吗？你叫什么名字？跪着干什么，赶紧站起来，过来过来。"王爷一连串招呼，朱大鲦连忙起身垂头走过去，觉得这位王爷千岁语声轻快态度和蔼，是个容易亲近的人，唯独说话的音调奇怪非常，脑中转了三匝才大概听出其中意思，也不知是哪里的方言。"小人朱大鲦，是个犯罪之人。"他拘谨地迈着步子走到屋子中间，脚下叮叮当当不知踢倒多少瓶罐，不是他眼神不好使，是屋里塞满什物实在没有下足的地方。

"哦，小朱。你叫我老王就行。"王爷踮起脚尖拍了拍他的肩膀道，"个子真大，有一米九吗？听说你是翰林院的啊，真看不出来还是个搞学问的人。吃饭了没？没吃我叫个外卖咱们垫吧垫吧，要是吃过了就直奔正题吧，今儿个的试验还没出结果呢。"

这话说得朱大鲦一阵迷糊。他偷偷抬眼一看，发现这王爷根本不像个王爷，个头不高，白面无须，穿着件对襟的白棉布褂子，头发短短的像个头陀，看年纪二十岁上下，就算笑着说话眉间也有愁容。"王爷所说小人听不太懂……"不知这奇怪王爷到底是什么来路，朱大鲦惶恐鞠躬道。

王爷笑道："你们觉得我说话难懂，我觉得你们才是满嘴鸟语，刚来的时候一个字儿都听不明白，你们说的官话像广东话、像客家话，就是不像山西或陕西话，我又不是古代文学专业的，还以为古代北方方言都差不多呢!"

这些话朱大鯀倒是每个字都能听懂,其中意思却天女散花、维摩不染,一丝一毫没传进耳中。他满脸流汗道:"小人学识粗浅,王爷所说的话……"

鲁王将手一挥:"听不明白就对了,也不用你听明白。过来扶住这个烧瓶。对了,戴上口罩,你是学过炼丹术的人,不会不知道化学实验中有毒气体的危害吧?"

朱大鯀呆在当场。

八

桌上的水晶瓶里装着朱大鯀一辈子没见过、没闻到过的奇怪液体,有的红,有的绿,有的辛辣刺鼻,有的恶臭难当。王爷给他戴上口罩,指使他扶住一只阔口的小瓮,"拿这根棍子慢慢搅拌,速度千万别快了,听见没?"

这话朱大鯀听得懂。他战战兢兢搅着瓮里的黑绿色汤汁,这东西闻起来有股海腥味,热乎乎的如一瓯野菜羹。鲁王介绍道:"这是溶在酒精里的干海带灰。你们古代人管海带叫'昆布',这是从御医那儿要来的高丽昆布,《汤头歌》说'昆布散瘿破瘤',意思说这玩意儿能治粗脖子病。……哦对了,《汤头歌》是清朝的,我又搞混了。"说着话,他取出另一只小罐,小心地除去泥封,罐里装满气味刺鼻的淡黄色汁液,"这是硫酸。你们炼丹的管这个叫'绿矾'对不对?也有叫锟水的,《黄帝九鼎神丹经诀》说'煅烧石胆获白雾,溶水即得浓镪水。使白头人变黑头人,冒滚滚呛人白雾,顿时身入仙境,十八年后返老还童。'你应该对这个不陌生。"

朱大鲧不懂装懂连连点头,"王爷所言正是。"

王爷道:"叫老王就行,王爷什么的,听着牙碜。我开始了啊,慢慢搅和,可别停。"他在桌案上斜斜支起三扇白纸屏风,戴上口罩,将罐中绿矾水缓缓倾入小瓮之中。朱大鲧只觉一股又酸又臭的气味直冲鼻腔,隔着棉布熏得脑仁生疼,眼中不禁流下泪来。这时只见小瓮中徐徐升起一朵紫色祥云,飘飘悠悠舒卷开来,朱大鲧吓得浑身一凉,却听王爷笑道:"哈哈哈,终于成了!只要这土法制碘的试验能够成功,我的大计划就算成了一多半!继续搅别停啊,等整罐都反应完成了再说,我得算算一斤干海带能做出多少纯碘来。——想不想听听我是怎么造出硫酸和硝酸的?这可是基础工业的万里长征第一步啊。"

"想听,想听。"朱大鲧只知道顺嘴答音。

王爷显得兴致很高:"我中学的时候化学学得不赖,上大学专业是机械制造,总算有点底子在,才能搞到今天这种局面。刚开始想按炼丹术用石胆炼硫酸,谁知全城也凑不出两斤来,根本不够用的;后来偶尔看到炼铁的地方堆着几千斤黄铁矿石,这不是捡到宝了了吗?烧黄铁矿能得到二氧化硫,溶于水得到亚硫酸,静置一段时间就成了硫酸,最后用瓦罐浓缩,当年陕北根据地军工厂就是这样土法制硫酸的。硫酸解决了,硝酸就没什么难度,最大的问题是硝石的数量太少,还要拿来制造黑火药,害得我发动整个别院的人去刮墙根底下的尿碱回来提炼硝酸钾,搞得整个院子臊气哄哄臭不可闻，幸好城里人素有贴墙根随地乱尿的习惯，若非如此，晋阳城的工业基础还打不牢靠哩。"

朱大鯠脸红道："有时尿来势不可当，无论男女脱裤就尿，也是人之常情。乡人粗鄙，让王爷见笑了。"

说话间两罐已并作一罐，紫云消失不见，王爷将白纸屏风平铺在桌上，拿小竹片在上面一刮，刮下一层紫黑色粉末来。"海带中的碘在酸性条件下容易被空气氧化，这样就制造出碘单质来了。很好，等我布置下去让他们照方抓药批量生产，再进行下一个试验。"他转身穿过大屋，坐在屋角的字箦前噼里啪啦敲打起来，朱大鯠走过去瞧着，发现这位奇怪王爷打起字来快如闪电，眼睛都不用瞅着活字，盲打的功力着实了得，不禁开口道："王爷这台字箦似乎型号不同啊。"

"叫老王，叫老王。"鲁王道，"原理一样，不过每个终端用了两套活字系统，下面一套用来输入，上面一套用来输出。瞧着。"他按下回车键结束会话，站起来抓住一个曲柄摇动起来。曲柄带动滚筒，滚筒卷着一尺五寸宽的宣纸，宣纸匀速滚过字箦，字箦中刷过墨汁的活字忽然起起伏伏动了起来，将字迹嗒嗒印在宣纸上，朱大鯠弯腰拈起宣纸，读道："'试验结果记录无误，已着化学分部督办。——回车。'……这样清楚方便多了，白纸黑字，看起来就是舒服！何时能在两市发售，我辈定当鼎力支持！"

王爷笑道："这只是个半成品，2.1版本会按照打印机原理将输出文本印在同一行上，不会像现在这样东一个字西一个字看得费劲。你也喜欢上网？到了这个时代我最不习惯的就是没有网络，所以费尽心机搞了这么一套东西出来,总算找回一点宅男的感觉啦。"

"王爷千岁……老王。"朱大鲦偷偷抬眼瞧着王爷的脸色,改口道,"小人斗胆问一句,您原籍何处,是中原人士吗?毕竟风骨不同呢。"

鲁王闻言叹息道:"应该问是哪个朝代的人吧?我所在的年代,距离现在一千零六十一年三个月又十四天。"

朱大鲦不确定他是在开玩笑还是说疯话,扳着指头一算,赔笑道:"这么说来,您竟是(汉)世宗孝武皇帝时候得道、一直活到现在的仙人!"

王爷悠悠道:"不是一千年以前,是一千年以后。——还隔着九千亿零四十二个宇宙。"

九

王爷的疯话朱大鲦听不懂,他也没心思弄懂,因为下一个试验开始了。鲁王将一块镀银铜板放进一只雕花木箱,把刚才制得的一小盅纯碘搁在铜板旁,盖好箱盖,在旁边点起一只小泥炉来稍稍加热。不多时,氤氲紫气从箱子缝里四溢出来,——好家伙,这就炼出仙丹来了——朱大鲦如此思忖道,依王爷吩咐小心摇着扇子,大气都不敢出一口。

等了一会儿,鲁王挪开小火炉,揭开箱盖,用软布垫着小心翼翼将铜板拎出来,只见那亮铮铮的银面上覆盖了一层黄不溜丢的东西，朱大鲩偷偷探头向箱中望了一眼，没发现什么灵丹妙药，可王爷满脸喜色手舞足蹈道："真成了真成了！你瞧，这层黄澄澄的东西叫作碘化银，用小刀刮下来装瓶放暗处保存就可以了。我还会变一个把戏：把这块铜板摆在暗处曝光十几分钟，然后用水银蒸气显影，再用盐水定影，洗净晾干之后铜板上就会有一幅这屋子的画像了，保证分毫不差！这是达盖尔银版摄影法，利用的是碘化银易被光线分解的特性，不过我们搜集碘化银备用，下次再变给你看吧！"

朱大鲩疑惑道："没有画师，何来画像？……另外，这黄粉有什么奥妙之处，喝下去能身轻体健白日飞升吗？"

王爷笑道："可没那么神。碘化银在我们那个年代主要就两个用途，一个是感光剂，刚才说过了，另一个嘛，等用到的时候你自然能知道。"他边说话边动手，将铜板上的粉末刮进一只小瓷瓶仔细收好，摘下口罩伸了个懒腰："行了，上午的活儿干完了，我把碘化银的制备方法传出去之后就可以歇一会儿了，没吃饭吧？等会儿一起吃。你长得人高马大，手还挺巧，不愧是炼过丹的人。有些问题要问你，可别走远了，我去去就来。"

鲁王坐到字箕前开始噼里啪啦打字，不时摇动滚筒吐出长长的宣纸，捧着纸页边看边点头。朱大鲩在屋里束手束脚什么都不敢碰，生怕搞坏了什么东西，触犯了什么神通。这会儿他终于想起此行的目的，伸手在袖袋里一摸那本《论语》，深深吸一口气，低头道："王爷，小人有一事不明，想要请教。"

"说吧，听着呢。"字箕前的人忙着咯吱咯吱卷宣纸筒，没顾上回头。

朱大鯀问道:"王爷是汉人还是胡人?"

"别矫情,叫老王。"对方答道,"我是汉族人,北京西城长大的。我妈是回民,我随我爸,从小经常上牛街、教子胡同玩儿去,可是离了猪肉就活不了,没辙。"

朱大鯀已经习惯无视王爷的疯话:"王爷是汉人,为何偏居晋阳不思南国呢?"

王爷答道:"说了你也不明白,我是汉人,但不是你们这个年代的汉人。我知道五代十国梁唐晋汉周都是胡夷戎狄建立的国家,你多半也是胡人,可我的计划一实现就能回到出发点,到时候你们这个宇宙的这个时间节点与我之间就连屁大点儿的关系都没有了,知道吗?"

朱大鯀走近一步:"王爷,宋军围城一事何解?"

王爷回答:"解不了,一没兵二没粮,又不能批量生产火枪。燧发枪虽然容易造,可制黑火药用到的硫黄根本不够,全城搜刮来几十斤,只够大炮隔三岔五打几发吓唬人用。话说回来,想灭了宋朝是没戏,撑下去倒是不难,只要赵光义一天没发现辽国送粟米过来的水下通道,晋阳城就能多撑一天。一个空桶绑一个满桶,从汾河河底成排滚过来,这招你们古代人肯定想不到。"

朱大鯀提高音量:"可百姓饥苦不得温饱,守军伤疲日夜号啕,晋阳城多守一日,几万居民就多苦一天啊王爷!"

"咦,问得好。"鲁王从凳子上转过身来,"每个来我别院打工的人都是欢天喜地,不光能免了刑罚,还能挣到铜子儿,唯独你说话与别人不同。来聊聊吧,这几个月真没跟正常人说过话。我掉到这个地方来已经——"他从怀里摸出一张纸瞧瞧,并在上面打了个叉,"——已经三个月零七天半了。距离观测平台自动返回还剩下二十三天半,时间紧迫,不过从进度来说应该能赶上。"

朱大鲧只听懂了对方话里淡淡的乡愁,立刻朗声道:"子曰:父母在,不远游,游必有方。父在,观其志;父没,观其行;三年无改于父之道,可谓孝矣。王爷离家日久,必当思念父母,狐死首丘,乌鸦反哺,羊羔跪乳,马不欺母……"

王爷叹口气:"好吧,咱俩还不是一个频道的。你先闭嘴听我说行吗?"

朱编修立刻闭起嘴巴。

王爷悠悠道:"你肯定不知道什么叫平行宇宙理论,也不明白量子力学,简单说两句吧。我叫王鲁,是一名普普通通的宅男、穿越小说业余作者和时空旅行从业人员,在我们那个时代由于多重宇宙理论的完善,人人都可以从中介那里花点小钱租借一个观测平台进行时空旅行,此前人们认为彼此重叠的平行宇宙数量在 $10^{10^{16}}$)个左右,不过随后更精确的计算结果指出由于平行宇宙选择分支结果的叠加,同一时间存在的宇宙数量只有区区三十万兆个左右,这些宇宙在无数量子选择中不断创生、分裂、合并、消亡,而就算彼此之间差异最大的两个平行宇宙也具有惊人的物理相似性,只是在时间轴上的距离越来越远。这挺无聊,因为人类深空探索的脚步一直停滞不前,对宇宙全景的了解仍然非常浅薄(即使在我的时代人类的触角也只不过伸到近在咫尺的半人马座);这也挺有趣，因为波函数发动机的发明使我们随随便便都能跨越平行宇宙，从拓扑结构上来说，去往越相似的宇宙，所需的能源就越少，目前最先进的观测平台可以把旅行者送到三百兆个宇宙之外的宇宙，而我们这种业余人士租用的设备最多是在四十兆的范围内徘徊。"

朱大鲦连连点头，偷偷摸着袖袋里的东西，心里盘算着等王爷的疯话说完了，是该掏出匕首动之以情还是拿出《论语》晓之以理。现在屋里没有别人，是动手的大好时机，沙陀人不是不想立即发动，只是自己心里还有点迷惑，没想好到底该按哪位大人物的指示来行动。

拿起茶杯喝了口茶，王爷接着说："我接了个活儿，是北大历史系对五代十国晚期燕云十六州人口数量统计的研究课题，你们这样的平行宇宙处于时间轴的前端，是历史研究的最好观测场所。别以为持有时空旅行许可证的人很多，要经过系统的量子理论、计算机操作、路面驾驶和紧急状况演习等培训与考试后才能上岗，若要接团体游客的话还得去考《时空旅行导游许可证》咧。由于平行宇宙的物理相似性，我在北京宣武门启动观测平台穿越九千亿零四十二个宇宙后来到这里，计算一下公转自转因素，应该准确地出现在幽州地界。谁知道这个观测平台超期服役太久了，在旅行途中波函数发动机的水箱居然开锅了，我往里头加了八瓶矿泉水、一箱红牛饮料才勉强撑到目的地，刚到达这个宇宙发动机就顶杆爆缸彻底歇菜，坠毁在山西汾河岸边的一个山沟里。我携带的行李、装备和副油箱全部完蛋，花了十天时间好不容易修好发动机，却发现能源全都漏光了，凭油路里那点儿残油顶多能蹦出两三个宇宙去，那顶什么用啊，最多差了几个时辰的光景。"

这时候外面喊杀声逐渐增强，看来是宋军开始攻击东城城门了，王爷回头瞧了一眼字箕上唰唰打出的宣纸报告，啪啪敲打了几个字，笑道："没事儿，例行公事罢了，我调两台尿脬炮过去就行。……说到哪儿了？哦对，波函数发动机勉强能启动，转速一提高就烧机油冒蓝烟跟拖拉机似的，关键是没油啊，人口统计的活儿是别想了，这趟私活儿没在民政部多重宇宙管理局备案，不敢报警，逮住就是三到五年有期徒刑啊！要回家的话得想办法弄到能源才行，我实在没辙了，就把东西藏在山沟里，溜溜达达到了晋阳城。"

"王爷，您说没有油，城里有猛火油啊？"朱大鯀忍不住插嘴道，"街上马车尽是烧猛火油的。"

老王叹道："要是烧油的还发什么愁啊。这么说吧，油箱里装的不是实实在在的油，而是势能，平行宇宙间的弹性势能。想要把油箱充满，就得制造出宇宙的分裂，当一个宇宙因为某种选择而分裂出一个崭新的宇宙的时候，我就可以收集这些逃逸掉的势能作为回家的动力了。这势能不是熵值那种虚无缥缈的东西，就好比一根竹竿折断变成两根，'啪'的一声弹开的那种力道吧？我是不太懂啦，总之必须制造出足够大的事件，使得宇宙产生分裂才行。要怎么做到这一点呢？比如历史上来说，今年三月十四号有个人从晋阳城头一脚踏空跌死在汾河里，这事情有二十位目击者看到，被记载在某本野史当中，倘若三月十四号这天我揪住此人的脖领子救了他一命，一个改变产生了，可它不够大，因为在所有已发生的十万兆宇宙当中，有一千亿个宇宙里他同样得救了，在这个时刻其中一个宇宙的所有常数特征变得与我们现在存身的宇宙完全相同，所以两个宇宙合并了，——当然身处其中的你我什么都感觉不出来，但势能是消减了的，还得从我的油箱中倒扣燃料呐……要使宇宙分裂，必须做出足够大的改变，大到在全部已发生的十万兆宇宙中没有任何一个先例。用坏掉的波函数计算机我勉强算出了一个可能性，一个在没有任何现代设备帮助的条件下能做到的可能性。"

朱大鲦没吭声，老老实实听着。

王爷忽然拉开抽屉拿出个册子来，念道："公元882年6月季夏，尚让率军出长安攻凤翔，至宜君寨忽然天降大雪，三天之内雪厚盈尺，冻死冻伤数千人，齐军于是败归长安。这事儿你知道吗？"

"黄巢之乱！"朱大鲦终于能搭上话了，"尚让是大齐太尉，中和二年六月飞雪之事在坊间多有流传，史书亦载。"

"就是这样。"老王道，"我是个现代人，一没带什么死光枪、核子弹之类的科幻武器，二没有企业号和超时空要塞在背后支援，我能做到的只有利用高中大学学到的一丁点儿知识尽量改变这个时代。宋灭北汉是史实，在绝大多数宇宙的史书中都记载着五月初四宋军攻破晋阳城，汉主刘继元出降，五月十八日宋太宗将全城百姓逐出城外，一把火把晋阳城烧成了白地。而现在，我已经将这个日期向后拖延了一个多月，宋军不可能无限期地等下去，明眼人都看得出凭这个时代的原始攻城器械根本打不破我亲自加固过的城防。一旦宋军退走，历史将被完全改写，宇宙将毫无疑问地产生分裂！"说到这里，他把玩着装有碘化银的小瓷瓶开怀大笑道："更别提我现在发明的东西了，这个小玩意儿将立刻改变历史，装满我观测平台的油箱！古代人最迷信天兆，夏天下一场鹅毛大雪，还有比这更能改变历史的事件吗？"

朱大鲦呆呆道："火烧……晋阳城？大雪？"

"多说无益，随我来！"王爷兴致勃勃地站起身来，牵着朱大鲦的袖子走到大屋西侧的墙边，他不知扳动什么机关，机括嘎嘎转动起来，整面墙壁忽然向外倾倒，露出一个藏在重重飞檐之内的院落。刺眼阳光蜇得朱大鲦睁不开眼睛，花了好一会儿才看清院里的东西，看了一眼，吃了一惊，因为院里的诸多陈设都是前所未见叫不出名字来的天造之物。几十名东城别院劳工正热火朝天地干活，看见王爷现身纷纷跪倒行礼，鲁王笑吟吟地挥手道："继续继续，不用管我。"

"这边在检查热气球。"指着一群正缝制棉布的工人，王爷介绍道，"我答应给北汉皇帝造个飞艇让他能逃到辽国去，飞艇一时半会儿搞不出来，先弄个气球应景吧。我来到晋阳城以后造了几个新奇小玩意儿收买了几个小官，见到刘继元小皇帝，说能替他把晋阳城守得铁桶一样，他就二话不说给了我个便宜王爷来当，这点恩情总是要还给他的。"

转了个方向，是一群人正向黑铁铸造的大炮里填充黑火药，"这门炮是发射降雨弹用的，由于黑火药作为发射药的威力不足，所以要用热气球把大炮吊到天上去，然后向斜上方发射。这些天来我一直在观测气象，别看现在天气很热，每到下午从太行山脉飘来的云团可蕴含着丰富的冷气,只要在合适的时间提供足够的凝结核,就能凭空制造出一场大雪!"王爷笑道,"刚才我将配方传过去,另一处的化学工厂正在全力生产碘化银粉末,花不了多久就能制成降雨弹装填进大炮中去,热气球也已经试飞过一次,只等合适的气象条件就行啦!"

此时天气晴好,日光灼灼,远方的喊杀声逐渐平息,一只喜鹊站在屋檐上嘎嘎乱叫。有火油马车轰隆隆碾过石板路,空气中有血、油和胡饼的味道。朱大鯀站在王爷身旁,浑身不能动弹,脑中一片糊涂。

十

墙壁关闭,屋里又昏暗下来。两人吃了点东西,王爷一边上网指挥城防和作坊工作,一边问了些炼丹的问题,朱大鯀硬着头皮胡诌乱侃蒙骗过去。

"啊,我得睡会儿,昨晚通宵来着实在熬不住了。"王爷面容困倦地伸个懒腰,走向屋子一角的卧榻:"麻烦你看着点儿,万一有什么消息的话,叫醒我就行。"

"是,王爷。"朱大鯀恭敬地鞠个躬,看王爷裹着锦被躺下,没过一会儿就打起了鼾。他偷偷长出了一口气,头昏脑涨地坐在那儿胡思乱想。方才鲁王说的话他没听懂,但朱大鯀听出了王爷的口气,这位东城别院之主根本就不在乎汉室江山和晋阳百姓,他是从另一个地方来的人,终究是要回那个地方去的,他创造出的百种新鲜物事、千般稀奇杂耍是为了收买人心、赚取钱财，他设计出的网络是为了笼络文人士族、传达东城别院命令，他售卖的火油马车、兵器和美酒是向武将示好，而那些救命的粮、杀人的火、离奇的雪归根结底都是为了一个目的，为了王爷自己。《韩非子》曰"今有人于此，义不入危城，不处军旅，不以天下大利易其胫一毛……轻物重生之士也"，这鲁王不正是杨朱"重生"之流？

朱大鯀心中有口气逐渐萌生，顶得胸口发胀，脑门发鼓，耳边嗡嗡作响。他想着马峰、郭万超、刘继业、皇帝的言语，想着这一国一州、一州一城、城中万户芸芸众生。梁唐晋汉周江山更替，胡汉夷狄杂处乱世，在这个不得安宁的时代朱大鯀也曾想过弃笔从戎闯出一番事业，然而终安于一隅、每日清谈，不是因为力气胆识不够，而是胸中志向迷惘。上网聊天时文士们常常议论治国平天下的大道理，朱大鯀总觉得那是毫无用处的空谈，可除了高谈阔论文景之治、昭宣中兴、开元盛世，又能谈点什么呢？他要的只是一餐一榻一个屋顶，闲时谈天饮酒，吃饱了捧腹高眠、上网抒发抱负，有钱便逛逛青楼，自由自在、与世无争。可在这乱世，与世无争本身就是逆流而动，就算他这样的小人物也终被卷入国家兴亡当中，如今汉室道统和全城百姓的命运攥在他手里，若不做点什么，又怎能妄称二十年寒窗饱读圣贤书的青衫客？

朱大鯀从袖中擎出那柄精钢匕首。他知道无法说服王爷，因为这鲁王爷根本不是大汉子民；大道理都是假的，唯有掌中六寸五分长的铁是真的，在这一刹那，一个三全其美的念头在朱大鯀心中浮现，他长大的身躯缓缓站直，嘴角浮出一丝笑意，鞋底悄无声息碾过地板，几步就走到了卧榻之前。

"……你他妈的要做什么！"忽然王爷翻身坐了起来，双目圆睁叫道，"我被蚊子咬醒了爬起来点个蚊香，你丫拿着个刀子想干吗？我可要叫人了唔唔唔……"

朱大鲦伸手将王爷的嘴捂个严严实实，匕首放在对方白嫩的脖颈处，低声道："别叫，留你一条活路。我方才看见你用网络调动东城别院守城军队，靠的是字箕中一排木质活字，把活字交出来，告诉我调军的密语，我就不杀你。"

鲁王是个识趣的人，额头冒出密密麻麻一层汗珠，将脑袋点个不停。朱大鲦将手指松开一条缝，王爷呼哧呼哧喘着粗气从随身褡裢里拿出红色木活字丢在榻上，支支吾吾道："没有什么密语，我这里发出的指令通过专线直达守城营和化学工坊，除了我之外，没人能在网络上作假……你为什么要这样做？我守住了晋阳城，发明出无数吃的穿的用的新奇东西供满城军民娱乐，满城上下没有人不爱戴我这鲁王，我到底有哪一点对不起北汉，对不起太原，对不起你了？"

朱大鲦冷笑道："多说无益。你是为自己着想，我却是为一城百姓谋利。第一，我要令东城别院停止守城，火龙、檑石、弩炮一停，都指挥使郭万超会立刻开放两座城门迎宋军入城；第二，宣徽使马峰正在宫中候命，城门一开，军心大乱，他会说服汉主刘继元携眷出降，可我要带着皇帝趁乱逃跑，让他乘那个什么热气球去往契丹；第三，我要将你绑送赵光义，以你换全城百姓活命，宋军围城三月攻之不下，宋主一定对发明守城器械的你怀恨于心，只要将你五花大绑送到面前，定能让他心怀大畅，使晋阳免受刀兵。这样便不负郭、马、刘继业与皇帝之托，救百姓于水火，仁义得以两全！"

王爷惊道："什么乱七八糟！你到底是哪一派的啊，让每个人都得了便宜，就把我一个人豁出去了是不是？别玩得这么绝行不行啊哥们儿！有话咱好好说，什么事儿都可以商量着来啊，我可没想招惹谁，只想攒点能量回家去，这有错吗？这有错吗？这有错吗？"

"你没错，我也没错，天下人都没错，那到底是谁错了？"朱大鲦问道。

老王没想好怎么回答这深奥的哲学问题，就被一刀柄敲在脑门上，干脆利落地晕了过去。

十一

王鲁悠悠醒转，正好看到热气球缓缓升起于东城别院正宅的屋檐。气球用一百二十五块上了生漆的厚棉布缝制而成，吊篮是竹编的，篮中装着一支猛火油燃烧器和那门沉重的生铁炮。三四个人挤在吊篮里，这显然是超载，不过随着节流阀开启、火焰升腾起来，热空气鼓满气球，这黑褐色（生漆干燥后的颜色）的巨大飞行物摇摇晃晃地不断升高，映着夕阳，将狭长的影子投满整个晋阳城。

"成了！……成了！"王鲁激灵一下坐了起来，冲着天空哈哈大笑，此时正吹着北风，暑热被寒意驱散，富含水汽的云朵大团大团聚集在空中，是最适合人工降雪的气象。时空旅行者盯着天空中那越升越高的气球，口中不住念叨着："还不够还不够还不够，再升个两百米就可以发射了，就差一点，就差一点……"

他想站起来找个更好的观测角度，然后发现双腿没办法挪动分毫。低头一看，他发现自己被绑在一辆火油马车上面，车子停在东城街道正中央，驾车人被杀死在座位上，放眼望去，路上堆积着累累尸骸，汉兵、宋兵、晋阳百姓死状各异，血沿着路旁沟渠汩汩流淌，把干涸了几个月的黄土浸润。哭声、惨叫声与喊杀声在遥远的地方作响，如隐隐雷声滚过天边，晋阳城中却显得异样宁静，唯有乌鸦在天空越聚越多。

"我靠，这是怎么回事？"王鲁惊叫一声扭动身体，双手双脚都被麻绳缠得结结实实，一动弹那粗糙纤维就刺进皮肤，钻心疼痛。王爷一连叠咒骂着不敢再挣扎，呼哧呼哧喘着粗气，这时候一队骑兵风驰电掣穿过街巷，看盔甲袍色是宋兵无疑。这些骑兵根本没有正眼看王鲁一眼，健马四蹄翻飞踏着尸体向东城门飞驰而去，空中留下几句支离破碎的对话：

"……到得太晚，弓矢射不中又能如何？"

"……不是南风，而是北风，根本到不了辽土，只会向南方……"

"……不会怪罪？"

"……不然便太迟！"

"喂！你们要干什么，别把我一个人扔在这儿啊！"旅行者疯狂地喊叫道，"告诉你们的主子我会好多物理化学机械工程技术呢,我能帮你们打造一个蒸汽朋克的大宋帝国啊!喂喂!别走!别走……"

蹄声消失了,王鲁绝望地抬起眼睛。热气球已经成为高空的一个小黑点,正随着北风向南飘荡。"砰!"先看到一团白烟升起,稍后才听到炮声传来,铁炮发射了,时空旅行者的眼中立刻载满了最后的希望之光。他奋力低下头咬住自己的衣服用力撕扯,露出胸口部位的皮肤,在左锁骨下方有一行莹莹的光芒亮着,那是观测平台的能源显示,此刻呈现能量匮乏的红色。波函数发动机要达到百分之三十以上的能量储备才能带他返程,而一场盛夏的大雪造成的宇宙分裂起码能将油箱填满一半,"来吧。"他流着泪、淌着血、咬牙切齿喃喃自语,"来吧来吧来吧来吧痛痛快快地下场大雪吧!"

每克碘化银粉末能产生数十万亿微粒,五公斤碘化银足够造就一场暴雪的全部冰晶,在这个低技术时代进行一场夏季的人工降雪,这听起来是无稽之谈,可或许是旅行者癫狂的祈祷得道应验,天空中的云团开始聚集、翻滚、现出漆黑的色泽和不安定的姿态,将夕阳化为云层背后的一线金光。

"来吧来吧来吧来吧!"

王鲁冲着天空大吼,"轰隆隆隆隆……"一个闷雷响彻天际,最先坠下的是雨,夹杂着冰晶的冰冷的雨,可随着地面温度不断下降,雨化为了雪。一粒雪花飘飘悠悠落在时空旅行者的鼻尖,立刻被体温融化,可紧接着第二片、第三片雪花降落下来,带着它们的千万亿个伙伴。

浑身湿透的旅行者仰天长笑。这是六月的一场大雪,雪在空中团团拥挤着,霎时间将宫殿、楼阁、柳树与城垛漆成粉白。王鲁低下头,看自己胸口的电量表正在闪烁绿色光芒,那是发动机的能量预期已经越过基准线,只要宇宙分裂的时刻到来,观测平台就会获得能量自动启动,在无法以时间为单位估量的一瞬间之后就将他送回位于北京通州北苑环岛附近那九十平米面积的温馨的家。

"这是一个传奇。"王鲁哆嗦着对自己说,"我要回家了,找个安全点的工作,娶个媳妇,每天挤地铁上班,回家哪儿也不去就玩玩游戏,这辈子的冒险都够了,够啦……"

以雪堆积的速度,几十分钟后晋阳城就将被三尺白雪覆盖,可就在这时,二十条火龙从四周升起。西城、中城、东城的十几个城门处都有火龙车喷出的火柱,还有无数猪尿脬大炮嘣嘣射出火球,那是他亲手制造的守城器械,宋人眼中最可怕的武器。

"等等……"时空旅行者的目光呆滞了,"别啊,难道还是要把晋阳城烧掉吗?起码稍微迟一点,等这场雪下完……等一下,等一下啊啊啊啊啊!"

黏稠的猛火油四处喷洒,熊熊火焰直冲天际,这场火蔓延的速度超乎所有人的想象,久旱的晋阳城天干物燥,旅行者召唤而来的降水未能使干透的木头湿润,西城的火从晋阳宫燃起,依次将袭庆坊、观德坊、富民坊、法相坊、立信坊卷入火海,中城的火先点燃了大水轮,然后向西烧着了宣光殿、仁寿殿、大明殿、飞云楼、德阳堂。东城别院很快化为一个明亮的火炬,空中飞舞的雪花未及落下就消失于无形,时空旅行者胸口的绿灯消失了,他张大嘴巴,发出一声痛彻心扉的哀号:"就差一点点,一点点啊!"

浴火的晋阳城把黄昏照成白昼,火势煮沸了空气,一道通红的火龙盘旋而上,眨眼间将云团驱散,没人看到大雪遍地,只有人看到火势连天,这春秋时始建、距今已一千四百余年的古城正在烈火中发出辽远的哀鸣。

城中幸存的百姓被宋兵驱赶着向东北方行去,一步一回首,哭声震天。宋主赵光义端坐战马之上遥望晋阳大火,开口道:"捉到刘继元之后带来见我,不要伤他。郭万超,封你磁州团练使,马峰为将作监,你们二人是有功之臣,望今后殚精竭虑辅我大宋。刘继业,人人都降,为何就你一人不降?不知螳臂当车的道理吗?"

刘继业缚着双手向北而跪,梗着脖子道:"汉主未降,我岂可先降?"

赵光义笑道:"早听说河东刘继业的名气,看来真是条好汉。等我捉到小皇帝,你老老实实归降于我,回归本名还是姓杨吧,汉人为何保着胡人?要打不如掉头去打契丹才对吧。"

说完这一席话,他策马前行几步,俯身道:"你又有什么要说?"

朱大鲦跪在地上不敢抬头,眼角映着天边熊熊火光,战战兢兢道:"不敢居功,但求无过。"

"好。"赵光义将马鞭一挥,"追郯城公,封土百里。砍了吧。"

"万岁!小人犯了什么错?"朱大鲦悚然惊起,将旁边两名兵卒撞翻,四五个人扑上来将他压住,刽子手举起大刀。

"你没错,我没错,大家都没错。谁知道谁错了?"宋主淡淡道。

人头滚落,那长大的身躯轰然坠地,那本《论语》从袖袋中跌落出来,在血泊中缓缓地浸透,直至一个字也看不清。

时空旅行者创造的一切连同晋阳城一起被烧个干净。新晋阳建立起来之后,人们逐渐把那段充满新奇的日子当成一场旧梦,唯有郭万超在磁州军营里同赵大对坐饮酒的时候,偶尔会拿出"雷朋"墨镜把玩。"要是生在大宋,这天下会完全成为另一个模样吧?"

宋灭北汉事在五代史中只有寥寥几语,一百六十年后,史家李焘终于将晋阳大火写入正史,但理所当然地没有出现旅行者的任何踪迹。

> 丙申,幸太原城北,御沙河门楼,遣使分部徙居民于新并州,尽焚其庐舍,民老幼趋城门不及,焚死者甚众。
>
> 　　　　　　　　　　　　　　　《续资治通鉴长编》卷二十

征服者

阿缺

阿缺,生于1990年,原名李威,湖北荆州人,毕业于四川大学,代表作有《与机器人同行》三部曲,《我讲我爷爷的故事》等,收入中短篇集《与机器人同行》。阿缺的写作跨越多门,其文笔流畅清丽,善于刻画情感,又充满幽默的意趣。这篇《征服者》是关于成吉思汗的另类故事,想象恣睢,信手拈来。虽然故事和真实历史几乎毫无联系,但仍然像是熟悉的历史人物从史书中解放出来后,又在另一个时空中获得了新生。

1

当蒙古骑军的铁蹄踏遍全球后,成吉思汗有很长一段时间都闷闷不乐。

他模仿汉人修建了皇宫,整天在宫里,无聊地拨弄着地球仪。他的马鞭和长枪扔在一边。他的侍从诚惶诚恐地跪在地上。他时常望着地球仪,喃喃自语:

"我的成就无人能够比拟,我的帝国版图覆盖全球,每一块土地和每一片海洋都插满了我的旗帜,每一个黄种人、黑种人和白种人都向我臣服,我的名字混杂在风里,吹遍了这颗星球。而我才只有四十七岁。这样的功绩,以前没有人做到过,以后也不会再有——可是,为什么我不快乐呢?"

这种郁闷的心境甚至影响到他某方面的能力。他新纳的姬妾千娇百媚,体态玲珑,一双剪水明眸能望尽所有男人的欲望。但当成吉思汗到了床上,却怎么也没有兴致。

"你等等,马上就好了。"他觉得有些对不住姬妾。

姬妾很有耐心,但两个时辰后,她还是打了个哈欠。她点燃灯,看了一本书,下床去煮了马奶茶,在房间外散了会儿步,又和宫娥下了几局棋,回到房间里时,成吉思汗丝毫没有起色,倒是脸上的汗更多了。她叹了口气,温柔地说:"臣妾先休息了,大汗要是准备好了,叫一下臣妾就可以了。"

这句话深深地伤害了成吉思汗。

哪怕他征服了五洲七洋,也不能承受这句话带来的屈辱。他愤怒地穿起衣服,但慌乱间被裤子绊倒,摔到床下。他连滚带爬地出了房间,低头遮面,不敢看任何一个侍卫宫娥——尽管侍卫和宫娥更怕他。

成吉思汗郁郁地在宫里行走,心中悲凉,几欲泣下,不觉间来到了皇宫深苑。夜寒风冷,整个北半球都陷入了深眠,一个老太监正在给道边的灯笼加油。看见成吉思汗,太监连忙跪下,道:"大汗。"

因为房事不力,成吉思汗羞于见到侍卫宫娥,但看到眼前跪着的人,他心里终于舒坦了些。

"你说,寡人为何不快乐?"

"大汗正当壮年,天下已然征服,但,"老太监道,"但大汗的野心，并不是这一天一地能够盛得下的。好比拼尽全力去打一个人，握紧拳，挥出去，打到中途发现敌人已经倒下了——大王只是没了目标，失落而已。"

成吉思汗仔细思索，发现果然如此，道："那寡人应该怎么办呢？"

"大汗请看！"老太监大声道，扬起手，食指伸出。

成吉思汗顺着手指看去，疑道："灰指甲？"

"不是不是，"老太监连忙换成中指，想了想又觉得危险，最后换成别扭的无名指，"大汗往上看！"

成吉思汗仰起头，于是，漫天星斗落入他眼中。星辰在视野里闪着光，像无数盏点亮的灯火，成吉思汗一生杀人无算，但与星辰数目相比，微弱得就像是站在巨象身侧的蚂蚁。夜幕高悬，如一块巨大的黛蓝色琥珀——但那得需要多么巨大的树脂在多少漫长的岁月里更迭才能孕育而成啊！它无边无际，它深不见底，成吉思汗身高一米八五，高大健硕，但在它面前，渺小得就如同在蓝鲸下腹寄生的支原体。

"你是说，"成吉思汗战栗着，连声音也抖得像被筛的豆子一样，"寡人应该去征服宇宙？"

"是的，大汗要让帝国铁骑踏遍每一片宇宙空间！"

成吉思汗豁然开朗，所有的活力和精气都恢复了。他重重地点头。

"那大汗要先制订计划，去宇宙有很多困难。第一步，得能够让骑军飞起——大汗，你去哪儿？"

"在征服宇宙之前,寡人要先做一件更要紧的事情!"成吉思汗匆匆往回跑。

姬妾刚刚入睡,就听到屋外传来了轰隆隆好似坦克的脚步声,接着门被踹开,成吉思汗雄壮如山的身影出现在她视野里。

2

成吉思汗是个武夫,只会弯弓射大雕,想征服宇宙,却不知从何处开始。

"大汗,"老太监给他出主意,"要飞到天上,就不能靠武力和信仰了,只有一样东西能够帮助大汗。"

"是什么?"

"科学!"

成吉思汗咂摸着这个新鲜的词语,摸着胡碴儿,良久说:"这是个什么玩意儿?"

老太监一时解释不清,说:"奴才知道有一个人,精通科学,能够助大汗一臂之力。"

"你个老东西,说话老说一半,你快说,不然寡人砍了你。"

"长春真人,丘处机!"

丘处机是个怪人。

他的怪来源于他的执着和聪慧。我们都知道,当这两样东西混在一起时,合成出来的,总是悲剧。丘处机原本在全真教任职,给来上香的善人们布道。这是个肥差,不但轻松,而且油水多,还能时不时把细腰长腿女善人带到自己的房间单独布道。但丘处机的兴趣却只在于学习,他先从工程学入手,进而修习生物、医学、地理、化学等学科,最后,他迈步来到了量子力学的门口。

一次给善人们授道时,他拿了个箱子,说:"箱子里面有条狗,还有放射性元素,开箱子的话,机关会触动元素,狗会死。不开箱的话,元素随时可能到半衰期,狗还是会死。现在,你们告诉我,箱子里的狗到底是死是活。"

善人们听说过丘处机的怪,早有准备,一个细腰长腿女善人说:"这是量子力学的理想实验,在箱子里,微观不确定性变成宏观不确定性。我们不能打开箱子,因为观测会引起坍缩。在我们观测之前,狗处在一种既死又活的叠加态。不过更具体的我就不懂了,晚一点道长可以在房间里给我单独讲解。"

不料丘处机哈哈大笑,指着细腰长腿女善人说:"胡说!要知道狗是不是活的,这样就可以了。"说着他学了几声汪汪狗叫,箱子里顿时也响起了几声狗叫。"哈哈哈,"丘处机张狂地笑,"看到没有,狗是活的。"

细腰长腿女善人当场就哭了。

这就是著名的"丘处机的狗"试验。它后来被广泛应用于教育学,告诉学生,学问千万不要学杂了,不然就会变成丘处机这样的人,对细腰长腿女善人熟视无睹,简直是反人类。

丘处机被全真教开除之后,颠沛流离,潦倒落魄。这时,成吉思汗的铁骑找到了他,将他恭敬地请到了王宫。

成吉思汗狐疑地打量着这个瘦弱的中年人。他不相信人类古往今来,甚至超越时代的理念和知识,都藏在这小小的脑袋里。但当他与丘处机论道三天以后,彻底被震撼了,连呼真人。他犹豫地对丘处机说出了自己的意图。

丘处机沉默了,跪在地上,浑身颤抖。

"怎么,这事太难,真人不愿意做吗?"

"不!"丘处机抬起因惊喜而扭曲的脸,说,"我一生所学,终于有用武之地。我自当倾尽全力,让大汗的军队驰骋宇宙!"

丘处机精心画出了飞行器图纸,但这遭到了成吉思汗的反对。

"我们是蒙古军队,蒙古是马背上的民族。马是魂,是神。世界就是被我们用马蹄征服的,所以寡人不需要飞行器,寡人要骑着马去往宇宙。"成吉思汗骄傲地说,"寡人曾经跨过山河大海,也穿过人山人海,都是在马背上!"

"大汗,你不懂科学!"

"确实,寡人不懂科学,但寡人知道信仰!不要飞行器,要骑马。你要尊重我们的图腾。"

"可是大汗知道骑马要达到多大速度才能克服地心引力带来的离心力吗?"

"不知道!"

"大汗,无知不是一件值得骄傲的事情,说不知道的时候不必用感叹号。"丘处机耐心地说,"但无知呢,就要听劝,大汗你听我说……"

"寡人不管,一定要骑马,除此之外,什么都可以听你的。"

丘处机争执不过，只得开始研究马匹。他测试了马速，最快的汗血宝马远远达不到第一宇宙速度。他决定改良马的品种。

这是一个浩大又漫长的工程，他选取了良品汗血宝马，并对马匹的基因重新编排，进行试管培育。新型汗血宝马被命名为魂斗罗。魂斗罗一代体格彪壮，四蹄如风，轻易超过了当世所有马种。成吉思汗骑着马狂奔，真正感觉到了风在身后追逐自己，射出的弓箭也比不上马速。但马跑了三天三夜，还是在原野上踏步，没有达到丘处机想的冲出地平线的效果。

一直到魂斗罗第七代，成吉思汗也只能在地上纵马奔腾。但不久之后，这匹马救了他一命。

3

那一日，成吉思汗和丘处机在京都近郊慢悠悠地骑马。

这是成吉思汗为数不多的悠闲时光。每隔几个月，他就会挑一个下午，避开侍卫，一个人来这里。但自从和丘处机成为好友之后，他就开始带上他了。

正是秋天，郊外稻田延绵至天际，风吹稻浪，阵阵飘香。在高头大马上俯视而下，能看到田间许多农夫正弯腰耕作，男子挥着镰刀割稻子，妇孺则在一旁捡稻穗。日头正烈，农夫们都是挥汗如雨，模样辛苦。

"近日，好几个大臣都在给寡人谏言，"成吉思汗看着田间农夫，若有所思，"说寡人在征服宇宙这件事上花了太多精力，投入了巨大的财力人力，让寡人的子民负担更重。"

"大王是怎么回复的？"

"都杀了。"

丘处机似乎早料到了这样的结果，见怪不怪，平静地说："大王这样的处理办法，有失妥当。"

"噢，为什么不妥？"

"以杀止杀，终过下乘之法。大王要施仁政，令百姓由衷臣服，才可长治久安，国祚绵长。"

成吉思汗大笑几声，伸手横指，指尖对着金黄色稻田的尽头，"寡人十三岁开始骑上马背征战，一生都是在杀人中度过的。杀几个人，不过街囚之辈；杀几十上百人，也只是一方枭雄而已。唯有寡人，杀人无算，杀得山河赤流，天下哀恸，才有今日的铁桶帝国！"

丘处机连连摇头，几缕胡须在秋风中转动。

"你只不过是一个书呆子而已，怎么能了解寡人的治国之法！"成吉思汗说，"寡人征战天下时，遇到投降的，以礼待之；遇到不自量力抵抗的，哪怕拼到只剩下一兵一卒，也要杀得他血流成河！所有人都知道寡人的手段，正是因为铁腕治国，天下才能安稳。你看，如今谁敢起不臣之心？"

话音未落，一支羽箭从稻田里射过来。它如光如电，穿过重重稻浪，锐利的箭锋一路割断了许多稻穗，然后突然窜出来射中了成吉思汗的大腿。

"杀啊，"叫喊声从稻田四处响起来，刚才还在耕种的农夫们从稻丛里抄出兵器，向成吉思汗和丘处机围杀过来，"杀了昏君！"

"看到没有，"丘处机点点头，颇为得意，"真让我给说中了。"

"还说个什么，保命要紧啊！"成吉思汗忍着痛，猛地提缰，"快跑！"

魂斗罗七号跃起三丈之高，从农夫们头顶飞过，带着成吉思汗和丘处机向京都奔去。有人在后面射箭，但魂斗罗七号经过几代改良，全速奔跑时将箭矢远远甩在身后了。

回皇宫后，成吉思汗是先找来侍卫，再找的太医。他命侍卫在郊区搜寻，所有参与此事的人，或者与参与此事的人有关联的人，或者与参与此事的人有关联的人有关联的人，都一并抓来。

这场抓捕行动旷日持久，牵扯的人数达到了令人难以置信的十几万。有的是真正想要刺杀成吉思汗的人，更多的人则是在床上睡觉时被闯入的侍卫抓起来的。

这一年冬雪飘落的时候，整个京都都笼罩在沉重的气氛里。

成吉思汗看到上报的犯人数目，按了按太阳穴，说："全部斩首。"

刑场上，密密麻麻的犯人跪着，几乎每个围观的人都在哭。刽子手们有些紧张，手掌冒汗，毕竟这么多头颅一路砍下去，砍到最后自己也得脱力。

"大汗，"在行刑前，丘处机突然奔到行刑台前，扑在成吉思汗面前，"大汗三思啊，如果真的砍下去，这里会滚满人头啊！十几万颗人头，会堆成山的！"

"寡人所希望的正是这样。"成吉思汗说，"只有这样了，剩下的人才不敢动别的心思。"

丘处机连连磕头:"但是请大汗体谅民众的想法,毕竟要征服宇宙,只是大汗的宏图伟愿。而百姓们在乎的,是脚下三亩地,他们的目光都看不到天上,所以更不能理解大汗。他们只知道生活更艰难了,所以才误入歧途的。"

"如此愚昧,更该杀!"

"但愚昧还可以教导,而死了之后,就一切皆空了。"

成吉思汗无言以对。半晌,他突然站起来,掐住丘处机的脖子,大吼:"你个牛鼻子,不要给脸不要脸!寡人已经够尊敬你了,但治理国家是寡人的事情,你只要关心怎么把寡人弄到天上去就行了。"

丘处机昂着脖子,以同样分贝的声音回应道:"你如果杀人,我就不干了!你永远都只能望着宇宙,永远都去不了!"

"你——"成吉思汗瞪大眼睛,怒视丘处机,手上青筋如蚯蚓般暴起。丘处机毫不示弱地还瞪回去。

这两个男人就这么对视着,气氛一时尴尬了。其他的人看着他们怪异的行为,议论纷纷,连刑场上跪着的犯人也饶有兴趣地抬头观看,彼此猜测发生了什么事情。

好半天,成吉思汗突然松手,把丘处机扔在地上,冷着脸离开了。他没有再提处置犯人的事情。倒是丘处机从地上爬起来,打去身上的灰尘,说:"别看了,都回家去吧,都回去。没事了。"

后世史学家在总结这件事时,盛赞丘处机"一言止杀",同时惊讶于成吉思汗对丘处机的容忍。史学家们纷纷猜测这两个男人之间发生了什么，野史里更是描写得乌烟瘴气，混乱不堪。

没有人想过，成吉思汗这么做只是迫切地想征服宇宙而已。当他看到京都冬天飘落的大雪时，无可奈何地想到了自己，想到自己总有一天也会头白如雪，留给他的时间已经不多。他深感不安，害怕自己到死的时候还是在这片乏味的土地上。所以当丘处机威胁他时，这个征服了天下的男人，第一次选择了退让。

4

成吉思汗一天天老了。

他在等待着丘处机，岁月却没有等他。几年内，斑白已经染上他的两鬓，曾经雄武的胸背也弯了下去。他是一个征服者，生下来就注定了要征伐四方，但天下平定已久，而丘处机的研究成果遥遥无期。他的生命里既然没有了征战，那便只剩下衰老了。

成吉思汗一天天变老了。

但他的姬妾却依旧年轻妩媚。她对成吉思汗相当失望，那个曾经的霸王，在遇刺后身体迅速衰退，如今连弓也握不住，更别说给她欢愉了。

她的目光瞟向了丘处机。这个清瘦的道人跟她见到的所有的北方汉子都不同，他落魄，但目光里总是闪着精光。其他人都在吃肉喝酒的时候，他却在想怎么把一匹马送到太空，整个浩瀚宇宙，都装在这个瘦削的脑袋里。天呐，对一个男人来说，难道还有比这更性感的事情吗？

而且她听说了丘处机在刑场跟成吉思汗对抗的事情——在人们添油加醋的传颂中，丘处机的形象日益完美，足以令每一个少女心动。

于是，姬妾在一个月夜敲开了丘处机的屋门。

她披着薄纱，身姿曼妙，说："丘真人，我有一些学术问题想请教你。"

丘处机正在烦恼登上宇宙的事情。他已经放弃了改良马匹基因，转而尝试在马侧安装助推器、用巨型弓弦弹射骑兵、用磁悬浮技术给马蹄反向推力……但都没有效果。他看到姬妾，心不在焉地问："有什么问题？"

姬妾走进来："我最近在研究几何学，但是在求解函数方程上遇到了问题。"

"这是基础知识，你哪个图形不会解？"

姬妾坐到丘处机的床边，挺起胸脯，用纤细的手指沿着左胸外侧，慢慢向内滑动，一直滑到右胸外侧，问："这个图形的方程是多少呢？"

"噢，这是一个波函数。"丘处机走到姬妾身前，弯腰观察她的胸，"你的胸围是多少？"

"讨厌啦，问这么直接的问题——32D！"姬妾红了脸，不胜娇羞，以及，不胜骄傲。

"那就好算了，我们选取正弦函数作近似处理。"丘处机拿起笔，"以你的胸膛中间为坐标原点，设方程为 $y=|a\sin bx|$。你看，你的胸围是 32D，说明你下胸围 70cm，上胸围 88cm，俯视图是两个

波形和一个类矩形，矩形估算长宽之比为 9∶4，可出算出长和宽。二分之一长为波函数周期，得到 b。测量可以得到你的一个乳房的弧长，当然，为了简化，我把你的乳沟省去了。再用弧微分和级数估算，求出波峰长度，a 就得出来了。你不会算的话，我帮你算，b 等于 0.26cm，a 等于 8.6cm。最后，我们得出你的胸部曲线方程为 y=|8.6sin0.26x|。你看，和你的实际胸部情况还是很符合的。"

姬妾难以置信地看着丘处机，喉咙有些干涩，结结巴巴地问："我、我的胸部在你看来，是不是真的只是几根……线条？"

"不，远远不止！"丘处机郑重地说，"你说的只是从数学角度来看的。而在生物学角度，它还是一堆血管、脂质和蛋白质。在物理角度看来，它是巨量的分子组合物……"

5

这一年初秋，丘处机向成吉思汗请辞。

"真人，"成吉思汗大惊失色，从床榻上坐起来，"真人何出此言？"

丘处机看着眼前的君王，心里默默叹息——这位曾经在马背上昼夜行军的男人，如今只能睡在柔软的绒毯里，并且夜夜咳嗽，摆脱不掉衰老的阴影。他低下头，说："大汗，我已经尽力了，试过了所有的办法，但将一支军队送上宇宙实在太过艰难。"

成吉思汗脸色苍白，额头上沁出汗珠，"可真人是这天下间最聪明，知识最渊博的人，咳咳，如果真人都放弃了，寡人——寡人只能把征服宇宙的想法带进坟墓里去了。"

"或许,"丘处机沉重地摇头,"去往星空并不是这个时代应该做的事情。"

成吉思汗百般恳求,在太监们的搀扶下爬下床榻,拉着丘处机的衣袖。这场景令所有人感到吃惊和动容。成吉思汗铁血一生,连母亲在战乱中去世时,他也只是面无表情地抱着她的尸身。没有人想过他会对丘处机的离去如此不舍。在丘处机身上,他有了太多的例外。

但丘处机一根根掰开成吉思汗的手指,躬身行礼,挥挥长袖,转身离开了皇宫。

他又开始了颠沛流离的生活。他并不感到陌生,当初被全真教逐出,他也这样孑然一身。他从帝都前往江浙一带,一路游荡,衣衫由华贵变得褴褛,胡子拉碴,头发在秋风中散成了乱糟糟的一蓬。

当他闻到空气中的海腥味时,已经是深秋时节了。

丘处机寻了一户姓乔的渔家借宿,这花掉了他身上最后的钱财。他终日坐在海边,面对潮水涨落,不知在想什么。附近的渔民都把他当作怪人——的确,从任何角度来看,丘处机都是一个怪人。

有一天夜里,乔渔夫找到了在海边如石像般独坐的丘处机,说:"喂,你跟俺一起去捕鱼吧,我缺人手。这样,你帮俺忙,俺让你多住几天。"

丘处机愣了一下:"这么晚了为什么还要出海呢?"

"唉,都怪大汗啊!"乔渔夫看看左右无人,抱怨道,"大汗被太监和妖道蛊惑,好好在地上生活不行,非得到天上去!据说整个国库都被那个姓丘的妖道挪用了,他自己富得流油,却是苦了俺们老百姓。"

丘处机低头看了看自己破烂的衣裳,苦笑一声,说:"那个妖道不是离开皇宫了吗?"

"他挣够了走得轻松,把烂摊子留下了。其他的牛鬼蛇神看到机会,全都去找大汗了,说有办法让大汗上宇宙。大汗也是昏了头,来者不拒,听信了那些鬼法子。有个家伙说让真人上宇宙太难,干脆建一个什么虚拟网络,跟大汗的脑神经接——接什么来着——反正会让大汗体验到上宇宙的感觉。"

"是接驳,"丘处机摇摇头,"这简直是胡闹。"

乔渔夫气愤地说:"可不是!偏偏大汗还相信了。现在,为了光纤材料,到处都在挖矿制作纯二氧化硅和氟玻璃。很多渔民被调去建世界网络,征的税收却没有减少,俺们只能夜里也来捕鱼了。唉,说起这些就头疼,俺们出海吧。"

丘处机无言地跟了过去。

一艘小船,载着两个人向大海深处驶去。这个夜晚海面平静无波,微弱的海风拂过丘处机的身体,让他感到些微寒凉。他裹紧衣领,怔怔地看着眼前黑沉沉的海岸线离自己远去。

"哗……哗",船帆抖动的声音起起落落,如同潮汐。

丘处机还在发愣,猛然间看到海面上有一粒粒光点亮了起来,这一瞬间,像是有人在水里撒下了无数光的种子。他愕然抬头,然后被眼睛看到的景象惊呆了。

夜空中,漫天星辰!

或许之前有云遮盖，天地漆黑，而现在浓云飘散，数不清的星子开始闪耀。它们垂得极低，仿佛伸手可摘，海面上倒映着星辰，随波晃荡，光晕流转。这艘船，简直是航行在一片星海里。

丘处机精通天文，知道现在看到的光亮，是遥远的星辰在很久以前就产生了的。但只要一想到这些源于宇宙彼端的星光，穿过漫长的时间和距离，如同久违的情人落入自己眼中，他就感到一阵战栗。难怪成吉思汗想要征服宇宙，只因这些星光便已足够。

丘处机站在船尾，仰望星光，不觉间已经泪湿眼眶。

他看到乔渔夫仍在低头控帆，问道："你看到这般美景没有？"

"什么美景？"乔渔夫扭头，诧异地看着丘处机脸上的泪痕。

"这星海一片，难道不美吗？"

乔渔夫"哦"了一声，继续划桨，"看惯了，没啥子稀奇的。"

丘处机暗叹一声。确实，大多数人只关心脚下的事物，肯抬头看天上的，太少太少。

过了一会儿，乔渔夫停船，把帆收好，说："俺让你看看什么是真正的美景。"说完，他拿出一个硕大的灯泡，挂在桅杆上，扭动灯泡底部的按钮。下一瞬间，绚彩的光亮迸发出来，照亮这一片海域。

"这是……"丘处机觉得眼熟。

"哦，那姓丘的妖道正经事没干成，别的研究倒是倒腾出不少，像这个霓虹灯泡啊，还有什么冬眠技术啊……"乔渔夫在甲板上铺开渔网后，掏出一个红彤彤的果子，边啃边漫不经心地说。

丘处机恍然。他当年为了研究稀有气体对马匹基因的影响，无意间发现通过气体放电，可以使电能转化为五光十色的光谱线。但这个结论只是他研究宇航技术的额外成果，他总结出来后便弃之不管，没想到民间已经根据这一点制作出了霓虹灯。

乔渔夫退到船尾，凝神盯着海面。丘处机奇怪于他的举动，正要发问，突然听到水面传来"哗啦"一声响动。

一尾小鱼破水而出，笔直地扑向霓虹灯泡，但上升两丈后，无力地落到甲板的渔网里。这鱼长不过一指，体态银白，有不对称叉状尾部，但最奇特的是它腮下长了两片硕大的胸鳍。

"飞鱼？"丘处机在脑中搜寻，很快找到了它的学名，"尖头燕鳐！"

"看不出你这人衣服穿得破，懂得倒不少。"

越来越多的燕鳐从海里冲出来。在夜晚，它们的视力很差，只有绚丽的霓虹灯光才能刺激它们体内的趋光性。无数小鱼前赴后继，但灯泡挂在三丈桅杆上，它们够不着，噼里啪啦地落下来，像一阵疾雨。

"这些鱼可值不少钱哩。"渔夫笑呵呵地说，又咬了一大口果子。

这时，一条燕鳐疾速冲出，胸鳍振动，居然蹿到桅杆顶部，把灯泡撞得晃晃悠悠，彩光顿时迷离起来。

"这条鱼，"丘处机指着撞晕了的那条燕鳐，"为什么能飞得那么高？"

"因为它潜得深。其他的鱼下潜得不够，出来时也只能飞个一两丈高，但有些鱼肯往深海里潜，再冲出来时，乖乖，三四丈都有。不过一百条飞鱼里面，也只有一条能潜得那么深。"

"为什么往海里潜得深,就飞得——"丘处机随口问道,脑袋突然一闪,后面的话便吞回肚子里了。

他呆立在船尾,浑身颤抖,嘴唇里吐出含糊的音节。这一刻,他像是着了魔。

乔渔夫吓坏了,伸手去拍他,"喂,你发癔症了?"

他的手刚碰到丘处机的肩,丘处机猛地起身,大步跳到甲板中央,张开双臂。"哈哈哈,我知道了……"丘处机大笑起来,长袖拂动,两脚错步,竟跳起了舞蹈。

整个天空和海洋都缀满了光亮,像是最华丽的舞台。丘处机沐浴在古老的星光下,在鱼群飞跃的奇观中起舞,旁若无人,状若癫狂。

直到他一脚踩在鱼背上,滑了一跤,摔到海里,这场奇怪的舞蹈才停下来。

渔夫连忙把他拉起来。

"你叫什么名字?"丘处机趴在船舷,湿漉漉的头发贴在脸上,对渔夫问道。

"俺姓乔,布字辈,在家里排行老十,"乔渔夫又掏出一个果子,咬出一个缺口,"所以名字是布十。你问这个干什么?"

"你知道吗,乔布十,今天你改变了这个世界!"

成吉思汗正在庭院赏雪,看雪落人间,不免心生怆然。这时,老太监匆匆来报:"大汗,丘真人回来了。"

成吉思汗大喜:"快,宣他觐——不,还是我亲自去迎吧。"

他大步穿过满院落雪，看到立在门口的人后，几乎不敢相信自己的眼睛。

只隔了半年，丘处机已经潦倒到连乞丐也不如了。他出宫时长衫绣袍，潇洒风流，如今身上只有黑褐色的布条，不知是油污还是泥水。衣服破了好几处，脏污的肌肤直接暴露在寒冬冷风中，他的头发更是糟得不成样子，看一眼都会有想洗眼睛的冲动。

但他的眼神是从未有过的清明，嘴角挂着微笑，与雪地对面的成吉思汗静静对视。

"真人……你这是……"成吉思汗怔住了，随即恍然，大声命令侍从，"快去给真人沐浴更衣，准备膳食！"

"大汗，请让我先禀报。"丘处机上前道，"我找到能让大王驰骋宇宙的办法了。"

"真人快说！"

"大汗可知，东海之上，有一种飞鱼，能跃海而出，上升三四丈有余？"

"寡人听说过。"

"那大汗知道飞鱼为何能飞吗？"

成吉思汗生平最恨的就是这种说话方式，但面对淡然的丘处机，他没有半点生气，耐心地说："寡人不知。"

"因为鱼在水中下潜后，水的浮力超过了鱼自身的重力，使之有了加速度，加上鱼尾摆动，最后获得了很大的速度。我想，如果下潜得足够深，飞鱼一直加速，最后破开水面的时候会不会达到第三宇宙速度飞到外太空呢？"

成吉思汗陷入了沉思。

"这是有可能的。"丘处机自顾自地说,"既然飞鱼能,那么骑兵也能!我们只要找到一个足够长的加速途径就可以了。"

"可是,哪里有呢?"

丘处机跺跺脚,"就在我们脚下。大汗,我们把地球挖穿,形成地心通道。"

"等等,如果挖穿地球,引力由上而下减小,过了地心后,引力又会增加。人跳下去只能做简谐振动,来来回回,不能到太空。真人离开之后,寡人读了很多书,这一点还是清楚的。"

"大汗英明,但是,只要我们在地心通道周围埋设电磁线圈,然后让骑兵身穿带特定电荷的金属盔甲,跳下去后,相当于带电粒子切割磁感线,磁场会让骑兵一直加速,引力根本可以忽略。"

成吉思汗的眼睛亮了起来。他的脑海里已经栩栩如生地出现了一幅画面:他的亿万铁骑在一道深渊前排成方阵,马静人默,黑铁盔甲在烈日下闪着冷光。他一声令下,骑兵们立刻驱马前行,如同流动的海洋般向深渊滚滚流泄。这些骑兵在无底的黑渊里坠落,然后在星球的另一端冒出来,杀声阵阵,极速冲向宇宙。

"好!好!"成吉思汗激动难抑,问,"这个工程要花多长时间?"

"以现在的能力,全球人共同努力的话,保守估计,大概需要五百年。"

成吉思汗的心由高峰落至谷底,大怒:"你觉得寡人能活到那个时候吗?"

"能!"丘处机说,"我在研究生物改造时,碰巧研制出了冬眠剂。它能让大汗沉睡于冰川中,同时保持大汗重要器官的微弱活性。大汗可以在沉睡中度过五个世纪的时光。等工程完工,大汗再苏醒过来,带领蒙古铁骑征服宇宙。"

"那真人你呢,会跟寡人一起沉睡,见证那伟大的一刻吗?"

丘处机摇摇头:"我要选定开挖点,画出施工图,定下工程技术规范。这些事会花掉我余生的所有时间,但没有别的选择,只有我才能办到。"

成吉思汗上前一步。第一次,也是最后一次,这两个男人像朋友一样紧紧拥抱。他们一个是天下霸主,一个是科学精英,原本不应有交集,此时却在拥抱中热泪盈眶。

"你还是先去洗个澡,换身衣服吧。"成吉思汗闻到一股酸臭,忍不住皱眉道。

6

四百五十年后。

天还没亮,年轻的工人李自成就被踢醒了。

"还睡?"监工冷笑,"工期这么紧,你还睡得着?要是没有按时完成,嘿嘿,你们都得掉脑袋!"

李自成揉揉睡眼,爬起来,默不作声地穿上工作服。其他人也被踢醒来了,一边整理工具一边悄悄看着李自成。李自成轻微地点点头,然后弯腰跟着监工出去了。

李自成的工作是给地心通道的内壁灌浆,以充实岩石缝隙,增加内壁的稳固性。地心通道的修建已经持续了四百多年,主体项目已经完工,只剩下灌浆了。

为了节省时间,工人的驻地就建在地心通道的中心。李自成在腰间绑了绳子,慢慢下降到灌浆孔口,小心地让钻杆探进去。

这个工作很危险。不久前,一个工人因为缺乏休息,不小心输错了参数,钻探捅穿了内壁,滚烫的液体金属从地球内核喷涌出来,当场把工人浇成铁像。在附近施工的几百个工人也遭了殃,受到不同程度的伤。更不幸的是,大汗王听说后震怒不已,又斩了几千个在这个工作面上施过工的人。

李自成小心再小心,一整天就盯着钻杆,不断调整,整个施工都很顺利。但晚上监工过来验收的时候,测孔斜发现有1度的偏差,立刻揪住李自成的头发,连扇好几个耳光。

李自成本来想说,按照丘处机定下来的工程规范手册,在1.5度以内的偏差都算合格。但他被扇得耳朵震鸣,眼睛前都是星星,说不出话来。

"小子,"监工提着李自成的耳朵,狞笑着说,"你是不是想拖工期?如果我往上报,你们整个机组都要掉脑袋!"

李自成知道监工后来还有话要说,便没作声。

果然,监工续道:"上个月的份子,你们这个机组还没给。我知道其他工人就服你,你赶紧交了,我就可以查得松一点。"

"可是,"李自成说,"我们不是交了吗,每个人三百帝国币?"

"那是以前的标准了,现在,每个人要交一千二。"

李自成只觉得一股怒气冲上脑袋,眼睛迅速红了,说:"每个人的月俸才两千,交一千二,那我们吃什么?还有兄弟要攒钱回家娶媳妇,岂不是更没指望了?"

监工嘿嘿冷笑:"在大元,我们是一等人,你们才是第四等。你们吃猪食就够了,还想娶媳妇?"

"你刚才说什么?"李自成的声音突然沉下来,眼睛里有很寒冷的东西掠过。

"怎么着?"监工扬手又是一巴掌,再踹一脚,"还想反了不成?"

其他工人也围过来,站在李自成身后,沉默地看着监工。

"我问你,你刚才说什么?"李自成爬起来,重复道。

监工看着衣衫褴褛的工人,满脸不屑,说:"我说你们跟猪同类,睡猪笼,吃猪食,还想娶媳——"

他的话没有来得及说完,因为李自成已经扑上来了,一截削尖的钢管插进了他的肚子。监工浑身的力气随同血一起迅速流出。

李自成拔出钢管,血顿时喷了一身。他的眼睛依旧在血污后面闪着寒光。

"现在,我们已经没有退路了!"他举着染血的钢管,大声说,"这个见鬼的通道工程害死了太多人,是时候停下来了。兄弟们,你们是跟我一起杀出去,用自己的手开辟一条活路,还是继续在这里被剥削?"

工人们举起钢管和榔头,互相敲击。

巨大的声响在这地球深处回荡。

7

五百年后。

成吉思汗醒过来时,听到山洞外寒风呼啸。

"老家伙,"一个年轻人站在一旁,一边啃羊腿一边招呼他,"睡了这么久,终于醒了。"

"你是?"成吉思汗的声音很怪异,毕竟口轮匝肌在冰封中僵硬了五个世纪,还不能支持他流畅说话。

"我是你的后代,孛儿只斤·忽必烈。"

成吉思汗看着忽必烈:这个年轻人的头像是爆炸过一样,头发张狂地向四周伸展,形似一顶蘑菇;他的衣服更是奇异,是薄薄的金属片,贴在皮肤上,不时发出彩光。

成吉思汗刚想开口问话,忽必烈上前给他注射了活泛剂。他感到从四肢慢慢涌动出一股热流,肌肉群纷纷苏醒。

忽必烈引着他出了山洞,一股寒风顿时袭来,成吉思汗打了个哆嗦。

"寡人的马呢?"成吉思汗环视一周,问。

"喏,在这里呢。"忽必烈不耐烦地指着洞口拴着的一匹瘦马。这马实在太瘦了,像骨架子拼成的,而且毛皮的枯褐色与荒野混在一块儿,稍不注意都察觉不到。成吉思汗上前用手一摸,老朽的马骨都扎手,"怎么是这种马,"他问,"还有,寡人的骑兵们去哪儿了?他们不是应该守在洞口等候吗?"

"得了吧老祖宗，都五百多年了，世界早就变了。"忽必烈啐了一口，大声说，"我本来不想告诉你，可是你还在做美梦！那该死的通道整整修了五百年，劳民伤财，花了多少钱不说，光累死的工人，就能够塞满整个通道。后来动乱爆发，帝国完了，现在都是共和国了。没有魂斗罗神马，没有骑兵，连孛儿只斤这个姓氏都被剥夺了皇族荣光！"

成吉思汗默默听着，寒风掠过，他凌乱的白发挥舞起来。五百年光阴匆匆逝去，他已经是真正的老人了。

"地心通道呢，没有完成吗？"

"那倒不是，共和国建立后，议会经过商讨，还是决定继续动工。因为地心通道都快竣工了，它是人类历史上最大的工程，放弃了可惜。现在，通道已经完成了十几年，不过只作观光和运输用。没有人疯到想把军队送进去。"

成吉思汗默默听着，嘴唇翕动，却没有声音发出来。

"幸好你冬眠的地方是秘密，不然他们肯定会把你连冰带人，活活敲碎。我是趁没人注意了才把你放出来的。"忽必烈说着，拿出一套早已蒙尘的甲片，"对了，这就是你的盔甲，它能让你在通道中切割磁感线加速，抵消一部分空气摩擦，不过过了这么长时间，不知道还管不管用。话说回来，你留给我们的除了耻辱和骂名，也就这个值钱了，现在还给你。"

成吉思汗接过盔甲，手在甲片上摩挲，沙沙，沙沙。

"你要是想过日子，就跟我回家，家里穷，但过得下去。"忽必烈抱着肩膀，斜睨着自己的先辈，"你要是还想去宇宙，就向南走，地心通道在那里,我就不陪你了。"

一人,一马,一副旧盔甲。

成吉思汗在荒野上踽踽独行。下雪了,雪片落在成吉思汗头上,跟头发混在一起。前方巨大的黑色建筑露出轮廓。

他开始加速。古老的控马术使垂垂老矣的马快速迈动四蹄,雪花飞扬,一条雪中的路被迅速冲出来。

地心通道的外墙有两米多高。成吉思汗猛一提缰,老马爆发最后的力气,一跃而过。

"嘿,你还没买门票呢!"大门的售票员发现了这个闯入者,朝他大喊,"别逃票,我给你打折行不?"

老马落地,"咔嚓",不知哪条腿折了。它哀鸣着,一瘸一拐地驮着成吉思汗来到通道旁,看见了令人敬畏的黑渊。这个通道直径长达几公里,由闪着冷光的合金浇筑而成,巨大的"嗡嗡"声在四周响起。这是通电后的电磁线圈在轰鸣。而洞口亦有呼啸之声,仿佛星球另一端的风穿涌而来,向成吉思汗示威。

成吉思汗没有犹豫,蒙住马眼,提缰向前。

他在长达一万二千多公里的通道里飞驰,速度越来越快,他的耳朵听不到呼啸声,只能感觉到炽热。空气摩挲着他。他纵声狂呼,一头怒发已经熊熊燃烧起来。

这个来自五百年前的迟暮霸王,曾经征服了整颗星球的男人,现在以一团火焰的姿态,冲出地表,冲出大气层,将尸骨撒在了星光照耀下。

西　洋

刘慈欣

刘慈欣，生于1963年，山西阳泉人，毕业于华北水利水电学院电力工程系，长期任计算机工程师，著有长篇小说《超新星纪元》《球状闪电》以及最负盛名的《三体》三部曲，另有短篇小说集多部。刘慈欣以硬科幻的内核和宏伟壮丽的奇妙想象而著称，这篇发表于2001年的《西洋》没有那么"硬"，却很有特色。小说假想如果郑和发现了美洲，历史会有怎样的巨变，这可能是中国科幻中最早的或然历史作品。虽然只是一篇小品，但给人的思索空间却不啻一部鸿篇巨制。

西元1420年，非洲，索马利亚，摩加迪沙沿海

这是明朝舰队打算到达的最远的地方，永乐皇帝也只让走到这里，现在，二百多只船和两万多人，静静地等待着返航的命令。

郑和沉默地站在"清和"号的舰首，他面前，印度洋笼罩在热带的暴雨中。四周一片雨雾，只有闪电刺破这一片朦胧时，舰队才在青色的电光中显现，"清远"号、"惠康"号、"长宁"号、"安济"号……如同围在旗舰四周纹丝不动的巨大礁石。众多的非洲酋长在船上欢宴三天后已上岸，激越的非洲鼓声从雨中隐隐传来，岸上棕榈林中打鼓的黑人狂舞的身影如暴雨中时隐时现的幽灵。

"该返航了，大人。"副将王景弘低声说。在郑和身后，站着远航统帅部的全体成员,包括七名四品宦官及许多的将军和文官。

"不,继续向前走。"郑和说。

在统帅部其他人的感觉中,这一刻空气和雨滴都凝固了,"向前?!到哪里?!"

"向前走,看看前面有什么。"

"那有什么用呢?我们已证实建文帝不在海外,他肯定死了;我们也给圣上搞到了足够的珍宝,该回航了。"

"不,如果天圆地方,大海就应有边缘,大明的船队应该航到那里。"郑和的双眼渴望地看着雨雾深处,看着他想象中的海天连线。

"这是违抗圣命,大人!"

"我意已决,不从者可以自己回去,但最多只能带十艘船。"

郑和听到身后有剑出鞘的声音,那是王景弘的卫士的剑;接着有更多的出鞘声,那是郑和卫士的剑,然后一切都沉默着,郑和没有回头。

像来时一样突然,暴雨停了。太阳的光柱刺破云层,天水相连处金光灿烂,显示出无法抗拒的神秘诱惑。

"起航!"郑和大声发令。

西元 1420 年 6 月 10 日,明朝舰队浩浩荡荡,撞开印度洋的滚滚波涛,向好望角驶去。

西元 1997 年 7 月 1 日,欧洲,北爱尔兰,贝尔法斯特
中国国旗降下后,英国国旗在《上帝保佑女王》的乐声中升起,

西洋

在旗的上缘接触杆顶时,时钟刚刚走过零点,这时,我们在这块土地上已是外国人了。

虽有幸参加交接仪式,我也只能站在最后一排,所以是最早走出议会大厅的。十五岁的儿子在外面等着我,静静地,我们最后看看北爱尔兰。这是典型的英伦夏夜,潮湿多雾,雾在街灯的黄光中像轻纱般飘过,拂在脸上像毛毛雨。在幽暗的灯光和迷蒙的雾中,贝尔法斯特像一个宁静的欧洲乡村。这是我度过前半生的地方,一小时后我们会带着所有的东西离开,但我带不走自己的童年、青春和梦想,它们将永远留在这块宁静而多雾的土地上。

本来,中英联络组要工作到下世纪初,但我还是说服领导,早早调到新大陆去。表面上我给自己的理由是:对自己的前途来说,早走比晚走好;但内心深处真正的理由是:想尽快远远地离开一起生活了16年的刚刚离婚的前妻,她虽是中国人,但作为领事馆的高级官员,她还要长期留在北爱尔兰。我已没希望留住她,就像中国没有希望留住北爱尔兰一样。好在儿子跟我走。

"是你们丢失了北爱!"儿子愤怒地对我说。在儿子眼里我是国家元首,更准确地说是个不称职的国家元首。他认为我应该把俄罗斯再分成更小些的几个国家;他认为我给贫穷的西欧太多的贷款,却对他们提了太少的要求;他认为许多年前我就不应该让中东的那些恐怖主义国家和亚洲的某些极权主义国家存在下去;特别是北爱问题,他认为我应该以主权换治权,而不是拱手相让……一句话,他认为中国在世界的领导地位正从我手里丢掉,尽管我是个只有副司级的普通外交官。儿子好像浑身都长满了咄咄逼人的精神长矛，这点真像他妈妈，而我的忍让和儒家风度他一点都没继承，反而成了他对我感到失望的原因。他跟我回国不是因为我的原因，而是因为无论如何也不能忍受作为一个外国人生活在北爱尔兰。

一小时后，运送中国最后一批撤离人员的专机把北爱尔兰留在下面的浓雾中，我们在夜色中飞向自己的新生活。

西元 1997 年 7 月 1 日，欧洲，巴黎

飞往新大陆之前，我们在欧洲大陆短暂停留。在伦敦时，还能感受到英国人庆祝回归的喜庆气氛，但欧洲大陆对此似乎没什么反应。一出北爱尔兰，西欧的其他城市那混乱和贫穷的气息便扑面而来。交通被自行车的洪流所堵塞，空气混浊。一出巴黎海关，我们便被一大群渴望换到人民币的法国青年围住，好不容易才摆脱他们。同行的其他人还处于"北爱综合征"之中，没精打采地躺在饭店中不出来。

初升的太阳驱散了晨雾，古战场显出一片醉人的绿色。这地方我们不知来过多少次了，特别是在去年，几乎每个星期天我们都要乘英吉利海底隧道列车来一次，每次在这里儿子都要对我进行一番例行的折磨，现在又开始了。像每次一样，他站在纪念碑的底座上，慷慨激昂地背诵起小学的历史课本："1421 年 8 月，明舰队到达西欧沿海，欧洲惊恐万状……"

"好了，爸爸累了，这次就算了吧。"我不耐烦地打断他。

"不行，春秋时代的夫差身边有一个人时刻提醒他报杀父之仇，

西　洋

你们这些政治家和外交官也需要这么一个人。"

"我们在欧洲和北爱没有杀父之仇，一百年的协定到期了，我们就把北爱还给英国，这是顺理成章的事，谈不上是什么失误或失败。"

儿子不听我这一套，继续他的演讲："……欧洲惊恐万状。郑和本想像在南洋诸国一样，同欧洲人友善相待，但他派往欧洲大陆的五位使者全部被杀，东西方只有一战！罗马教皇马丁五世呼吁四分五裂的封建诸侯联合对敌，还颁布了赦罪法令，凡此时应征入伍的罪犯都可获得赦免。为了给战争筹款，教会出卖神职，甚至把教皇的金冠卖给了佛罗伦萨的商人。英法匆匆结束百年战争，结成军事同盟。慑于明舰队的强大，西欧海军不敢出战，欧洲人把胜利的希望寄托在陆战上。1421年12月，明朝军队在加来登陆，十天后兵临巴黎城下。双方在巴黎近郊进行决战。当时欧洲人集结了十万大军，其中有英王亨利五世率领的三万英军，法国勃艮第公爵率领的四万法军和来自德意志神圣罗马帝国的三万条顿骑士团。明军只有二万五千兵力。12月20日清晨，巴黎战役开始。西欧联军统帅部拟以法军和条顿骑士团的重铠步兵攻击明军正面，以英格兰轻骑兵做右翼迂回。日出时分，西欧联军首先发起进攻。欧洲步兵战阵严整，成无数个整齐的方阵向前推进。重装步兵的盔甲在朝阳下闪着金银两色的光芒，从明军阵地看去，仿佛是金属的大地在移动，无数的长矛如同大地上的麦田。战鼓声、苏格兰风笛声、士兵们用剑柄有节奏地击打胸甲发出的撞击声渐渐清晰可闻……"

"这样下去我们要误飞机了。"

"……郑和看准了欧洲军队进攻队形密集死板的特点,把炮兵集中部署在正面。明军迟迟不出击,而是进行了炮兵齐射。在前三次猛烈的齐射中,欧军伤亡惨重,但进攻队形纹丝不乱,方队踏着尸体继续推进。在敌人严整的进攻方队已近在眼前时,郑和沉着地命令进行第四次更为猛烈的炮击。明军的几百门大炮发出雷鸣般的轰响,把暴雨般的炮弹倾泻到欧洲人密集的方队中,霰弹打在盔甲上,发出一阵哗哗的如潮水般的声音。欧军的队形乱了,开始是前一排方队,然后如同推倒了多米诺骨牌,整个阵线大乱起来。郑和这时才命令明军出击,他的数量不多的骑兵以楔形队形攻击欧军正面,向敌阵深处猛插,很快把欧洲步兵阵线切成两半,并集中攻击右翼。这时,迂回的英国骑兵正从右翼方向攻击,却遇上了溃散下来的联军步兵,人马相践,死伤无数……"

"真的该走了,孩子!"

"……战斗一直持续到黄昏,在如血的残阳中,明军才吹响了他们凄厉的号角……巴黎战役,西欧联军大败,十万军队半数被歼,英王亨利五世殒命沙场,上百个公爵、伯爵和王室将军阵亡或被俘……巴黎战役之后,西欧难以在短时间内集结起足以对付明军的力量,加上明朝舰队对西欧沿海特别是英吉利海峡的封锁,以及关于明朝后续舰队正在驰援的传闻,西欧脆弱的抗明联盟瓦解了,以后……"

"以后我都知道,以前的也都知道,你要没完没了,我自己走了,你一个人留在这里与郑和做伴好了。"

西　洋

我们终于离开了古战场，如果可能再回来，也是很长时间以后了。

西元 1997 年 7 月 2 日，中国新大陆，纽约

"欢迎到中国新大陆！"海关小姐对我们甜蜜地一笑，我感到了一种回家的温暖，但儿子对回国似乎并没什么感觉。

"明朝船队首航美洲已有五百多年了，他们还把这儿叫新大陆。"他说。

"一种习惯，就像欧洲人仍把中国人叫洋人一样。"

"我们早就该再有一个真正的新大陆了！"

"哪儿？南极洲吗？"

"为什么不行？"

我暗自摇摇头。对儿子性格中这咄咄逼人的进攻性，我已经习惯了，但又时时对此感到一种压力。似乎他妈妈的性格越过大洋通过儿子作用于我，想到这儿，我心中一阵酸楚。

我们驱车赶往联合国总部，很快沿着高速公路一头扎进了纽约的高楼森林。同来自欧洲的每一个人一样，我觉得来到了巨人国，一切都那么大。半小时后我们的车停在了联合国大厦前。

"这就是我下半生工作的地方了。"我指着大厦对儿子说。

"但愿已经十分臃肿的联合国机构不是又增加了一个多余的人，爸爸。"

"哈，我该怎样干和干什么才能不多余呢？"

"至少，由于多了您一个中国人，中国在联合国相应地多一份权威。"

"那又怎么干?"我心不在焉地问,想着是先进去报到呢,还是先去公寓看看新房子。

儿子像往常一样,又向我提了一个只适合于向国家元首提的建议:"联合国离开我们每年一百个亿的会费就运行不下去,想到这点,增加权威就很容易了。"

"住嘴!我警告你,以后我们生活在联合国的环境里,你这种话是很让人讨厌的!"

在联合国大厦前的广场上,有几个人在做政治演讲,他们都穿着分离主义者的蓝色衬衫。每个演讲者前面都有一堆各种肤色的人在听,一个离我们较近的演讲者的话音传到我们耳中。

"……自五百年前明朝覆灭后,新大陆就开始了新文化运动,这以后的几个世纪,我们一直领导着中华文化的走向,而旧大陆只是战战兢兢地跟在我们后面,现在几乎被我们甩开了,他们的悟性比我们要慢半个世纪!而直到现在,他们还以文化宗主自居。事实上,新大陆的文化现已发展成为一种全新的文化,它的渊源在旧大陆,但它是一种全新文化!第三点,在经济上,新大陆和旧大陆……"

演讲者是一个大学生模样的瘦弱年轻人。儿子冲上前去,把他从高台上一把揪了下来,"闭起你的狗嘴,你个臭分离分子!"他在儿子的手中挣扎着,眼镜掉到地上摔碎了,"看到北爱的事,你们这些杂种又狂起来了是不是?!记住,北爱是租借地,但新大陆却是我们的国土!"

"新大陆是印第安人的国土,旧大陆先生。"那个年轻人挣脱了儿子的手,冷笑着说。

"你是不是中国人?!"儿子怒视着他说。

"这得由全民公决来决定。"演讲者整整领带,仍不动声色。

"呸!做梦去吧!你们几个兄弟公决不认爹娘,行吗!?"儿子挥着拳头说,我赶紧冲进围观者中把他拉出来。

"爸爸,他们在这儿这么猖狂,你不管吗?!"儿子甩开我的手说。

"我只是个普通外交官,你看看吧,我们管得了吗?"我指指四周那些穿蓝衬衫的人,在这儿他们算文雅,在费城和华盛顿,这些家伙剃了光头,胳膊上裹着带钢刺的护腕,儿子要是在那里这样子可真要遭殃了。

"先生,给您画张像好吗?"一个轻柔的、怯生生的声音从我身后传来。这是一个白人姑娘,像所有欧洲移民一样,她穿着很朴素,手里拿着画板和画笔。

第一眼看到这姑娘瘦弱的身材,我脑海中突然浮现出一幅欧洲古典油画,画面是一个瘫痪的姑娘在草地上的背影,她渴望地看着远处的一所小房子,那房子对于她是那么遥远,那么可望而不可即。更奇怪的是,我还想起了前妻,不是由于她们的相像,而是由于她们的差异。这个姑娘在生活中所渴望得到的一切,就像油画中的那所小房子一样,遥远而可望不可即,但像画中的姑娘一样,她仍胆怯地,同时顽强地在这个冷酷的世界上一点点挪动着自己……

那画上的姑娘背对着观众，但你能感觉到她渴望而动人的目光，那就是现在这位移民姑娘看着我的目光。我心中突然出现一种多年没出现过的异样的感觉。

"对不起，我们还有事情。"我说。

"很快的先生，真的很快。"姑娘说。

"我们真的要走了，很对不起小姐。"

姑娘还想说什么，儿子把几张钞票朝她扔过去，"你不就是要钱吗？别烦我们，走开！"

姑娘蹲下来，默默地把散落在地上的钱拾起来，然后站起来慢慢走到儿子身边，把钱递还到他面前。

"如果打扰了你们，真对不起。但我想问问年轻的先生，如果……"她停了好一会儿，很艰难地把话说下去，"如果我的皮肤是黄色的，您还会这样对待我吗？"

"你是说我搞种族歧视？"儿子挑衅地看着她。

"向小姐道歉！"我厉声说。

"凭什么？这些年他们像蝗虫一样涌进来，抢走我们的工作。"

"可是，先生，欧洲移民在新大陆只干你们最不愿干的工作，拿最低的工资。"

"但像你这样的，还在红灯区败坏我们的社会风气！"

姑娘吃惊地盯着儿子，羞辱和愤怒使她说不出话来，手里的画具和钱都掉到地上。

我打了儿子一巴掌，这是我第一次打他。

儿子只愣了一秒钟，突然兴奋地抱住我，"哈哈！爸爸，你早就该有这种气魄!这才是你在联合国应该显示的气魄!这是你的一个好开端!"

他这出人意料的反应更令我怒不可遏,"滚,滚得远远的!"我冲他吼道。

"好,我滚。"儿子很高兴地走开了,以为他看到了一个脱胎换骨的新父亲。

走远了还回头对我打招呼:"一个好开端,爸爸!"

我呆呆地站在那儿,对自己的失态有些迷惑。除了对儿子失礼的愤怒外,还同这位姑娘在我心中产生的异样感情有关。我向她深表歉意,并同她一起蹲下来收拾地上的东西。她叫赫尔曼·艾米,英国人,只身来中国新大陆留学,在纽约州立大学学美术。

她昨天刚到这里。

"我儿子是在旧大陆长大的,今年才到北爱来。在旧大陆的年轻人中,极端民族主义情绪在膨胀,像这里的分离主义一样,简直成了一种公害。"

我把散落在地上的几张画递给她,并注意到了她画夹中的一幅画,画面上有个戴着头灯安全帽,饱经风霜的脸上满是煤灰的男人,他身后是纽约的高楼群。

"我父亲,他是伯明翰的一个矿工。"艾米指着那张画说。

"在画中你让他到了新大陆。"

"是的,这是他永远无法实现的一个愿望。我选择了画画,就是因为画和梦一样,在其中能走进现实中永远无法走进的世界,实现永远无法实现的愿望。"

"你的油画画得很好。"

"但我必须学中国画,这样回到欧洲后才能靠画笔生活。东方的艺术充斥欧洲,那里很少有人对本土艺术感兴趣了。"

"中国画应该到旧大陆去学。"

"那里的签证很难办到,费用也太高。学中国画是为了生活,我最后还是要画油画的,我们的艺术总得有人继承。请您相信,先生,同大多数的英国人不一样,我不是到中国来淘金的。"

"我相信。哦,你到过故宫博物院吗?那里有很多中国画的经典作品。"

"没有,我刚到纽约。"

"那么我带你去,不,我坚持,作为对刚才那件事的道歉。"

同旧大陆一样,新大陆的故宫博物院也在紫禁城中。新大陆的紫禁城皇宫建于明朝中期,位于纽约东南部,它的面积是旧大陆紫禁城的两倍大,是一片金碧辉煌的东方宫殿。

明朝有两个皇帝巡视过新大陆,并在这座皇宫中住过。艾米很快发现了这里与旧大陆紫禁城的不同。

"这里只有一道城墙,却有这么多城门,远不像北京的皇宫那么森严。"

"是的,新大陆是一个开放的大陆,几百年来接受着不同文化的八面来风。正因为如此,我们的封建王朝首先在新大陆覆灭。"

"您是说,如果没有新大陆,你们现在还是一个王国?"

"哈哈,这不一定,但至少,明朝不会是最后一个王朝。"

"郑和为振兴大明朝而远航,却把它推向了坟墓?"

西 洋

"历史就这么不可思议。"

我和艾米漫步在古代的皇宫中,人不多,我们的脚步声在一个又一个空旷的大厅中回荡,一根根巨大的立柱在朦胧中从我们两侧缓缓移过,好像是在黑暗中俯视着我们的一个个巨人,静静的空气中仿佛游动着神秘的幻影。

我们来到了一个陈列柜前,里面陈列着许多黄得发黑的欧洲中世纪的拉丁文旧书,有《荷马史诗》,有欧几里得的《几何原本》、亚里士多德的《物理学》,还有柏拉图的《理想国》和但丁的《神曲》……其中很多是 15 世纪欧洲宗教裁判所的禁书。这些都是郑和到达西欧后让翻译给他读过的。

我对艾米说:"看,他读的你们的书,从你们那儿得到了很多他没有的东西:他有指南针,却没有远航必需的欧洲精确钟表;他有比你们当时最大的船还大三倍的船,却没有绘制精确海图的技术……特别是基础科学,那时的明朝落后于欧洲,比如在地理学上,中国人仍相信天圆地方的世界。没有你们的科学,或者说没有东西方文化的融合,郑和不会接着向西航行,我们也不会得到美洲。"

"就是说,我们不像自己想象的那样贫乏。我那些自卑的年轻同胞们应该有您这样的老师!"

我们更多谈的还是艺术,看着博物馆中那些中国画的珍品,我们谈中国画最古老的源头,谈狂草派和空白派在中国的出现和流行,谈欧洲画派复兴的可能……我惊奇地发现我们有那么多的话可谈。

"像您这样正眼看欧洲文化的人不多了,我永远为您祝福,真想让您以后成为看我的画的第一个中国人。"

艾米说这话可能没有别的意思,但我还是有些心动。

不知过了多久,我们发现刚走进的大厅有些不同,这里灯光很亮,人也很多。古老的大厅正面,放着一个高大的航天器,那是"孔子"号登月飞船着陆舱的复制品。从大厅高高的顶端射下几道多彩的光柱,聚焦到一个衬着天鹅绒的玻璃柜上,天鹅绒上放着许多大小不一的石块,每块都标着昂贵的价格。这是中国1965年首次登月时,"孔子"十一号上的宇航员从月球静海带回的岩石标本。

"真美!"艾米感叹。

"可它们只是一些普通的石块。"我说。

"不是的,想想它们来自那么遥远的世界,包含着多少故事。就像我父亲给我的一块晶亮的煤块,它在地层深处沉睡了上亿年,这是多么长的时间,这段时间中能有多少个人生?这些东西就像凝固了的梦一样。"

"像你这样能看到内在美的姑娘现在真是不多了!"我激动地说。我买了一块很小的岩石标本,上面系着一条银色的链子。岩石的一个切面上还可以看到登月宇航员的签字。我把它送给艾米。她不愿接受这样贵重的礼物,可我坚持说这仍表示我对今天不愉快事情的深深歉意,她最后默默地收下了。在她的目光里,我又一次感到了回家的温暖,真奇怪,在一个移民姑娘的目光里。

出故宫后,我们开着车漫无目地地在纽约乱转,只是想延长分别的时间。

最后,我们来到了纽约港,隔着一片海水,对面是世界闻名的上百米高的郑和像。他的一只巨手指着前方的新大陆。现在,天已黑了,我们身后的曼哈顿灯火辉煌,如同一个巨大的宝石切面。无数道光柱集中到郑和像上,使他成为屹立于海天之间的发着蓝色光芒的巨人。

这时,我们身后有人"嗨"了一声,是我儿子。"我知道你们最后会来这儿。"他说。他走到艾米面前,向她伸出手,"我向你道歉,小姐。那时我心情不好,想想我们是刚从北爱尔兰撤出来的中国人,您就会理解了。"

"孩子,"我说,"你太锋芒毕露了,这是不成熟的表现,你该成熟起来了。"我指指面前的郑和巨像,"他是你最崇拜的人,你认为他是最高大、最完美的人。想像他那样去开拓一切,这也是你形成现在性格的重要原因。但现在,应该让你看到一个完整而真实的郑和了。"

"我了解郑和,我读过关于他的所有的书。"

"你读到的都是现代作家们写的书,他们只写理想的东西。"

"有什么不对吗?"

"比如说,明舰队航行到西欧已是奇迹,为什么郑和又能在那么短的时间内从西欧再次远航,跨越大西洋,发现美洲新大陆呢?"

"郑和是一个伟大的开拓者,他的每一个细胞都渴望着探索未知世界,神秘的大西洋强烈地吸引着他,就是这样,爸爸。现在中国的领航者要是有他一半的气魄就好了!"

"现在的年轻人都这么认为?"

"有什么不对吗?"

"郑和的某些方面你可能不知道,首先,作为一个男人他是残缺的,他是一个太监。"

儿子和艾米惊愕地瞪大了双眼,"你胡说!"儿子说。但很快,他似乎想起了他看过的某本书中的某些暗示,转身看着巨像沉默下来。

"巴黎战役后的第二天,郑和率领八千骑兵进入巴黎,同欧洲各君主和罗马教皇签订了那个划时代的协定。骑马走在巴黎的大街上,郑和和他的同行者第一次看到了那些古希腊风格的雕塑,他们看到了波塞冬、阿波罗、雅典娜、阿佛洛狄忒……这些在明朝的土地上不可能看到的男人女人健壮美丽的裸体被塑造得那么完美,这是西洋文化对他们产生的第一次强烈震撼。对郑和来说,这震撼更是深入灵魂,他从来没有这样铭心刻骨地意识到自己的缺憾,自己的不完美。以后,他陷入了深深的迷茫和忧郁之中,这迷茫和忧郁使他感到这个世界越来越陌生,最后,一个强烈的愿望在他和所有随行者的心中出现了……"

"什么愿望?!"

"回家。"

"回家?!"

"回家。这愿望如此强烈,以至于他们想走一条更近的路。从欧洲的地理学中他们知道了地球的形状,知道了如果一直向西,就和向东返回一样能回家。于是,在征服欧洲后不久,明朝舰队就向西,向大西洋的深处驶去。他们走啊走,走啊走,在两个月艰难的航程中,一双双眼睛望着大西洋天水相连的远方,盼望着家乡的海岸在那里浮现……终于，陆地出现了，但那不是梦中的乡土，而是一个长着龙舌兰和仙人掌、出没着红种人部落的陌生世界。当他们踏上新大陆时，并不像那些浅薄的历史作家们描写的那样欢呼雀跃，而是抱头痛哭……郑和因此一病不起，在新大陆上结束了一生。舰队中很多的船仍然沿着海岸航行，直到五年后，这些船才在白令海峡找到了通向太平洋的路，又过了五年，他们才回到魂牵梦绕的祖国，大明朝日不落帝国的世界才连为了一体。"

儿子面对着巨像长久地沉思着，这可能是他有生以来最长时间的一次沉思，我感到从未有过的欣慰。

"孩子，历史和生活不是你一直认为的那种简单的征战和开拓，其中有很多说不清道不明的东西，很多需要成熟后才明白的东西。"

"是的，"艾米说，"想想，假如郑和当年按照最初的计划，最远只航行到索马里海岸就返回，后来会是什么样子？也许是一个欧洲人的船队后来首先绕过了好望角，更说不定，另一支欧洲人的船队还发现了美洲呢！"

"唉，历史啊，同一个人的命运很相像。"我感叹道。

"那么，爸爸，"儿子从沉思中醒来，指指艾米，"她是您的新大陆吗？"

我和艾米相视一笑，我们谁都没有否认这点。

我们身后，曼哈顿的灯火更加辉煌，纽约港的水面成了一片跳跃的光海，这又是新大陆多梦的一夜。

一九三八年上海记忆

韩松

韩松,生于1968年,生于重庆,本科毕业于武汉大学英语系,研究生毕业于新闻系,目前在新华社工作,著有长篇小说《红色海洋》《火星照耀中国》《地铁》《高铁》等及短篇小说集《宇宙墓碑》等多部。韩松的风格阴郁深邃,迷离怪异,似现实而超现实,在科幻作家中独树一帜。这篇《一九三八年上海记忆》当然不是现实的1938年,但却可以说是在中国人的历史记忆中留下深深印痕的梦魇。

一、碟屋

天平路二零八弄十四号,是一间没有窗户的平房,专卖影碟,仅七八个平方米,只容得下三四位顾客同时翻检,头顶落下老酒般的昏黄灯光,把人的影子照得像是仓鼠。墙上贴着新华电影公司《貂蝉》这部影片的宣传海报,多处已经破损。

女老板三十出头,人清瘦而干净,独自坐在柜台后面,像株灯芯。她孤孤单单,我从来没有见过她身边曾出现男人。她从大清早一直睡眼蒙眬地待到很晚,才缓慢地锁上铁门姗姗离去。一日三餐,她就吃自带的松糕和酥饼,并饮一瓶用小苏打、柠檬酸和糖精自兑的汽水。我似乎能听见时间在她的身上流淌,半天才滴答一响。

我在女朋友小萍失踪后，偶然发现了这间碟屋。我的心情一坏起来，就要去那里淘碟。我喜欢下着细雨的时候前去，也中意于月亮浮行的夜晚。进屋前我会心有牵挂地回头一望，便看到绵绵不绝的零式战斗机，集群的蝙蝠一样从瓜白色的月面掠过，天空中锡纸般的夜云上，崇山峻岭般投满了航天母舰的阴影。这个世界给人的感觉，就像是《申报》副刊上的一幅木刻。

女老板听见我进来，头也不抬，总说一句："学生，你来了。"

其实我已不是学生。战争年代已无学可上。她无精打采地叨完这声，就不再理会我了，点上一根美丽牌香烟，慢悠悠抽起来。她穿一身黑色暗花旗袍，很旧，有两三处精致的补丁。一个摇头电扇在有气无力地转动。

战事已进行了一年，淘碟的顾客不多，常常整天仅我一人。生意因此萧条，但女老板并不在意。有时候，防空警报会骤然响起，盟军或日军的炸弹会在邻近街区落下，但我和女老板都不愿离开去防空洞躲避。一个专注地淘碟，一个沉着地吸烟，仿佛这才是我们毕生要做的最重要事情。

二、碟片

有一天我淘到一张碟，比普通的碟片包装略厚，封面上没有片名，我觉得很奇怪，便拿起来走到柜台前。

女老板神情恍惚，上下打量了我一遍，说："这是新到的货，凡买它的,我都有义务向顾客做一些说明,不管他是学生,还是大人。"

她的话语仿佛夹杂着一种风歇雨止后的瞬时飘摇,使我有些莫名紧张。随着她的描述,我才知道了,这不是一张寻常的影碟,而是一张可以使时间倒流、又能让时间重新启动的碟。它只需要插入任何一台普通的留影机,用后退及前进键播映就行。机关是在碟的材质上,那里刻入了开启宇宙密码的信息。

女老板见我选择了这张碟,却也没有表露出特别的兴奋,只是用柜台边的一台旧机器,慢吞吞地为我做了演示。

于是,我看见清澄的苏州河出现在了画面上。女老板按下后退键,苏州河便开始倒流,两岸的景致回到了从前。她选择了一个时间点按下停止,瞥了我一眼,又按下开始。苏州河柳条般摇曳了一下,重新流淌起来,但是,新的苏州河,已然不同于旧时。水从同样的起点出发,却显示出了无规则的秉性,随机地冲蚀出了异样的河道,与我记忆中的大不一样,并流向了全新的终点。她反复后退前进了多次,每一次,重复形成的河道都不同,岸景亦变幻,新的世界走马灯一般接踵诞生。

"这只是演示。而客人在正式使用时,如果同时按下选择键,则它就可以把观看者本人带回到过去,让人生和历史重新开始,是轮回,是任意多次的轮回,而每一次轮回又都是全新的经历。学生,想这样做吗?"她眯缝着眼睛说。对我而言,这是难以置信的事情。但我好像也并不十分吃惊。国家到了这个地步,还有什么事情是不可能的呢?

三、绝望

女老板说,买这种碟的顾客很多,他们是对现时的生活,感到绝望的人。"你第一次来,我就看出,你本质上也是那种人,虽然你年纪轻轻。"

她叹息一声。这时我感到后脑发凉。我扭头朝门外看去,因为防备空袭,街灯均已熄灭,路上已无行人。树叶沙沙作响,像埋伏着无数阴兵。

"当然,这要冒一定的风险,比如,这个新形成的河流,可能就没有旧时的美丽,而客人们回到过去,再次开始他们的人生,也有可能进入更糟糕的乱世,真的还不如现在呢。这谁说得清楚呢?"

她用洋火点燃香烟,徐徐吐出几个烟圈,倦慵地看着它们在有形而逼仄的空间之中,飘走又散去。她花心般的嘴唇,在收放之间,显出了因无力而优美起来的性感。我注意到她的人中很像一条槐蚕,于是默默。

"一切从过去重新开始。它仅仅是提供一个机会,一个不可预知结局的机会。但是,尽管如此,那么多人还是义无反顾,做出了回去的选择。这究竟说明了什么呢?"

她略皱着眉,专注地自言自语,好像陷入了沉思。这使她愈发美丽而可怜,看得我心动。但我回答不了她的问题。为什么那么多人宁愿回到过去,让一切从头再来?这个问题实在太过艰深。在这山河破碎的年代,人人都拥有重新选择生活的自由,然而一旦进行了选择，便等于什么也没有选择，因为你仍然不知道未来会是什么结局。

我清楚的只是，至少我现在是不会购买的了。我抱歉地说："我希望我就是我现在的这种样子，不要改变。我对生活还没有彻底绝望，也没有太多奢望。我不要它在我无法掌控的未来重新演绎。如果这真是你所说的那样一种奇妙的碟，那我目前是不需要它的。对不起，我不是你说的那种人。"

女老板没有相劝，只是有些遗憾地"哦"了一声，点点荷叶般的下巴，整个身体蛹一样在椅子里缩了起来，像退回了茧中。留声机里传来音乐，是周璇的《四季歌》。

我小心翼翼地把碟片放回原位。这时我想起了小萍。我仍固执地期盼着有一天，我和小萍，或会重逢，生也好，死也罢，就在这个世界上，就在唯一确定的未来，而不是在无数缥缈的过去。我也相信，战争终有一天会结束，而我们这些中国人，或会幸存下来，沿着既定的路径走下去，只在废墟上开始新的生活。

我明白，这样去考虑问题，或许是年龄的关系，倒不一定被称作乐观。而从骨子里讲，我与每一个中国人一样，是否也透着深深的悲观呢？这才是被女老板一眼看穿的实质性东西。

四、买卖

此后，我去到碟屋的次数，明显地频繁了起来。它的神秘气氛，吸引着我前去，在雨天，在有月亮的夜晚，也在星光渐隐的黎明。

沉沦中的大上海，已成若有若无的背景。黄浦江上炮艇的笛声，晨曦一样遥远而淅沥。

我陪伴寂寞的女老板聊天，听她的话语，在潮湿的青色空气中，棉絮一样丝丝地浮游开来。集束炸弹仍不时在大气中飞舞轰鸣，有时血液会顺着人行道，殷殷地流经门外，使我想起苏州河的春天。

女人说，这碟其实是一位客人寄售的。"他是一个赌徒，从国外回来。一个好看的中年男人，只是左腿有些瘸。听口音是北方人。"

她神情渐渐黯然。"还记得那天，是个雨天，轰炸机没有来。他浑身湿透，背个大旅行包，仓皇地钻进来，吓了我一跳。他在碟盒上埋头翻找了一阵，叹口气，说没有好碟。然后，就拿出这东西来，问能不能寄售。一切就这样开始了。"

我想象着那个晦暗得像一团墨水的雨天，冒失的单身男人，落魄地走进来，在女人带着问号的目光中，把那古怪的碟片用两个手指夹紧，对着女人的眉心一寸寸向上举起。这个画面于是定格了。

"那么，谁是第一个买主呢？"

"一个男人，也曾是我的常客。他的家，被炸毁了，是我们二十九军导弹的误击，老婆和一对双胞胎都炸死了。从此，他便生活在了影碟的世界中。"

她说，那人见了这张新碟后，毫不犹豫，便立时买走了。随后，他再也不来光顾碟屋了——他消失了。他一定在新的世界中重新开始了生命之旅，享受或痛苦着他的另一种人生。而慢慢地，也有了其他的顾客，购买了此碟，此后，也便离开了这个世界。"碟确实起作用了，这一点也不含糊。"她幽幽地说。

"真的就再没有回来的吗？"我看着桌上凌乱地堆放着的普通影碟，为它们难觅知音，感到有些可惜。《摩登时代》和《劳莱哈代》，《木兰从军》与《乱世风光》，虽然都是盗版，但是在战火纷飞的岁月里，显得那么珍贵，它们翘首等待发烧友的莅临，把它们带回家中。

"不，也有两三位。他们的人生，在重新开始之后，经历了重重险阻，好像又一次偶然步入了我们的世界，这种概率，大概是很小的吧？或许，他们后悔了？或许，他们对昔日的大上海还残存着留恋？但他们似乎也有所改变——从职业到形象。而且他们记不得我了，但我还能依稀认出他们来。"

女老板的脸上，显露出淡淡的忧伤，又仿佛是久抑的喜悦。这使我忽然想打探她的身世，想询问她的经历，她嫁过人吗？她先生去哪里了？她有孩子吗？她为什么要在这乱世，独自一人把这碟屋支撑到如今？我最想问的还是，她自己为什么不使用这碟？

"那些客人，看了这碟后便不再来了，那么，你的生意不就受了损失吗？"最后，我还是决定问一个比较实际的问题。

"倒也谈不上损失。本来，没打算靠卖碟赚钱的，只是有点事做，好打发日子。不过自打进了这新碟后，生意倒是好了，上门的客人越来越多，大都直奔它来。"

她舒展眉目，少女般笑起来。我第一次见她这样好看地笑，不禁也笑了。她笑过后，便恢复了冷峻，抽出一支烟，要递给我，我摆手不要，她便自己点燃了它，跷起二郎腿，去听周璇的歌曲了。

五、直销

女老板说，战争也不知要打多久，那是政府的事情。老百姓反正没别的事做，建议我不妨与她一起做这生意。那神秘的赌徒，留下的货很多。我想了一想，这倒也无妨，便从她那里取走一些碟，在亲戚、朋友和同学中，开始了直销。

生意真的不错，头一个星期，便卖出去五十多张。但看着那些熟悉的面孔，从此一去不复返，我便有些难受，不过，很快就习惯了。就算没有这碟，在这个世界上，每天也都有很多生命消失。而我做这件事，其实并不是让他们消失，相反，是使他们免于消失。他们在一个陌生的世界中，获得了又一重命运，有一些人会过得更不好，但总有一些人，会觅到真的新生。而且，他们都是自愿选择的，有很多人，为此而迫不及待。

阿荣，我的中学同学，战争爆发前，便一直抑郁。这是一种无由的抑郁。他觉得周围的人都不可信任。他买了此碟，很快，便坦然地从我眼前离去了。

小鑫，我的一个朋友，老是梦见自己被军统特务当作汉奸抓住剥皮，醒来后便想自杀，但买了此碟后，也抛弃了自杀的念头，毅然而去了。

连我原来的中学校长老徐也来找我。"国家无望，但愿从头来一遍，能找到一个新的起始吧。"

我告诉他，并不是一定就能够，而只是有可能。那要看运气。"如果让一切回到两亿年前，初始条件还一模一样，让生命重新进化一遍，也许恐龙会统治世界，但也许根本就不会产生恐龙。"我谆谆叮嘱。这是我从女老板那里学到的职业道德。

据女老板说，回去后并不能记得现在，因此不能根据已经具备的知识和经验，用未来人的思维去影响历史——比如有的人以为，既然知道战前上海的房价会暴涨，那么何不回到过去，先期购买一大批房屋呢？不，这是不可能的。若你真的回去了，是什么也记不得的。获得的仅仅是与旧时毫无差别的初始条件。但因为量子的作用，这初始条件会朝随机的方向演变，未来便像掷骰子一样，千差万别了起来。

老徐听了我的话，笑道："放心，这我完全有思想准备。重要的是，一切要与现在不同起来，这就足够了。"说完，便平静地携碟离去了。

我的顾客里面，很多是社会名流。他们通过各种关系，拐弯抹角打听到我，向我求购此物。这些人中有巴金、夏衍和陈望道。最近一位找到我的，是杜月笙先生。这使我产生了一种从事伟大事业的感觉。

父亲问我，神神秘秘地究竟在做什么？我便告诉了他。他马上说："也给我一张吧。"

父亲活了一世，也就窝囊了一生，他曾说下辈子再也不做中国人。他的这个念头，在留守故乡南京的母亲被国军败兵强奸致死后，便更加强烈了。

父亲抛下我，一个人躲到屋里去看碟，走了。这是小萍离去后，又一件让我格外伤心的事情。这时，我也有些动摇了，考虑着是否要亲自观看那碟，重新开始这可有可无的人生。但我最后还是忍住了。我想看到，这场战争，究竟如何结束。

六、消失

我逐渐注意到，并不仅是女老板在卖这种商品。还有很多的小店也都寄售着它，像眼镜店、鞋店、服装店啦，等等，甚至连卖酸梅汤的走街小贩，手中也握有几张。它也流入了戏院、舞厅和咖啡馆。侍者一见客人上门，便热情推销这个，可见其流行。

我在想，上海有多少人，江浙有多少人，沦陷区有多少人，大后方有多少人，全国有多少人，在做这笔生意，有多大的零售量，这使我好奇。但这方面的情况，在这战乱的世道，是难以知晓究竟的。

然而，我仍然注意到，报纸上渐渐出现了相关的新闻，比如，某某文化名人失踪，某某商界大亨消失，某某里弄几十个人失去联系。

随着人员的遁去，一些大的银行和工厂也一夜间蒸发了。有时，是一支军队，正在一线与鬼子作战，忽然，便无影无踪了。这很神秘，报纸说，那些消失的人是潜入敌后了；银行和工厂是迁往内地了；而军队，苦战不降，英勇地集体阵亡了。但我不这么想，读者也不这么想。报纸在说假话，这谁都明白。大家见了面，便心照不宣地眨巴一下眼睛。

这样下去，或许很快，四万万五千万中国人会全部消失。这使我不安，而又振奋。这是对现实的一种最顽强而最悲壮的抵抗。

李宗仁将军所有的集团军加在一起,也抵不上这一张碟。

有时,我想着,如果其他的中国人都消失了,这么大的国土上,就剩下我和女老板,与无数的日本移民一起生活,那会是怎样的一种情形呢?不知道碟屋的生意是否还会兴隆。

就在那个夜晚,我做起梦来,梦到我和这个比我大十几岁的女人,赤身裸体,搂抱在一起。她的身体是那么的光滑,像条带鱼。醒来时,我发现自己遗精了。我知道这其实不是我的真实想法。我很羞愧,觉得对不起小萍。

此后,我出门的时候,一方面防备着轰炸,一方面留意着路人,也许,我会邂逅那个神秘的赌徒。不知怎么,我能很清晰地想象出他的形象:中年人,中等个子,方脸盘,身板结实,腿虽微瘸,却会讨女人欢心,穿一身深色风衣,讲豪爽的北方话。我觉得我一眼便能认出他。我要问个究竟,他是怎么得到这东西的?

七、运气

一天,我去女老板的碟屋取货。快走到时,忽然觉出四周的景观有些异样。楼房的颜色和条理,或者说暗藏在时空中的几何结构,有一种说不清的奇怪,仿佛是晴天白日下陡现的一片荒郊野坟。有轨电车和黄包车都不见了,马路上的弹坑如纸糊出。我猜想,由于人员最近消失得太多,新形成的历史于无意中,已把某只触角探入了我们的世界。

但如我所料,碟屋没有变化,女老板还端庄地坐在柜台后面,眉宇间闪亮着一层光熠。

"学生,你来了。"

我们交换了一个眼色,那里面有着对寻常世界的淡漠,及对我们在茫茫人海中相遇的欣悦。

"你今天好像遇到了什么事情。"我问。

"你来晚了。他走了。"

"他?"我心旌摇荡。我知道,她说的是谁。

"是的,他回来了。他是来收货款的。"

"你都对他说什么啦?"我竟有些嫉妒。

"没说什么,因为我忽然不知道该说什么了。见着他,你知道我的心情吗?他走了之后,我才像大梦初醒,明明是有许多话要向他说的。他是这乱世中,所有人都逃离时,唯一期待已久、能让人心情安定下来的友人啊。"

"那他说什么了呢?"我想,这间碟屋,在那人眼中,只是一个普通的寄售店。他一定见过许许多多这样的卖碟者,男人及女人。他其实不会把他们当作朋友。他只是一个唯利是图的商人。

女人的口气中竟有了自豪的意味,她说,那人的生意,已做得很大很大,他在全世界卖碟。最大的买卖,是与政治家做的。世界上有许多前途无望的国家,它们与一流国家的差距越拉越大,根本无法奋起直追;有的国家被占领后,已无力抵抗,难以摆脱殖民。这时,他便怂恿政治家买他的产品,以使其国家和民族的历史,从头再来,碰碰运气。

交易一旦达成,便是整个国家及其人民返回到过去。既然,连这个国家都不存在于现世了,那该国的财富,又有什么用呢?于是,他便用一张碟,换取了一国遗世的财富。他的商品,就值这个价钱。

"其实,他是好人。若遇到穷人,遇到特别绝望的人,他是一文不收的。"

我的眼前忽然展现出一幅图景:明天,或者后天,我一觉醒来,去看世界地图,便看到许多的国家,已经不存在了。它们就以这样的一种奇妙方式,以这样的一种苦心周旋,摆脱了入侵的强敌,摆脱了自己的无力。当然了,我也或许会看到另一种情形:重新形成中的世界上,最强大的国家,不再是日本,而是菲律宾、印度或新加坡。

然而,中国呢?蒋介石先生,知道这碟正在他的治下悄然流行吗?他是否考虑过推广它或禁绝它呢?

"但那又能怎样呢?"像是看透了我的心思,女老板懒洋洋地说。

"是啊,那又能怎样呢?"我想到了小萍。自去年"八一三"后,她便生死不明。随即我又想到了那个梦。我埋着头不敢看女老板。

"还是卖碟好。"她说,"影碟里的世界,比现实中的世界,要精彩得多。"

八、拯救

"他怎么弄到这碟的?外星人给的?"我终于提出了这个久久

闷在心底的问题。

"不,是他自己发明的。他以前是个物理学家,因为批评政府就被判刑。出狱后,便跑到国外。是他发明了这个。"

"了不起的发明。如果在和平年代,会得诺贝尔奖的。"

"他哪有得奖的心思。据他自己说,是专为了拯救中国而发明的。他还是一个理想主义者呢。在转行经商之前,他就是这样一个人。他用心理史学公式推算出中国迟早会灭亡。为挽救国家,他就发明了这种'时光碟'。战争开始前,他曾携它归国,建议南京政府采用,但被拒绝。"

"蒋先生当然不相信国家会灭亡的。就算真的要灭亡,他也不会承认的。我说得对吧?"我像个大人一样说。

"你说得很对。当时他劝告蒋先生,说据推算,中国的灭亡已成定局,只有使用这碟才有可能获得转机。概率论说,骰子掷的次数足够多,最后赢的概率便会达到百分之五十。因此,如果使用'时光碟',让一切重新开始,让历史走上千百个来回,中国在此过程中获胜的机会,便会与列强一样,各占百分之五十。但是,如果不改变现状,就让国家一直这么下去,则只剩灭亡这唯一之途。要是你该如何选择呢?"

"我不知道。但我想,蒋先生一定有他的主意。"

"蒋先生拒绝了。蒋先生不愿意,他认为那人太悲观了,说不定还别有企图;而政府的其他人就更不愿意了。理由很简单——倒不是因为碟的发明者曾是持不同政见者。你想,做大官的,就算知道国家即将灭亡了,又怎么会舍弃已经获得的权力和地位,去重新开始一段不可预知的命运旅程呢？这却与我们老百姓不同。他们只是在听说国家快要灭亡这个可怕的消息后，便纷纷把子女送到国外，自己则开始了更加放肆的贪污和挥霍。否则，你想想，我们这个伟大的文明古国，怎么会这么快就一败涂地了呢？"

女人清清楚楚地说着。我觉得她刹那间陌生起来。但她只是把无奈的心机深藏着，就像一张影碟，把大千世界的沧桑，不动声色地储存在盘中，等待时机再作播映。虽然，所有的只是影像罢了。

我忽然又想，国家之所以搞成这样，也许正是由于那人的来临，正是由于他的一句谁也无法证实的预言，而扰乱了人心吧。国家注定灭亡，这谁都会说。谎言的目的，便正是要让官员们集体堕落，开始腐败吗？如果是这样，则他的恶毒和阴险，可不是一般的。到底是赌徒啊。但我转瞬又觉得，这或许是我这样的年轻人的幼稚想法。

"你什么都看透了。"我故作冷静地对女人说，心中感到残酷。

"不是我看透了，而是我的丈夫，先前是国民政府的一名下层官员。六年前，他就说过，国家这样下去，注定要灭亡，结果被关入监狱，死在了那里。"

我定睛去看女人。她的面色像一枚透明的青果，渗出一丝妖气，却没有伤痛的表情。她就像在述说一件发生在几百年前的、与己无关的往事。这使我觉得她的记忆结构早已如同古坟中的死者，在腐朽的黑暗中收缩了，而她本人则修炼成了一个以播撒幻影为生的狐狸精。因此，谁又能肯定那神秘的商人曾向政府推销过什么呢？谁又能知道蒋介石先生拒绝了什么呢？谁又能证明这女人的丈夫真是一位忧国忧民之士呢？是的，一切都毫无证据。

女老板又说："学生，这一切都是我们无法控制的。再说那人吧——从此，他就开始在民间出售那神奇的碟片，也在世界上流浪。他富可敌国，但是，他都在澳门和拉斯维加斯输光了。如果不赌，腿再好一些，倒是个完人。"

九、孤岛

我离开碟屋，心情迷茫。我看到大街上人很少了，风景一派局促，世界似乎在短短的几秒钟里就坍塌了。

只是，出现了一群比我还小的孩子，染了红色的头发，穿了从日军尸体上扒下来的衣服，吊儿郎当，到处游逛。这是战争年代成长起来的新新人类。

他们看到了我，看到了我手中的碟，便露出虎狼般的目光。这东西的价值，如今连他们都知道了。

孩子们围住我，要我把碟白给他们。我拒绝。他们便要抢夺。我拔腿便跑。他们疯狂追来。

这时，天空中响起一阵阵印度手鼓般的轰鸣。是盟军的"超级堡垒"，遮天蔽日，冲破零式战斗机的拦截，哗啦啦开始了新一轮投弹。数千吨钢铁仿佛暴雨倾盆而下，上海孤岛，陷入一片火海。这些粉末状的火蛇，卷着碎布和肉渣飞上重霄，在白花花的阳光下，上海滩弥漫着死亡、燃烧和腐烂的气味。孩子们都吓得跑掉了。

火焰映出了另一种不同的景象。黄浦江东岸，仿佛海市蜃楼，显形了并不存在的塔形建筑，高耸入云，好像是幽灵古堡，却流光溢彩，瑰丽夺目。这便是灭亡后的中国？可真是让人心驰神往啊。浦东簇新的高塔组群使浦西外滩的陈旧西洋楼房相形见绌。

我吃了一惊，不禁对于这个时代人们略带做作的绝望，产生了怀疑。或许，那只是一种因过分自恋或自卑，而在心脏表面凝结成的一层血痂？国恨和私仇，难道真的无法分开吗？不管怎么说，与影碟偕去的人们离开得太早了。国家毕竟还在苟延残喘，这一口气或可以续上又一个五千年哩。日本人又能把我们怎么样呢？

我既不能确定我的过去，也无法明辨我的未来。我的记忆便化作了时间山洪中的一片树叶。

十、结局

此后的一段日子，我依然靠卖碟为生，但每次我都有意不卖完它们，始终在口袋里，留下一张。

七年后的那天，我看到了结局。我强忍住，没有使用这张碟。

我又去到了常去的碟屋。门开着，但柜台后面没有人。所有的普通影碟都在，摆放得好好的，像悉心整理过一般。只是那奇异的碟，一张也没有了。唯有周璇的歌，仍在忧郁地萦回。

灯芯般穿旧旗袍的女老板，像是出了远门。

我惆怅地去看门外，阳光歪斜，分得清列。但那不是阳光，却是时空中的另一种色彩。在光子的潮水中，许多亢奋的年轻市民，举着旗帜和标语，游行一般，嚷嚷着走过来走过去，像是庆祝战争的结束。那里面没有我熟悉的活人。

我整天坐在女老板的椅子上,时而昏睡,时而苏醒。她始终没有回来,其间也没有客人登门。我等待着,那赌徒也许会来收账,但是他也没有来。

也许,他到外星球去了,向全宇宙的生灵,出售他的光碟。

十一、注定

第二天,我来到了苏州河边,坐在一道石阶上,看着流水不舍昼夜地逝去。

然后,我把光碟塞进随身携带的袖珍留影机。我按下了倒退键,让自己融入这片多灾多难的大好河山。苏州河停流了。然后,河水开始回溯。景观变了。我回到了从前,那时的中国还有着名义上的尊严。就在那个明媚而和平的下午,我,一位翩翩少年,以及,一名婀娜少女,蝴蝶般穿行在水边的花丛中,追逐着光阴的永恒之影。一切正是那时的情形,一切都没有变。

随后,时间的进程重新开始。历史快进之后,走过了八年,回到了我回去前的那一刻。我仍然坐在岸边。但我看到,水流冲出的河道,并没有如预想中生发出新的分岔。这仍是一九四五年的那条苏州河,与我回到过去时,一模一样。这让我骇然。我反复试了几遍,也都是这般。

这不同于女老板做出的演示,也不同于发生在我的客人身上的情形,而根据量子力学的理论,这显然更不可能。或许,我的这张版本,比较特殊?还是我这个人比较特殊?

或者,冥冥中有一种力量,在战争结束之后,开始了干预?

我毛骨悚然地看看四周。万籁俱寂。成千上万具穿着军装的尸体,中日间最后一场战役的死者,正狞笑着从上游漂流下来。

我目瞪口呆地看着那张碟。命运是注定的。使用它,或不使用它,国家的结局都是这样。这就是骰子掷到最后的结果吗?

既然它根本没有用处,那么,那种神秘的力量,为何要设计出一个赌徒?发明者存在于世的意义,又是什么呢?

我把光碟扔进了苏州河中。

十二、世界 A

国既亡了,家也没有,年底,我决定漂泊世界。

我确信这才是我真实的人生目标,这就像那些到现在尚没有被日本人消灭的国家,它们之所以还没有亡国,就是因为它们有着天赋般的目的性,而不是因为它们拥有很多的航天母舰、离子大炮和喷气式飞机。

而中国的灭亡,大概在四十亿年前,便被刻进了一粒夸克。

在百老汇大厦的顶层,我搭上丰田公司的充氦飞艇,准备越过太平洋,前往北美。第二次世界大战仍在那里继续,但已近于尾声。美国有四分之三的领土,已成为日占区。我是作为裕仁天皇的雇佣兵前去的。

穿和服的空中小姐如同樱花盛开。我冲她们讨好地微笑。不知为什么,她们使我想起了不知所终的女老板。

我在座位上刚刚坐好,便看到了一个人,瘸着左腿,低头走了过来。我心头一凛。

等他抬起头来,我才失望地发现,并不是他。这是一个非洲黑人,也穿着雇佣兵的军服。

但他携着一样别致的行李,引起了我的注意。那是一块镶在镜框里的化石,一个不完整的寒武纪软舌螺。

我看着软舌螺的残体,产生了一种心心相印的感觉。我从它的上面,感悟到了进化的某些潜在理由。我淌下热泪。那人这时也见着了我,先是一惊,然后,眼眶也湿润了。

飞艇起飞了,掠过一片废墟的上海。但就在黄浦江东岸,我又一次见到了摩天楼的蜃景,高塔顶端飘扬着我以前不曾见过的五星红旗。不久,下方出现了辽阔的大洋。

又飞了一段时间。从日本列岛上,凝固的手臂一般,升起了两个巨大的蘑菇云,猛烈地冲撞着我们的飞艇。真是让人震惊而困惑的画面。空中小姐急忙要求乘客们赶快换上三防服。

就这样,我行经大海,又穿越天空。世界一派烟雾迷蒙。我是宇宙的一部分,但又是一个亡国的中国人,四十亿年的盘区上满载我的容貌和口音。

我不停地想着那个赌徒,想着他仍在循环无尽而又千差万别的历史中来来往往,售卖那件奇特的商品。他使所有的物质和所有的生灵,在妙不可言的程序上反复播映。

而上海天平路上的那个小店,以及有关女老板的记忆,已经被我远远地抛落在时区和地理的界限之外了。

十三、世界 B

战争结束，全球化开始。年底，我决定漂泊世界。

我确信这才是我真实的人生目标，这就像那些坚持到最后的国家，它们之所以赢得了战争，就是因为它们有着天赋般的目的性，而不是因为它们拥有很多的航天母舰、离子大炮和喷气式飞机。

而中国的胜利，大概在四十亿年前，便被刻进了一粒夸克。

在百老汇大厦的顶层，我搭上波音公司的充氦飞艇，准备越过太平洋，前往北美。杜鲁门总统正带领着美国经济走向欣欣向荣，那个国家正从全球吸纳大量的留学生。

金发碧眼的空中小姐如同栀子花盛开。我冲着她们讨好地微笑。不知为什么，她们使我想起了不知所踪的女老板。

我在座位上刚刚坐好，便看到了一个人，瘸着左腿，低头走了过来。我心头一凛。

等他抬起头来，我才失望地发现，并不是他。这是一个非洲黑人。

但他携着一样别致的行李，引起了我的注意。那是一块镶在镜框里的化石，一个不完整的寒武纪软舌螺。

我看着软舌螺的残体，产生了一种心心相印的感觉。我从它的上面，感悟到了进化的某些潜在理由。我淌下热泪。那人这时也见着了我，先是一惊，然后，眼眶也湿润了。

飞艇起飞了,掠过重建中的上海。就在黄浦江东岸,我又一次见到了摩天楼的蜃景,高塔顶端飘扬着我以前不曾见过的五星红旗。不久,下方出现了辽阔的大洋。

又飞了一段时间。从日本列岛上,凝固的手臂一般,升起了两个巨大的蘑菇云,猛烈地冲撞着我们的飞艇。真是让人震惊而激动的画面。空中小姐急忙要求乘客们赶快换上三防服。

就这样,我行经大海,又穿越天空。世界一派烟雾迷蒙。我是宇宙的一部分,但又是一个去国的中国人,四十亿年的盘区上满载我的容貌和口音。

我不停地想着那个赌徒,想着他仍在循环无尽而又千差万别的历史中来来往往,售卖那件奇特的商品。他使所有的物质和所有的生灵,在妙不可言的程序上反复播映。

而上海天平路上的那个小店,以及有关女老板的记忆,已经被我远远地抛落在时区和地理的界限之外了。

永夏之梦

夏笳

夏笳,生于1984年,本名王瑶,本科就读于北京大学物理系,博士毕业于北京大学中文系,目前任教于西安交通大学,从事科幻研究,著有科幻小说集《关妖精的瓶子》。《永夏之梦》讲述一个可以随意穿越时间的现代少女与五千年来的永生者姜烈山在浩瀚历史中一次次的相遇和爱恋,在某种意义上,这个故事恰如本书中科幻与历史一次次的邂逅和纠缠,作为压卷之作,再合适不过。

整个生命不过是一夜或两夜。

——普希金

怨憎会

记忆总是靠不住的。

那大概是2002年,喧嚣的夏夜,街灯在潮湿的空气中吞吐光芒,如同坠入浓雾里的大串繁星。夏荻坐在人群熙攘的小吃街里喝一杯冰镇酸梅汤,突然听见一阵吹埙声飘荡而来。

某种熟悉而又陌生的东西在夜风里汇聚,汇聚然后散开。那声音从黑洞洞的城墙上落下,穿越潮水一般起伏荡漾的欢笑声,叫卖声，板胡与秦腔，以及一团团烤肉的青烟，曲调是《苏武牧羊》，幽咽古朴，像是腊月里的寒风在呜呜啜泣。夏荻抬头仰望，夜空被满城灯火染成绯红色，城墙上那个小小身形如一纸淡薄的剪影。埙声如泣如诉，直到最后一个音符沉沉地坠入地下，许久之后，那个人影远远望过来了。

他看见了，他在分辨，在回忆，漫长的回忆，永生者的记忆往往模糊而散乱，缺乏时间的有力约束，但对一个行者来说，最不能浪费的就是时间。夏荻跳起来转身就跑，无数次的经验证明，只有奔跑可以救命，身后不远处响起一阵沉闷的水声，像是有什么人从十几米高的城墙上跳进了护城河，夹杂在一片车水马龙中，格外惊心动魄。

她低头只管跑，转眼已经跑过了两条街，耳边风声呼啸，脚下的运动鞋开始发烫，无论何时何地她总穿着最好的鞋子，以备随时逃命。两旁路人奇怪的眼神望过来，又茫然地飘向别处，这样一个漫长的夏夜里，什么样的事都有可能发生，黑影在身后穷追不舍，带着湿漉漉的脚步声慢慢接近。

这一场奔逃毫无意义，夏荻心里明白，无论跑多久，对方总会紧跟在后面，永生者不受时间概念的限制，也从不懂得什么叫疲倦，然而她依然在跑，不肯就这样认输。他们跑啊跑，穿过流光溢彩的喷泉广场，跃过隐藏在树丛里矮矮的街灯，惊动了墙角追逐嬉戏的野猫。前面是一座天桥，她跑到最中央猛然停下脚步，转身望着来人，黑色的眼睛，黑色的头发，黑色的式样普通的短袖衫，滴滴答答往下淌水，他年轻的脸上有一些浅浅的皱纹，将两边嘴角向下拉,仿佛某种危险而冷漠的笑意,夏荻的双腿微微颤抖起来,红的黄的车灯在脚下川流不息,掀起一浪又一浪灼热的气流。

"你果然还活着。"黑衣男人轻声说,他说话略带一点当地口音,几乎就和其他生活在这城市里的人没有任何分别。夏荻咬紧了嘴唇不说话,黑衣人耐心地等待着,潮湿的夜风从天桥上吹过,无声无息,许久之后,他又开口说:"你来这里多久了?"

在他这句话说完之前,夏荻纵身一跃,猫一般矫健地翻身爬上天桥扶手,然而黑衣人似乎早已预料到这一切,并没有一丝犹豫地扑上来,刚好抓住她的一只脚。城市和街道在眼前颠倒了过来,夏荻一头栽下去倒挂在半空中,无数灯火在地平线上沉沉浮浮。

"抓住了。"黑衣人的声音从遥远的地方传来,夏荻用尽最后一丝力气仰头向上望,望见那张年轻却又苍老的脸,镶嵌在略微透出绯红的天幕前,像一尊石像般读不懂、摸不透。

"好,送给你了。"她费力地说出这几个字,咧开嘴微笑着,那张脸上浮现出一丝惊疑和沮丧,紧接着,她绷紧全身每一寸皮肤,每一缕肌肉和筋脉,向着未知的流光中奋不顾身地一跳。

那一跳之后,她消失了,从 2002 年的这个喧嚣的夏夜里彻底消失,只剩下被汗浸透的几件衣服随着夜风坠入天桥下,还有一只发烫的运动鞋留在那个黑衣男子手里。

病

公元 468 年,瘟疫沿着河流与道路向四面八方传播,中原大

永夏之梦

地陷入一场浩劫。

从落地的那一刻起夏荻就开始后悔,这是一次鲁莽的跳跃,在接受足够的训练之前,行者的每一次跳跃都是危险的,时间线中充满湍流与漩涡,稍有不慎便可能迷失,更何况这是跨度如此之大,耗能如此之高的一跳,决定是仓皇中做出的,那一瞬间她甚至还没有决定自己要去哪里,只是盲目地想要逃跑。

这一跳跨越了一千五百多年,精心积攒起来的能量被消耗殆尽,她被困在这个糟糕的年代里。

长安城中一片荒芜,依旧是夏天,尘土飞扬的大路上堆满尸体,血水从他们空洞的嘴里涌出来,引来大批苍蝇,阳光照上去一片绿荧荧的反光,无人看管的牛羊在街头漫无目的地逡巡,野狗相互撕咬,发出单调的狂吠声。

一辆破旧的驴车出了城门,沿着荒草丛生的道路向北前进,活下来的人不多了,即使这些幸存者的脸色和眼神也像死人,没有人知道什么时候会轮到自己,也不知道要逃到哪里才算安全。夏荻坐在车上遥望天空,一群群乌鸦在青蓝的天幕中拍打翅膀,却听不到一丝声响,世界如此寂静,寂静得令人忘记了恐惧。

她去过许多时代,见过许多死亡与苦难,相比之下,富足和安定才是少数,因此她不得不一直奔跑和跳跃,寻找漫长岁月中一个个可以栖身的狭窄缝隙,然而这样的栖息总是不能长久,总有这样或那样的突发事件胁迫她一次又一次仓皇起身,向着未知的时空中跳跃,寻觅,然后再跳跃,行者的生命其实很脆弱,有时候她觉得自己像草尖上的一只蚱蜢，明明知道活不过短短一个夏季，却仍要在某种未知的本能支配下不停蹦跳。

旁边一个老妇人开口说了些什么，这个时代人们说话的口音很难懂，大概是受北方少数民族的影响，夏荻呆呆地看了一会儿，才明白对方是问自己要不要喝水，她摇摇头，老妇人便从腰间摸出皮袋递给旁边一班孩子们，从几岁到十几岁的年纪都有，眼睛里或多或少还有些活气，他们一个个接过皮袋喝上一小口，然后再递给下一个，不争执也不贪婪，像一堆安静的小兽。老妇人最后一个接过袋子，刚刚举到嘴边，却浑身着了火般抽搐起来，孩子们缩在一起呆呆地看，过不了片刻，那尊枯瘦的身体就倒下去了，眼睛和鼻子里流出淡红的液体。

夏荻跳起来，逃跑的意念本能般涌入身体每一个细胞，不管往哪里，只要离开这个地方，哪怕只是向前或向后几个月的时间，或许就能捡一条命。她跳下车正要拔腿奔跑，突然间身后传来一道凄厉的声响，像是大鸟在悲鸣，老妇人坐了起来，上半身转成一个几乎不可能的角度，朝夏荻伸出一只骨瘦如柴的手，黑洞洞的嘴巴大张着，却再发不出一点声音。

夏荻站住了，老妇人的胸膛像个风箱般一下一下抽动，每一次都从喉咙里挤出一些黑红的泡沫，沿着嘴角往外涌，她用尽最后一丝力气，转身指向车上那群孩子，然后就直挺挺地倒了下去。

孩子们依旧呆呆地缩在一起看着，仿佛不明白发生了什么事，夏荻犹豫了一下走过去，低头看那张核桃皮一样斑驳的脸，脸上五官缩成一团，不知是哭还是笑，只有一双血红的眼睛直勾勾盯着她看,像是要烧起来,夏荻受不住这目光,把脸侧向一边低声说:"我答应你。"

尸体用最后一张草席子卷起来扔在路边草丛里,很快就有乌鸦聚拢上来啃噬,远远望去如一团黑漆漆的云雾。夏荻赶着车继续上路,她没有选择,也没有目标,只能向前,皮袋里的水很快喝完了,干粮也早已耗尽,车里的孩子们却不哭不闹,只是没日没夜地昏睡。

第三天傍晚他们终于遇见一个村庄,夏荻跳下车,沿着荆棘丛中的小路飞奔过去。没有风,但两侧丛生的灌木依然哗哗作响,除此以外再没有别的声音,她大声呼喊,却只听见自己的呼喊声在四周回荡,一圈又一圈。

村中央竟有一口井,夏荻凑过去,闻见一股恶臭直冲上来,她犹豫再三,扔下桶绞了半桶水上来,水色还算得上清澈,只是微微有些泛红,她拖着水桶刚要离开,突然有个少年的声音在身后响起:

"喝了那水,你会死得更快。"

她只回头看了一眼,手中水桶就掉入草丛里,骨碌碌滚了很远,许久之后她才回想起来,此时距他们两人最早一次见面还有五百多年。

炉灶上架着两只瓦罐,一只里面煮的是深褐色的草药,另一只里是金灿灿的小米粥,少年站在一旁,时不时把一根手指伸进滚开的药汤里,蘸一点放到舌头上舔一舔,然后再从旁边捏一小撮叶子或根须进去,夏荻蹲在下面扇风,旁边围坐了一圈小孩子,抬头眼巴巴地看着。

"粥好了。"夏荻轻声说一句，米粥的香气绕着鼻尖打转，自己肚子先咕咕地叫了起来，少年看也不看一眼，只盯着面前的药罐说："端到一边先放着，这药得空腹喝。"

夏荻抬头看那张小小的脸，黑色眉眼掩映在一团团蒸气里，显得比任何时候都要陌生。她问："你叫什么名字？"

"江小山。"少年想也不想就回答，夏荻愣了一会儿才明白过来，江小山是他这个时代的名字，每一个永生者都要在迁徙和流浪中不断改变自己的名字，以免引起太多人注意，这一点他们是一样的。

"你呢？"少年低头问她，"你叫什么？"

夏荻咳嗽一声，连忙抹了一把被炉火熏红的眼睛，含含糊糊地说："小花，夏小花。"

他们喝了药又吃了粥，横七竖八躺在干草垛里沉沉睡去，睡到半夜夏荻突然醒了，周围太过寂静又太过喧闹，只是各种虫声，此起彼伏地高唱成一片。她小心地爬起来，一眼便望见院子里有个人影。那个自称江小山的少年独自坐在月光下，黑沉沉的一双眼睛望着满天星斗，偶尔有一两只飞虫停在他脸上、头发上，他却像块石头般一动不动。

夏荻突然无端为他难过起来，永生者大多是寂寞的，在这漫长的荒蛮岁月里，只有他一个人默默地思考，从那些过于丰富却凌乱的记忆中寻找一切问题的答案，他不能像她一样轻松地窥视和预知未来，只能独自等待，而等待是这世界上最沉默的苦痛。

月色如水一般泼洒在草丛中，夏荻走过去，她知道的那个名字不知不觉从嘴边滑落：

"姜烈山。"

少年回头看她，神色无惊亦无喜，他经历过的事情太多了，但那三个字似乎唤起了某些记忆。

"好像有很久没用这个名字了。"他说，"我们见过面吗？"

夏荻犹豫了片刻，说："见过。"

"你是谁？"少年问。

"我不能说。"夏荻回答。

"你是跟我一样的人吗？"

"我也不能说。"

"为什么？"

"还是不能说。"夏荻叹了一口气，"但相信我，你总有一天会知道的。"

少年想了想，说："你是仙人吧？"

"仙人？"夏荻愣了一下，笑了，"你见过仙人吗？"

"不记得了，也许见过。"少年说，"也许是梦。"

"你能分清楚什么是梦，什么是真实吗？"夏荻问。

"如果有一天我从这场梦里醒来，也许就能分清了。"

他说完又重新望向天空，满天星辰璀璨得像要燃烧起来，夏荻在他旁边坐下，整个漫长的夜晚他们不再说话，只是各自仰望星空，四周充溢着草木的呼吸声，不知不觉间，两个人相继躺在草丛里睡着了。

她又一次梦见了那个没有月亮的夜，一个四五岁的小女孩独自坐在野地里，赤身裸体，寒风里回荡着野狼悲凉的长啸，天下起雨，她开始放声大哭。

没有人听见，她一个人迷失在完全陌生的时代，辨不清方向，辨不清时间线上的顺序，她开始跳跃，一次又一次，向前或者向后，盲目而疯狂，像一只受惊的野兽般四处逃窜，却总是回到那片下着雨的荒原上。

第一缕晨光亮起来的时候，她终于醒了。

夏荻跳起来望向四周，夜露打湿了她的头发和衣服，一丝丝的凉，少年睁开眼睛看着她。

"我要走了。"她说。

"去哪里？"少年问，"还是不能说？"

"还没想好，但我必须走了。"夏荻说，"我走以后，你可以帮我照顾这些孩子们吗？"

"那要看他们的命。"

"谢谢。"夏荻点点头，"谢谢你那罐草药。"

她转身向着尚未消散的晨雾中大步走去，渐渐加快脚步，最终奔跑起来，清晨的空气有一丝隐隐的甜，冲淡了嘴里苦涩的药味，也冲淡了残留的漆黑梦境，她在心里默默安慰自己，永生者的记忆是最靠不住的，也许用不了区区一两百年，他就会忘记这次邂逅了。

老

她又向前进行了几次小心的跳跃,终于来到公元前490年,这是一段宁静而熟悉的岁月,自从老头子出关隐居秦地后,她便时不时去拜访。

这或许是一种依赖,一种遥远童年回忆带来的温暖。漫长的雨夜里,一只手落下来放在她头上,夏荻带着满面泪痕和雨水抬起头,模模糊糊看见一个须发全白的老人,面色慈善得不沾人间烟火,而他另一只手里有一条粗毛毯子,还有馒头。

"我是一个行者,跟你一样。"他说,"我专门来这里找你。"

每一个年幼的行者都需要一个领路人,他们穿越时空,找到那些迷路的孩子,把他们带在身边一起流浪,直到教会他们生存所必需的一切,奔跑、跳跃、辨别方向和年代、不同时代的基本语言和文字,以及赖以为生的各种小技巧,冶炼、制造草药、占卜、预言,包括打架和偷窃。

"偷东西是不道德的。"她记得自己曾这样说过,野地里刮着寒风,她只披着一条毯子,冻得瑟瑟发抖,表情却无比严肃,老头子坐在火旁烤着一堆土豆,悄无声息地笑了。

"什么是道,什么是德?"他慢悠悠地说,"这个问题我想了一辈子也没想透彻呢。"

傍晚,余晖正慢慢从山谷中消散,夏荻步履轻盈地走着,一路上山泉唱得清脆,水浪里夹杂着红的粉的野蔷薇花瓣。生命中最后十几年里,老头子开始把精力逐渐放在侍弄花草上,茅舍外方圆几十里飘荡各色馥郁的芬芳,一派仙界景象。

"老彭。"她远远便喊起来,老彭和彭祖都是他在聊国彭地用过的名字,除此以外他还有很多名字,李聃、李冉、李阳子、李莱、李伯阳、李大耳。老头子从花丛中站起来,他老得不能再老了,神色气度却与他们初次见面时没有什么分别,夏荻一路跑过去抓住他的衣袖跳啊跳的,像个小孩,老头子只是笑,说:"疯丫头,又来了?"

"你不肯出来,我只好来看你了。"夏荻撒娇般拖长声音,"现在什么季节,新茶下来了吧?我要喝。"

"丫头你修炼成精了,每次都挑这时候来。"老头子边说边微笑摇头往屋里走,夏荻依旧拽着他袖子跟在后面,眉开眼笑地抢白道:"我哪有挑时候,都是撞上的。老彭你就别装了,一个人待在这深山野林里连个说话的人都没有,有人肯过来陪你喝茶,高兴还来不及呢。"

"谁说没人了。"老头子慢悠悠说道,"这会儿正好有客人,既然来了,不妨进来一起坐吧。"

屋里真的有人,一个女人,穿的虽然朴素,却娇艳得让整个屋子都散发出光芒,夏荻是见过许多美人的,还是不由看呆了一下。

"这是谁?"她偷偷拉老头的袖子,老头笑而不答,只管去一旁沏茶。那女人斜倚在桌边看了她一眼,姿态悠闲得像一朵云。

"你就是老聃经常说起的那个孩子吧。"她笑着轻声说,"叫什么名字来着？一时间记不清了。"

夏荻偷偷瞄了一眼老头子，说："夏小花。"

"叫她阿夏吧。"老头子端了茶上来，坐在那女人旁边，转头对夏荻说，"来得正好，最近又去了哪里，讲给我们听听。"

夏荻端起杯子就喝了一大口，滚热的茶汤烫了舌头，那久别重逢的香味却一路冲进胸膛，她仰头舒服地呵出一口气，说："还不就是来来回回地跳，你都带我去过的，没意思。"

"上下五千年，任你遨游，却还说没意思，未免也太不知足了。"一旁那女人笑着说，她一对细长的眉眼像是水墨描画出来的，洋溢着雾蒙蒙的水汽。

"就是没意思。"夏荻说，"再美，再新奇的东西，再繁华的时代，都跟我一点关系没有，别人的生老病死，悲欢离合，都像是戏，我只能在台下看着，看完了什么都剩不下。"

"既然这样，为什么不回你来的那时候去呢。"女人说，"像个普通人那样平平淡淡过日子，就当你这些年的旅途全是一场梦也好。"

"可那样也未免太无聊了呀。"夏荻托着腮，两条眉毛拧在一起。

"这就是静极思动，动极思静的道理。"老头子笑着说，"你现在是不明白，也不能强求。"

夏荻看了他一眼，吞吞吐吐地说："只怕以后想回也回不去了。"

"怎么？"

"我遇见姜烈山了。"

"姜烈山？"老头子想一想说，"可是你以前招惹过的那个？"

"是啊,他本来还以为我死了呢。"夏荻沮丧地一头撞在桌子上,"想不到两千多年后还能撞见,谁有我这么倒霉啊!"

"姜烈山,这名字听起来倒有点耳熟。"那女人说,"莫非是做过炎帝的那个孩子。"

"正是。"老头子说,"他们部落姓姜,又号烈山氏,就用过这么一个名字,也是个永生者。"

"这孩子是不简单,他掌管神农氏部族那时候,还是个不懂事的娃娃呢。"女人笑着说,"只是涿鹿一战后就再没有了消息,大概是懂事了,不想再出来抛头露面。"

"自周以来,众神渐隐,或许正是这个道理。"老头子说,"他们做过那些事代代流传下来,也就成了神话。"

女人突然笑一声说:"不知他们怎么写我呢,你可知道?"

"多少知道一些。"

"那你一定不要告诉我。"女人说,"我要慢慢等这个变成神话。"

夏荻呆了一呆,问那女人:"你到底是谁?"

"我是谁,这个问题可难回答了。"女人说,"我是女娲,也是妲己,我有成百上千个名字,我做过上古时代的神,也是凡尘中的传奇,我是一个永生者。"

夏荻惊跳了起来,永生者与行者势不两立,如同一对造化精心安排的宿敌。千万年来他们相互揣测,窥视,斗争,围剿和杀戮,永生者守护人类的历史,如同田野里屹立千年的稻草人,而行者则在其间蹦跳穿行,留下一个又一个缺口。老头子曾教过她,遇见一个永生者,你只能跑,向过去跳跃,再也不要回去,也许他们会忘记你，也许不会，但他们总有充足的耐心在未来等候，用漫长的时间织一张网，等待你自投罗网。

女人看着她的脸笑起来，"傻孩子，吓成这副样子。"她说，"放心，我是老聃的朋友。"

"朋友？"夏荻不信，"你们怎么会是朋友。"

"我们认识的时候，怕还没有你呢。"女人仍然在笑，永生者总是这样，漫长岁月中的表情化成面具蒙在脸上，如同会呼吸的神像。

"可你来这里干什么？"夏荻还是紧张。

"你能来，我就不能来了？"她说，"老聃就要死了，我来看看他。"

夏荻愣愣地站在那里，老头子从后面按下她的肩膀，说声："坐下吧。"夏荻回头看他，问："你要死了？"

老头子点点头，说："大概活不到秋天。"

屋里静静的，只有茶壶在泥炉上嘶嘶地响。

"我已经很老了。"他说，"人老了就总有这一天，将来等你老了，也会像我一样，哪里都不想去，只想回到自己最初生活的那个时代，静静地养老。"

"你早就知道吗？"夏荻问，"知道自己什么时候会死。"

"不知道，行者看不到自己的未来。"老头子说，"只是人活了这么久，自己大概什么时候要死，总还是有点感觉的。"

"那我以后到哪里去找你？"夏荻鼻子突然酸了一下，"过去？未来？还是此时此刻？"

"都可以试一试。"老头子说,"你还有那么多时间。"

"我不走了。"夏荻说,"我要留下来陪你。"

"陪我等死吗?呵呵,也好。"老头子笑着说,"有你们两个陪我,我很开心。"

那一刻到来前,她还是逃跑了。

"请原谅我的不辞而别。"她在一板窄窄的竹简上写道,"等我真正准备好的时候,我一定会回来,回到此时此地,回来陪你。夏字"。

她把竹简放在桌上,回头又看了一眼,女娲坐在床头,手里依旧打着一把蒲扇,老头子伏在她膝盖上蜷成一团,睡得像个婴儿,茅屋里回荡着两人浅浅的呼吸声,起伏间连成一片。

她静悄悄出了门,屋外星光灿烂,洒在草叶上宛如白霜。

死

几千年来,人类一直在这片土地上栖息着,不慌不忙,沉默而坚韧,就连他们的语言与生活习俗也不曾有过太大的改变。也许正是这一点令夏荻如此留恋,无论跨越多少年,她始终不曾离开过这里。

黄河与秦岭之间,八百里广阔的平原,这里是她出生的地方,也是人类和诸神的故乡。

永夏之梦

清明前刚下过一场雨,土地松软湿润,散发出略带苦涩的气息,远处的土塬上,隐隐有一柱柱炊烟升起,飘向耀眼的蓝天中去。夏荻走上一排参差不齐的石阶,这是一块有年头的墓地,几乎没什么人来上坟,青灰的碑石散落在草丛中,如同许多刚冒出地表的蘑菇。

她一个人沿着快要被荒草淹没的小路向里走,一个灰色身影突然从墓碑中立起来,夏荻惊得一跳,刚要扭头狂奔,这才发现面前不过是个上了年纪的老人。

"来上坟?"老人眯缝着眼睛问她,他的脸同样像风干的核桃皮,沟壑纵横。夏荻抚了抚狂跳的心口,说,"是,上坟。"

"以前没见过你。"老人说。

"我从外地来的。"

"从城里?"

"对,城里。"

"你是哪家的?"老人依然絮絮叨叨地问,仿佛这些对话也都是他的职责。夏荻想了想,问:"夏青书是葬在这里吗?"

"夏青书?"老人抬起眼皮打量她,"你是她什么人?"

"您认得她?"夏荻心口又是一跳。

"认得。"老人慢悠悠地说,"好多年前的事了,她在村里教过书嘛,那时候不比现在,谁见过女人教书哩,名声传遍整个塬上,谁不认得,不认得也听得。"

"你见过她人吗?"夏荻声音有些发颤。

"怎么没见过,她还手把手教过我写字哩。你看见现在村里祠堂挂的一副对联没有,就是她写的。"

她有些惊愕,又有些迷惘,从眼前这张核桃皮般沟壑纵横的脸上,无论如何也分辨不出那些孩子的样子,而自己的样子分明没怎么变,对方竟也认不出,人类的记忆永远是靠不住的,一个许多年前就已死去消失的人,最终在他人心中留下的,也不过是一点模糊的印象残片而已。即使此刻她就站在这里,告诉老人自己就是当年的夏青书,或许他也只会不以为然地摇摇头而已。

然而那天晚上在城墙上,姜烈山竟然认出了自己。

她心中一凛,像是有什么冰凉的东西掉进去,激起一片回响。

老人只顾背着手往前走,一边走一边继续念叨着:"她的墓就在前面,不大哩,这片地埋的都是外人,好些人连名字都没有,夏青书死得早,可惜啊。"

"可惜什么?"

"那时候族长家的小三子想娶她过门的,过了门,就算是村里人了,也不会埋在这里。"

夏获愣了一下,突然想笑,不由脱口而出道:"人家也不稀罕这个。"

"你知道?"老头又不屑地抬起眼皮看她,说:"那你说稀罕啥?"

一时间没了声音,许久夏获低声喃喃道:"我也不知道。"

墓地不大,却也七拐八拐地走了许久,老头突然停下脚步,说:"是这里了。"

一方小小的青石墓碑,几乎隐没在茂盛的草丛里,上面刻着"夏青书之墓"，除此以外再没有其他。然而碑前却有些没烧干净的碎纸钱，落在草丛中像大大小小的灰蛾翅膀。夏荻弯腰捡起一片掂了掂，纸钱是新的，还有被露水打湿的痕迹，她问老人："有人来拜祭过？"

"有，早上刚来过，又走了。"

"谁？"

"不认得，也说是城里来的。"

夏荻心里猛跳了一下，"是不是个年轻人，总穿一身黑衣？"

"穿什么衣服不记得了，年纪是不大。"

"他来了多久了？"夏荻跳起来，"是不是每年都来？是不是一直那个样子，好像永远不会老？"

"好像以前是来过。"老头眯着眼睛像在回想，"样子记不清了，可年纪是不大哩。"

还没等他说完，夏荻便转身风一般地跑了起来，草丛里大大小小的碑石绊得她跌跌撞撞，直到跑出十几里地才停下脚步，正午的阳光刺目耀眼，她大口喘着气，额头上一层细密的冷汗，直到她想起，此时此刻的姜烈山并不知道自己还活着，这才惊魂稍定。

然而他来过，从以为自己死掉的那时候起，他就每年清明来这里拜祭，如果不是很多年后那个夏夜，他在城墙上看到了自己，也许还会这样一直下去，在那个埋葬着谎言的小小墓碑前烧一叠纸钱，年复一年。

她一个人在广阔的土塬上漫无目的地走着，穿过绿油油的麦田和粉色荞麦花，偶尔也有大片罂粟开得正艳，五彩花瓣娇美动人，突然间一个恶作剧般的念头涌入脑海。

既然你来拜过我的墓，那么也让我去拜祭你一回吧。

《国语·晋语》中记载："黄帝以姬水成，炎帝以姜水成。"北魏郦道元就在《水经注》中详细考察过姜水的分布。明代天顺五年《一统志》也记载着："姜水在宝鸡县南。"县南有一座姜氏城，唐代这里建过神农祠，祠南蒙峪口有常羊山，山上有炎帝陵，只是眼下祠毁陵圮失修，散在荒烟蔓草中不见踪影。

傍晚时分，夏荻一个人坐在水边点燃一堆纸钱，明亮的火焰在暮色里显得温暖，一阵风吹过，尚未熄灭的灰烬慢悠悠地盘旋上升，向着河对岸飘去。岸上一个摆渡的精壮汉子在一旁有些好奇地看着，许久终于忍不住问："姑娘这是给谁烧的纸啊？"

"给炎帝。"夏荻说。

"拜炎帝哪是这个时候啊？"精壮汉子笑起来。

"那应该什么时候？"

"正月十一啊，正月十一是炎帝生日，都去九龙泉上拜祭。"摆渡汉子说，"炎帝是神，又不是你家亲人，哪能在清明拜呢，再说也没有烧纸钱的。"

夏荻望着面前明明灭灭的火堆，突然笑起来，说："没事，心意到了就好，礼尚往来嘛。"

摆渡汉子虽然不很明白，也跟着点点头，趁机问一句："你还要不要过河，这会儿别家都回去了，就剩我一条船。"

"也好。"夏荻说，"我就坐你的船过河吧。"

她跳上船，摆渡汉子一双粗壮的手臂摇开橹，小船在波浪里沉浮，如一秆营草般轻盈。摇着摇着，那汉子便放声吼起一首酸歌来。

哥是天上一条龙，妹是地上花一丛；
龙不翻身不下雨，雨不洒花花不红。

歌声沿着河面顺流而下，远而复近，夏荻抱着膝盖侧耳倾听着，心中突然浮现出无数奇异而清晰的景象，在遥远的过去，也在恒久的未来，时间和空间纠结成团，又融为一体。

她在河边住了下来，一直到战争爆发前的那个秋天，才又一次神秘失踪了。

生

她跨过一个又一个朝代，沿着人类文明的长河逆流而上，一路密切关注着姜烈山的消息，每一个灾荒与瘟疫的时代里他都会出现，用草药和那些漫长岁月里积攒起来的智慧拯救苍生，他传播并且改进上古时代流传下来的技术，陶器、弓箭、绘画、乐器、文字、历法，繁荣富足的年代他隐藏起自己的身份，然而越是古老荒蛮的年岁里，他的形象越是光辉。

她经过他们相互争斗的那一段时光，经过他们一次又一次相遇，经过涿鹿战场，经过他做炎帝时那段峥嵘岁月，一直回到最初的洪荒中去。

公元前四千多年前,这片土地还没有名字,广袤肥沃的平原上有一条河,河边一座简陋的村庄,村外是一片繁茂的谷子地,先祖们在这里繁衍生息。夏荻走进村子,几只尚未进化完全的狼狗狂吠着冲出来,紧接着是几个手持石斧和弓箭的男人,她向他们打着各种手势,并尽量模仿他们简陋的语言,以表示自己没有恶意。

除去皮肤较为白皙光滑外,她和这些人在外貌特征上几乎没有什么显著区别,人们收留了她,让她跟其他几个年轻女人住在一起,这个时代的生活条件已经不足以用"艰苦"二字形容,没有充足的食物,没有医药,甚至一只蚊虫的叮咬都有可能令人染上致命的疾病。

那天傍晚,她跟着女人们出了村,大家脱去简陋的兽皮与麻布衣服,嬉笑着跳进清凉的河水里,从古铜色的皮肤上搓下一层层泥卷。夏荻一个人坐在细软的泥滩上,河水时涨时落,时清时浊,舔着她的双脚。

她随手抓了一把黄泥在手里揉搓着,不知不觉间竟捏成一个小人的模样,许多古老的传说随着脚下的潮水一起涌上来,她愣在那里,突然间耳边传来一声女人的惊叫。

一个女人倒在河边,捂着略微隆起的腹部高声尖叫起来,那声音像是某种信号,将其他河里洗浴的女人们吸引过去,她们把那女人抬到岸边,在周围围成一个圈,像是某种神秘的仪式。夕阳落在那些赤裸健壮的身体上,有一层暗金色反光,如同最浓重的油彩在流淌,一个女人轻声哼起一段不知名的旋律,很快其他声音也加进来,那是一种极其古朴却又富丽的和声,像河水蜿蜒,时而激昂时而静默,每一颗水滴都有自己的舞蹈,然而却又如此和谐地汇聚在一起,女人的尖叫和呻吟在歌声中时断时续,突然间高亢起来,像是最洪亮的号角。

河滩上一群水鸟哗啦啦地飞走了。

一个女人走出来,怀里抱着一个瘦弱的男孩,芦秆般的胳膊腿轻轻划动,却不哭不闹。她欣喜地把孩子抱给夏荻看,用手势和古朴的音节告诉她,这个孩子是在她到来的这天出生的,她们希望她能给他取一个名字。

夏荻抱过孩子,凝视着那双很大的黑色眼睛,从这一刻开始,一段漫长而艰苦的人生将在这孩子面前展开,他会被当作不祥之物丢弃,被野兽收养,再被其他部落的人捡到,从一个地方到另一个地方,陪他一起玩耍的孩子长成男人和女人,狩猎,战斗,繁衍生息,然后衰老死去,他却依然瘦弱,瘦弱而顽强,时间与空间在他面前设下无数谜题,而他只有靠自己那一双脚板,一步一步向前,没有终点。

永生者的悲哀在于永远无法超越自己所在的时代,他们像普通人一样生活,经历战争和平安喜乐,经历生老病死,悲欢离合,一丝一缕搜集人类共同的记忆,来为自己过于冗长而散乱的身世增加无数注释,在文字和语言还不够发达的年代里,他们搜集每一件可以印证往昔的物品,像一个健忘症患者给身边每一件东西贴上标签,有些人会尝试记录,用龟甲、竹简、木板、丝帛,或者纸张,几十年，甚至几百年，然而最终他们会厌倦，将这些东西付之一炬，去一个别人找不到的地方隐居，忘记世间纷扰，忘记时光流逝，直到某一天，因为忍受不了离群索居而再度回到人群中。

他们是寂寞的，当两个永生者偶尔相遇时，他们或许会欣喜若狂，会连续几天不眠不休地讲述各自经历，会相约结伴遨游江湖，然而时间毕竟太过漫长了，他们最终会厌倦彼此，平静地微笑道别，在人海茫茫中各奔东西。

奇怪的是，作为一个行者，她却可以懂得这一切，无穷无尽的岁月长河中，她和怀中这个孩子彼此相互关注，相互记忆，相互从对方的存在中印证自己的存在，即使是两个如此迥异的存在。

原来行者和永生者之间，真的竟有这样一条奇妙的纽带。

孩子仍在她怀里静静躺着，睁着大大的眼睛，像要把看到的一切都变成记忆收纳在自己小而深邃的胸膛里，夏荻将手中那个粗陋的泥人放进他怀里，抬起头看着那些女人们，伸手指向远方的青山。

"山。"她缓慢而清晰地说，"我给他起名为山。"

女人们抱过孩子，一个接一个传下去，摇晃着，逗弄着，发出欣喜的低笑。夏荻转过身，沿着河岸向上游走去，她很累，双脚沉重地陷入湿软的泥沙里，然而她还是打起精神开始奔跑，夕阳从河上落下去的那一瞬间，她跳起来，向着有生以来最漫长、最恢宏的一段旅程进发。

爱别离

这是一颗孤单、寂寥、炎热的星球,星球上最后一个人坐在房间里,外面突然传来敲门声。

他点了一下头,门就开了,仿佛整座房子都遵循他的意志而动一样。夏荻走进来,随便裹着一块质地奇怪的布料,却没穿鞋,赤脚踩在柔软的地板上悄无声息。

"这里真热。"她说,"真的是世界末日吗?"

"差不多吧。"姜烈山用她熟悉的语言回答道,"地球上只剩我们两个人了。"

他们彼此打量对方,漫长岁月在姜烈山脸上刻下了更多痕迹,然而他依旧很年轻,永生者并不是真的永远不死,只是衰老速度比人类历史的消亡还要慢很多。

"他们去了哪里?"夏荻问,"地球上的人?"

"死亡、迁徙、流浪、向其他星系移民,或者尝试时间旅行,总而言之,离开此时此地。"姜烈山回答,"太阳还在膨胀,用不了多久,地球将会变成一团炽热的气体。"

"幸亏我这次没有跳过头。"夏荻吐了吐舌头,"那么,一切都结束了?"

"算结束,也算新的开始。"姜烈山说,"永生者们会带领人类去太空中寻找新家园,几千万年以来,这是我们第一次从人群中走出来,跟其他人站在一起,毕竟没有人类,我们活得再久也没什么意思。"

"很伟大。"夏荻有些酸溜溜地说,出于对未知的恐惧,很少有行者敢于向未来做大幅度跳跃,即使真的到达这一刻也只能默然折返。问题在于,行者无法在漫长的星际旅途中永生,也无法从太空中跃回地球,永生者却可以搭乘宇宙飞船陪伴人类继续向前,持续千万年的战争就这样分出了胜负。

"那么,你在这里干什么?"夏荻问。

"我在这里等你。"

"等我?"

"这是我们的约定。"姜烈山回答,"某时,某刻,我的过去你的未来,你总批评我记性不好,但这个约定我没有忘。"

"等一下。"夏荻一手扶住脑袋,"你是说,在离开这里之后,我在其他时空中,跟你做过约定?"

"是的。"

"约定你在这里等我?"

"是的。我一个人在这里等你,已经有好几百年了。"

"你一个人等了几百年?"夏荻愣愣地站在那里,"为什么?"

"现在我不能说。"姜烈山微笑着回答,"相信我,你总有一天会知道的。"

过去,未来,仿佛所有问题和答案统统搅在了一起,在这颗濒死的星球上,在一切尚未结束的这一刻。夏荻绕着屋子转了一个又一个圈,许久她停下脚步,盯着姜烈山黑色的眼睛问道:"现在你见到我了,然后呢?"

"然后我要走了。"姜烈山说。

"去哪里?"

"乘最后一班飞船飞向太空,追赶我的同伴。"他说,"这是我的使命。"

"不会吧,你等我,就是为了把我一个人扔在这里?"夏荻跳起来,姜烈山双手按住她的肩膀,低头一字一句地轻声说道:"是为了道别。"

"我不要什么道别!"夏荻倔强地扬起下巴打断他,两颗大大的泪珠突然从她眼睛里涌出来,旋转了很久,硬是没有落下。

"是啊,你总是喜欢不告而别。"姜烈山声音依旧轻柔,带着一丝喑哑的笑意,"不要忘记,时间对你是开放的。在过去的每一个时代里,你都可以找到我,但从今以后,我却再也见不到你了。"

"那你为什么不留下来?"夏荻说,"地球不会马上毁灭,我会经常来看你。"

"太危险了,你会跳过头,跳进烧熔的火球里去。"姜烈山说,"而且我也不能再等了,记住,这是我们在这颗星球上的最后道别,以后不要再来了。"

他俯下身抱住了她柔弱的腰肢,手臂温暖而有力,夏荻像一尊木头那样立在那里一动不动,姜烈山在她耳边轻声说:"你不抱我一下吗?"

夏荻依旧呆呆地立着,许久她嘶哑着嗓子说:"现在呢,现在算什么,我不懂。"

"现在就是现在。"姜烈山说着,在她额头上轻吻一下,"我们都不要忘了现在。"

"我不会忘。"夏荻咬着牙狠狠地说。

"我也不会忘。"姜烈山微笑着退后一步,他脚下的地板开始向上升,四周的墙壁也自动收缩组装,改变形态和结构,最后一扇门缓缓关上,姜烈山的声音曲曲折折地飘出来:

"再见了,阿夏。"

夏荻愣了一下冲上去,但是门已经合拢了,她拍打着门板大声喊道:"什么意思?谁允许你这么叫我?!"

没有人回答,飞船在她面前缓缓升起,一阵火焰和轰鸣后,便迅速消失在蓝紫色的天空中,只留她一个人站在这颗炎热、寂寥、濒临死亡的星球上。

"姜烈山!"

她仰头向着天空中用尽全力大喊一声,高亢的音波在空气中震颤着四下散开,转眼之间,她也消失了,带着满腔怒气跃向过去,去找寻答案。

求不得

依旧是2002年,喧嚣的夏夜,夏荻从一家阳台上跳下来,开始一刻不停息的奔跑。

她跑过每一条熟悉的街道,每一段漆黑的城墙,每一个高耸的城门,每一间明亮的店铺,两旁行人为她让出道路,奇怪地看着这个气喘吁吁的年轻姑娘,她身上的花衬衫和沙滩短裤明显大了好几个尺码,脚上没有穿鞋,她的头发长了许多,还没来得及修剪,乱蓬蓬地在夜色里飘摇。

无论如何,她要找的人不会凭空消失,姜烈山一定还在这城市里,此刻在,下一刻在,将来也在,只要时间足够,她总能找到他。

天空中突然亮起各色烟花,艳红惨绿银白亮紫,绚烂而迷乱,人们惊喜地仰头张望,四面八方都被堵塞了,夏荻不得不停下来,扶着膝盖大口大口喘气。

就在这时候,她看见地上有两行浅浅的,湿漉漉的脚印。

黑色的头发,黑色的眼睛,年轻的脸上有一些浅浅的皱纹,将嘴角向下拉,或许那只是漫长岁月里积累下的寂寞,凝成一丝若有若无的笑。

姜烈山的脸上有一丝淡淡惊诧,他经历过太多事情,但这个女孩却让他摸不透,她突然消失,又突然出现,像夏夜的流萤那样闪烁不停。

"你从哪儿来?"他问。

"世界末日。"她说,"那里热得要死。"

"你去那里干什么?"

"不要你管。"夏荻急匆匆地跺跺脚,"姜烈山,我有话跟你说。"

"说吧。"

她张了张嘴,却不知从何说起,时间线交错又汇聚,形成一个又一个窄窄的圆,对面的男人耐心等待着,黑眼睛沉静如水。许久之后她才小声说:"过去的事有些是我不对,有些是你不对,可是我们也扯平了,从今以后一笔勾销行不行?"

"过去？哪一段过去？"姜烈山淡淡地说，"我真不记得了。"

"你个老不死的，什么记性啊！"夏荻真的急了，"忘了就算了，我走了，再见！"

她刚转身要跑，姜烈山在身后慢悠悠地说："但我也记得一些事情。"

"什么事？"夏荻并不回头。

"你曾经说过，我的时间太长，你的时间太短，所以你不能长久在我身边，你怕有一天你死了，我还活着，永远地活下去，最终把你忘记，忘记比死亡还要可怕。你还说，你要继续在时间中跳跃，每一个时代你都能看到我，而我生命中的每一段岁月也总能看到你。"

"我说过这样的话？"

"那么，也许是未来的你在过去某一时刻对我说过的。"姜烈山回答，"以前我不明白，直到这一刻，我才终于明白一点了。"

"这话……居然是我说的……"夏荻呆呆地站在那里，"你怎么不早告诉我。"

"你也从来不肯告诉我未来的事。"

他们两个站在那里对视着，五彩烟花在头顶爆裂，绽开，纷纷扰扰地落下，欢呼声此起彼伏，如同潮水。

"我们认识多久了？"许久后夏荻问。

"不记得了，你说呢？"

"按我的时间，十几年，按你的时间，六千多年了。"

"可是每次见面都那么短。"姜烈山笑一笑，"相比之下，这六千多年真像一场梦。"

"听着,"夏荻说,"你还有的是时间,我也有很多时间,从这一刻开始,我们做朋友好不好?"

"好啊,"姜烈山说,"可你还没告诉过我你的名字。"

"夏荻,"她回答,"荻花的荻。"

"夏荻,"他重复一遍,"很像你。"

漫长的岁月里他们相伴相随,邂逅、重逢、分别、寻觅,她用各种名字称呼他,姜烈山、小山、老农、阿炎,而他叫她阿夏。

【注】

炎帝是上古时代姜姓部落首领,号烈山氏或厉山氏,又有传说是神农氏的子孙。故事中的永生者姜烈山在不同时代采用不同的化名,而夏荻对他的昵称都从这些化名而来。

阿夏的意思则是永世的恋人。

后 记

最初想写这样一个故事,至少也是在十年前了,一个永生者和一个时空旅行者,在不同年代不同地点一次又一次邂逅重逢,上演一段又一段故事,永远没有一个尽头。

这是一个允许无限可能性的构想,仿佛一片虚空之海,让人不知该从哪一点开始搭建,于是我将这个故事扔在角落里一放多年。突然有一天,《时间旅行者的妻子》变成畅销书,《这个男人来自地球》也成了热门科幻片,我追悔莫及,墨菲定律果然存在,世界上的点子总是有限的,你不去写,就有更牛的人抢先占领。

于是顾不得许多,开始冥思苦想瞎编乱造。

最初故事的名字叫《尤利西斯的战争》,题记引了博尔赫斯《永生》中的一句话,"我曾是荷马;不久之后,我将像尤利西斯一样,谁也不是;不久之后,我将是众生:因为我将死去。"故事的线索人物是一个叫那斯的男人,来自于杰克·伦敦的小说《北方的尤利西斯》,而所有场景也全部来自西方文化,六十年代的旧金山、古罗马君士坦丁堡、所多玛城、维多利亚时代的英国……一大堆令人神往的名词堆砌在一起,结果却是我连编一道菜名也要上Google搜个半死。

抓狂之际我将写好的设定统统推翻,开始问自己那两个曾问过无数遍的问题:

1. 科幻小说的背景为什么不能在东方;
2. 主角为什么不能是女人。

突然间,我神灵附体,一串新的名词涌入脑海,半坡文化、炎黄文明、神农氏、姜烈山、咸阳、阿房宫、老子、白鹿原、黄河、八百里秦川、长安、西安，我的故乡，长安，长安……

一个不动如山的男人和一个在夏夜的草丛里流萤般闪烁不停的女人，千万年的守候和邂逅，交错的时间线和一个又一个圈，这是我一直以来想写的那种小说，像寓言，像魔幻现实，像史诗，也像科幻。

我觉得这就足够了。

附 录

中国历史科幻小说要目

· 本目录只收录中国历史（截止到民国时期）为主题的科幻小说，不包括他国历史或纯架空古风题材

· 按作者姓名的拼音顺序排列

长 篇

黄易：《寻秦记》（1—25），黄易出版社（香港），1994-1996年。

梁清散：《新新日报馆：机械崛起》，湖南文艺出版社，2016年。

钱莉芳：《天意》，四川科技出版社，2006年。

《天命》，时代文艺出版社，2011年。

[马来西亚]张草：《明日灭亡》三部曲，九州出版社，2015年。

张祖荣：《东游记》，中国文联出版公司，1988年。

庄蝶庵：《爱因斯坦与上海神秘人》，北京时代华文书局，2016年。

中短篇

阿缺：《征服者》，《科幻世界》2015年第1期。

宝树：《一起去看南湖船》，《新幻界》2011年7—8月合刊。

《三国献面记》，《科幻世界》2015年增刊。

《昔日的阳光》，《古老的地球之歌》，新星出版社，2012年。

长铗:《昆仑》,《科幻世界》2006 年第 2 期。

《麦田里的中国王子》,《星云 VII》,四川科学技术出版社,2009 年。

《梅花杰克》,《星际掠食》,江苏凤凰文艺出版社,2015 年。

飞氘:《一览众山小》,《科幻世界》2009 年第 8 期。

韩松:《天下之水》,《科幻世界》2002 年第 7 期。

《一九三八年上海记忆》,网络自媒体发表。

郝景芳:《阿房宫》,《科幻世界》2013 年第 4 期。

胡行:《飞呀飞》,《星云 III·基因战争》,四川科技出版社,2006 年。

姜云生:《一个戊戌老人的故事》,《科幻世界》1991 年第 3 期。

《长平血》,《科幻世界》1992 年第 1 期。

拉拉:《春日泽·云梦山·仲昆》,《科幻世界》2003 年第 5 期。

刘慈欣:《西洋》,《2001 年度中国最佳科幻小说选》。

[美国] 刘宇昆:"The Man Who Ended History", *Panverse Three* (Panverse, Amazon Kindle, Amazon, B&N), 2011;《终结历史之人》,夏笳译,《文艺风赏》,2013 年第 11 期。

刘兴诗:《扶桑木下的脚印》,《冰下的梦》,海洋出版社,1980 年。

《雾中山传奇》,《科幻世界》1991 年第 2 期。

《悲歌》,《巨人》1996 年第 2 期。

骆伯迪:《文明毁灭计划》,《七十四年科幻小说选》,知识系统有限出版公司(台北),1986 年。

罗隆翔:《异天行》,《科幻世界》2004 年第 9 期。

马伯庸：《小篆战争》，网络自媒体发表。

《新海瑞上书》，网络自媒体发表。

鲁迅：《理水》，《故事新编》，上海文化生活出版社，1936年。

潘海天：《偃师传说》，《科幻世界》1998年第2期。

钱莉芳：《飞升》，《天意》（修订版），时代文艺出版社，2014年。

碎石：《高维度渗透》，《新科幻》，2012年第3—4期。

苏学军：《远古的星辰》，《科幻世界》1995年第4期。

童恩正：《石笋行》，《少年科学》1982年第10期。

夏笳：《永夏之梦》，《科幻世界》2008年第9期。

《汨罗江上》，《科幻世界》2008年第10期。

燕垒生：《天雷无妄》，《科幻世界》2007年第3期。

《天与火》，《科幻世界》2010年第5期。

因可觅：《雷峰塔》，《科幻世界》2011年第12期。

张力：《上海旧事》，《科幻世界》2012年第10期。

张冉：《野猫山——东京1939》，《科幻世界》2013年第11期。

《晋阳三尺雪》，《新科幻》2014年第3期。

赵海虹：《相聚在一九三七》，《世界科幻博览》2006年第3期。

《一九二三年科幻故事》，《世界科幻博览》2007年第5期。

赵吉：《忧天》，《科幻世界》2012年第7期。